Emily Jane Brontë (1818-1848) nació en Thornton, en el norte de Inglaterra. Hija de un clérigo y huérfana de madre a muy temprana edad, se educó junto a sus cuatro hermanas y su hermano en una rectoría aislada en los páramos de Yorkshire. Bajo el seudónimo de Ellis Bell publicó en 1846 unos cuantos poemas reunidos junto a otros de sus hermanas Charlotte y Anne, y en 1847 la novela *Cumbres borrascosas*, considerada una de las obras maestras de la narrativa en lengua inglesa. Murió en Haworth con solo treinta años.

EMILY BRONTË

Cumbres borrascosas

Traducción de
NICOLE D'AMONVILLE ALEGRÍA

PENGUIN CLÁSICOS

Papel certificado por el Forest Stewardship Council®

MIXTO
Papel procedente de
fuentes responsables
FSC® C117695
www.fsc.org

Penguin
Random House
Grupo Editorial

Título original: *Wuthering Heights*

Primera edición con esta presentación: noviembre de 2021

PENGUIN, el logo de Penguin y la imagen comercial asociada son marcas registradas
de Penguin Books Limited y se utilizan bajo licencia.

© 2012, 2018, 2021, Penguin Random House Grupo Editorial, S. A. U.
Travessera de Gràcia, 47-49. 08021 Barcelona
© 2012, Nicole d'Amonville Alegría, por la traducción
Diseño de la cubierta: Penguin Random House Grupo Editorial / Sergi Bautista
Imágenes de la cubierta: © Martina Flor

Printed in Spain – Impreso en España

ISBN: 978-84-9105-528-0
Depósito legal: B-15.078-2021

Compuesto en M. I. Maquetación, S. L.

Impreso en Liberdúplex
Sant Llorenç d'Hortons (Barcelona)

PG 5 5 2 8 0

Cumbres borrascosas

LIBRO I

1

1801. Vengo de hacer una visita a mi casero, el vecino solitario que me causará desazón. ¡Esta es sin duda una tierra hermosa! No creo que en toda Inglaterra hubiese podido decidirme por un emplazamiento más apartado del mundanal ruido. El Paraíso perfecto de un misántropo, y el señor Heathcliff y yo somos el par idóneo para repartirnos la desolación. ¡Un hombre magnífico! Poco imaginó que me enternecería cuando, según subía a caballo, percibí con qué suspicacia escondía los ojos negros bajo las cejas y cómo, en el momento de anunciar mi nombre, resguardaba los dedos aún más en el chaleco con celosa resolución.

—¿El señor Heathcliff? —dije.

La réplica fue una inclinación de la cabeza.

—Soy el señor Lockwood, su nuevo inquilino, señor. Me permito el honor de hacerle una visita nada más llegar para decirle que espero no haberle importunado con mi insistencia en solicitar la ocupación de la Granja de los Tordos. Ayer oí que estaba usted pensando…

—La Granja de los Tordos, señor, es mía —interrumpió con impaciencia—. Si pudiese evitarlo no permitiría que nadie me importunara. ¡Pase!

Profirió el «Pase» entre dientes, como queriendo decir «¡Váyase al cuerno!». Ni siquiera la verja contra la que estaba apoyado manifestó el menor movimiento de empatía con sus palabras; y creo que aquella circunstancia me resolvió a aceptar la invitación: sentí interés por un hombre que parecía aún más exageradamente reservado que yo mismo.

Cuando vio que mi caballo empujaba claramente la verja con el pecho sacó la mano para quitar la cadena; después me precedió con indolencia por la calzada y cuando entrábamos en el patio ordenó:

—Joseph, hazte cargo del caballo del señor Lockwood; y sube vino.

«Supongo que la plantilla de empleados domésticos se reduce a uno —pensé al oír aquella orden múltiple—. No es de extrañar que la hierba crezca entre los adoquines y que el ganado sea el único que poda los setos.»

Joseph era un hombre mayor; no, un viejo, quizá muy viejo, aunque fuerte y fibroso.

—¡Que el Señor nos ampare! —dijo para sí, con un trasfondo de irritada displicencia, mientras me desembarazaba de mi caballo.

Me miraba con tal acrimonia que conjeturé caritativamente que precisaba auxilio divino para digerir la comida y que su pía exclamación no guardaba relación alguna con mi inesperada visita.

Cumbres Borrascosas es el nombre de la morada del señor Heathcliff. El elocuente adjetivo regional describe el tumulto atmosférico al que está expuesto el lugar en un clima tormentoso. En efecto, en todo momento han de tener allí una ventilación pura y vigorizante. Es fácil imaginar el poderío con que sopla el viento del norte a juzgar por el excesivo sesgo de unos cuantos abetos atrofiados al final de la casa y una hilera de espinos escuálidos, todos con los miembros estirados en una dirección como si pidieran limosna al sol. Por fortuna, el arquitecto de la casa tuvo la precaución de construirla sólida: las angostas ventanas están profundamente empotradas en la pared y unos grandes guardacantones protegen las esquinas.

Antes de franquear el umbral, me paré un momento a admirar una cantidad de tallas grotescas repartidas por toda la fachada, pero sobre todo alrededor de la puerta principal, sobre la que, entre una desenfrenada profusión de grifos en ruinas y niños desvergonzados, detecté la fecha «1500» y el nombre «Hareton Earnshaw». Me hubiera gustado hacer algún comentario al respecto, además de requerir del hosco dueño una breve historia del lugar, pero su actitud en la puerta parecía exigirme que entrara enseguida o que saliera de allí para siempre, y yo no quería agravar su impaciencia antes de inspeccionar el sanctasanctórum.

Con un paso entramos en la sala de la familia, sin que hubiera un recibidor o un pasillo introductorio. Aquí, por antonomasia, se denomina a esta pieza «la casa». Suele incluir cocina y gabinete, pero creo que en Cumbres Borrascosas la cocina está relegada, por fuerza, a otra dependencia; al menos oí un parloteo de lenguas y un estrépito de utensilios culinarios muy adentro, y no percibí ningún indicio de que estuvieran asando, hirviendo o cociendo nada en torno a la enorme chimenea, ni ningún destello de sartenes de cobre ni de coladores de estaño en las paredes. Un rincón sí que reflejaba de modo espléndido tanto la luz como el calor procedentes de unas inmensas fuentes de peltre, entremezcladas fila tras fila con jarros y jarras de plata amontonados hasta el techo en un vasto aparador de roble. El techo seguía sin enlucir; para un ojo inquisidor toda su anatomía quedaba al desnudo, salvo donde la ocultaba un armazón de madera cargado con tortas de avena y hacinamientos de perniles de vaca, cordero y jamón. Encima de la chimenea había varias escopetas espantosas y viejas, un par de pistolas de arzón y, a modo decorativo, tres botes pintados de colores chillones dispuestos a lo largo de la repisa. El suelo era de piedra blanca y lisa, las sillas, de alto respaldo y estructura rudimentaria, estaban pintadas de verde, y había una o dos, negras y pesadas, escondidas en la sombra. En un arco, debajo del aparador, reposaba una enorme perra de muestra color marrón rojizo rodeada de un enjambre de cachorros chillones; y más perros ocupaban otros escondrijos.

La estancia y los muebles no habrían tenido nada de extraordinario si su dueño hubiese sido un sencillo granjero del norte, de semblante duro y miembros fornidos, realzados con calzones y polainas. Entre estos montes, en un territorio de ocho o nueve kilómetros, es fácil ver a esta clase de individuo, sentado en su sillón con una jarra de cerveza espumeante sobre una mesa redonda, si uno se deja caer por su casa a la hora adecuada, después de comer. Pero el señor Heathcliff contrasta de forma singular con su morada y su estilo de vida. Su aspecto es el de un gitano de piel oscura, y su atuendo y modales los de un caballero, es decir, todo lo caballero que puede llegar a ser un señor del campo: bastante desaliñado quizá, pero esa negligencia no transmite desorden porque tiene buen porte y es bien parecido, aunque bastante taciturno. Es posible que alguna gente vislumbre en él cierto orgullo de hidalgo, pero una fibra de simpatía en mi fuero interno me dice que no es eso. Sé por instinto que su reserva nace de la aversión a mostrar sus sentimientos y a las manifestaciones de mutua bondad. Amará y odiará de la misma forma encubierta, y estimará que es una suerte de impertinencia ser amado u odiado a su vez. No, voy demasiado rápido, le atribuyo mis propios rasgos con excesiva liberalidad. Es posible que las razones por las que el señor Heathcliff retira la mano cuando se topa con un aspirante a su amistad sean muy distintas de las que me mueven a mí a hacer lo mismo. Quiero creer que mi temperamento es casi único: mi querida madre solía decir que yo nunca tendría un hogar acogedor, y el verano pasado me demostré a mí mismo que era del todo indigno de tenerlo.

Estaba disfrutando de un mes de buen tiempo en la costa cuando de repente me encontré con una criatura de lo más fascinante: una verdadera diosa a mis ojos, siempre que ella no se fijara en mí. «Nunca le descubrí mi amor» de forma verbal, pero si las miradas hablaran el más idiota habría podido advertir que me tenía embelesado. Por fin me entendió y me correspondió con la mirada más dulce que quepa imaginar. ¿Y qué hice yo? Lo confieso avergonzado: me replegué glacialmente como un caracol. A cada mirada me mostraba más frío y distante, hasta que al final la pobre inocente llegó a dudar de sus propios sentidos y, abrumada y confusa por su presunto error, convenció a su madre de que se marcharan.

Esta curiosa disposición cambiante me ha granjeado la fama —solo yo puedo decir cuán poco merecida— de ser deliberadamente despiadado.

Tomé asiento en un extremo del hogar, del lado opuesto al que se dirigía mi casero, y llené un intervalo de silencio con una tentativa de acariciar a la madre canina, que había abandonado a sus cachorros y pasaba de manera furtiva y lobuna por detrás de mis piernas con el hocico fruncido y haciéndosele agua los blancos dientes por un bocado.

Mi caricia provocó un prolongado y gutural gruñido.

—Mejor deje a la perra en paz —bufó el señor Heathcliff al unísono, mientras frenaba demostraciones más feroces con un puntapié—. No está acostumbrada a que la mimen; no la tenemos de mascota.

Luego, dirigiéndose a grandes zancadas hacia una puerta lateral, gritó de nuevo:

—¡Joseph!

Joseph masculló algo confuso en las profundidades de la bodega, pero no dio señales de subir, así que su amo se precipitó escaleras abajo en su busca dejándome frente a frente con la perra rufiana y un par de perros pastores, fieros y peludos, que compartían con ella una celosa vigilancia de todos mis movimientos.

Como no quería entrar en contacto con sus colmillos, permanecí sentado. Pero por desgracia, pensando que aquellos animales no entenderían los insultos tácitos, me di el gusto de hacer guiños y muecas al trío, y algún cambio en mi fisonomía irritó tanto a madame que de repente entró en furia y me saltó a las rodillas. Me la quité de encima y me apresuré a interponer la mesa entre nosotros. Aquel proceder provocó a toda la caterva. Media docena de diablos cuadrúpedos de diversos tamaños y edades salieron de unas guaridas ocultas al centro común; sentí que mis tobillos y los faldones de mi abrigo estaban particularmente sujetos al asalto y, en tanto que trataba de repeler con el hurgón a los combatientes más grandes, me vi obligado a exigir, en voz alta, la asistencia de algún habitante de la casa para restablecer la calma.

El señor Heathcliff y su hombre subieron las escaleras de la bodega con una flema irritante. No creo que se movieran ni un segundo más rápido de lo habitual, y eso que el hogar era una absoluta tormenta de mordiscos y gañidos.

Por fortuna, un ocupante de la cocina se dio más prisa; una dama lozana, con el vestido arremangado, los brazos desnudos y las mejillas encendidas entró a todo correr blandiendo una sartén; y usó aquella arma y la lengua con tal resolución que la tormenta amainó como por arte de magia; cuando su amo entró en escena ya solo quedaba ella, palpitando como el mar tras un ventarrón.

—¿Qué demonios pasa? —preguntó Heathcliff, escudriñándome de forma bastante intolerable después de aquel trato tan poco hospitalario.

—¡En efecto, qué demonios! —murmuré—. Ni un hato de cerdos poseídos estaría habitado por peores espíritus que esos animales suyos, señor. ¡Lo mismo sería dejar a un extraño con una camada de tigres!

—No se meten con las personas que no tocan nada —observó poniéndome la botella delante y volviendo a colocar la mesa en su sitio—. Los perros hacen bien en vigilar. ¿Un vaso de vino?

—No, gracias.

—Mordido no, ¿verdad?

—De haberlo hecho, hubiese marcado al animal con mi sello. Heathcliff relajó el rostro hasta esbozar una amplia sonrisa.

—Vamos, vamos, señor Lockwood —dijo—, está usted agitado. Tome un poco de vino. Las visitas son tan sumamente raras en esta casa que mis perros y yo, estoy dispuesto a reconocerlo, casi no sabemos cómo recibirlas. ¡A su salud, señor!

Me incliné y devolví el brindis. Empezaba a percibir que sería estúpido seguir enfurruñado por la mala conducta de una jauría de perros de mala raza; además, no estaba dispuesto a proporcionar mayor diversión a aquel tipo a mi costa, ya que por lo visto su humor había tomado ese giro.

Él, movido seguramente por consideraciones prudenciales acerca de la insensatez de ofender a un buen inquilino, relajó un tanto su estilo lacónico de omitir los pronombres y verbos auxiliares y, suponiendo que sería un tema de interés para mí, inició un discurso sobre las ventajas y desventajas de mi actual lugar de retiro.

Por los asuntos que tocamos me pareció un hombre muy inteligente, y antes de marcharme a casa estaba yo tan animado que ofrecí hacerle otra visita al día siguiente.

Era evidente que no quería que repitiera la intrusión. Iré de todos modos. Es pasmoso lo sociable que me siento comparado con él.

2

La tarde de ayer empezó neblinosa y fría. Tuve la tentación de pasarla junto al fuego de mi despacho en lugar de caminar entre brezos y lodo hasta Cumbres Borrascosas.

Con todo, después de comer (lo hago entre las doce y la una; el ama de llaves, una matrona que vino con el mobiliario de la casa, no puede o no quiere entender mi petición de que me sirva a las cinco), al subir las escaleras con aquel indolente designio y entrar en la estancia, vi a una joven sirvienta de hinojos, rodeada de cepillos y carboneras, que levantaba un polvo infernal al echar montones de ceniza sobre las llamas para extinguirlas. Aquel espectáculo me echó hacia atrás en el acto. Agarré mi sombrero y, tras una caminata de más de seis kilómetros, llegué a la verja del jardín de Heathcliff justo antes de que empezaran a caer los primeros copos plumosos de una nevada.

En la cima inhóspita de aquella montaña la tierra estaba endurecida por una escarcha negra y el aire me hacía tiritar de pies a cabeza. Al verme incapaz de retirar la cadena, salté la verja. Eché a correr por el empinado camino bordeado por desordenadas matas de grosella espinosa y llamé en vano a la puerta para que me abriesen, hasta que los nudillos me escocieron y los perros se pusieron a aullar.

—¡Malditos! —exclamé mentalmente—. Merecéis el aislamiento perpetuo de vuestra especie por tan arisca falta de hospitalidad. Al menos yo no tendría las puertas atrancadas de día. ¡No me importa, entraré igual!

Agarré resueltamente el picaporte y lo sacudí con vehemencia. Joseph asomó la cabeza de rostro avinagrado por una ventana redonda del granero.

—¿Qué busca por aquí? —gritó—. El amo está en el corral. Si quiere hablar con él, dé la vuelta por detrás del granero.

—¿No hay nadie dentro que me abra la puerta? —grité a mi vez.

—Dentro no hay nadie más que la señora, y no va a abrir por más que arme una bulla terrible hasta la noche.

—¿Por qué? ¿No puede usted decirle quién soy, eh, Joseph?

—No seré yo quien lo haga. No quiero tener nada que ver con eso —murmuró la cabeza al desaparecer.

La nieve empezó a azotar con fuerza. Acababa de asir el picaporte para hacer un nuevo intento cuando de pronto apareció en el patio trasero un joven sin abrigo y con una horca al hombro. Me gritó que le siguiera y, después de atravesar a paso castrense un lavadero y una zona adoquinada donde había una carbonera, una bomba y un palomar, llegamos por fin a la amplia, cálida y alegre estancia donde había sido recibido la primera vez.

La habitación resplandecía deliciosamente con el fulgor de un inmenso fuego de carbón, turba y leña: y tuve el placer de contemplar, cerca de la mesa dispuesta para una cena abundante, a la «señora», una individua de cuya existencia no tenía la más remota idea.

Hice una reverencia y esperé, pensando que me invitaría a tomar asiento. Ella se me quedó mirando reclinada en su asiento, inmóvil y muda.

—¡Menuda borrasca! —observé—. Me temo, señora Heathcliff, que el suelo tendrá que pagar por la indolente acogida de sus sirvientes: ¡me ha costado horrores hacerme oír!

La mujer seguía sin abrir la boca. Yo clavaba los ojos en ella y ella en mí. Sin embargo, su mirada expresaba tal frialdad e indiferencia que se me hizo sobremanera embarazosa y desagradable.

—Siéntese —dijo el joven con brusquedad—. No tardará en llegar.

Obedecí. Luego carraspeé y llamé a la malvada Juno, que, en este segundo encuentro, se dignó menear la punta de la cola para indicar que me reconocía.

—¡Un animal hermoso! —proseguí—. ¿Tiene intención de desprenderse de los pequeños, señora?

—No son míos —dijo la amable anfitriona en un tono aún más repelente del que podría haber empleado el propio Heathcliff.

—¡Ah! ¡Sus preferidos son estos otros! —proseguí, volviéndome hacia un oscuro almohadón cubierto con algo que parecían gatos.

—Una extraña predilección —observó con desdén.

Por desgracia, se trataba de un montón de conejos muertos. Volví a carraspear, me acerqué a la chimenea y repetí mi comentario sobre la tarde tormentosa.

—No haber venido —dijo ella, al tiempo que se levantaba y tomaba de la repisa dos de los botes pintados.

En la anterior posición la mujer quedaba protegida de la luz. Ahora yo podía apreciar con nitidez su figura y su semblante. Era delgada y me pareció que hacía muy poco que había dejado atrás la niñez; tenía un cuerpo admirable y la carita más delicada que he tenido el placer de contemplar jamás: sus facciones eran menudas y muy bonitas; unos pequeños bucles muy rubios, o mejor dicho dorados, colgaban sueltos sobre su esbelto cuello, y sus ojos, de haber tenido una expresión agradable, habrían resultado irresistibles. Afortunadamente para mi vulnerable corazón, manifestaban un único sentimiento que oscilaba entre el desdén y una suerte de desesperación que en aquel rostro resultaba singularmente chocante.

Casi no llegaba a los botes. Hice ademán de ayudarla: se volvió hacia mí como hubiese hecho un avaro al que ofrecieran ayuda para contar su oro.

—No quiero su ayuda —saltó—, puedo cogerlos yo sola.

—Disculpe —me apresuré a contestar.

—¿Le han invitado a tomar el té? —preguntó atándose un delantal sobre el pulcro vestido negro y apoyando en el bote una cuchara llena de hojas de té.

—Tomaré una taza con mucho gusto —respondí.

—¿Le han invitado? —repitió ella.

—No —dije con una media sonrisa—. Usted es la persona indicada para invitarme.

Arrojó el té dentro del bote con cuchara incluida y, enfurruñada, volvió a sentarse con la frente fruncida y sacando hacia fuera el rojo labio inferior como una niña a punto de llorar.

A todo esto, el joven había colocado en la parte superior de su persona una prenda de vestir decididamente andrajosa e, irguiéndose delante del fuego, me miraba con el rabillo del ojo como si se interpusiese entre nosotros una afrenta mortal aún no dirimida. Empecé a dudar de que fuera un sirviente. Tanto su atuendo como su lenguaje eran groseros y estaban del todo desprovistos de la superioridad observable en el señor y la señora Heathcliff: sus gruesos rizos castaños eran ásperos y asilvestrados, las patillas le cruzaban las mejillas como un oso y tenía las manos curtidas de un bracero común. Su porte, en cambio, era relajado, casi altanero, y no daba muestras de la menor diligencia en servir a la señora de la casa.

A falta de pruebas claras de su condición, estimé que lo mejor era abstenerme de prestar atención a su curiosa conducta, y cinco minutos más tarde la entrada de Heathcliff vino a sacarme, en cierta medida, de aquella incómoda situación.

—Ya ve usted, señor, que he venido tal como prometí —exclamé, adoptando un aire alegre—. Y me temo que voy a quedarme bloqueado aquí una media hora, si puede ofrecerme cobijo durante ese tiempo.

—¿Media hora? —dijo mientras se sacudía de la ropa los blancos copos—. Me extraña que haya elegido el punto álgido de una tormenta de nieve para darse un paseo. ¿Sabe que corre el peligro de perderse en las ciénagas? Incluso la gente que está familiarizada con estos páramos se pierde más de una vez en tardes como esta, y le puedo asegurar que no hay posibilidad de que el tiempo mejore por el momento.

—Tal vez alguno de sus mozos podría hacerme de guía; puede quedarse a dormir en la granja y volver mañana por la mañana. ¿Qué me dice?

—No.

—¡Ah, conque esas tenemos! Bien, entonces tendré que confiar en mi propia sagacidad.

—¡Bah!

—¿Vas a hacer el té o no? —exigió al del abrigo raído, apartando de mí su feroz mirada y desviándola hacia la joven.

—¿Tomará él? —preguntó ella, dirigiéndose a Heathcliff.

—Prepáralo de una vez.

Mi casero pronunció la respuesta con tal violencia que me estremecí. El tono de aquellas palabras revelaba una genuina maldad. Ya no me inclinaba a calificar a Heathcliff de hombre magnífico.

—Ahora, señor, acerque su silla —me invitó cuando hubieron concluido los preparativos.

Todos nosotros, incluido el joven rústico, nos agrupamos en torno a la mesa y se hizo un silencio sepulcral mientras saboreábamos la bebida.

Pensé que si yo era el causante de aquella nube mi deber era esforzarme por disiparla. No era posible que un día tras otro se sentaran a la mesa tan severos y taciturnos ni que, por muy malhumorados que fueran, aquel ceño universal que traían fuese su semblante a diario.

—Es extraño —empecé a decir, mientras terminaba una taza de té y me servían otra—, es extraño hasta qué punto la costumbre puede llegar a conformar nuestros gustos y pensamientos; muchos no podrían ni imaginar que exista la felicidad en una vida tan completamente aislada del mundo como la que usted lleva, señor Heathcliff; sin embargo, me atrevería a decir que, rodeado de su familia y teniendo a su amable señora de duende protector de su hogar y su corazón...

—¡Mi amable señora! —interrumpió él con una expresión de burla casi diabólica—. ¿Dónde está mi amable señora?

—Me refiero a la señora Heathcliff, su esposa.

—Ah, sí. ¡Oh! Usted sugiere que su espíritu, aun habiendo dejado el cuerpo, se ha asignado el puesto de ángel guardián y vela por los destinos de Cumbres Borrascosas. ¿Es así?

Al darme cuenta de mi error, intenté corregirlo. Debí haberme fijado en que había una diferencia de edad demasiado grande entre ambos para que pudiesen ser marido y mujer. Él rondaba los cuarenta, una etapa de vigor mental en que los hombres no suelen albergar la ilusión de que una joven se case con ellos por amor —ese sueño está reservado para solaz de nuestros últimos años—, y ella no aparentaba más de diecisiete.

Luego, de repente, se me hizo la luz. «A lo mejor su esposo es el fantoche que tengo a mi lado, el que sorbe el té de un cuenco y come pan sin haberse lavado las manos. Heathcliff hijo, claro. He aquí la consecuencia de haberse enterrado en vida: ¡la pobre se ha echado a perder poniéndose en manos de ese palurdo por pura ignorancia de que existían individuos mejores! Una verdadera lástima. A ver si logro que se arrepienta de su elección.»

Esta última reflexión podría parecer jactanciosa, pero no lo era. Mi vecino me resultaba casi asqueroso, y yo sé por experiencia que soy bastante atractivo.

—La señora Heathcliff es mi nuera —dijo Heathcliff corroborando mi suposición.

Al decir aquello, dirigió una mirada peculiar a la joven, una mirada de odio, a menos que tenga un conjunto de músculos faciales de lo más perverso que se niegue a interpretar como los de las demás personas el lenguaje de su alma.

—Ah, claro, ahora entiendo. Usted es el afortunado dueño del hada benéfica —observé, volviéndome hacia mi vecino.

Aquello empeoró las cosas. El joven fue poniéndose carmesí y apretó el puño con todo el aspecto de estar premeditando una embestida. Pero pronto pareció cobrar dominio de sí y vadeó el temporal mascullando una brutal maldición en mi contra, que me cuidé de ignorar.

—¡Se equivoca en sus conjeturas, señor! —observó mi anfitrión—; ninguno de los dos tenemos el privilegio de ser el amo de su hada madrina. Su compañero murió. Dije que era mi nuera, por tanto tiene que haberse casado con mi hijo.

—¿Y este joven es…?

—¡No es hijo mío, desde luego!

Heathcliff volvió a sonreír, como si fuera una broma demasiado atrevida que le atribuyesen a él la paternidad de aquel oso.

—¡Mi nombre es Hareton Earnshaw —gruñó el otro—, y le aconsejo que lo respete!

—No le he faltado al respeto —respondí, riéndome para mis adentros por la dignidad con que se había presentado.

Me clavó la mirada más tiempo del que yo quería sostenérsela, por miedo a acabar dándole un guantazo o haciendo audible mi hilaridad. Empezaba a sentirme inequívocamente incómodo en aquel ameno círculo familiar. La tétrica atmósfera espiritual superaba, más que neutralizaba, las resplandecientes comodidades físicas del entorno; así que resolví ser cauteloso cuando me aventurase bajo aquellas vigas por tercera vez.

Como vi que el asunto del refrigerio había concluido y que nadie pronunciaba una palabra sociable, me acerqué a una ventana para examinar el tiempo.

Vi un panorama penoso: la oscura noche caía prematuramente, y el cielo y las montañas se confundían en un mismo remolino de viento gélido y nieve asfixiante.

—No creo que me sea posible llegar a casa sin un guía —no pude evitar exclamar—. Los caminos estarán sepultados y, aunque no lo estuvieran, no veré más allá de mi nariz.

—Hareton, mete a esa docena de ovejas en el cobertizo. Si las dejas en el redil toda la noche se cubrirán de nieve. Y colócales una tabla delante —dijo Heathcliff.

—¿Cómo haré? —proseguí con creciente irritación.

No hubo respuesta a mi pregunta. Busqué a mi casero con la mirada, pero solo vi a Joseph, que traía un balde de avena para los perros, y a la señora Heathcliff, inclinada sobre el fuego y entretenida en quemar un pequeño fajo de cerillas que se había caído de la repisa de la chimenea cuando volvía a colocar en su sitio el bote de té.

Joseph, una vez que depositó su carga, hizo un crítico repaso a la habitación y rechinó con su voz cascada:

—Ay, no entiendo cómo puedes quedarte ahí, y más ahora que salieron todos. Pero eres tan inútil que no vale de nada hablar contigo. Nunca vas a cambiar tus malas costumbres, ¡vas a ir al infierno, como tu madre antes que tú!

Imaginé por un momento que aquella muestra de elocuencia iba dirigida a mí; y, sintiéndome lo bastante rabioso, avancé hacia el viejo granuja con toda la intención de sacarle de allí a patadas.

Pero la señora Heathcliff me frenó con su respuesta.

—¡Eres un viejo sinvergüenza y un hipócrita! —repuso—. ¿No tienes miedo de que el diablo se te lleve si pronuncias su nombre? Te advierto que te abstengas de provocarme o le pediré que te rapte como favor especial. Basta ya. Mira, Joseph —prosiguió, a la vez que tomaba de un estante un libro grueso y oscuro—, te voy a enseñar cuánto he progresado en la Magia Negra. Pronto estaré en condiciones de hacer uso de ella para dejar limpia esta casa. La vaquilla no murió por casualidad; ¡y no puedes achacar tu reumatismo a un castigo providencial!

—¡Ah, malvada! —dijo el anciano con voz entrecortada—. ¡Que el señor nos libre de todo mal!

—¡No, réprobo! Eres un paria. ¡Márchate o te haré daño de verdad! Os modelaré a todos en cera y arcilla, y al primero que traspase los límites que yo fije, le… No diré lo que le pasará, pero ¡ya lo veréis! ¡Vete, que te tengo puesto el ojo!

La brujita, que los tenía muy hermosos, puso en ellos una expresión de simulada malicia, y Joseph, temblando de auténtico terror, salió a toda prisa rezando y profiriendo «malvada».

Pensé que quizá la conducta de la joven respondiera a una suerte de broma macabra y aproveché que estábamos solos para procurar despertar su interés por mi situación.

—Señora Heathcliff —dije muy serio—, perdóneme si la molesto, pero me atrevo a hacerlo porque estoy seguro de que, con esa cara, no puede menos de tener buen corazón. Deme algunas indicaciones para que logre encontrar el camino de regreso. ¡Tan poca idea tengo de cómo llegar a mi casa como la que usted pueda tener de cómo llegar a Londres!

—Desande el mismo camino que hizo al venir —contestó, acomodándose en una silla con una vela y aquel libro largo abierto en el regazo—. Es un consejo sucinto, pero el más sensato que le puedo dar.

—¿No le remorderá la conciencia si oye decir que me han encontrado muerto en una ciénaga o en un foso cubierto de nieve? ¿No se sentirá algo culpable?

—¿De qué? Yo no puedo acompañarle. No me dejarían llegar ni al final de la tapia.

—No hablo de que me acompañe usted. Nunca se me ocurriría pedirle que para mi conveniencia saliera de casa en una noche como esta —exclamé—. Quiero que me *indique* el camino, no que me lo *muestre*. O, si no, que persuada al señor Heathcliff para que me facilite un guía.

—¿A quién? Aquí solo estamos él, Earnshaw, Zillah, Joseph y yo. ¿A cuál quiere?

—¿No hay mozos en la finca?

—No, hay los que le he dicho.

—Entonces, por lo que veo, no tendré más remedio que quedarme aquí.

—Eso debe acordarlo con su anfitrión. Yo no tengo nada que ver.

—Espero que esto le sirva de escarmiento para no volver a hacer excursiones temerarias por estos montes —gritó la severa voz de Heathcliff desde la entrada de la cocina—. En cuanto a quedarse aquí, no tengo cuarto de huéspedes, así que si se queda deberá compartir la cama con Hareton o con Joseph.

—Puedo dormir en una silla de esta habitación —repuse.

—¡No, no! Sea rico o pobre, un extraño es un extraño. ¡No permitiré que nadie se enseñoree de la casa cuando bajo la guardia! —dijo el miserable grosero.

Aquel insulto acabó con mi paciencia. Proferí entre dientes mi indignación, le aparté para salir al patio y, en mi apresuramiento, tropecé contra Earnshaw. La oscuridad era tal que no encontraba la salida y, al volver sobre mis pasos, oí otro ejemplo de la cortés conducta que observaban entre ellos.

Al principio el joven parecía dispuesto a ayudarme.

—Le acompañaré hasta el parque —dijo.

—¡Le acompañarás al infierno! —prorrumpió su amo o lo que fuera de él—. ¿Y quién se encargará de los caballos, eh?

—La vida de un hombre es más importante que dejar de atender a los caballos por una noche. Alguien tiene que ir —murmuró la señora Heathcliff con mayor amabilidad de la que me esperaba.

—¡No bajo tus órdenes! —repuso Hareton—. Si tanto te importa la suerte de este señor, será mejor que no abras la boca.

—¡En ese caso, espero que su espíritu te persiga y que el señor Heathcliff no vuelva a encontrar otro inquilino hasta que la granja sea una ruina! —respondió ella con brusquedad.

—¡Cuidado, cuidado, está echándoles el mal de ojo! —murmuró Joseph al ver que me dirigía hacia él.

Estaba sentado cerca, ordeñando las vacas a la luz de un candil. Se lo arranqué sin ceremonias y, gritando que se lo haría llegar al día siguiente, me precipité hacia el postigo más cercano.

—Amo, amo, está robando el quinqué —gritó el anciano persiguiéndome—. ¡Eh, Gruñón! ¡Eh, perro! ¡Eh, Lobo! ¡A por él, a por él!

Fue abrir la portezuela y dos monstruos peludos se me tiraron al cuello, dieron con mis huesos al suelo y apagaron la luz, mientras unas carcajadas conjuntas de Heathcliff y Hareton ponían techo a mi rabia y humillación.

Por fortuna, los animales parecían más dispuestos a estirar las patas, bostezar y menear la cola que a devorarme vivo. Pero no iban a admitir ninguna resurrección, así que me vi obligado a seguir tumbado en el suelo hasta que a sus malvados dueños les viniera en gana liberarme. Cuando me soltaron, sin sombrero y temblando de ira, ordené a aquellos sinvergüenzas que me dejasen salir. Les advertí con diversas y confusas amenazas que, si me retenían un minuto más, corrían el riesgo de sufrir tan virulentas represalias que, por su indefinida profundidad, olían a Rey Lear.

La vehemencia de mi agitación me provocó un copioso sangrado de nariz y, aun así, Heathcliff no dejaba de reír ni yo de regañarle. No sé qué hubiese puesto fin a la escena si no llega a estar allí otra persona bastante más sensata que yo mismo y más benévola que mi anfitrión. Era Zillah, la corpulenta ama de llaves, que acabó saliendo para saber la causa de aquel tumulto. Pensó que alguno de ellos me había agredido y, no atreviéndose a atacar al amo, dirigió su artillería vocal hacia el granuja más joven.

—Muy bien, señor Earnshaw —exclamó—. ¿Qué tramará después, me pregunto? ¿Es que vamos a asesinar a la gente en nuestro propio umbral? Ya veo que esta casa no es para mí. ¡Miren a ese pobre tipo! ¡Se está ahogando! ¡Vamos, vamos! No puede continuar así, entre que le cure. Y ahora, estese quieto.

Habiendo dicho aquellas palabras, me echó de repente una pinta de agua helada por la nuca y me metió en la cocina de un empujón. El señor Heathcliff, cuyo involuntario regocijo se había disipado por completo, entró detrás de nosotros con su habitual desabrimiento.

Yo me sentía muy enfermo, mareado y débil, por lo que no me quedó más remedio que aceptar hospedaje bajo su techo. Heathcliff dijo a Zillah que me sirviese una copa de coñac y luego se fue a la habitación interior. Ella, compadecida de mi lamentable situación y habiendo obedecido las órdenes de su amo (por lo que me sentí revivir un tanto), me acompañó a la cama.

3

Mientras me guiaba escaleras arriba, la mujer me recomendó que escondiese la vela y que no hiciese el menor ruido, porque el amo tenía una idea peregrina sobre el aposento donde ella iba a instalarme. Heathcliff nunca accedía de buen grado a que nadie durmiera allí.

Pregunté cuál era el motivo.

Contestó que no lo sabía. No llevaba en la casa más que un año o dos, y sucedían tantas cosas extrañas que no había tenido tiempo ni de sentir curiosidad.

Demasiado aturdido como para sentir curiosidad a mi vez, cerré la puerta con llave y recorrí el aposento con la mirada buscando la cama. El mobiliario se reducía a una silla, una cómoda y un gran cajón de madera de roble que, cerca de la parte superior, tenía unas aberturas cuadradas que parecían las ventanillas de una diligencia.

Me acerqué a aquella estructura, miré dentro y me percaté de que era una suerte de cama anticuada muy extraña, convenientemente diseñada para obviar la necesidad de que cada miembro de la familia tuviera su propio cuarto. Formaba una pequeña alcoba e incluía una ventana, cuyo alféizar hacía de mesa.

Descorrí los paneles laterales, me metí dentro con la vela, los cerré, y me sentí a salvo de la vigilancia de Heathcliff y de todos los demás.

En una esquina del alféizar en el que deposité la vela había un rimero de libros mohosos y el resto estaba lleno de inscripciones rayadas en la pintura. Pero no eran sino un mismo nombre repetido con toda clase de letras, grandes y pequeñas: Catherine Earnshaw, que adoptaba aquí y allá la variante de Catherine Heathcliff, y aun de Catherine Linton.

Presa de una languidez apática, apoyé la cabeza contra la ventana y seguí deletreando una y otra vez Catherine Earnshaw... Heathcliff... Linton... hasta que se me cerraron los ojos. Pero no los habría descansado ni cinco minutos cuando surgió de la oscuridad un destello de letras blancas, vívidas como espectros. El aire estaba preñado de Catherines y, levantándome para disipar aquel molesto nombre, descubrí que el pabilo de mi vela estaba apoyado sobre uno de los antiguos tomos y perfumaba el lugar con un olor a piel de becerro chamuscada.

Apagué la vela y, sintiéndome muy incómodo debido a una náusea fría y persistente, me incorporé y abrí el dañado tomo sobre mi regazo. Era un Testamento impreso con letra fina y despedía un terrible olor a humedad. Una guarda llevaba la inscripción «Catherine Earnshaw, su libro» y una fecha de un cuarto de siglo atrás.

Lo cerré y cogí otro, y luego otro, hasta que los hube examinado todos. La biblioteca de Catherine era selecta y su estado de deterioro era la prueba de que se le había dado un buen uso, aunque con un fin no del todo legítimo. Tan solo un capítulo se había librado de los comentarios escritos a pluma y tinta —al menos tenían aspecto de comentarios— que cubrían todos los espacios en blanco dejados por el impresor.

Algunos eran frases sueltas; en otras partes tomaban forma de diario, todo ello garabateado con una mano infantil, inmadura. En la parte superior de una página en blanco (cuyo hallazgo debió de suponer un buen tesoro) me divirtió mucho contemplar una excelente caricatura de mi amigo Joseph, dibujada con trazos toscos pero poderosos.

Ello me despertó un inmediato interés por aquella desconocida Catherine, y en el acto me puse a descifrar sus desdibujados jeroglíficos.

«Un domingo horrible —empezaba el párrafo al pie de la caricatura—. Ojalá mi padre estuviera aquí. Hindley es un sustituto detestable, su comportamiento con Heathcliff es atroz. H. y yo vamos a rebelarnos: dimos el primer paso esta tarde.

»Ha estado lloviendo a cántaros todo el día. No pudimos ir a la iglesia, así que Joseph tuvo que congregar a los fieles en el desván y, mientras Hindley y su esposa disfrutaban del calor de un cómodo fuego en el piso de abajo —no precisamente ocupados en leer sus Biblias, puedo dar fe de ello—, nos ordenó a Heathcliff, a mí y al infeliz gañán que cogiéramos nuestros devocionarios y subiésemos al piso de arriba. Nos sentamos en fila sobre un saco de trigo, gimiendo y tiritando, y deseando que Joseph también tiritara para que abreviara su homilía por su propia conveniencia. ¡Vano pensamiento! El oficio duró tres horas exactas, y encima mi hermano tuvo la desfachatez de decir cuando nos vio bajar:

»—¿Cómo, ya habéis terminado?

»Los domingos por la tarde se nos solía permitir jugar si no hacíamos demasiado ruido. ¡Ahora basta una risita para que nos manden de cara a la pared!

»—Olvidáis que aquí hay un patrón —dijo el tirano—. ¡Al primero que me saque de mis casillas lo hago pedazos! ¡Insisto en una seriedad y un silencio absolutos! ¡Ay, niño! ¿Has sido tú? Frances, querida, tírale del pelo cuando pases por su lado. Le he oído chasquear los dedos.

»Frances tiró a Heathcliff del pelo con ganas y luego fue a sentarse en el regazo de su esposo; y allí se quedaron como dos criaturas durante varias horas, besándose y diciendo tonterías por los codos, una verborrea estúpida y vergonzosa.

»Nos acomodamos lo mejor que pudimos en el arco del aparador. Yo acababa de atar uno con otro nuestros delantales y los había colgado a modo de cortina cuando entró Joseph, que venía de la cuadra con un recado. Me derribó el invento, me dio un guantazo y gruñó:

»—No hace nada que el amo está bajo tierra y el Sabbath aún no terminó. ¿Tenéis el valor de enredar cuando aún tenéis el sonido del evangelio en los oídos? ¡Desgraciados! ¡Sentaos, sinvergüenzas! Ahí tenéis libros morales para leer; ¡sentaos y pensad en vuestras almas!

»Y diciendo aquello, nos obligó a colocarnos de manera que pudiésemos recibir del lejano fuego un tenue rayo que iluminara el texto de los legajos que nos arrojó.

»Aquella ocupación me resultaba insoportable. Agarré el pringoso libro por el lomo y lo lancé a la caseta del perro, jurando que odiaba los libros morales.

»Heathcliff lanzó el suyo al mismo lugar de una patada.

»¡Entonces se armó la gorda!

»—¡Señor Hindley! —gritó nuestro capellán—. ¡Señor, venga aquí! ¡La señora Cathy arrancó la solapa de *Timón de salvación* y Heathcliff pisoteó la primera parte de *Ancho camino de destrucción*! Es terrible que los deje seguir así. ¡Ech! ¡El viejo os daría vuestro merecido, pero ya no está entre nosotros!

»Hindley dejó precipitadamente su paraíso junto al hogar y, agarrándonos a él por el cogote y a mí por el brazo, nos empujó a la trascocina. Allí, como aseveró Joseph, "el diablo" vendría a buscarnos con toda certeza; así que, tranquilizados por aquello, cada uno buscó un escondrijo en espera de su advenimiento.

»Cogí de un estante este libro y un tintero, entorné la puerta de casa para que entrara un poco de luz y ahora llevo veinte minutos escribiendo. Pero mi compañero está impaciente y propone que nos apropiemos de la capa de la lechera y que, con ese abrigo, hagamos una escapada por los páramos. Una sugerencia agradable. Además, si al viejo malhumorado le da por entrar, pensará que se ha cumplido su profecía; no sentiremos más humedad ni más frío bajo la lluvia que aquí.»

Es de suponer que Catherine llevó a cabo su proyecto, porque en la frase siguiente cambiaba de tema y se ponía llorosa. «¡Nunca me cupo en la imaginación que Hindley me haría llorar de esta manera! Me duele tanto la cabeza que no puedo apoyarla en la almohada, pero no puedo parar. ¡Pobre Heathcliff! Hindley le tilda de vagabundo y ya no le deja sentarse a comer con nosotros. Dice que él y yo no podemos jugar juntos y amenaza con echarle de casa si desobedecemos sus órdenes.

Echa la culpa a nuestro padre (¡cómo se atreve!) por tratar a H. con demasiada liberalidad, y jura que le pondrá en su sitio...».

Empezaba a cabecear sobre la página borrosa y mis ojos vagaban del manuscrito a la página impresa. Vi un título rojo y ornamentado que decía: «Setenta veces siete y el primero de los setenta y uno. Un pío discurso pronunciado por el reverendo Jabes Branderham en el templo de Gimmerden Sough». Y mientras me devanaba los sesos, de forma medio inconsciente, para adivinar cómo desarrollaría Jabes Branderham su tema, me desplomé sobre la cama y me dormí.

¡Ay de los efectos de un té malo y la mala sangre! ¿Qué más pudo hacerme pasar una noche tan terrible? No recuerdo, desde que tengo capacidad de sufrimiento, otra que se le pueda comparar ni remotamente.

Me puse a soñar casi antes de perder la noción de donde estaba. Creía que era por la mañana y que había emprendido el camino a casa, con Joseph de guía. Había varios metros de nieve en el camino y, a medida que avanzábamos debatiéndonos, mi compañero me agobiaba con continuos reproches por no haber traído un bordón de peregrino. Me decía que no lograría entrar en casa sin él y blandía jactanciosamente una clava de cabeza gruesa, como entendí que se llamaba su bastón.

Durante unos instantes me pareció absurdo que yo pudiese necesitar un arma así para entrar en mi propia vivienda. Pero una nueva idea me sacó de mi error: no me dirigía allí; nos encaminábamos a oír al famoso Jabes Branderham, que predicaba a partir del texto «Setenta veces siete». Uno de los tres, Joseph, el predicador o yo, había cometido el «primero de los setenta y uno» e iba a ser desenmascarado en público y excomulgado.

Llegamos al templo. En realidad, he pasado por allí dos o tres veces en mis paseos. Está en una cuenca, un altiplano entre dos montes próximo a una ciénaga, cuya humedad dicen que tiene el don de embalsamar los pocos cadáveres que allí se depositan. El tejado aún se conserva intacto, pero como el estipendio del clérigo es de tan solo veinte libras al año y la casa tiene solo dos habitaciones que amenazan con convertirse en una, ningún clérigo quiere asumir las tareas de pastor, sobre todo porque se dice que su rebaño preferiría dejarle morir de hambre antes que incrementar su beneficio con un solo penique de su bolsillo. Pero en mi sueño, Jabes tenía numerosos y atentos feligreses. ¡Qué sermón el suyo, Dios mío! ¡Estaba dividido en cuatrocientas noventa partes igual de largas que un sermón habitual desde el púlpito, y cada una versaba sobre un pecado distinto! ¿De dónde los sacaría? No sabría decirlo. Tenía una forma especial de interpretar las distintas frases y parecía necesario que el hermano pecara de forma distinta en cada ocasión.

Los pecados eran de una naturaleza muy extraña; se trataba de raras transgresiones que jamás se me hubiera ocurrido imaginar.

¡Oh, qué agotamiento sentía! ¡Cómo me retorcía, bostezaba, cabeceaba y volvía en mí! ¡Cuántas veces me pellizqué, me pinché, me froté los ojos, me levanté, me volví a sentar y di con el codo a Joseph para que me dijera si aquello tendría fin!

Estaba condenado a oírlo todo. Por fin llegó al «primero de los setenta y uno». En aquel momento decisivo descendió sobre mí una repentina inspiración. Algo me movió a ponerme de pie y denunciar a Jabes Branderham como el pecador del pecado que no tiene perdón para ningún cristiano.

—Señor —exclamé—, he aguantado de un tirón, sentado aquí entre estas cuatro paredes, los cuatrocientos noventa apartados de su discurso, y se lo he perdonado. Setenta veces siete me he armado de mi sombrero y he querido marcharme. Setenta veces siete me ha obligado usted, absurdamente, a volver a mi asiento, pero cuatrocientas noventa y una veces ya no, es demasiado. ¡Hermanos mártires, duro con él! ¡Derribadle y hacedle papilla para que el lugar que le conoce no le conozca más!

—¡Aquí tenéis al Hombre! —vociferó Jabes tras una pausa solemne, inclinándose sobre su almohadón—. Setenta veces siete contorsionaste el rostro bostezando y setenta veces siete consulté con mi alma. ¡Ved, esto es debilidad humana, esto también puede absolverse! El primero de los setenta y uno ha venido. ¡Hermanos, aplicadle la sentencia que está escrita! ¡Gloria será esto para todos sus santos!

Tras aquella última palabra, la asamblea en pleno, enarbolando sus bordones de peregrino, me rodeó como un solo cuerpo y, como yo no tenía arma que blandir en defensa propia, inicié una lucha cuerpo a cuerpo con Joseph, mi asaltante más cercano y feroz, para quitarle el suyo. En la confluencia de aquella multitud se cruzaron varios garrotes; golpes dirigidos a mí caían sobre otros cráneos. Al cabo de poco todo el templo resonaba con los garrotazos que unos daban y otros recibían. La mano de cada hombre se alzaba contra su prójimo, y Branderham, no queriendo quedarse sin hacer nada, prodigaba su celo en una lluvia de sonoros porrazos contra los tablones del púlpito con tal reverberación que por fin, para mi indecible alivio, me despertaron.

Pero ¿qué me había sugerido aquel tremendo tumulto? ¿Qué había motivado la actuación de Jabes en la pelea? ¡Era la rama de un abeto que con cada ráfaga de viento gemía y golpeteaba sus piñas secas contra los cristales de mi ventana!

Apliqué el oído unos instantes con desconfianza; luego, después de detectar la rama que incordiaba, me di media vuelta, me adormecí y volví a soñar, pero de una forma aún más desagradable que antes, si cabe.

Esta vez era consciente de que me encontraba en la alcoba de roble; oía con toda nitidez el viento borrascoso y el azote de la nieve. Oía también el enervante golpeteo de la rama de abeto y lo atribuía a su verdadera causa, pero me molestaba tanto que decidí tratar de silenciarla. Me dio la impresión de que me levantaba para intentar abrir la ventana. El gancho estaba soldado a la argolla, una circunstancia que ya había advertido estando despierto, pero que había olvidado.

—¡Tengo que pararla como sea! —dije entre dientes mientras rompía el cristal con el puño y sacaba fuera el brazo para alcanzar la rama inoportuna.

¡Pero mis dedos se cerraron sobre los de una manita fría como el hielo!

Se apoderó de mí el terror intenso de la pesadilla. Intenté retirar el brazo, pero aquella mano se aferraba a él y una voz tristísima sollozaba:

—¡Déjame entrar! ¡Déjame entrar!

—¿Quién eres? —pregunté, pugnando entretanto por liberar el brazo.

—Catherine Linton —contestó la voz temblorosa. (¿Por qué me vino a las mientes Linton? Había leído Earnshaw veinte veces más que Linton)—. He vuelto a casa. ¡Me había extraviado en el páramo!

Mientras hablaba, divisé la cara borrosa de una niña que miraba por la ventana. El terror me volvió cruel y, viendo que era inútil tratar de liberarme de aquella criatura, empujé su muñeca contra el cristal roto y la froté de un lado a otro hasta que la sangre brotó y empapó las sábanas. Pero ella seguía gimiendo «¡Déjame entrar!» y se agarraba a mí con tenacidad. Casi enloquecí de miedo.

—¿Cómo quieres que lo haga? —dije al final—. ¡Suéltame si quieres que te deje entrar!

Relajó los dedos; yo retiré los míos por el agujero, apilé a toda prisa los libros en forma de pirámide contra el hueco y me tapé los oídos para no oír aquella lastimosa súplica.

Me pareció que los había tenido tapados más de un cuarto de hora, pero en cuanto volví a prestar atención, ¡aquella triste voz seguía quejándose!

—¡Vete! —grité—. ¡Jamás te dejaré entrar, ni aunque me lo rogaras durante veinte años!

—Han sido veinte años —lloró la voz—, veinte años. ¡Llevo veinte años errando sin techo!

Acto seguido oí que alguien rascaba débilmente con las uñas y la pila de libros se movió como si la empujaran desde fuera.

Traté de levantarme de un salto, pero vi que no podía mover ni un dedo, así que, muerto de miedo, lancé un grito frenético.

Para mi confusión, descubrí que el grito no era imaginario. Unos pasos se acercaban presurosos a la puerta de mi aposento. Alguien la abrió con mano vigorosa, y el brillo de una luz trémula entró por las aberturas en lo alto de la cama. Me senté, sin dejar de temblar, y me enjugué el sudor de la frente. El intruso pareció vacilar y murmuró algo entre dientes.

Al final, dijo casi en un susurro, sin esperar respuesta:

—¿Hay alguien ahí?

Pensé que lo mejor era confesar mi presencia, porque reconocí la voz de Heathcliff y temí que prosiguiera su búsqueda si yo permanecía callado.

Con aquella intención, me di la vuelta y abrí los paneles. Nunca olvidaré el efecto que provocó mi acción.

Heathcliff estaba cerca de la entrada, en pantalón y mangas de camisa; una vela le goteaba sobre los dedos y tenía el semblante blanco como la pared que había a sus espaldas. Al primer crujido del roble, se sobresaltó como si hubiese recibido una descarga eléctrica y la vela salió disparada de sus manos a bastante distancia. Pero su agitación era tan extrema que apenas podía recogerla.

—Soy su huésped, señor —grité, deseoso de evitarle la humillación de seguir mostrando su cobardía—. He tenido la desventura de chillar en sueños a causa de una espantosa pesadilla. Siento haberle molestado.

—¡Ah, maldito señor Lockwood! Ojalá estuviera usted en… —empezó a decir mi anfitrión, al tiempo que colocaba la vela sobre una silla porque le era imposible sujetarla con pulso firme—. ¿Y quién le ha acomodado en este cuarto? —prosiguió, clavándose las uñas en la palma de la mano y rechinando los dientes para dominar las convulsiones maxilares—. ¿Quién ha sido? ¡Estoy por echar de casa en este mismo instante a quien haya sido!

—Ha sido Zillah, su sirvienta —repuse, deslizándome al suelo y recogiendo mi ropa a toda prisa—. No me importaría que la echara, señor Heathcliff, lo tiene bien merecido. Supongo que quería tener, a costa mía, una prueba más de que la habitación está embrujada. Bueno, lo está. ¡Está plagada de fantasmas y duendes! Hace bien en tenerla cerrada, se lo aseguro. ¡Nadie le agradecerá una cabezada en semejante cubil!

—¿Qué quiere decir con eso? —preguntó Heathcliff—. ¿Qué está usted haciendo? Acuéstese y termine de pasar la noche, ya que está aquí. Pero, por el amor de Dios, no vuelva a hacer ese ruido espantoso. ¡No tiene excusa posible, a menos que le estuvieran degollando!

—¡Si esa diablilla hubiese entrado por la ventana, lo más seguro es que me hubiese estrangulado! —repliqué—. No pienso volver a sufrir el acoso de sus espléndidos antepasados. ¿No era el reverendo Jabes Branderham pariente de usted por parte de madre? Y en cuanto a esa picaruela de Catherine Linton o Earnshaw, o comoquiera que se llame, ¡tiene que haber sido una pequeña alma malvada, hija de las brujas! Me dijo que lleva veinte años vagando por la tierra. ¡Un justo castigo por sus transgresiones mortales, sin duda!

En cuanto hube pronunciado aquellas palabras, recordé la asociación, que también había leído en el libro, del nombre de Heathcliff con el de Catherine. Aquello se me había borrado completamente de la mente hasta que se me despertó de aquella forma brutal. Me ruboricé por mi falta de consideración, pero me apresuré a añadir, sin mostrar más conciencia de mi ofensa:

—La verdad, señor, es que me he pasado la primera parte de la noche... —Aquí me paré en seco. Estaba a punto de decir «hojeando esos viejos libros», lo que habría revelado que yo conocía su contenido manuscrito, además del impreso. Así que, corrigiéndome, proseguí—:... deletreando el nombre grabado en ese alféizar. Una ocupación monótona con la que esperaba conciliar el sueño, como contar o...

—¿Cómo se atreve a hablarme así? —rugió Heathcliff con salvaje vehemencia—. ¿Cómo? ¿Cómo se atreve, estando bajo mi techo? ¡Dios! ¡Habla usted como un loco!

Y se golpeó la frente con rabia.

Yo no sabía si ofenderme por aquel lenguaje o si proseguir con mi explicación, pero mi anfitrión parecía tan hondamente afectado que me apiadé de él y seguí contándole mis sueños. Le aseguré que nunca había oído antes el nombre de «Catherine Linton», pero que, de tanto leerlo, había calado en mí hasta el punto de que se personificó cuando yo ya no tenía el control de mi imaginación.

Mientras yo hablaba, Heathcliff había ido retrocediendo poco a poco dentro del refugio de la cama hasta que finalmente se sentó, quedando casi escondido detrás de ella. Sin embargo, adiviné por su respiración irregular y entrecortada que luchaba por vencer un violento acceso de emoción.

Para disimular que advertía su conflicto, seguí aseándome ruidosamente, miré mi reloj e inicié un soliloquio acerca de lo larga que se me estaba haciendo la noche:

—¡No son ni las tres! Hubiera jurado que eran las seis; aquí el tiempo se eterniza. ¡Serían las ocho cuando nos fuimos a acostar!

—En invierno siempre a las nueve, y a las cuatro en pie —dijo mi anfitrión, ahogando un gemido.

Me pareció, por la sombra de su brazo, que hacía un gesto rápido para enjugarse una lágrima.

—Señor Lockwood —añadió—, puede pasarse a mi cuarto. Si baja tan temprano no hará más que estorbar. Su alboroto pueril ha dado al traste con mi sueño.

—Lo mismo digo —repuse—. Me daré un paseo por el patio hasta que amanezca y luego me iré. Y no tema, no repetiré mi intrusión. Me he curado de buscar placer en la compañía del prójimo, y eso tanto en el campo como en la ciudad. Lo sensato es hallar compañía suficiente en uno mismo.

—¡Una compañía encantadora! —murmuró Heathcliff—. Coja la vela y váyase a donde le plazca. Enseguida estaré con usted. Pero no se le ocurra salir al patio, que están los perros sueltos. Y la casa… allí monta guardia Juno… así que… nada, solo puede andar por las escaleras y los pasillos… ¡Pero váyase ya! Yo iré dentro de dos minutos.

Obedecí en cuanto a lo de salir del aposento, pero como ignoraba adónde conducían aquellos angostos pasillos, me quedé un rato parado en el umbral. Entonces fui testigo, sin querer, de una escena de superstición protagonizada por mi casero que desmentía de forma extraña su aparente cordura.

Se subió a la cama, abrió violentamente la ventana y se deshizo en un incontrolable mar de lágrimas.

—¡Entra! ¡Entra! —sollozaba—. ¡Cathy, por favor! ¡Por favor, ven aunque solo sea una vez más! ¡Oh! ¡Prenda de mi corazón, escúchame por esta vez! ¡Catherine, por fin!

El espectro mostró las veleidades propias de su condición: no dio señales de existir. Pero la nieve y el viento irrumpieron por la ventana en salvajes torbellinos hasta donde yo estaba y apagaron la vela.

Había tal angustia en su efusión de dolor durante aquel desvarío que la lástima me llevó a obviar su locura. Me alejé con una mezcla de enfado por haber oído aquello y de vergüenza por haber relatado mi ridícula pesadilla, ya que le había provocado aquella congoja, aunque el motivo de su sufrimiento escapaba a mi comprensión.

Bajé con cautela a las regiones inferiores y aterricé en la trascocina, donde atizando el rescoldo pude volver a prender la vela. Nada se movía, salvo un gato gris atigrado que salió sigiloso de entre las cenizas y me saludó con un quejumbroso maullido. Dos bancos semicirculares rodeaban el hogar casi por completo. Me tumbé en uno de ellos y Grimalkin se subió al otro. Empezábamos ambos a dar cabezadas, sin que nadie invadiera nuestro retiro, cuando Joseph bajó ruidosamente por una escalera de madera que se adentraba en el techo por una trampilla; imagino que conducía a su desván.

Lanzó una mirada siniestra hacia la llamita que yo había conseguido reanimar, hizo bajar al gato y, ocupando su sitio, inició la operación de rellenar con tabaco una pipa de más de siete centímetros. Evidentemente que a sus ojos mi presencia en su santuario era una insolencia tan reprobable que no merecía ningún comentario. Aplicó la boquilla a sus labios sin mediar palabra, se cruzó de brazos y empezó a echar bocanadas de humo.

Le dejé disfrutar de aquel lujo sin molestarle. Cuando hubo expulsado con un profundo suspiro la última espiral de humo, se puso en pie y se marchó con la misma solemnidad que al entrar.

Acto seguido oí que entraban en la cocina unos pasos más ligeros. Abrí la boca para decir «Buenos días», pero la cerré sin pronunciar el saludo. Hareton Earnshaw iba diciendo *sotto voce* sus oraciones, que consistían en una serie de improperios dirigidos a cada uno de los objetos que tocaba mientras hurgaba en un rincón en busca de una pala o una azada para dejar el camino expedito de nieve. Miró por encima del respaldo del banco, dilató las aletas de la nariz, y tuvo tan en poco intercambiar cortesías conmigo como con mi compañero el gato.

Sus preparativos me llevaron a suponer que ya era posible salir y, dejando mi duro lecho, hice amago de seguirle. Él se percató, golpeó una puerta interior con la punta de la azada y me dio a entender mediante un sonido inarticulado que era allí donde debía ir si cambiaba de sitio.

Abrí y entré en la casa, donde las mujeres ya trajinaban: armada con un enorme fuelle, Zillah avivaba lenguas de fuego que ascendían por la chimenea y la señora Heathcliff, arrodillada en el suelo del hogar, leía un libro a la luz de la lumbre.

Interponía una mano entre el calor del fuego y sus ojos, y parecía absorta en su ocupación: solo se interrumpía para reñir a la sirvienta cuando la cubría de chispas o para echar de vez en cuando a un perro si venía a meterle el hocico en la cara.

Me sorprendió ver a Heathcliff también allí. Estaba de pie junto al fuego, de espaldas a mí, y acababa de hacerle una terrible escena a Zillah. Ella, de vez en cuando, interrumpía su trabajo para recoger la esquina de su delantal y exhalar un quejido.

—¿Y tú qué, despreciable...? —explotó cuando yo entraba, dirigiéndose a su nuera con un epíteto tan inofensivo como pato u oveja, pero que suele representarse con un guión—. ¡Ya estás otra vez con tus trucos de holgazana! ¡Aquí todos se ganan el pan, menos tú, que vives de mi caridad! Recoge tu basura y encuentra algo que hacer. Tendrás que pagarme por el tormento que supone tenerte siempre delante. ¿Me oyes, odiosa mujerzuela?

—Recogeré mi basura, porque si me niego usarás la fuerza para obligarme —respondió la joven mientras cerraba el libro y lo arrojaba sobre una silla—. ¡Pero, por mucho que me injuries y saques la lengua, no haré sino lo que me plazca!

Heathcliff levantó la mano y ella se apartó de un salto para quedar a prudente distancia. Sin duda ya conocía el peso de aquella mano.

Como yo no tenía el menor deseo de presenciar una pelea entre perros y gatos, di unos pasos adelante, como si ansiara compartir el calor del hogar y fingiendo ignorar la interrumpida disputa. Tuvieron la educación suficiente para suspender sus hostilidades. Heathcliff, para evitar cualquier tentación, se metió los puños en los bolsillos, y la señora Heathcliff hizo una mueca y se dirigió hacia un asiento apartado. Una vez allí mantuvo su palabra de representar, durante el resto de mi estancia, el papel de una estatua.

No me quedé mucho tiempo. Decliné el ofrecimiento de compartir su desayuno y aproveché el primer resplandor del alba para escapar al aire libre. Ahora hacía un tiempo despejado y sereno, pero frío como un hielo impalpable.

No había llegado al final del jardín cuando oí los gritos de mi casero, que se ofrecía a acompañarme a través del páramo. Estuvo bien que lo hiciera, porque toda la falda del monte se había convertido en un océano blanco y ondulante. Las crestas y las vaguadas no correspondían a las elevaciones y depresiones del terreno. Muchos hoyos estaban cubiertos de nieve y filas enteras de montículos, formados por el desecho de las canteras, se habían borrado del mapa que quedara grabado en mi mente durante el paseo del día anterior.

Había observado que a un lado del camino, a intervalos de cinco o seis metros, había una hilera de piedras erguidas que se extendía a lo largo de todo el erial: las habían levantado y encalado con el propósito de que sirvieran de guía en la oscuridad y también para cuando una nevada como la de ahora confundiera los hondos pantanos de ambos lados con el camino más firme. Pero, salvo algún punto oscuro que sobresalía aquí y allá, había desaparecido todo rastro de su existencia, y mi compañero halló necesario avisarme en varias ocasiones de que virara a la derecha o a la izquierda, cuando yo pensaba que seguía correctamente los meandros del camino.

Intercambiamos pocas palabras y, al llegar a la entrada del parque de Los Tordos, se detuvo y me dijo que a partir de allí ya no había pérdida. Nuestra despedida se redujo a una rápida inclinación de cabeza, tras lo cual seguí adelante confiando en mis propios medios, porque la caseta del portero ha estado desocupada hasta hoy. La distancia entre la verja y la casa es de tres kilómetros, pero creo que me las arreglé para que se convirtieran en seis, porque me perdí entre los árboles y me hundí hasta el cuello en la nieve, un aprieto que hay que haber vivido para apreciarlo. En cualquier caso, fueran cuales fueran mis rodeos, el reloj daba las doce cuando entré en la casa, lo que equivalía exactamente a una hora por kilómetro y medio del camino habitual desde Cumbres Borrascosas hasta la granja.

Mi ama de llaves y sus satélites salieron a mi encuentro exclamando alborozados que me daban por muerto. Conjeturaban que podía haber perecido la noche anterior y se preguntaban cómo hacer para ir a buscar mis restos.

Les pedí que se tranquilizaran ahora que estaba de vuelta y, aterido hasta los huesos, me arrastré escaleras arriba. Después de cambiarme de ropa y de pasear de un lado a otro durante treinta o cuarenta minutos para entrar en calor, me he trasladado a mi despacho. Me siento débil como un gatito, quizá demasiado para poder disfrutar del alegre fuego y del café humeante que la criada me ha preparado.

4

¡Qué veleidosas veletas somos! Yo, que había resuelto mantenerme al margen de todo trato social y que agradecía mi buena estrella por haber encontrado por fin un lugar casi inaccesible, yo, un pobre infeliz, tras haber mantenido hasta el atardecer una lucha contra la soledad y el desánimo, al final me vi obligado a arriar bandera, y, con el pretexto de conseguir información sobre las necesidades del personal a mi servicio, pedí a la señora Dean que cuando trajera la comida se sentara conmigo, con la viva esperanza de que resultara ser la típica chismosa y que, o bien me levantara los ánimos con su cháchara, o bien esta me arrullara hasta dormirme.

—Lleva usted viviendo aquí bastante tiempo —empecé diciendo—. Me dijo que dieciséis años, ¿verdad?

—Dieciocho, señor. Vine a servir a la señora cuando se casó. Cuando ella murió, el amo me retuvo dándome el cargo de ama de llaves.

—Eso es.

Sobrevino un silencio. Temí que solo fuera una chismosa en lo tocante a sus propios asuntos, ya que estos no tenían para mí ningún interés.

Sin embargo, tras quedarse un rato absorta, con los puños sobre las rodillas y una nube de meditación en su semblante rubicundo, exclamó:

—¡Ah, los tiempos han cambiado mucho desde entonces!

—Sí —observé—, imagino que habrá visto usted muchos cambios.

—Así es. Y también desgracias —dijo.

«¡Ya sé: encauzaré la conversación hacia la familia de mi casero! —dije para mis adentros—. Es un buen tema para empezar… Y me gustaría conocer la historia de esa bonita y joven viuda, saber si es oriunda de estas tierras o, lo que es más probable, una extranjera con la que no quieren estar emparentados aquellos burdos indígenas.»

Con ese fin, pregunté a la señora Dean por qué Heathcliff alquilaba la Granja de los Tordos y prefería vivir en una casa y un emplazamiento tan inferiores.

—¿Es que no le alcanza el dinero para mantener esa finca en buen estado? —pregunté.

—¿Dinero, señor? —replicó—. Ya lo creo que tiene, nadie sabe cuánto; cada año incrementa su capital. Sí, sí, es lo bastante rico como para vivir en una casa mucho mejor que esa, pero es un tacaño, un miserable. Aunque tuviera la intención de vivir en la Granja de los Tordos, en cuanto se presentara un buen inquilino no dejaría pasar la oportunidad de embolsarse unos cientos más. ¡No entiendo cómo se puede ser tan avaro cuando no se tiene a nadie en el mundo!

—Al parecer, tuvo un hijo.

—Sí, lo tuvo… Está muerto.

—¿Y esa joven dama, la señora Heathcliff, es su viuda?

—Sí.

—¿De dónde procede?

—Es hija de mi difunto amo, señor. Su nombre de soltera es Catherine Linton. ¡Yo la crié, pobrecita! Sí, yo quería que el señor Heathcliff se mudara aquí para que volviésemos a estar todos juntos.

—¿Cómo? ¿Catherine Linton? —exclamé pasmado.

Pero me bastó un minuto de reflexión para convencerme de que no se trataba de mi fantasmagórica Catherine.

—O sea que el apellido de mi antecesor —proseguí— era Linton, ¿no?

—Así es.

—¿Y quién es ese Earnshaw, Hareton Earnshaw, que vive con el señor Heathcliff? ¿Son parientes?

—No. Él es sobrino de la difunta señora Linton.

—Entonces, ¿es primo de la señorita?

—Sí. Su esposo también era su primo. El uno por parte de madre y el otro por parte de padre. Heathcliff se casó con la hermana del señor Linton.

—He visto que encima de la puerta principal de Cumbres Borrascosas está grabado el nombre de «Earnshaw». ¿Son una familia muy antigua?

—Mucho, señor. Y Hareton es el último vástago de su familia, igual que Cathy es la última de la nuestra, de los Linton, quiero decir. ¿Ha estado usted en Cumbres Borrascosas? Perdone que se lo pregunte, pero me gustaría saber cómo está ella.

—¿La señora Heathcliff? Tenía muy buen aspecto y la encontré muy guapa, aunque creo que no es muy feliz.

—¡Ay, no me extraña! ¿Y qué le pareció el amo?

—Un tipo más bien áspero, señora Dean. ¿No es así su carácter?

—¡Áspero como el filo de una sierra y duro como el pedernal! Cuanto menos se relacione con él, mejor le irá.

—Tiene que haber pasado por muchas vicisitudes para acabar convirtiéndose en el patán que es. ¿Sabe usted algo de su historia?

—Es como la del cuco, señor. La conozco muy bien, menos dónde nació, quiénes eran sus padres y cómo consiguió su primer dinero. Ha echado a Hareton como si se tratara de un acentor implume. ¡El desafortunado muchacho es el único, en toda la parroquia, que no sabe en qué medida le han estafado!

—Señora Dean, me parece que haría usted una obra de caridad si me contara algo acerca de mis vecinos. Siento que si me voy a la cama ahora no descansaré. Así que tenga la bondad de sentarse a charlar conmigo durante una hora.

—¡Con mucho gusto, señor! Permítame ir a buscar mi labor de costura y luego me sentaré con usted el tiempo que quiera. Pero ha cogido usted frío. Le he visto tiritar. Le serviré unas gachas para que entre en calor.

La buena señora salió apresuradamente de la habitación y yo me acuclillé cerca del fuego. Notaba la cabeza caliente y el resto del cuerpo frío. Además, tenía los nervios y el cerebro tan excitados que estaba a punto de desvariar. Aquello me hacía sentir si no incómodo, sí bastante asustado (y sigo estándolo) por las graves consecuencias que podían acarrearme los incidentes de ayer y de hoy.

La señora regresó al cabo de poco con un cuenco humeante y una cesta de costura. Una vez que hubo depositado lo primero sobre la repisa de la chimenea, acercó su silla. Era evidente que estaba encantada de encontrarme tan sociable.

Antes de venir yo a vivir aquí —empezó a decir sin esperar a que yo volviera a pedirle que contara su relato—, estaba casi siempre en Cumbres Borrascosas, porque mi madre había criado al señor Hindley Earnshaw, el padre de Hareton, y yo me había acostumbrado a jugar con los niños. Pero no solo jugaba, también hacía recados, ayudaba a recoger heno e iba de un lado a otro de la finca, siempre dispuesta a cumplir lo que me pidieran.

Una hermosa mañana de estío —recuerdo que empezaba la siega—, el señor Earnshaw, el antiguo amo, bajó las escaleras vestido con ropa de viaje y, después de dejar dicho a Joseph lo que tenía que hacer durante el día, se volvió hacia Hindley, Cathy y yo —porque yo estaba sentada a la mesa con ellos, comiendo gachas de avena— y le habló así a su hijo:

—Vamos a ver, hombrecito. Hoy me marcho a Liverpool…
¿Qué quieres que te traiga? Puedes pedir lo que quieras, pero que
sea algo pequeño porque haré el trayecto a pie. Son unos cien kilómetros de ida y otros tantos de vuelta. ¡Es un buen trecho!

Hindley pidió un violín. Luego el amo hizo la misma pregunta a la señorita Cathy y ella eligió una fusta, porque con seis añitos
ya era capaz de montar cualquier caballo de los de la cuadra.

Y no se olvidó de mí, porque, aunque a veces era bastante severo, tenía buen corazón. Prometió traerme un bolsillo lleno de
manzanas y peras. Después dio un beso de despedida a sus hijos y
se puso en marcha.

Los tres días que duró su ausencia se nos hicieron muy largos;
la pequeña Cathy preguntaba una y otra vez cuándo volvería a casa.
La señora Earnshaw, que le esperaba para cenar la noche del tercer
día, fue retrasando hora tras hora el momento de servir. Pero el señor no aparecía, y al final los niños se cansaron de bajar corriendo
a la verja para ver si venía. Cuando oscureció, su madre quiso man-
darles a la cama, pero ellos le suplicaron lloriqueando que les dejara quedarse levantados. A eso de las once, el pestillo se levantó sin
ruido y entró el amo. Se desplomó en una silla entre risas y lamentos, y les pidió que no se le acercaran porque venía muerto de can-
sancio. No volvería a hacer una caminata semejante aunque le
ofrecieran el oro y el moro.

—¡Y para que al final quede molido! —dijo, abriendo el gabán
que llevaba entre los brazos a modo de paquete—. Mira esto, mujer. Nada en la vida me ha dejado más exhausto. Pero debes acep-
tarlo como un don del cielo, aunque sea tan oscuro que casi parece
que viniera del diablo.

Nos apiñamos todos a su alrededor y pude divisar, por encima
de la cabeza de la señorita Cathy, a un niño sucio, andrajoso y de
pelo negro, que tenía edad suficiente para andar y hablar. En realidad, de cara parecía mayor que Catherine, pero cuando aquel bul-
to se puso de pie, se limitó a mirar a todas partes con los ojos como

platos y a repetir, una y otra vez, una algarabía que nadie fue capaz de entender. Yo me asusté, y la señora Earnshaw estuvo a punto de sacar a aquella cosa de casa: se encolerizó y preguntó a su esposo cómo se le había ocurrido traer a aquel gitano mocoso, cuando ya tenían a sus propios hijos que alimentar y defender, qué pensaba hacer con él y si se había vuelto loco.

El amo trató de explicar el asunto, pero la verdad es que estaba agotado y, entre eso y los reproches de su esposa, lo único que pude sacar en claro fue que se lo había encontrado muerto de hambre, desamparado y casi sin habla por las calles de Liverpool. Contó que lo había recogido con la intención de devolverlo a sus dueños, pero nadie sabía de dónde había salido. Y que, teniendo como tenía el tiempo y el dinero justos, le había parecido mejor traerlo a casa que correr con gastos inútiles allí, porque de ninguna manera iba a dejarle en las mismas condiciones en que lo había encontrado.

Bien, aquello terminó en que mi ama, de tanto quejarse, se tranquilizó un poco y el señor Earnshaw me mandó que lavara al niño, le pusiera ropa limpia y le llevara a dormir con sus hijos.

Hindley y Cathy se contentaron con mirar y escuchar hasta que se hubo restablecido la calma. Pero luego se lanzaron los dos a hurgar en los bolsillos de su padre en busca de los presentes que les había prometido. Hindley, que ya tenía catorce años, rompió a llorar como un niño cuando sacó del gabán de su padre los trozos de lo que había sido un violín. Y Cathy, cuando se enteró de que, por atender a aquel extraño, el amo había perdido la fusta, mostró su mal genio haciendo una mueca y escupiendo a aquella pobre criatura, lo que le valió un recio bofetón de su padre para que aprendiera mejores modales.

Los dos se negaron en redondo a que durmiera en su cama e incluso a que compartiera su cuarto. Yo no mostré mayor sensatez que ellos, así que dejé al niño en el descansillo de la escalera con la esperanza de que a la mañana siguiente hubiera desaparecido. No sé si fue por casualidad o porque le atrajo la voz del amo, el caso es que se arrastró sigilosamente hasta la puerta del cuarto del señor Earnshaw y este le encontró allí cuando salió de su aposento. Se puso a indagar cómo había llegado hasta allí, y yo me vi obligada a confesar la verdad. De forma que, como pago por mi cobardía y falta de humanidad, me echó de casa.

Aquel fue el primer contacto de Heathcliff con la familia. Cuando volví a la casa unos días más tarde, porque no consideraba que mi expulsión fuera definitiva, descubrí que le habían bautizado con el nombre de «Heathcliff». Así se llamaba un hijo que a los señores Earnshaw se les había muerto en la infancia; y ese es el apelativo que le ha servido de nombre y apellido desde entonces.

La señorita Cathy y él se convirtieron en uña y carne, pero Hindley le odiaba. Y, a decir verdad, yo también. Era vergonzosa la forma en que le hostigábamos y nos metíamos con él. Ni yo tenía entonces la sensatez suficiente para calibrar mi injusto proceder, ni el ama le defendió nunca cuando le maltratábamos delante de ella.

Parecía un niño taciturno y paciente. Quizá estuviera endurecido contra los malos tratos, porque aguantaba los golpes de Hindley sin un pestañeo ni una lágrima, y mis pellizcos solo le hacían aguantar la respiración y abrir los ojos como si se hubiera hecho daño accidentalmente y nadie tuviera la culpa.

Aquella capacidad de aguante ponía furioso al viejo Earnshaw cuando descubría que su hijo hostigaba al pobre niño huérfano, como él le llamaba. Se encariñó extrañamente con Heathcliff, creía todo cuanto le decía (lo cierto es que el niño hablaba muy poco y cuando lo hacía solía decir la verdad) y le mimaba mucho más que a Cathy, que era demasiado traviesa y díscola para ser su preferida.

Así que, desde el principio, aquel gitanillo trajo la discordia a la casa. Y a la muerte de la señora Earnshaw, que aconteció menos de dos años después, el señorito había aprendido a mirar a su padre más como a un opresor que como a un amigo, y a Heathcliff como a un usurpador de sus privilegios y del afecto paterno. Y a fuerza de dar vueltas a aquellas injusticias, se le fue agriando el carácter.

Yo compartí sus sentimientos durante un tiempo, pero cambié de opinión en el acto cuando los niños enfermaron de sarampión y, al tocarme cuidarles, me vi cargada con las responsabilidades de una mujer adulta. La vida de Heathcliff corrió serio peligro y en el punto culminante de su enfermedad me tuvo constantemente a la cabecera de su cama. Supongo que se daba cuenta de lo mucho que estaba haciendo por él, pero no tenía la inteligencia suficiente para suponer que lo hacía por obligación. No obstante, tengo que decir que era el niño más callado que jamás cuidara una enfermera. La diferencia entre él y los otros me llevó a ser más imparcial. Cathy y su hermano me acosaban sin cesar. Él, en cambio, era sumiso como un cordero, aunque la poca guerra que daba se debía más a la dureza que a la dulzura.

Por fin salió de aquel trance y el doctor aseguró que se debía en gran parte a mis cuidados, y me ensalzó por ello. Aquellos encomios me envanecieron y me llevaron a sentir cierta ternura hacia aquel ser por cuya causa los había merecido. Fue así como Hindley perdió a su última aliada. Pero, de todos modos, Heathcliff no acababa de gustarme; no entendía qué había visto el amo de tan admirable en aquel niño taciturno que nunca, que yo recuerde, le pagó su indulgencia con la menor señal de gratitud. No es que fuera insolente con su benefactor; sencillamente era insensible, a pesar de saber muy bien que tenía ganado su corazón y de ser consciente de que bastaba que dijera una palabra para que toda la casa tuviera que complacer sus deseos.

A modo de ejemplo, recuerdo que el señor Earnshaw compró en una ocasión un par de potros en la feria de la parroquia y regaló uno a cada niño. Heathcliff escogió el más hermoso, pero pronto el animal se quedó cojo, y cuando su dueño lo advirtió, le dijo a Hindley:

—Cambiemos de caballo. El mío no me gusta. Si no lo haces, le diré a tu padre que esta semana me has dado tres palizas y le enseñaré el brazo: lo tengo amoratado hasta el hombro.

Hindley le sacó la lengua y le dio un bofetón.

—Yo que tú lo haría de inmediato —insistió Heathcliff, escapando hacia el porche, porque estaban en la cuadra—. No tendrás más remedio, porque si cuento lo de los golpes, te los devolverán con creces.

—¡Fuera de aquí, perro! —gritó Hindley, al tiempo que le amenazaba con una pesa de hierro que usaban para las patatas y el heno.

—Tírala —repuso él, sin moverse—. Además le contaré que te has jactado de que me pondrás de patitas en la calle en cuanto él se muera; ya veremos si no te echa a ti en el acto.

Hindley le tiró la pesa al pecho y Heathcliff cayó al suelo. Pero se levantó enseguida como pudo, pálido y sin aliento. De no haber sido por mi intervención, seguro que se habría presentado ante el amo tal como estaba y habría logrado una venganza absoluta tan solo con dejar que su estado hablara por él y revelar quién había sido el causante.

—¡Está bien, gitano, toma mi potro! —dijo el joven Earnshaw—. Rezaré para que te rompa el pescuezo. ¡Tómalo y vete al infierno, miserable intruso! Despoja a mi padre de todo lo que tiene, pero luego enséñale quién eres, diablejo de Satanás. ¡Tómalo y ojalá te abra la cabeza a coces!

Heathcliff había ido a desatar al animal para llevárselo a su propio pesebre. Cuando pasaba por detrás del potro, Hindley remató su discurso haciéndole caer bajo las pezuñas del caballo y, sin pararse a averiguar si se habían cumplido sus esperanzas, huyó lo más rápido que pudo.

Me sorprendió ver la frialdad con que el niño se puso de pie y siguió con lo que tenía previsto hacer, y hasta cambió las sillas de montar. Luego, antes de entrar en casa, se sentó en un montón de heno para que se le pasara el mareo que le había producido aquel violento golpe.

Me fue fácil persuadirle de que me permitiera echar la culpa de sus magulladuras al caballo. Le importaba muy poco qué contáramos, ya que había obtenido lo que quería. Se quejaba tan rara vez de ataques como aquel que yo pensaba realmente que no tenía un carácter vengativo. Estaba muy equivocada, como oirá usted.

5

Con el paso del tiempo, el señor Earnshaw empezó a decaer. Había estado activo y sano, pero las fuerzas le abandonaron de repente. Y al verse confinado al rincón de la chimenea, se fue poniendo cada vez más irritable. Se quejaba por cualquier nimiedad y la menor sospecha de desacato a su autoridad casi le provocaba ataques de histeria.

Aquello era especialmente notable cuando alguien trataba de dominar o imponerse a su preferido. Ponía especial celo en evitar que nadie hablara mal a Heathcliff, ya que parecía habérsele metido en la cabeza que todos le odiaban y anhelaban hacerle una mala pasada precisamente porque él le tenía aprecio.

Aquella parcialidad suponía una desventaja para el chaval, porque como los más amables de nosotros no queríamos irritar al amo, le seguíamos la corriente, y esos halagos no hacían sino alimentar el orgullo del niño y su mal genio. Pero, en cierto sentido, no podía ser de otra manera. En dos o tres ocasiones las manifestaciones de desprecio de Hindley provocaron las iras del viejo cuando fue testigo de ellas. Agarró su bastón para golpear a su hijo y, al constatar que no podía, tembló de rabia.

Al final intervino nuestro párroco. En aquel entonces teníamos un párroco cuyos magros ingresos le obligaban a dar clase a los pequeños Linton y Earnshaw, y a cultivar su pequeña parcela de tierra él mismo. Fue él quien aconsejó al señor Earnshaw que mandara a Hindley al colegio. Aquel accedió, aunque de mala gana, porque decía que Hindley era un cero a la izquierda y que nunca prosperaría fuera a donde fuese.

Yo esperaba de todo corazón que a partir de entonces tuviéramos un poco de paz. Me dolía pensar que el amo pudiera sufrir a causa de su buena acción. Creía que el malestar que le provocaban los achaques de la vejez se originaba en las riñas familiares, porque él así lo afirmaba. Pero la verdad, señor, es que empezaba a fallarle todo el cuerpo. ¿Comprende?

Pese a todo, podríamos haber seguido adelante de forma tolerable, a no ser por dos personas: la señorita Cathy y Joseph, el sirviente. Usted le habrá visto allá arriba. Era, y seguramente sigue siendo, el fariseo más aburrido y santurrón que jamás haya escudriñado una Biblia de arriba abajo con el único fin de acaparar todas las promesas para sí y arrojar sobre sus semejantes todas las maldiciones. Gracias a su habilidad para pronunciar sermones y discursos piadosos se granjeó la confianza del señor Earnshaw, y cuanto más se debilitaba el amo, más influencia tenía Joseph sobre su ánimo.

No se cansaba de mortificarle con inquietudes referentes a la salvación de su alma y con la rígida educación que debía dar a sus hijos. Le inducía a mirar a Hindley como a un réprobo, y noche tras noche acusaba a Heathcliff y a Catherine de una larga retahíla de cuentos de su propia cosecha. Pero siempre se cuidaba de halagar la debilidad que sentía Earnshaw por el primero y echaba a Catherine el grueso de la culpa.

Lo cierto es que Catherine siempre hacía cosas sorprendentes para una niña. Nos sacaba de quicio a todos cincuenta veces al día o más: desde que bajaba las escaleras por la mañana hasta que se iba a dormir, no dejábamos de temer ni por un momento que nos hiciese alguna de sus travesuras. Siempre tenía el ánimo por las nubes y la lengua suelta, tan pronto cantando como riendo o increpando a todo aquel que se negara a obedecerla. Era una chiquilla vivaracha y salvaje, pero tenía los ojos más hermosos, la sonrisa más dulce y los pies más ligeros de toda la parroquia. Creo que en el fondo no deseaba ningún mal a nadie, porque si hacía llorar a alguien en serio, era raro que no acabara llorando también ella. Con eso, claro, le obligaba a uno a tranquilizarse para consolarla.

Estaba demasiado encariñada con Heathcliff. El mayor castigo que podíamos imaginar era separarla de él, y eso que de todos nosotros era a ella a quien más regañaban por culpa del chico.

En los juegos, lo que más le gustaba era hacer de señora. Movía las manos con soltura y daba órdenes a sus compañeros. También lo intentó conmigo, pero le hice saber que yo no iba a tolerar sus guantazos y sus órdenes.

Ahora bien, el señor Earnshaw no entendía que sus hijos le hicieran bromas, porque siempre había sido estricto y riguroso con ellos. Y Catherine, por su parte, no lograba entender por qué su padre se enfadaba más y tenía menos paciencia en su condición de enfermo que cuando estaba sano y fuerte.

Sus agrios reproches despertaron en ella el perverso placer de provocarle. Cuando más contenta estaba era cuando la regañábamos todos a la vez y ella nos desafiaba con su mirada intrépida e insolente y sus palabras mordaces. Hacía mofa de las fanáticas maldiciones de Joseph, me atormentaba a mí y provocaba a su padre con lo que él más odiaba: le demostraba que su fingida insolencia (que el señor Earnshaw creía auténtica) tenía más influjo sobre Heathcliff que la bondad paterna, y que el muchacho hacía siempre lo que ella quería, mientras que solo obedecía a su protector cuando le venía en gana.

A veces, después de portarse de la peor forma posible todo el día, se le acercaba por la noche muy mimosa para hacerse perdonar.

—No, Cathy —decía el viejo—, no puedo quererte. Eres peor que tu hermano. Ve a decir tus oraciones, hija, y pide a Dios que te perdone. ¡Temo que tu madre y yo tengamos que lamentar algún día haberte traído al mundo!

Al principio, aquello la hacía llorar, pero luego, al verse continuamente rechazada, se endureció; y cuando yo le decía que se arrepintiera de sus ofensas y pidiera perdón, se echaba a reír.

Pero por fin llegó la hora que puso término a las penas del señor Earnshaw en este mundo. Murió tranquilamente, sentado en su sillón junto al hogar, una tarde de octubre.

Un fuerte viento soplaba sin tregua alrededor de la casa y rugía en la chimenea. Sonaba salvaje y borrascoso, pero no era frío, y estábamos todos juntos. Yo me encontraba un poco alejada del fuego, entretenida con mi labor de costura, y Joseph leía la Biblia cerca de la mesa (porque los sirvientes solíamos sentarnos en la casa una vez terminado nuestro trabajo). La señorita Cathy había estado enferma, por lo que se estaba bastante quieta. Se apoyaba en las rodillas de su padre, y Heathcliff, tumbado en el suelo, tenía la cabeza en el regazo de ella.

Recuerdo que el amo, antes de sumirse en un duermevela, había estado acariciando los hermosos cabellos de su hija, porque rara vez tenía el placer de verla cariñosa, y le dijo:

—¿Por qué no puedes ser siempre una niña buena, Cathy?

Ella volvió el rostro hacia él, se echó a reír y contestó:

—¿Y tú, padre, por qué no puedes ser siempre un hombre bueno?

Pero en cuanto vio que lo volvía a enfadar, le besó la mano y le dijo que iba a cantarle una canción para que se durmiera. Se puso a cantar muy bajito, hasta que los dedos de él se soltaron de los suyos y la cabeza le cayó sobre el pecho. Entonces, temiendo que le despertara, le dije que dejara de cantar y que no se moviera. Nos quedamos todos callados durante una buena media hora, y habríamos seguido así si Joseph, al terminar el capítulo, no se hubiese levantado diciendo que había que despertar al amo para rezar las oraciones y llevarle a la cama. Se le acercó, le llamó por su nombre y le tocó el hombro, pero el amo no se movió, así que Joseph agarró la vela y le miró.

Cuando dejó la vela pensé que algo iba mal. Joseph cogió a cada niño por un brazo y les dijo muy bajito que subieran enseguida y que no hicieran ruido; que aquella noche rezaran solos sus oraciones porque él tenía algo que hacer.

—Primero tengo que darle las buenas noches a papá —dijo Catherine, echándole los brazos al cuello antes de que pudiéramos impedírselo.

La pobrecilla descubrió su pérdida en el acto.

—¡Oh, está muerto, Heathcliff! ¡Está muerto! —chilló.

Y los dos se pusieron a dar unos alaridos que partían el corazón. Yo uní mi llanto al suyo, sonoro y amargo. Pero Joseph preguntó por qué diantre bramábamos de aquella forma por un santo que estaba en el cielo.

Me mandó ponerme el abrigo y correr a Gimmerton en busca del médico y el párroco. Yo no veía de qué iba a servir ninguno de los dos en aquel punto. No obstante, fui, desafiando el viento y la lluvia, y regresé con uno de ellos: el médico. El otro dijo que vendría a la mañana siguiente.

Dejé que Joseph explicara lo ocurrido y subí corriendo al cuarto de los niños. La puerta estaba entreabierta y vi que no se habían acostado aún, pese a que ya era medianoche pasada. Pero estaban más tranquilos y no necesitaban mi consuelo. Las pobres criaturas se consolaban mutuamente con mejores pensamientos que los que hubieran podido ocurrírseme a mí. Ningún párroco del mundo habrá imaginado jamás un cielo tan hermoso como lo pintaban ellos con sus inocentes palabras. Y mientras los escuchaba, sin dejar de llorar, no pude evitar desear que estuviéramos todos allí reunidos y a salvo.

6

El señor Hindley volvió a casa para asistir al funeral, y lo que nos dejó pasmados y provocó las habladurías de los vecinos a diestra y a siniestra fue que trajo consigo a su nueva esposa.

Nunca nos dijo quién era ni dónde había nacido. Seguramente no tenía ni dinero ni nombre que la avalaran, de lo contrario Hindley no hubiese ocultado aquella unión a su padre.

No era alguien que molestase mucho en la casa. Desde el momento en que cruzó el umbral, se mostró encantada con todos los objetos que vio así como con todos los acontecimientos que presenció, salvo con los preparativos para el entierro y la presencia de los dolientes.

En aquel momento pensé, por su conducta, que era medio lela: se marchó corriendo a su cuarto y me pidió que fuera con ella, cuando yo tenía que haber estado vistiendo a los niños. Se quedó allí sentada, temblando y juntando las manos, y preguntando sin cesar:

—¿Se habrán marchado ya?

Luego se puso a describirme, con histérica emoción, el efecto que le producía ver tanto luto. Estaba asustada y seguía temblando, hasta que acabó echándose a llorar. Cuando le pregunté qué le pasaba respondió que no lo sabía, ¡pero que tenía muchísimo miedo de morir!

La idea de que muriera ella se me hacía tan remota como que muriese yo misma. Era bastante delgada, aunque joven y con una tez fresca, y los ojos le brillaban como dos diamantes. Lo cierto es que observé que se le aceleraba mucho la respiración cuando subía las escaleras, que el menor ruido inesperado la hacía estremecerse y que a veces tosía de forma alarmante. Pero no tenía ni idea de lo que aquellos síntomas presagiaban y la verdad es que no me movieron a compasión. Por aquí no solemos congeniar con los extranjeros, señor Lockwood, a no ser que ellos lo hagan primero con nosotros.

El joven Earnshaw había cambiado considerablemente en aquellos tres años de ausencia. Estaba más enjuto y había perdido el color, y hablaba y vestía de modo muy distinto. El mismo día de su regreso nos dijo a Joseph y a mí que a partir de aquel momento debíamos instalarnos en la trascocina y dejarle la casa a él. Traía el proyecto de enmoquetar y empapelar una habitación adicional para convertirla en gabinete; pero su esposa se mostró tan encantada con el suelo blanco, la enorme y resplandeciente chimenea, el aparador con los platos de peltre, la caseta del perro y el amplio espacio que había para moverse donde solían sentarse, que él no lo consideró necesario para la comodidad de ella y abandonó su intención.

Además, se mostró muy contenta de haber encontrado a una hermana entre sus nuevos conocidos, y al principio se dedicó a charlar con Catherine, a besarla, a corretear con ella y a colmarla de regalos. Pero muy pronto se cansó de ser cariñosa y, a medida que ella se iba volviendo más huraña, reapareció la vena tiránica de Hindley. Bastaba con que ella dijera unas palabras de antipatía hacia Heathcliff para despertar en Hindley todo su antiguo odio hacia el muchacho. Le desterró de su vista, le mandó quedarse con los sirvientes, le privó de la instrucción del cura e insistió en que, en lugar de tomar clases, trabajara en el campo, y le obligó a ocuparse de tareas tan duras como cualquier otro mozo de la finca.

Al principio, Heathcliff sobrellevaba su degradación bastante bien, porque Cathy le iba enseñando todo lo que ella misma aprendía, y salía a trabajar o a jugar con él en los campos. Al ver que el joven amo se había desentendido del todo de lo que hacían y de cómo se comportaban, se prometieron solemnemente uno a otro crecer tan rudos como salvajes y optaron por evitarle en todo momento. Ni siquiera se habría cerciorado de que fueran a la iglesia los domingos, pero Joseph y el cura le reprendían a él por su ausencia, lo que le recordaba que debía ordenar que azotaran a Heathcliff y que Catherine se quedara sin comida o sin cena.

Pero una de sus diversiones predilectas era huir a los pantanos por la mañana y quedarse allí todo el día, y el castigo consiguiente les vino a parecer insignificante y risible. Ya podía el cura castigar a Catherine con aprenderse de memoria los capítulos que quisiera, y Joseph apalear a Heathcliff hasta que le doliera el brazo. Todo se les olvidaba el minuto en que volvían a estar juntos, al menos el minuto en que ideaban un malvado plan de venganza. Me hicieron llorar muchas veces, porque veía que se estaban volviendo cada día más temerarios, sin que yo me atreviera a pronunciar una sílaba por miedo a perder la precaria influencia que aún conservaba sobre aquellas desvalidas criaturas.

Un domingo por la tarde les echaron del salón por haber hecho ruido, o por alguna pequeña ofensa similar, y cuando fui a llamarles para la cena no les hallé en ninguna parte.

Los buscamos por toda la casa, arriba y abajo, registramos el corral y las cuadras, pero se habían vuelto invisibles. Al final Hindley, en un ataque de cólera, nos mandó candar las puertas y juró que no entrarían en casa aquella noche.

Todos en la casa se fueron a dormir, pero yo, estando demasiado angustiada para acostarme, abrí mi ventana de celosía y, a pesar de la lluvia, saqué la cabeza para aguzar el oído, resuelta a desafiar la prohibición del amo y a abrirles la puerta si regresaban.

Al rato distinguí unos pasos que subían por el camino y la luz trémula de un quinqué a través de la verja.

Me cubrí la cabeza con un chal y salí corriendo para evitar que despertaran al señor Earnshaw al llamar a la puerta. Me asustó ver que Heathcliff venía solo.

—¿Dónde está la señorita Catherine? —exclamé enseguida—. No habrá tenido ningún accidente, espero.

—En la Granja de los Tordos —contestó—, y yo también debería estar allí, pero no han tenido la delicadeza de invitarme como a ella.

—¡Esto te costará caro! —dije—. No te quedarás tranquilo hasta que te echen de casa. ¿Qué diantre os llevó hasta la Granja de los Tordos?

—Deja que me quite la ropa mojada y te lo contaré todo, Nelly —repuso él.

Le pedí que fuera con cuidado para no despertar al amo, y mientras se desvestía y yo esperaba para apagar la vela, prosiguió:

—Cathy y yo nos escapamos del lavadero para ir a dar un paseo a nuestras anchas. Distinguimos luz en la granja, y se nos ocurrió ir a ver si los Linton se pasaban la tarde del domingo tiritando por los rincones, mientras sus padres se sentaban a la luz de la lumbre a comer y a beber entre cantos y risas. ¿Crees que es así? ¿O piensas que leen sermones y se dejan catequizar por un criado que les obliga a aprenderse una retahíla de nombres bíblicos si no contestan como es debido?

—No, seguramente no —contesté—. Deben de ser unos niños muy buenos que no merecen el trato que se os da a vosotros por vuestra mala conducta.

—No empieces con tus sermones, Nelly —dijo—. ¡Bobadas! Echamos a correr desde la cima de Cumbres Borrascosas hasta el parque, sin parar. Catherine llegó completamente agotada porque iba descalza. Mañana tendrás que ir a buscar sus zapatos a la ciénaga. Entramos a hurtadillas por un seto roto, subimos a tientas por el camino y nos encaramamos a una maceta que hay debajo de la ventana del salón. La luz venía de allí. No habían cerrado los postigos y las cortinas estaban a medio correr. Desde aquel sitio, subidos al zócalo y agarrados al alféizar de la ventana, los dos pudimos asomarnos al interior. ¡Vimos algo hermoso! Un lugar espléndido con alfombras carmesíes, y sillas y mesas forradas de carmesí, y un techo blanquísimo con cenefa de oro, y en el centro una lluvia de gotas de cristal que colgaban de cadenas de plata y relucían a la luz de los cirios. El señor y la señora Linton no estaban. ¡Edgar y su hermana tenían la casa para ellos solos! ¡Ya podían estar contentos! ¡Para nosotros aquello hubiera sido como estar en el cielo! Y ahora, adivina qué hacían aquellos niños tan buenos… Isabella, que tendrá once años, uno menos que Cathy, estaba tirada en un extremo de la habitación y chillaba como si las brujas le estuvieran clavando en el cuerpo agujas al rojo vivo. Edgar lloraba en silencio, de pie junto a la chimenea, y en el centro de la mesa había un perrito sentado que meneaba la pata y gañía. Por sus mutuas acusaciones dedujimos que casi lo habían despedazado entre los dos. ¡Qué idiotas! ¡No tenían otra manera de divertirse! Se peleaban por tener en los brazos un montón de pelo caliente y se habían echado a llorar, cada uno por su lado, porque los dos, después de luchar por él, se negaban a cogerlo. ¡Nos reímos abiertamente de aquellos consentidos, les despreciamos! ¿Cuándo me has visto codiciar nada que Catherine quisiera tener? ¿Cuándo nos has pillado a solas tratando de divertirnos pegando gritos, llorando y revolcándonos por el suelo, cada uno en una punta de la habitación? No cambiaría por nada del mundo mi situación aquí por la de Edgar Linton en la Granja de los Tordos. ¡Ni aunque tuviese el privilegio de tirar a Joseph del tejado más alto de la casa y pintar la fachada con la sangre de Hindley!

—¡Tranquilo, tranquilo! —interrumpí—. Aún no me has dicho, Heathcliff, por qué Catherine sigue allí.

—Te he dicho que nos reímos —respondió—. Los Linton nos oyeron y salieron disparados como flechas hacia la puerta, los dos a la vez. Hubo un silencio y luego gritos: «¡Ay, mamá, mamá! ¡Ay, papá! ¡Ay, mamá, ven aquí! ¡Ay, papá, ay!». Daban verdaderos alaridos, así como te lo imito. Hicimos unos ruidos espantosos para asustarles aún más, y luego nos descolgamos del alféizar porque alguien descorría los cerrojos y sentimos que era mejor huir. Yo llevaba a Cathy de la mano y le metía prisa, cuando de repente ella se cayó al suelo.

»—¡Corre, Heathcliff, corre! —susurró—. ¡Han soltado al dogo y me ha agarrado!

»Aquel diablo de perro le había apresado el tobillo, Nelly. Oí sus abominables bufidos. Cathy no gritó, ¡claro que no! No se hubiera dignado chillar ni aunque le hubiese atravesado con sus cuernos una vaca loca. Pero yo sí lo hice; me puse a vociferar tantas maldiciones que hubiese aniquilado a cualquier demonio en el seno de la cristiandad. Agarré una piedra y se la metí al perro entre las fauces, procurando con todas mis fuerzas que se la tragara. Por fin salió un sirviente muy bruto con un candil, gritando:

»—¡No lo sueltes, Trampero, no lo sueltes!

»Pero cambió de tono cuando vio la presa de Trampero. El animal se estaba asfixiando. La enorme lengua le colgaba amoratada y de los belfos caídos le chorreaba una baba sanguinolenta.

»El hombre cogió a Cathy en brazos. Ella vomitó en aquel momento, no de miedo, estoy seguro, sino de dolor. Se la llevó adentro y yo los seguí, farfullando maldiciones y amenazas.

»—¿Qué clase de presa traes, Robert? —preguntó Linton desde la entrada.

»—Trampero ha atrapado a una niña, señor —repuso. Y luego, tratando de agarrarme a mí, añadió—: ¡Y aquí hay un tipo con pinta de violento! Lo más seguro es que los ladrones quisiesen que estos dos entraran por la ventana para que abrieran la puerta a la cuadrilla cuando nosotros estuviésemos dormidos y poder asesinarnos a todos. ¡Y tú cállate la boca, roñoso ladrón deslenguado! Irás a la cárcel por esto. ¡Señor Linton, no guarde la escopeta!

»—¡No, no, Robert! —dijo el viejo tontaina—. Esos granujas habrán sabido que ayer fue mi día de recaudo y querían sacar tajada, los muy astutos. Pase, que les daremos su merecido. Vamos, John, vaya a poner la cadena. Jenny, dele un poco de agua a Trampero. ¡Hay que ver, desafiar a un magistrado en su baluarte, y además en domingo! ¡Qué insolencia! ¡Ah! Ven a ver, querida Mary. No te asustes, no es más que un niño, aunque frunce tanto el ceño que considero que sería un beneficio para este país ahorcarle enseguida, antes de que muestre su vileza con sus actos además de con sus facciones.

»Me empujó debajo de la araña; la señora Linton se puso los lentes en la nariz y levantó los brazos, horrorizada. Los cobardes niños se acercaron sigilosamente.

»—¡Qué horripilante! Enciérralo en la bodega, papá. Es idéntico al hijo de aquella adivina que me robó el faisán domesticado. ¿A que sí, Edgar? —balbuceó Isabella.

»Mientras me examinaban, Cathy se acercó, oyó las últimas palabras y se echó a reír. Edgar Linton la estuvo escudriñando sin pestañear hasta que la reconoció. Nos ven en la iglesia, como sabes, aunque es bastante raro que nos los encontremos en ningún otro sitio.

»—¡Pero si es la señorita Earnshaw! —susurró a su madre—. Y mira, Trampero la ha mordido. ¡Fíjate cómo le sangra el pie!

»—¿La señorita Earnshaw? ¡Bobadas! —exclamó la señora—. ¿Cómo va a andar la señorita Earnshaw corriendo por el campo con un gitano? Pero por lo que veo, querido, la niña va de luto… Tiene que ser ella… ¡Mira que si se queda coja para toda la vida!

»—¡Es una falta de cuidado muy reprochable por parte de su hermano! —exclamó el señor Linton, desviando la mirada de mi rostro al de Catherine—. Tengo entendido por Shielders (se refería a nuestro cura, señor) que la deja crecer en un paganismo absoluto. Pero ¿quién es este? ¿De dónde ha sacado a este compañero? ¡Ah! Juraría que es aquella extraña adquisición que hizo mi difunto vecino en su viaje a Liverpool. Es posible que sea un pequeño sirviente indio, o un náufrago americano o español.

»—¡Sea lo que sea —comentó la vieja—, es un niño malvado que no pinta nada en una casa decente! ¿Te has fijado en el lenguaje que usa, Linton? Estoy escandalizada de que mis hijos lo hayan oído.

»No te enfades, Nelly, pero volví a renegar, así que mandaron a Robert que me pusiera de patitas en la calle. El tipo, como yo me negaba a irme sin Cathy, me llevó a rastras al jardín, me plantó un quinqué en la mano y me aseguró que informarían al señor Earnshaw de lo ocurrido. Me conminó a marcharme en el acto y volvió a atrancar la puerta.

»Como las cortinas seguían descorridas, con un lazo en cada esquina, volví a mi puesto de espionaje, porque si veía que Catherine quería regresar a casa y no la dejaban salir, estaba dispuesto a hacer añicos aquellos enormes cristales.

»La vi sentada tranquilamente en el sofá. La señora Linton le había quitado la capa gris de la lechera que habíamos robado para nuestra excursión y creo que la estaban reconviniendo, porque sacudía la cabeza. No dejaba de ser una señorita, y no se la podía tratar de la misma manera que a mí. Después, la sirvienta trajo una jofaina con agua templada y le lavó los pies. El señor Linton le preparó un ponche e Isabella le volcó en el regazo un plato lleno de dulces. Edgar guardaba cierta distancia y la miraba boquiabierto. Luego le secaron y peinaron el hermoso cabello, le llevaron un par de zapatillas gigantes y la acercaron al fuego. La dejé allí contentísima, repartiendo su comida entre Trampero, cuyo hocico pellizcaba mientras comía, y el otro perrito. Y vi que encendía una chispa de vida en los ojos azules y vacíos de los Linton, un pobre reflejo de su propio rostro encantador. Estaban llenos de una admiración estúpida. Cathy es tan inconmensurablemente superior a ellos, y a cualquier persona de este mundo, ¿verdad, Nelly?

—Este asunto traerá más cola de la que imaginas —repuse mientras lo arropaba y apagaba la vela—. No tienes remedio, Heathcliff. Ya verás como el señor Hindley toma alguna medida extrema.

Mis palabras resultaron ser mucho más ciertas de lo que me hubiese gustado. Aquella desdichada aventura enfureció a Earnshaw. Y además, para acabar de arreglarlo, el propio señor Linton nos hizo una visita al día siguiente, y sermoneó de tal manera al joven amo sobre el camino por el que guiaba a su familia que le convenció de que debía ser mucho más vigilante con nosotros.

Heathcliff no recibió ningún azote, pero le dijeron que a la primera palabra que dirigiese a la señorita Catherine lo pondrían en la calle. La señora Earnshaw se comprometió a refrenar debidamente a su cuñada cuando volviera a casa. Emplearía la maña, no la fuerza. Le hubiese sido imposible forzarla.

7

Cathy permaneció en la Granja de los Tordos cinco semanas, hasta la Navidad. Para entonces, el tobillo se le había curado del todo y sus modales habían mejorado mucho. Entretanto, el ama le hizo varias visitas e inició su plan de reforma tratando de estimular su amor propio con trajes bonitos y halagos que ella aceptaba con gusto. Así que, en vez de cruzar el umbral una fierecilla salvaje con la cabeza descubierta, dando saltos de impaciencia por estrecharnos en sus brazos hasta quitarnos la respiración, se apeó de una preciosa jaca negra una persona muy digna, con unos tirabuzones que caían de un sombrero de piel de castor y adornado con plumas, y una larga capa de paño que se vio obligada a sostener con ambas manos para poder penetrar en la casa.

Hindley la ayudó a desmontar y exclamó encantado:

—¡Cathy, estás hecha una preciosidad! Casi no te he reconocido, ahora sí que pareces una señorita. Isabella Linton no le llega ni al tobillo, ¿verdad, Frances?

—Isabella no tiene sus encantos naturales —repuso su esposa—. Pero ha de tener cuidado de no volverse salvaje otra vez, estando aquí. Ellen, ayude a la señorita Catherine con sus cosas. Espera, cariño, que te despeinarás los rizos. Deja que te desate yo el sombrero.

Le quité la capa y debajo resplandeció un elegante vestido de seda plisada, sobre pantalones blancos y zapatos lustrosos. Y, pese a que sus ojos chispeaban de júbilo cuando los perros saltaron a darle la bienvenida, no se atrevía a tocarlos por miedo a que le estropearan el espléndido atuendo.

Me dio un beso con cierta precaución. Yo estaba cubierta de harina, por haber estado amasando el pastel de Navidad, y no le pareció oportuno darme un abrazo. Luego miró en torno a ella buscando a Heathcliff. El señor y la señora Earnshaw estaban ansiosos por presenciar aquel encuentro. Pensaban que así podrían calibrar, en cierta medida, qué fundamentos tenía su esperanza de separar a los dos amigos.

Nos costó encontrar a Heathcliff. Si ya antes de la ausencia de Catherine ya era un chico descuidado, y dejado de la mano de Dios, lo había sido diez veces más desde entonces.

Yo era la única que tenía la bondad de llamarle sucio y de mandarle que se lavara una vez a la semana; ya se sabe que los muchachos a esa edad rara vez son amigos del jabón y el agua. Así que tenía la cara y las manos ennegrecidas, por no hablar del espeso cabello enmarañado, ni de su ropa, que le había servido tres meses en contacto perpetuo con el fango y el polvo. Era muy probable que se hubiese escondido detrás del escaño cuando vio entrar en casa a una damisela tan luminosa y grácil, en lugar de la tozuda réplica de sí mismo que él esperaba.

—¿No está aquí Heathcliff? —quiso saber ella, mientras se quitaba los guantes y descubría unos dedos fabulosamente blancos a fuerza de no hacer nada y de estar todo el día metida en casa.

—Heathcliff, acércate —gritó el señor Hindley, regodeándose en su desconcierto y satisfecho de presenciar cómo el chico se veía obligado a dejarse ver con aquella pinta de auténtico canalla—. Ven a dar la bienvenida a la señorita Catherine, como los demás sirvientes.

Cathy, vislumbrando a su amigo en su escondite, voló a abrazarle y, en poco más de un segundo, le plantó en la mejilla siete u ocho besos. Luego se apartó un poco, se echó a reír y exclamó:

—¡Qué negro y furioso estás! ¡Y qué… qué divertido y huraño! Pero es porque estoy acostumbrada a Edgar e Isabella Linton.
¿Qué pasa, Heathcliff, es que me has olvidado?

No le faltaba razón para hacerle aquella pregunta, porque la
vergüenza y el orgullo ensombrecían su rostro por partida doble y
lo paralizaban.

—Dale la mano, Heathcliff —dijo el señor Earnshaw con con-
descendencia—. Si es de vez en cuando, está permitido.

—No quiero —dijo el muchacho, a quien por fin se le había
soltado la lengua—. ¡No seré el hazmerreír de nadie, no lo consentiré!

Y se habría escabullido del grupo si la señorita Cathy no le hubiese retenido.

—No pretendía reírme de ti —dijo ella—, no he podido contenerme. ¡Vamos, Heathcliff, por lo menos dame la mano! ¿Por qué
estás enfurruñado? Es que te he encontrado raro… Si te lavas la
cara y te peinas estarás estupendo. ¡Pero es que estás tan sucio!

Miró preocupada los dedos oscuros que tenía entre los suyos, y
luego su vestido, como si temiera que este no hubiera ganado mucho con aquel roce.

—¡No haberme tocado! —repuso él, a la vez que seguía la dirección de su mirada y retiraba bruscamente la mano—. Iré lo sucio que me dé la gana; me gusta estar sucio y seguiré yendo sucio.

Y diciendo esto, salió disparado de la habitación con la cabeza
hacia delante, lo que provocó las risas de los amos, así como una
honda turbación en Catherine, que no podía comprender que sus
comentarios fueran la causa de aquel estallido de mal genio.

Después de hacer de doncella de la recién llegada, de meter mis
pasteles en el horno y de alegrar la casa y la cocina con grandes fo-
gatas propias de Nochebuena, me senté y me entretuve en cantar-
me a mí misma villancicos, sin hacer caso de Joseph, que consideraba que las alegres tonadas que había elegido eran prácticamente
canciones y que, como tales, eran indecentes.

Joseph se había retirado a su aposento para rezar en privado, y los señores Earnshaw acaparaban la atención de Catherine enseñándole las diferentes baratijas que habían comprado para que ella las regalara a los pequeños Linton como señal de gratitud por su amabilidad.

Les habían invitado a pasar el día siguiente en Cumbres Borrascosas y ellos habían aceptado con una única condición: la señora Linton rogaba que mantuvieran a sus queridos hijos apartados de aquel «niño travieso y malhablado».

En tales circunstancias, me quedé sola, oliendo el delicioso guiso con especias, admirando la deslumbrante batería de cocina, el lustroso reloj adornado con acebo, las jarras de plata dispuestas en una bandeja, a punto para llenarse con cerveza caliente sazonada con azúcar y especias para la cena; pero, sobre todo, la inmaculada limpieza del suelo, que era mi responsabilidad barrer y fregar a conciencia.

Di a cada objeto la debida aprobación y entonces recordé que el viejo Earnshaw solía entrar cuando todo estaba ya bien limpio, me decía que era una chica muy despierta y me deslizaba un chelín en la mano como aguinaldo de Navidad. Aquello me llevó a pensar en el cariño que el señor sentía por Heathcliff y en el temor que le asaltaba ante la idea de que, una vez muerto él, quedara desprotegido y, naturalmente, me percaté entonces del apuro en que se hallaba el pobre muchacho en aquel momento, así que mi canto se trocó en llanto. Pero pronto caí en la cuenta de que mucho más sensato que verter lágrimas por él era intentar subsanar alguno de sus males, así que me levanté y salí al patio a buscarle.

No andaba lejos. Le encontré en la cuadra, cepillando el lustroso pelaje de la nueva jaca y dando de comer a los demás animales, como de costumbre.

—¡Date prisa, Heathcliff! —dije—. La cocina está muy acogedora y Joseph ha subido a su cuarto. Date prisa y te engalanaré antes de que venga la señorita Cathy. Luego podréis sentaros aquí, con toda la chimenea para vosotros, y charlar un buen rato hasta que os vayáis a acostar.

Él siguió con lo que hacía y ni se dignó volver la cabeza para mirarme.

—¡Vamos! ¿Vienes? —insistí—. Hay un pastelito que alcanza justo para que comáis los dos, y necesitaré media hora para arreglarte.

Esperé cinco minutos, y como no obtuve respuesta, me marché. Catherine cenó con su hermano y su cuñada, mientras Joseph y yo compartíamos una comida poco amena, salpimentada con reproches por una parte e impertinencias por la otra. El pastel y el queso de Heathcliff se quedaron en la mesa toda la noche, para consumo de las hadas. Consiguió alargar la faena hasta las nueve, y luego, arisco y sin decir palabra, se retiró a su habitación.

Cathy estuvo levantada hasta muy tarde porque tenía un sinfín de preparativos que hacer para el recibimiento de sus nuevos amigos. Entró una vez en la cocina para hablar con su antiguo compañero, pero él ya se había ido. Solo me preguntó si sabía qué le pasaba. Luego se marchó.

A la mañana siguiente, Heathcliff se levantó temprano, y como era día de fiesta se llevó su mal genio a los pantanos, y no volvió a aparecer hasta que la familia se hubo marchado a la iglesia. El ayuno y la reflexión parecían haber mejorado su humor. Se quedó conmigo un buen rato y, de repente, como si se armara de valor, exclamó:

—Nelly, ponme guapo. Voy a ser bueno.

—Ya era hora, Heathcliff —dije—. Has afligido mucho a Catherine, tanto que ¡hasta se arrepiente de haber vuelto a casa! Cualquiera diría que le tienes envidia porque le hacen más caso que a ti.

La idea de *envidiar* a Catherine se le hacía incomprensible, pero entendió bastante bien la de haberla afligido.

—¿Ha dicho ella que estaba afligida? —preguntó con el semblante muy serio.

—Se ha echado a llorar cuando le he dicho que esta mañana habías vuelto a desaparecer.

—Bueno, pues yo lloré anoche —repuso—, y tenía más razón que ella para hacerlo.

—Sí, tuviste la razón de irte a la cama con el corazón lleno de orgullo y el estómago vacío. Los soberbios dan pábulo a las propias penas. Pero, hazme caso, si te avergüenzas de tu susceptibilidad, tienes que pedirle disculpas en cuanto entre. Tienes que acercarte a ella, darle un beso y decirle... Tú sabrás mejor que yo qué decir, pero hazlo de corazón y no la mires como si se hubiera convertido en una extraña para ti solo porque lleva un vestido elegante. Y ahora, aunque me toca preparar la cena, voy a robar unos minutos para ponerte tan guapo que a tu lado Edgar Linton parecerá un monigote, que es lo que es. Tú eres más joven que él, pero desde luego eres más alto y tienes las espaldas el doble de anchas. Podrías tirarle al suelo a la primera, ¿no crees?

A Heathcliff se le iluminó el rostro un momento, pero enseguida se le volvió a nublar y suspiró.

—Pero, Nelly, ya podría yo tirarle al suelo veinte veces que eso no me haría a mí más guapo ni a él menos. ¡Me gustaría tener el cabello rubio y la tez clara, y vestir bien y tener buenos modales, y la suerte de volverme tan rico como lo será él!

—Ya, y llorar todo el rato en las faldas de mamá —añadí yo—, y echarte a temblar si un chico del pueblo te amenaza con el puño, y quedarte metido en casa porque llueve. ¡Ay, Heathcliff, levanta el ánimo! Acércate al espejo y te enseñaré lo que deberías desear. ¿Ves esos dos pliegues en el entrecejo y esas cejas tan pobladas, que se hunden en el centro en lugar de arquearse hacia arriba, por lo que esos dos demonios negros están tan enterrados que nunca se atreven a abrir las ventanas de par en par sino que destellan por debajo, al acecho, como espías del diablo? Desea y aprende a alisar esas desabridas arrugas, a levantar los párpados con franqueza, y cambia los demonios por ángeles confiados e inocentes que no sospechan ni dudan de nada, y que ven amigos por todas partes mientras no se demuestre lo contrario. No pongas esas cara de perro rabioso y de mala raza, que da por merecidos todos los puntapiés que recibe pero que a la vez odia a todo el mundo, no solo al que le pega, y eso es justamente lo que le hace sufrir.

—En otras palabras, lo que tengo que desear es tener los ojos grandes y azules de Edgar Linton y su frente lisa —respondió—. Ya lo deseo, y ¿de qué me sirve?

—Un buen corazón, hijo mío, siempre ayuda a tener una cara linda —proseguí—, aunque fueras un negro auténtico. Pero un mal corazón convierte al más guapo en algo peor que feo. Y ahora que hemos terminado de asearte, peinarte y lloriquear, dime, ¿no te encuentras más bien guapo? Pues yo sí. Podrías pasar por un príncipe embozado. Quién sabe si tu padre no sería un emperador de China y tu madre una reina india, cada uno con el dinero suficiente para comprar tanto Cumbres Borrascosas como la Granja de los Tordos con el devengo de una semana. A lo mejor te raptaron unos marineros malvados y te trajeron a Inglaterra. ¡Yo que tú me forjaría un alto concepto de mi cuna, y esa idea me daría valor y dignidad para soportar el avasallamiento de un insignificante granjero!

Seguí hablando en estos términos y, poco a poco, Heathcliff fue perdiendo el ceño hasta tener un aspecto bastante agradable. Pero, de repente, un sonido retumbó carretera arriba y entró en el patio, lo que interrumpió nuestra charla. Él corrió a la ventana y yo a la puerta justo a tiempo para ver a los dos Linton, envueltos en mantos de pieles, descender del carruaje, y a los Earnshaw que desmontaban de sus cabalgaduras (en invierno solían usarlas para ir a la iglesia). Catherine tomó de la mano a los niños, los llevó dentro y los instaló delante del fuego, que en el acto dio color a sus pálidos rostros.

Alenté a mi compañero para que aprovechara aquel momento y se mostrase afable con ellos, y me obedeció de buen grado. Pero la mala suerte quiso que, mientras él abría la puerta de la cocina por un lado, Hindley la abría por el otro. Al verse cara a cara, el amo, quizá irritado por verle limpio y alegre, o por querer cumplir la promesa que le había hecho a la señora Linton, le dio un brusco empujón que le mandó de vuelta a la cocina y, dirigiéndose a Joseph, le ordenó que mantuviera al muchacho fuera de la estancia y que le mandara al desván hasta que hubiesen terminado de comer.

—Si le dejamos a solas con ellos un minuto, meterá los dedos en las tartas y robará toda la fruta.

—No, señor —no pude por menos de decir—, no tocará nada; él no. Además, creo que tiene tanto derecho como nosotros a una parte de las exquisiteces.

—Como le vuelva a pillar por aquí abajo antes de la noche le daré su parte de mi propia mano —gritó Hindley—. ¡Largo de aquí, vagabundo! ¿Qué pasa, que ahora tienes cresta de gallo? ¡Espera que te agarre por esos rizos elegantes y ya verás como te los estiro un poco!

—Bastante largos los tiene ya —observó el señorito Linton, metiendo la nariz en la cocina—. No entiendo cómo no le dan dolor de cabeza. ¡Si le cubren los ojos como las crines de un potro!

Aventuró aquel comentario sin intención de insultarle, pero no podía esperarse del genio airado de Heathcliff que soportase la menor impertinencia por parte de un hombre al que hasta entonces había dado muestras de odiar como a un rival. Agarró una sopera con compota de manzana caliente, lo primero que encontró a mano, y la volcó en la cara y el cuello de Linton, que enseguida se puso a lloriquear, por lo que Isabella y Catherine acudieron presurosas a ver qué pasaba.

El señor Earnshaw asió al culpable en el acto y le llevó a su cuarto, donde debió de administrarle un duro remedio para templar su arrebato de cólera, porque volvió rojo y sin aliento. Agarré un paño de cocina y me puse a frotarle a Edgar la boca y la nariz con bastante ojeriza, mientras le decía que aquello se lo tenía bien merecido por meterse donde no le llamaban. Su hermana se puso a gimotear y a decir que quería irse a casa, y Cathy, que estaba a su lado, les miraba confusa y abochornada.

—¡No tenías que haberle hablado! —le explicaba al señorito Linton—. Estaba de mal humor y mira, has estropeado vuestra visita y a él le azotarán. ¡Odio que le azoten! Se me ha quitado el apetito. ¿Por qué has tenido que hablarle, Edgar?

—Yo no le he dicho nada —lloriqueó el joven, escapando de mí y terminando de limpiarse con su pañuelo de batista—. ¡Prometí a mamá que no le dirigiría ni una palabra y no lo he hecho!

—¡Está bien, no llores! —contestó Catherine con desprecio—. Cualquiera diría que te han asesinado. Vamos, no empeores las cosas. ¡Cállate, que viene mi hermano! ¡Basta ya, Isabella! ¿Te ha pegado alguien a ti?

—¡Vamos, vamos, niños, a la mesa! —exclamó Hindley, irrumpiendo en la estancia—. Ese animal me ha hecho entrar en calor. La próxima vez, Edgar, tómate la justicia por tus puños, ¡ya verás como te abre el apetito!

Ante el fragante festín, el pequeño grupo recuperó la ecuanimidad. La cabalgata les había dejado hambrientos y, como no habían sufrido ningún daño real, no les fue difícil consolarse.

El señor Earnshaw trinchaba y servía unos copiosos platos, y la señora alegraba la reunión con su animada cháchara. Yo estaba sirviendo detrás de su silla y me dolió ver a Catherine, que, con los ojos secos y aire indiferente, se disponía a cortar el ala de ganso que le habían servido.

«Esa niña no tiene sensibilidad —pensé—. Con qué ligereza olvida las desdichas de su antiguo compañero de juegos. Nunca imaginé que fuera tan egoísta.»

Catherine estaba llevándose un buen bocado a la boca, pero lo volvió a dejar en el plato. Se le ruborizaron las mejillas y se puso a derramar lágrimas a borbotones. Hizo como que se le caía el tenedor al suelo y se metió a toda prisa debajo del mantel para ocultar su turbación. Ya no se me ocurrió volver a tildarla de insensible. Me di cuenta de que el día entero había sido un martirio para ella y de que se moría por hallar la ocasión de quedarse sola o subir a ver a Heathcliff, al que, según pude comprobar cuando quise hacerle llegar una provisión de víveres, el amo había encerrado bajo llave.

Por la tarde hubo baile. En aquel momento, Cathy suplicó que soltaran a Heathcliff, porque Isabella Linton no tenía pareja, pero nadie atendió sus súplicas y me encargaron a mí que supliera aquella falta.

Con la excitación que nos produjo aquel ejercicio se disipó nuestra melancolía, y más aún cuando llegó la banda de Gimmerton, compuesta de una trompeta, un trombón, clarinetes, fagots, cornetas francesas y una viola da gamba, quince músicos en total, sin contar los cantantes. En Navidad hacen la ronda de todas las casas respetables y recaudan el aguinaldo. Para nosotros era un enorme regalo poder escucharles.

Después de los villancicos tradicionales les pedimos canciones y coplas. La señora Earnshaw estaba encantada con la música, así que nos ofrecieron mucha.

Catherine también estaba encantada, pero dijo que desde el rellano de la escalera sonaba aún más dulce y subió a oscuras. Yo la seguí. Cerraron la puerta de abajo y con la gente que había nadie se percató de nuestra ausencia. Pero Cathy no se quedó en el descansillo, sino que siguió subiendo hasta llegar al desván donde estaba confinado Heathcliff y lo llamó. Al principio, él se negaba tercamente a contestar, pero después de insistir un poco le persuadió de que se comunicara con ella a través de los tablones de la puerta.

Dejé que aquellos pobrecitos conversaran en paz, hasta que me pareció que las canciones tocaban a su fin y los cantantes se disponían a tomar un refresco. Entonces volví a subir para avisar a Catherine.

Pero en vez de encontrármela fuera, oí su voz dentro. Se había deslizado como una monita por el tejado desde la claraboya de un desván hasta la de aquel, y me costó lo mío convencerla de que saliera de allí.

Cuando por fin lo hizo, traía a Heathcliff con ella, y me insistió para que le acompañara a la cocina, aprovechando que mi compañero de servicio se había ido a casa de un vecino para huir de nuestra «salmodia infernal», como gustaba calificar la música.

Les dije que no tenía la menor intención de participar en sus tretas, pero que como el cautivo no había comido nada desde la noche anterior, por una vez haría la vista gorda si burlaban al señor Hindley.

Heathcliff bajó. Le senté en un taburete al amor de la lumbre y le ofrecí ricos manjares, pero apenas comió porque se encontraba mal. Tampoco agradeció mis intentos de distraerle. Se había quedado absorto en sus pensamientos, con los codos apoyados en las rodillas y la barbilla entre las manos. Cuando le pregunté por el objeto de sus cavilaciones, contestó muy serio:

—Pienso en cómo hacérselo pagar a Hindley. No me importa si la espera es larga, con tal de conseguirlo al final. ¡Espero que no se muera antes que yo!

—¡Vergüenza debería darte, Heathcliff! —dije—. Solo Dios puede castigar a los inicuos; a nosotros nos toca aprender a perdonar.

—No, Dios no obtendría la misma satisfacción que yo —repuso—. ¡Lo único que quiero es encontrar la mejor forma de hacerlo! Déjame solo para que lo planee bien; mientras pienso en eso no siento dolor.

Pero, señor Lockwood, olvidaba que seguramente estas historias no le divierten en absoluto. Me da no sé qué haber hablado tanto rato y a semejante velocidad. ¡Sus gachas están frías y está usted dando cabezadas porque quiere ir a acostarse! Podía haberle contado la historia de Heathcliff, todo lo que puede tener interés para usted, en media docena de palabras.

Así que, interrumpiéndose, el ama de llaves se levantó y se puso a recoger su labor. Pero a mí me era imposible alejarme del fuego y estaba muy lejos de dar cabezadas.

—¡Quédese donde está, señora Dean! —exclamé—. ¡Por favor, quédese donde está, aunque sea una horita más! Ha hecho usted muy bien en contar la historia con todo lujo de detalle. Es así como me gusta, y debe continuar del mismo modo. Me interesan más o menos todos los personajes que ha mencionado.

—El reloj acaba de dar las once, señor.

—No importa, no suelo acostarme hasta muy entrada la noche. La una o las dos es pronto para quien luego se levanta a las diez.

—Pues no debería levantarse a las diez. Mucho antes de esa hora ya ha pasado lo mejor de la mañana. Quien no tiene hecha la mitad de su jornada de trabajo antes de las diez, corre el peligro de dejar la otra mitad por hacer.

—De acuerdo, señora Dean, pero siéntese de nuevo, porque tengo intención de alargar la noche hasta mañana por la tarde. Me auguro, como mínimo, un tenaz resfriado.

—Espero que se equivoque, señor. Bueno, permita que me salte unos tres años. Durante ese tiempo la señora Earnshaw…

—¡No, no consentiré nada de eso! ¿Conoce usted ese estado de ánimo particular de quien, estando solo, se pone a observar a una gata que lame a su gatito encima de una alfombra y sigue la operación tan absorto que le sacará de quicio que la minina deje una oreja por lamer?

—Un estado de ánimo de lo más ocioso, diría yo.

—Al contrario, es un estado de actividad agotadora. Como el mío en estos momentos, así que prosiga sin ahorrar detalle. Percibo que las personas de estas latitudes cobran mayor importancia que las de las ciudades, de la misma manera que una araña en un calabozo cobra mayor importancia que una araña en una casita de campo a los ojos de sus respectivos ocupantes. Pero no creo que ese mayor atractivo dependa solo de las circunstancias del que mira. Es verdad que viven de forma más sincera, más ensimismados y menos en la superficie cambiante de las cosas externas y frívolas. Hasta puedo llegar a imaginar que aquí se puede tener un amor para toda la vida, y eso que nunca he creído en ningún amor que dure más de un año. El primer estado es comparable a sentar a un hombre hambriento ante un único plato en el que concentrar todo su apetito y hacerle cumplidos honores, mientras que el segundo sería como sentarle a una mesa servida por cocineros franceses. Quizá el hombre obtenga, en conjunto, la misma satisfacción que en el primer caso, pero en su recuerdo cada plato tendrá el valor de un simple átomo.

—¡Oh, pero si aquí, cuando se nos llega a conocer, somos como en cualquier otra parte! —observó la señora Dean, algo perpleja ante mi discurso.

—Perdone —respondí—, usted misma, mi querida amiga, es una prueba aplastante de lo contrario. Quitando unos pocos provincianismos de escasa relevancia, no encuentro en usted ningún rastro de las formas que suelo considerar propias de su clase. Estoy seguro de que ha pensado usted bastante más que la mayoría de los sirvientes, de que, a falta de ocasiones para desperdiciar su vida con nimiedades, se ha visto en la necesidad de utilizar sus facultades reflexivas.

La señora Dean se echó a reír.

—La verdad es que me considero un ser bastante sensato y equilibrado —dijo—. Pero no precisamente por vivir en las montañas, y por ver las mismas caras y acciones de año en año, sino por haberme atenido a una disciplina férrea que me ha dado cierta sabiduría. Además, he leído más de lo que supone, señor Lockwood. No abrirá un libro en esta biblioteca que yo no haya hojeado y del que no haya sacado algo, a no ser los de aquella sección, que están en griego y en latín, y los de aquella otra, que están en francés. Pero incluso esos sé distinguirlos unos de otros. Es cuanto puede pedírsele a la hija de un pobre. En fin, si he de proseguir con mi historia a la manera del chisme auténtico, será mejor que siga y, en lugar de saltarme tres años, me contentaré con pasar al verano siguiente: el verano de 1778, es decir, hace casi veintitrés años.

8

La mañana de un hermoso día de junio nació una criatura preciosa, mi primer niño de pecho y el último descendiente de la antigua
estirpe de los Earnshaw. Estábamos atareados recogiendo el heno en un campo lejano
cuando la muchacha que solía traernos el almuerzo se presentó una
hora antes de lo habitual; cruzaba el prado corriendo, y según subía
por el sendero me llamaba, sin dejar de correr.

—¡Qué niño más guapo! —dijo sin aliento—. ¡La criatura más
preciosa del mundo! Pero dice el médico que la señora se muere,
que lleva varios años consumiéndose de tisis. Oí que le decía al señor Hindley que nada la retiene ya aquí y que no llegará al invierno. Tiene usted que venir a casa en el acto. Le tocará criarlo, Nelly,
tendrá que alimentarlo con leche y azúcar, y cuidarlo día y noche.
¡Quién estuviera en su lugar, porque cuando la señora falte, lo tendrá para usted sola!

—Pero ¿tan grave está? —pregunté al tiempo que dejaba caer
el rastrillo y me ataba el sombrero.

—Supongo que sí —repuso la muchacha—, aunque muestra
mucho valor. Habla como si pensara vivir hasta verle hecho un
hombre. ¡El niño es tan hermoso que la madre no cabe en sí de felicidad! Desde luego, yo en su lugar, no me moriría. Me pondría
buena con solo mirarle, dijera Kenneth lo que dijese. Me enojé

mucho con él. La señora Archer había bajado con el querubín para que el amo lo viera, y cuando su cara empezaba a iluminarse, va y se acerca ese viejo cascarrabias y le dice: «Earnshaw, es una bendición que a su esposa se le haya permitido darle a usted este hijo. Desde el momento en que la vi supe que no la tendríamos mucho tiempo con nosotros, y ahora debo decirle que seguramente el invierno acabará con ella. Procure tomárselo con resignación, porque no podemos hacer nada. Además, ¡tenía que haberlo pensado mejor antes de elegir a una joven tan enclenque!».

—Y ¿qué dijo el amo? —pregunté.

—Creo que renegó, pero no le presté mucha atención porque intentaba ver al niño.

Y siguió describiendo su hermosura con embeleso. Yo, contagiada de su entusiasmo, corrí ilusionada a casa para admirarle con mis propios ojos, aunque estaba muy apenada por Hindley. En su mente solo cabían dos ídolos: su esposa y él mismo. Los adoraba a los dos, pero a ella le tenía veneración, y me preocupaba que no fuese capaz de soportar su pérdida.

Cuando llegamos a Cumbres Borrascosas, lo encontramos de pie en la entrada, y le pregunté cómo estaba la criatura.

—¡A punto de ponerse a corretear, Nell! —repuso con una alegre sonrisa.

—¿Y la señora? —me atreví a preguntar—. El médico dice que…

—¡Al diablo con el médico! —interrumpió poniéndose colorado—. Frances tiene toda la razón, dentro de una semana estará como nueva. ¿Vas arriba? ¿Puedes decirle que enseguida subo yo, pero con la condición de que me prometa no hablar? Precisamente la he tenido que dejar porque no era capaz de cerrar la boca, y lo que tiene que hacer… Dile que el señor Kenneth ha dicho que no le conviene excitarse.

Transmití el recado a la señora Earnshaw. Parecía estar de un ánimo muy voluble y repuso alegremente:

—Pero si casi no he abierto la boca, Ellen, y ya van dos veces que él sale de aquí llorando. Bueno, dile que prometo no hablar más, ¡pero eso no me impedirá reírme de él!

¡Pobrecilla! Hasta una semana antes de su muerte seguía con el corazón contento; y su esposo seguía asegurando con obstinación, o mejor dicho con furia, que su salud mejoraba día tras día. Cuando Kenneth le advirtió que las medicinas eran inútiles en aquella fase de la enfermedad y que no merecía la pena seguir pagándole para que la atendiera, replicó:

—Claro que no le necesitamos para nada. ¡Ya está buena, y sus servicios sobran! Nunca ha estado tísica. Tuvo unas fiebres y ya pasaron. Su pulso es tan lento como el mío y sus mejillas igual de frescas.

Contó a su mujer el mismo cuento y ella parecía creerle. Pero una noche, cuando, reclinada sobre su hombro, le estaba diciendo que se sentía con fuerzas para levantarse al día siguiente, le dio un ataque de tos, aunque no muy fuerte. Él la tomó en brazos y ella le rodeó el cuello con las manos. En aquel momento, se le demudó el rostro y murió.

Tal como había vaticinado la muchacha, el niño Hareton quedó por completo a mi cargo. El señor Earnshaw, con tal de verle crecer sano y no oírle llorar, se daba por satisfecho en aquel respecto. Pero en lo tocante a sí mismo, su desesperación no hacía sino ir en aumento. Su dolor era de un tipo que no admite lamentaciones. Nunca lloraba ni rezaba, sino que maldecía, desafiaba y calumniaba a Dios y a los hombres. Además, se entregó a una disipación sin freno.

Los sirvientes no pudieron aguantar mucho tiempo su tiranía y su maldad. Joseph y yo fuimos los únicos que quisimos quedarnos con él. No tuve agallas para abandonar mi puesto y, además, ¿sabe usted?, Earnshaw era mi hermano de leche, por lo que me era más fácil disculpar su conducta que si hubiese sido una extraña.

Joseph se quedó para intimidar con sus bravatas a los arrendatarios y jornaleros, y porque su vocación era estar allí donde hubiese mucha maldad que reprochar.

Las malas costumbres y las malas compañías del amo fueron un bonito ejemplo para Catherine y Heathcliff. El trato que dio al segundo bastaría para que cualquier santo se convirtiese en demonio. Y, de hecho, durante aquella época daba la impresión de que el chico estaba realmente poseído por algo diabólico. Se regodeaba viendo cómo Hindley se degradaba de forma irremisible y cada día se hacían más ostensibles su malhumor y su ferocidad.

No puede hacerse una idea ni siquiera aproximada del infierno que era nuestra casa. El párroco dejó de visitarnos y, al final, ya no quedaba ni una sola persona decente que se acercara por allí, a menos que consideremos una excepción las visitas de Edgar Linton a la señorita Cathy. A los quince años, la niña era la reina de la comarca. ¡No tenía parangón, y aquello la volvió cada vez más caprichosa y altanera! Tengo que admitir que yo ya no la quería como cuando era niña, y muchas veces la hacía sufrir para ver si conseguía bajarle los humos. En cualquier caso, ella nunca me cogió manía, porque era admirablemente fiel a sus viejos afectos. Incluso Heathcliff conservó un lugar inalterable en su corazón, y el joven Linton, con toda su superioridad, lo tuvo muy difícil para dejar en mi señorita una huella igual de profunda.

Linton fue mi último amo; ahí le tiene usted, en ese retrato que hay encima de la chimenea. Solía estar colgado junto al de su mujer, pero quitaron el de ella, así que no puede hacerse una idea de cómo era. ¿Alcanza a ver algo desde allí?

La señora Dean levantó la vela y distinguí un rostro de rasgos suaves, asombrosamente parecido al de la joven que había visto en Cumbres Borrascosas, aunque con una expresión más amable y pensativa. Era una imagen muy dulce. El cabello largo y rubio se le rizaba ligeramente en las sienes, los ojos eran grandes y serios, y la figura quizá demasiado agraciada. No me extrañó que Catherine Earnshaw hubiese relegado al olvido a su amigo de la infancia por aquel otro. Pero sí me maravillé de que Linton, siempre y cuando su alma correspondiera a su cuerpo, pudiese enamorarse de la Catherine Earnshaw que yo imaginaba.

—Tiene un aspecto muy agradable —comenté—. ¿Se parecía al retrato?

—Sí —contestó el ama de llaves—, pero era más guapo cuando estaba alegre. Ese es su semblante habitual. Lo que le faltaba, en general, era un poco de brío.

Catherine había mantenido la relación con los Linton desde que pasara aquellas cinco semanas en su casa y, como no quería mostrarles el lado más rudo de su carácter y con buen sentido se avergonzaba de sus toscos modales en un lugar donde la trataban con invariable cortesía, sin darse cuenta, conquistó a los viejos señores, se ganó la admiración de Isabella y el corazón de su hermano. Estas conquistas, que desde el principio espolearon su inmensa ambición, la llevaron a un desdoblamiento de carácter, pero sin que ella tuviese la intención precisa de engañar a nadie.

En el lugar donde había oído decir que Heathcliff era un «vulgar rufián» y «peor que un animal» se cuidaba mucho de comportarse como él; pero en casa no sentía el menor aliciente para practicar una buena educación que solo provocaba burlas, ni para refrenar una naturaleza díscola, porque sabía que aquello no iba a aportarle ni prestigio ni alabanzas.

El señor Edgar se atrevía pocas veces a visitar abiertamente Cumbres Borrascosas. Le horrorizaba la reputación de Earnshaw y temblaba ante la idea de encontrárselo, a pesar de que siempre le recibíamos con la mayor cordialidad y de que el propio amo, conociendo el motivo de sus visitas, evitaba ofenderle, o procuraba no dejarse ver cuando se sentía incapaz de mostrarse cortés. Casi diría que su presencia allí desagradaba a Catherine. Como no era una persona artera y nunca coqueteaba, no quería que sus dos amigos coincidieran, porque cuando Heathcliff, en presencia de Linton, ostentaba desprecio hacia él no podía darle la razón como cuando no le tenían delante, y tampoco osaba tomarse a la ligera los sentimientos de Linton cuando este daba muestras de aversión o antipatía hacia Heathcliff, ni fingir que no le afectaba en absoluto aquel desdén hacia su compañero de juegos.

Me he burlado más de una vez de sus perplejidades y tormentos inconfesados, que ella pugnaba en vano por ocultarme. Eso suena a mala fe por mi parte, pero es que la chica era tan orgullosa que se me hacía realmente imposible apiadarme de sus sufrimientos, por lo menos hasta que escarmentase y fuese más humilde.

Acabó obligándose a confesarse conmigo y confiarme sus penas. No tenía a nadie más que pudiera aconsejarla.

Una tarde en que el señor Hindley había salido, Heathcliff aprovechó para tomarse el día libre. Por entonces ya había cumplido los dieciséis años, creo, y pese a no tener facciones feas ni ninguna deficiencia intelectual, se las componía para dar una impresión repulsiva, interior y exterior, de la que no quedan huellas en su aspecto actual.

En primer lugar, ya había perdido por entonces el beneficio derivado de su primera educación. Los trabajos duros y continuos que desempeñaba de sol a sol habían matado su anterior curiosidad por instruirse y su afición por leer libros o aprender cosas. No quedaba rastro del sentimiento de superioridad que tuviera de niño y que había fomentado en él el viejo señor Earnshaw. Se había esforzado mucho por mantenerse a la misma altura en los estudios que Catherine, pero acabó por claudicar con una amargura desgarradora y secreta. Se rindió por completo. Desde que descubrió que se veía irremediablemente abocado a bajar de nivel cada vez más, no hubo manera de convencerle de que moviera ni un dedo para volver a subir. Su aspecto físico empezó a correr parejo con su deterioro mental; adquirió una postura encorvada y una mirada innoble. Su temperamento, naturalmente reservado, degeneró en una hosquedad grosera que a veces rayaba en la estupidez. Era como si encontrase un placer macabro en provocar aversión antes que estima en la poca gente que trataba.

Catherine y Heathcliff seguían siendo compañeros insepara- bles cuando él tenía un respiro en sus faenas del campo, pero él ya nunca le decía palabras cariñosas y rechazaba los mimos de ella con rabiosa suspicacia, como si fuese consciente de que ella no obten- dría ningún placer de aquellas pródigas demostraciones de afecto. La tarde a que he aludido antes, Heathcliff entró en casa, en el mo- mento en que yo ayudaba a la señorita Cathy a vestirse, para anun- ciarnos su intención de tomarse el resto del día libre. Ella no había previsto que Heathcliff decidiría no ir a trabajar y, pensando que iba a tener la casa entera para ella, se las había ingeniado no sé cómo para informar al señor Edgar de la ausencia de su hermano y en ese momento estaba preparándose para recibirle.

—¿Tienes algo que hacer esta tarde, Cathy? —preguntó Heath- cliff—. ¿Vas a alguna parte?

—No, llueve —contestó ella.

—Entonces, ¿por qué te has puesto ese vestido de seda? —dijo él—. Supongo que no esperas a nadie.

—No, que yo sepa —tartamudeó la señorita—. Pero ¿cómo es que a estas horas no estás trabajando, Heathcliff? Hace una hora que acabamos de comer. Pensaba que te habías ido.

—Hindley no suele librarnos de su infausta presencia —obser- vó el muchacho—. No pienso trabajar más por hoy. Me quedaré contigo.

—¡Pero Joseph se chivará! —sugirió ella—. Será mejor que te vayas.

—Joseph está cargando cal al otro lado de los riscos de Penis- tone y no volverá hasta la noche. No se enterará.

Diciendo aquellas palabras, fue a tumbarse junto al fuego. Ca- therine reflexionó unos instantes frunciendo el entrecejo. Debió de comprender que no tenía más remedio que preparar el terreno para la intrusión prevista.

—Isabella y Edgar Linton hablaron de venir esta tarde —dijo, tras un minuto de silencio—. Como está lloviendo, casi no les espero, aunque es posible que vengan. Si al final aparecen corres el riesgo de ganarte una bronca por una tontería.

—Mándales recado por Ellen de que estás ocupada, Cathy —insistió él—. ¡No me eches de casa por culpa de esos lamentables amigos tuyos! A veces estoy a punto de quejarme contigo de que ellos... pero no lo haré.

—¿De que ellos qué? —exclamó Catherine, mirándole con turbación—. ¡Ay, Nelly! —exclamó malhumorada, apartando bruscamente la cabeza de mis manos—. ¡Me has dejado sin tirabuzones! Basta ya, me peinaré yo sola. ¿De qué estás a punto de quejarte, Heathcliff?

—De nada... Solo te digo que mires el almanaque que hay en aquella pared —dijo señalando un papel enmarcado que colgaba cerca de la ventana. Y prosiguió—: Las cruces corresponden a las tardes que has pasado con los Linton y los puntos a las que has pasado conmigo. ¿Ves que he puesto una marca en cada día?

—Sí. Qué tontería. ¡Como si me importara! —repuso Catherine irritada—. ¿Y qué me quieres decir con eso?

—Quiero que veas que a mí sí me importa —dijo Heathcliff.

—¿Y por qué tengo que estar todo el tiempo contigo? —preguntó ella, cada vez más irritada—. ¿Qué saco con eso? ¿Es que me das conversación? ¡Estar contigo es como estar con un mudo o con un bebé, tanto por lo que dices para divertirme como por las cosas que haces!

—¡Nunca me habías dicho que hablara poco, ni que no te gustara mi compañía, Cathy! —exclamó Heathcliff muy agitado.

—No se puede hablar de compañía cuando una persona no sabe nada ni dice nada —dijo ella entre dientes.

Su amigo se levantó, pero no tuvo tiempo de seguir explayando sus sentimientos, porque se oyeron los cascos de un caballo sobre los adoquines y el joven Linton, después de llamar suavemente a la puerta, entró con el rostro radiante de placer por la inesperada cita que había recibido.

Catherine tuvo que comparar al amigo que entraba con el que salía y percibir la diferencia. El contraste entre ellos es similar al que debe de observarse al pasar de una región minera, sombría y montañosa, a un valle hermoso y fértil, y la diferencia no estaba solo en el aspecto, sino también en la voz y la forma de saludar. Linton hablaba en voz baja y melodiosa, y pronunciaba las palabras como usted, es decir, de una manera menos áspera que la de por aquí, y más suave.

—¿No habré venido demasiado pronto, verdad? —dijo, lanzándome una mirada.

Yo me había puesto a secar la bandeja y ahora estaba ordenando algunos cajones del aparador en el otro extremo de la habitación.

—No, no —contestó Catherine—. Pero ¿qué haces tú aquí, Nelly?

—Mi trabajo, señorita —repuse.

(El señor Hindley me había encargado que no dejara solos a los jóvenes cuando Linton viniera de visita.)

Ella se colocó detrás de mí y me susurró enfadada:

—¡Venga, vete con el plumero a otra parte! ¡Cuando hay visita, los sirvientes no se ponen a limpiar y a fregar en la misma habitación!

—Es que aprovecho ahora que el amo no está —contesté en voz alta—. Odia verme trajinar cuando está presente. Estoy segura de que el señor Edgar sabrá disculparme.

—Yo también odio que te pongas a trajinar delante de mí —exclamó la joven en un tono imperioso y sin darle tiempo de contestar a su invitado: no había recobrado la serenidad desde su pequeña disputa con Heathcliff.

—¡Pues lo siento, señorita Catherine! —fue mi respuesta.

Y seguí diligentemente con mi tarea.

Ella, pensando que Edgar no la veía, me arrancó el trapo de las manos y me pellizcó el brazo con saña.

Ya le he dicho a usted que no le tenía mucho cariño, y de vez en cuando casi me divertía mortificar su vanidad. Además, me había hecho muchísimo daño, así que me levanté del suelo y le grité:

—¡Esto es una canallada, señorita! ¡No tiene derecho a pellizcarme, y no voy a consentirlo!

—¡No te he tocado, mentirosa! —exclamó ella, haciendo amago de repetir su acción y con las orejas rojas de rabia.

Nunca fue capaz de controlar sus pasiones, siempre se sonrojaba como una llama.

—Y entonces, ¿esto qué es? —repliqué, enseñándole una marca claramente morada que desmentía sus palabras.

Pataleó un poco, y luego, tras vacilar un momento, dejándose llevar por el mal genio que traía, me dio una sonora bofetada que me llenó los ojos de lágrimas.

—¡Catherine, querida! ¡Catherine! —intervino Linton, profundamente impresionado por la doble falta de falsedad y violencia en que había incurrido su ídolo.

—¡Largo de aquí, Ellen! —repetía ella, temblando de pies a cabeza.

El pequeño Hareton, que estaba sentado en el suelo junto a mí porque me seguía a todas partes, se echó a llorar también al ver mis lágrimas y se quejaba entre sollozos de la «malvada tía Cathy». Aquello movió a mi señorita a dirigir su furia contra el desafortunado niño. Le cogió por los hombros y le zarandeó hasta que el pobre se puso blanco como la cera, y Edgar, sin pensarlo, le sujetó las manos para proteger al bebé de su ira. Catherine soltó una mano enseguida y el pasmado joven la sintió sobre su mejilla con tal fuerza que no pudo tomarlo a broma.

Se echó hacia atrás consternado. Yo cogí a Hareton en brazos y me fui a la cocina, pero dejando la puerta entreabierta, porque tenía curiosidad por ver cómo terminaría su disputa.

El ofendido visitante, pálido y con los labios temblorosos, se dirigió hacia el lugar donde había dejado el sombrero.

«¡Así me gusta! —me dije—. ¡A ver si escarmientas y te largas! Ha hecho bien en dejarte entrever su verdadero carácter.»

—¿Adónde vas? —preguntó Catherine, avanzando hacia la puerta.

Él se apartó e intentó seguir su camino.

—¡No puedes irte! —exclamó ella enérgicamente.

—¡Sí que puedo, y lo voy a hacer! —repuso él en voz baja.

—No —insistió ella, agarrando el picaporte—. Aún no, Edgar Linton. Siéntate, no me dejes en este estado. ¡Lo pasaré mal toda la noche y no quiero pasarlo mal por culpa tuya!

—¿Cómo quieres que me quede después de haberme abofeteado? —preguntó Linton.

Catherine no decía nada.

—Me has dado miedo y me has avergonzado —continuó él—. ¡No pienso volver a esta casa!

Los ojos de Catherine empezaron a lanzar destellos y se puso a parpadear.

—¡Además has mentido adrede! —dijo él.

—¡No es verdad! —exclamó ella, recobrando el habla—. No he hecho nada adrede. Pero bueno, vete si quieres. ¡Lárgate! ¡Me quedaré aquí llorando, lloraré hasta vomitar!

Cayó de rodillas junto a un sillón y se echó a llorar muy en serio.

Edgar perseveró en su resolución hasta llegar al patio, pero allí se detuvo. Entonces decidí alentarle a seguir.

—¡La señorita es terriblemente díscola, señor! —le dije a voces—. Es tan desobediente como malcriada. Será mejor que se suba al caballo y que se marche, porque si no ella vomitará de verdad solo para darnos pena.

El pobre miró hacia la ventana de reojo. Parecía tan incapaz de marcharse como lo sería un gato de dejar un ratón medio muerto o un pájaro a medio comer…

«Ay —pensé—, a este no hay quien le salve. ¡Está condenado y se precipita hacia su ruina!»

Y así fue. De pronto, dio media vuelta, entró en la casa corriendo y cerró la puerta tras de sí. Y cuando más tarde entré a decirles que Earnshaw había vuelto a casa borracho como una cuba y dispuesto a tirar la casa abajo (su habitual estado de ánimo en aquella condición), vi que la pelea no había hecho sino estrechar su intimidad, que había roto el hielo de su timidez juvenil y les había permitido renunciar a la máscara de la amistad y confesarse su amor.

La noticia de la llegada del señor Hindley impulsó a Linton a montar su caballo a toda prisa y a Catherine a meterse en su aposento. Yo fui a esconder al pequeño Hareton y a descargar la escopeta del amo, porque solía jugar con ella en su delirante excitación, poniendo en peligro la vida del primero que le provocase o que sencillamente llamara demasiado la atención. Me parecía que era una buena idea quitarle la munición: así causaría menos daño si llegaba al extremo de disparar el arma.

9

Entró dando voces y blasfemando, y me pilló en el acto de esconder a su hijo en la alacena de la cocina. Hareton estaba marcado por un saludable terror de toparse tanto con la ternura salvaje de su padre como con su ira demencial, porque en el primer caso corría el riesgo de morir asfixiado por sus besos y apretujones, y en el segundo de que le arrojara al fuego o le estampara contra la pared, así que el pobre se quedaba muy quietecito le metiera donde le metiese.

—¡Vaya, por fin le encuentro! —gritó Hindley, agarrándome por el pescuezo como a un perro—. ¡Por todos los santos y demonios! ¡Os habéis confabulado para asesinar a este niño! Ahora ya sé por qué nunca le veo. ¡Pero con la ayuda del diablo, Nelly, haré que te tragues el cuchillo de trinchar! No te rías, no; precisamente acabo de arrojar a Kenneth de cabeza a la ciénaga del Caballo Negro, y lo mismo da dos que uno. ¡Estoy deseando cargarme a algunos de vosotros, y no descansaré hasta que lo haga!

—Pero es que el cuchillo de trinchar no me gusta, señor Hindley —contesté—. Lo he usado para cortar arenques ahumados. Si no le importa, preferiría que me disparara.

—¡Preferirías irte al infierno! —dijo—. Que es lo que vas a hacer. ¡No hay ley en Inglaterra capaz de impedir a un hombre que vele por el decoro en su casa, y la mía es abominable! ¡Abre la boca!

Empuñó el cuchillo y me introdujo la punta entre los dientes. Pero a mí nunca me intimidaron sus arrebatos. Escupí y le aseguré que sabía a rayos y que no pensaba tragármelo bajo ningún concepto.

—¡Vaya! —dijo, soltándome—. Veo que este pequeño y detestable granuja no es Hareton. Te ruego que me disculpes, Nell. Si lo fuera, merecería que le despellejara vivo por ponerse a chillar como si viera a un duende en lugar de correr a mi encuentro. ¡Ven aquí, engendro! ¡Te enseñaré a no abusar de un padre bondadoso y burlado! Pero ¿no crees, Nelly, que el muchacho estaría más guapo si le cortáramos las orejas? Eso vuelve a los perros más fieros, y a mí me encanta todo lo fiero. Dame unas tijeras. ¡Tendremos algo fiero y recortadito! Además, es una afectación diabólica, una presunción infernal tener apego a las propias orejas cuando ya somos burros de sobra sin ellas. ¡Cállate, niño! ¡Pero bueno, si es mi amorcito! Vamos, sécate las lágrimas. Esto sí que es una alegría. Dame un beso. ¿Qué pasa, no quieres? ¡Dame un beso, Hareton! ¡Maldito seas, dame un beso! ¡Por Dios que no he de seguir criando a este monstruo! ¡Tan cierto como que me llamo Hindley, voy a retorcerle el pescuezo a este mocoso!

El pobre Hareton berreaba y pataleaba con todas sus fuerzas entre los brazos de su padre, y redobló sus chillidos cuando Hindley le llevó al piso de arriba y le mantuvo suspendido por encima de la barandilla. Le grité que no asustara al niño de aquella manera, que le daría un ataque, y corrí a rescatarle.

Cuando llegué a su lado, Hindley estaba inclinado sobre la barandilla escuchando un ruido que venía de abajo, casi olvidado de lo que tenía en brazos.

—¿Quién anda ahí? —preguntó, oyendo que alguien se acercaba al pie de la escalera.

Yo también me asomé para avisar por señas a Heathcliff, cuyos pasos había reconocido, de que no siguiera avanzando; en aquel instante en que aparté mis ojos de Hareton, la criatura dio un brinco inesperado, se zafó de los negligentes brazos que le sostenían y cayó.

Apenas tuvimos tiempo de estremecernos de horror, porque enseguida vimos que el pobre infeliz estaba sano y salvo. Heathcliff había llegado en aquel preciso momento y con un gesto instintivo había detenido su caída. Luego, dejándole de pie en el suelo, miró hacia arriba para descubrir quién había causado el accidente.

Un avaro que vendiera un décimo de lotería premiado por cinco chelines y que descubriese al día siguiente que había perdido cinco mil libras no se hubiese puesto más lívido que Heathcliff al descubrir allí arriba la figura del señor Earnshaw. Su rostro expresaba, mejor que lo hubiese hecho cualquier palabra, la tremenda angustia de haberse convertido, sin querer, en el instrumento que había frustrado su propia venganza. En mi opinión, de haber estado oscuro, hubiese intentado reparar su error estampando la cabeza de Hareton contra los escalones, pero había testigos de su salvación. Además, yo bajé enseguida y estreché contra mi pecho a mi precioso niño.

Hindley bajó más despacio, avergonzado y habiéndosele pasado la borrachera.

—Es culpa tuya, Ellen —dijo—. Tendrías que haberle apartado de mi vista. ¡Tendrías que habérmelo quitado de los brazos! ¿Se ha hecho daño?

—¿Daño? —grité furiosa—. ¡Si no le ha matado, le habrá dejado usted idiota! ¡Oh! Lo raro es que su madre no se haya levantado de la tumba para ver cómo le trata. ¡Es usted peor que un salvaje! ¡Mire que maltratar de esta manera a un ser que lleva su propia sangre!

Intentó tocar al niño, que se había tranquilizado bastante en mis brazos, pero que en cuanto su padre le puso un dedo encima se puso a berrear de nuevo y a forcejear como si fuese a darle un ataque.

—¡No le toque! —proseguí—. El niño le odia. ¡Todos le odian, esa es la pura verdad! ¡Mire qué familia más alegre la suya y el bonito estado en que ha venido usted a parar!

—¡Acabaré en un estado aún más bonito, Nelly! —rió el infeliz, recobrando su dureza—. Y ahora, vete con el niño a otra parte. ¡Y tú, Heathcliff, escúchame bien! A ti tampoco quiero verte ni oírte… No querría asesinarte esta noche, a menos que me dé por incendiar la casa. Ya veremos qué hago…

Diciendo estas palabras, sacó una botella de aguardiente del aparador y se sirvió un vaso.

—¡No, no lo haga! —le rogué—. Señor Hindley, cuidado con lo que hace. ¡Si no se quiere usted nada a sí mismo, tenga al menos compasión de este pobre niño!

—Estará mejor con cualquier otra persona que conmigo —contestó.

—¡Apiádese de su propia alma! —dije, tratando de arrebatarle el vaso de las manos.

—¡Ni hablar! Todo lo contrario, me producirá un gran placer empujarla a la perdición para castigar a su creador —exclamó el blasfemo—. ¡Brindo por su segura condenación!

Apuró la bebida y nos despachó de malos modos, rematando la orden con una serie de imprecaciones tan horribles e impías que es mejor no repetirlas ni recordarlas.

—Es una lástima que no se mate con la bebida —observó Heathcliff cuando la puerta se cerró, mascullando y haciéndose eco de las maldiciones de Hindley—. Hace cuanto puede por conseguirlo, pero se lo impide su constitución. El señor Kenneth dice que apostaría su yegua a que sobrevivirá a cualquier hombre de este lado de Gimmerton; dice que, a menos que lo remedie algún afortunado imprevisto, llegará a la tumba como un vetusto pecador.

Entré en la cocina y me senté a arrullar a mi corderillo para dormirlo. Yo creía que Heathcliff se había ido al granero, pero luego resultó que no había llegado más que al final de mi escaño y se había tumbado en un banco adosado a la pared, lejos del fuego, donde permanecía en silencio.

Yo mecía a Hareton en mi regazo y tarareaba una canción que decía:

Era entrada la noche, y los niños lloraban.
La madre bajo tierra escuchaba.

Entonces, la señorita Cathy, que había oído todo el barullo desde su cuarto, asomó la cabeza y susurró:

—¿Estás sola, Nelly?

—Sí, señorita —contesté.

Entró y se acercó a la chimenea. Yo levanté la vista, porque me pareció que venía a hablar conmigo. Traía una expresión turbada y ansiosa. Tenía los labios entreabiertos como si fuera a decir algo. Tomó aliento, pero en lugar de una frase, se le escapó un suspiro.

Yo seguí cantando porque no había olvidado su conducta reciente conmigo.

—¿Dónde está Heathcliff? —dijo interrumpiéndome.

—Trabajando en el establo —contesté.

Él no me contradijo; quizá se había quedado dormido.

Se hizo otro largo silencio durante el cual noté que caían al suelo del hogar una o dos lágrimas de las mejillas de Catherine.

«¿Estará arrepentida de su vergonzosa conducta? —me pregunté—. Sería, desde luego, una novedad. ¡Pero que empiece ella sola por donde quiera, yo no la pienso ayudar!»

Pero no, ella no se inquietaba por nada que no fueran sus propias tribulaciones.

—¡Ay! —exclamó por fin—. ¡Soy muy desgraciada!

—Es una lástima —observé—. Es usted muy difícil de complacer. ¡Cómo es posible que con tantos amigos y tan pocos desvelos no consiga usted estar contenta!

—Nelly, ¿me guardarás un secreto? —prosiguió, arrodillándose a mi lado y alzando hacia mí sus encantadores ojos para dedicarme una de esas miradas que desarman, aunque tenga una todo el derecho del mundo de estar enfadada.

—¿Vale la pena guardarlo? —pregunté menos enfurruñada.

—Sí. ¡Es algo que me preocupa, y tengo que soltarlo! Quiero que me digas qué debo hacer. Hoy Edgar Linton me ha pedido que me case con él, y le he contestado. Pero antes de decirte si le di el sí o si le rechacé, dime tú cuál te parece que debía haber sido mi respuesta.

—Por favor, señorita Catherine, ¿cómo voy yo a saberlo? —repuse—. Aunque, considerando el numerito que ha montado usted esta tarde delante de él, creo que lo más sensato sería rechazarle, porque si se lo ha pedido después de eso, una de dos, o es un imbécil que no tiene remedio o un tonto muy atrevido.

—Si sigues hablando así, no te contaré nada más —repuso ella irritada, poniéndose en pie—. Le he dado el sí, Nelly. ¡Quiero saber si me he equivocado!

—¿Le ha dado usted el sí? Entonces, ¿de qué sirve hablar del asunto? Ha dado usted su palabra y no puede retractarse.

—¡Pero dime tú si he hecho bien! —exclamó crispada, al tiempo que fruncía el ceño y se retorcía las manos.

—Habría que tomar en consideración muchas cosas antes de poder atinar en la respuesta —dije con tono sentencioso—. Lo primero y lo principal es: ¿quiere usted al señor Edgar?

—¿Cómo podría no quererle? Claro que le quiero —contestó.

Luego la sometí a un minucioso interrogatorio, lo que me pareció bastante sensato, teniendo en cuenta que era una muchacha de veintidós años:

—¿Por qué le quiere usted, señorita Cathy?

—¡Qué tontería! Le quiero y con eso basta.

—No basta en absoluto. Tiene usted que decirme por qué.

—Bueno, porque es guapo y me gusta su compañía.

—Malo —fue mi comentario.

—Y porque es joven y alegre.

—También malo.

—Y porque él me quiere a mí.

—Eso no hace al caso.

—Y además será rico, y yo me convertiré en la mujer más importante de la región y me sentiré orgullosa de tener un marido como él.

—¡Eso es lo peor de todo! Y ahora, dígame: ¿cómo le quiere?

—Pues como quiere todo el mundo. Qué tonta eres, Nelly.

—Nada de eso. Conteste.

—Amo la tierra que pisa y el aire que respira, y todo lo que toca y cada palabra que dice. Amo todas sus miradas y todos sus movimientos, me gusta todo él, de arriba abajo. ¡Para que veas!

—¿Y por qué?

—No, te lo tomas a broma. ¡Eso es de muy mala fe! ¡Para mí no es ninguna broma! —dijo la joven, frunciendo el ceño y volviendo la cara hacia la lumbre.

—No estoy bromeando en absoluto, señorita Catherine —repuse—. Usted quiere al señor Edgar porque es guapo, joven, alegre y rico, y porque él la quiere a usted. Pero esto último no es razón. Seguramente usted le querría lo mismo aunque él no la quisiera, pero no le querría si él, aunque la quisiese, no poseyera los otros cuatro atributos.

—Eso es cierto. Si fuera feo y ridículo solo conseguiría darme lástima, y hasta puede que llegase a odiarle.

—Pero hay muchos otros jóvenes guapos y ricos en el mundo, posiblemente mucho más que él. ¿Qué le impide amarles a ellos?

—Si los hay, están fuera de mi alcance. Nunca he conocido a nadie como Edgar.

—Pero puede que conozca a algunos. Además, él no será guapo y joven para siempre, y tal vez tampoco conserve su riqueza.

—Ahora es así, y para mí lo único que cuenta es el presente. Ojalá hablases con más sensatez.

—Pues asunto concluido, si lo único que cuenta para usted es el presente, cásese con el señor Linton.

—No quiero tu permiso. Me pienso casar con él. Pero aún no me has dicho si he obrado bien o no.

—Ha obrado usted muy bien, en la medida en que alguien hace bien en casarse porque solo piensa en el presente. Y ahora, oigamos por qué es usted desgraciada. A su hermano le dará una alegría… No creo que los señores Linton pongan ninguna pega, saldrá usted de una casa caótica e incómoda para entrar en otra rica y respetable, Edgar la ama a usted y usted a él. Todo parece ir sobre ruedas, ¿dónde está el problema?

—¡Aquí y aquí! —repuso Catherine, golpeándose la frente con una mano y el pecho con la otra—. No sé muy bien dónde vive el alma, ¡pero mi alma y mi corazón me dicen que hago mal!

—¡Qué raro! No consigo entenderlo.

—Es mi secreto, pero si dejas de burlarte de mí, te lo contaré; no puedo explicártelo con claridad, pero sí darte una idea de lo que siento.

Volvió a sentarse a mi lado; se puso más triste y más seria. Las manos, que mantenía enlazadas, le temblaban.

—Nelly, ¿nunca tienes sueños extraños? —dijo de repente, tras unos minutos de reflexión.

—Sí, de vez en cuando —contesté.

—Yo también. He tenido algunos sueños en mi vida que se me han quedado grabados para siempre y me han cambiado las ideas; me han atravesado de cabo a rabo, como el vino atraviesa el agua, y han alterado el color de mi mente. Te voy a contar uno de ellos, pero procura no reírte en ningún momento.

—¡Ay, no, señorita Catherine! —exclamé—. Estamos ya bastante abatidas como para que nos pongamos a convocar fantasmas y visiones que nos embrollen aún más. ¡Vamos, vamos, alegre esa cara y sea usted misma! Mire al pequeño Hareton, él no sueña con nada triste. ¡Qué dulcemente sonríe en sueños!

—Ya. ¡Y qué dulcemente reniega su padre en su soledad! Tú debes de recordarle cuando era una cosita regordeta como esa, casi tan pequeño e inocente. De todos modos, Nelly, tendrás que oír mi sueño a la fuerza; no es muy largo. Además, esta tarde no me veo capaz de estar contenta.

—¡No quiero oírlo! ¡No quiero oírlo! —repetí a toda prisa.

Yo era entonces muy supersticiosa para eso de los sueños, y sigo siéndolo. Además, Catherine tenía un aspecto inusualmente sombrío y me daba miedo imaginarme alguna profecía o prever alguna catástrofe horrible a partir de lo que ella me contara.

Se lamentó, pero no continuó. Al cabo de un rato, haciendo como que cambiaba de tema, retomó el anterior.

—Si yo estuviera en el cielo, Nelly, sería en extremo desgraciada.

—Porque no es usted digna de estar allí —contesté—. Todos los pecadores serían desgraciados en el cielo.

—Pero no lo digo por eso. Es que una vez soñé que estaba allí.

—¡Le he dicho que no quiero oír sus sueños, señorita Catherine! Me voy a acostar —interrumpí de nuevo.

Ella se echó a reír y, al ver que hacía ademán de levantarme, me retuvo.

—Pero si no es nada —exclamó ella—. Solo iba a decir que no sentía que el cielo fuera mi casa. Lloraba a mares porque quería regresar a la tierra; los ángeles se enfadaron tanto que me arrojaron fuera y fui a caer en el centro del brezal que hay en la cima de Cumbres Borrascosas. Me desperté allí llorando de alegría. Tanto vale este sueño como el otro para explicar mi secreto. No soy más digna de casarme con Edgar Linton que de estar en el cielo, y si ese malvado de allí no hubiese hecho caer tan bajo a Heathcliff, ni se me hubiera pasado por la cabeza. Casarme con Heathcliff en las presentes circunstancias me degradaría. Así que nunca sabrá cuánto le quiero. Y no por guapo, Nelly, sino porque es más yo que yo misma. Sea cual sea la sustancia de la que están hechas nuestras almas, la suya y la mía son idénticas, y la de Linton es tan diferente de ellas como puede serlo un rayo de luna de un relámpago, o la escarcha del fuego.

Antes de que terminara su discurso, fui consciente de la presencia de Heathcliff. Volví la cabeza, porque había percibido un ligero movimiento, y le vi levantarse del banco y salir a hurtadillas de la habitación, sin hacer el menor ruido. Alcanzó a oír hasta cuando Catherine dijo que la degradaría casarse con él, y con eso tuvo bastante.

Mi compañera estaba sentada en el suelo y el respaldo del escaño le impidió advertir tanto la presencia de Heathcliff como su salida; pero yo me estremecí y le pedí que guardase silencio.

—¿Por qué? —preguntó, mirando en torno a ella con nerviosismo.

—Ha llegado Joseph —contesté, al tiempo que oía el oportuno retumbar de las ruedas de su carro por el camino—, y Heathcliff vendrá con él. No estoy segura, pero creo que está en la puerta ahora mismo.

—¡Bueno, pero no puede oírme desde la puerta! —dijo ella—. Dame a Hareton mientras preparas la cena, y cuando esté lista me llamas para que cenemos juntas. Quiero acallar mi mala conciencia y convencerme de que Heathcliff no tiene ni idea de todo esto, porque no la tiene. ¿Verdad que no sabe nada? ¿Verdad que no sabe lo que es estar enamorado?

—No veo por qué no iba a saberlo tan bien como usted —repliqué—. ¡Y si la ha elegido a usted, será la criatura más desgraciada de la tierra! ¡En cuanto usted se convierta en la señora Linton él perderá su amistad, su amor y todo lo demás! ¿Se ha parado a pensar en cómo llevará usted la separación y en lo que significará para él quedarse completamente solo en el mundo? Porque, señorita Catherine...

—¿Completamente solo? ¿Separados nosotros? —exclamó con indignación—. ¿Quién va a separarnos, di? ¡Quien lo haga correrá la suerte de Milón! No lo conseguirá ningún mortal, Ellen, mientras yo viva. Todos los Linton sobre la faz de la tierra se habrán convertido en polvo antes de que yo acceda a abandonar a Heathcliff. ¡No es eso lo que pretendo, no me refiero a eso! ¡No sería la señora Linton a ese precio! Heathcliff seguirá significando para mí lo que ha significado toda la vida. Edgar tendrá que deponer su antipatía, o al menos aguantarle. Lo hará cuando se entere de mis verdaderos sentimientos hacia Heathcliff. Nelly, ahora veo que me tienes por una egoísta miserable, pero ¿no se te ha ocurrido pensar nunca que si Heathcliff y yo nos casáramos seríamos unos pordioseros? Mientras que, si me caso con Linton, puedo ayudar a Heathcliff a medrar y librarle de las garras de mi hermano.

—¿Con el dinero de su marido, señorita Catherine? —pregunté—. No creo que le halle tan manejable como usted calcula. Además, aunque no soy quién para juzgar, considero que de todas las razones que me ha dado usted hasta ahora para convertirse en la esposa del joven Linton esa es la peor.

—No lo es —replicó ella—. ¡Es la mejor! Las otras contribuyen a satisfacer mis caprichos y a contentar a Edgar, por consideración hacia él. Esta es por consideración hacia alguien que abarca en su persona no solo mis sentimientos hacia Edgar, sino también hacia mí misma. No lo puedo explicar, pero seguro que tú, como cualquier persona, tienes la noción de que hay una existencia, o que debería haberla, más allá de nosotros mismos. ¿De qué serviría que yo haya sido creada si estuviera enteramente contenida en mi cuerpo? Mis mayores miserias en este mundo han sido las de Heathcliff, y desde el principio he observado y sentido cada una de ellas. Él es mi gran razón de existir. Si todo lo demás pereciera pero quedara él, yo seguiría existiendo. Si, en cambio, quedara todo lo demás y él fuera aniquilado, el universo se me volvería totalmente extraño, no me parecería formar parte de él. Mi amor por Linton es como el follaje de los bosques. Sé que cambiará con el tiempo, soy muy consciente de ello, igual que el invierno cambia los árboles.

Pero mi amor por Heathcliff es como las rocas eternas que hay debajo, un manantial de escaso deleite para la vista, pero necesario. Nelly, yo *soy* Heathcliff. Siempre le tengo presente, no como algo agradable, al fin y al cabo yo tampoco me gusto siempre, sino como mi propio ser. Así que no vuelvas a hablar de separación entre nosotros, es algo imposible y además…

Hizo una pausa y escondió la cara entre los pliegues de mi vestido, pero yo la aparté de un empujón. ¡Me había sacado de quicio con sus disparates!

—Si algún sentido encuentro a sus tonterías, señorita —dije—, es la convicción de que ignora las obligaciones que contrae casándose; o si no, que es usted una muchacha perversa y sin escrúpulos. Y no me fastidie cargándome con más secretos, porque no prometo guardárselos.

—¿Me guardarás este? —preguntó ansiosa.

—No, no prometo guardárselo —repetí.

Iba ella a insistir cuando la entrada de Joseph puso fin a nuestra conversación. Catherine desplazó su asiento y se puso a acunar a Hareton en un rincón, mientras yo preparaba la cena.

Cuando estuvo lista, mi compañero de servicio y yo nos pusimos a discutir sobre quién iba a subírsela al señor Hindley, y no llegamos a un acuerdo hasta que todo estuvo prácticamente frío. Al final convinimos que esperaríamos a que él pidiera la cena, porque lo que más temíamos era entrar a verle cuando llevaba un tiempo solo.

—¿Y cómo es que a estas horas ese inútil aún no volvió de los prados? ¿Qué estará tramando? ¡Maldito holgazán! —gritó el viejo, buscando a Heathcliff con la mirada.

—Iré a llamarle —repuse—. Estoy segura de que está en el granero.

Fui allí y le llamé, pero no obtuve respuesta. Al volver le susurré a Catherine que me constaba que el muchacho había oído gran parte de lo que me había dicho; le conté que le había visto salir de la cocina en el momento en que ella se quejaba del trato que le daba su hermano.

Se levantó de un brinco, muy alarmada, dejó caer a Hareton en el escaño y salió corriendo a buscar a su amigo, sin pararse a pensar por qué estaba tan alterada ni de qué manera sus palabras habían podido afectarle a él.

Tardó tanto en volver que Joseph propuso que no la esperásemos más. Conjeturó ladinamente que si no aparecían era para evitar oír su interminable bendición de la mesa. Aseguró que eran «tan malos que no era de extrañar que fuesen unos malcriados», y aquella noche añadió una plegaria especial pidiendo por ellos al acostumbrado cuarto de hora de peticiones previas a la carne. Y hubiese colado otra al final de la bendición si su joven ama no le hubiese interrumpido con la orden de que corriera camino abajo y que, dondequiera que Heathcliff hubiese ido a pasear, ¡le encontrase y le hiciese volver en el acto!

—Quiero hablar con él y tengo que hacerlo antes de subir a mi cuarto —dijo—. La verja está abierta, así que estará en algún sitio donde no puede oírnos, porque le he estado llamando con todas mis fuerzas desde lo alto de la colina y no me ha contestado.

Al principio, Joseph se opuso, pero ella hablaba demasiado en serio como para sufrir que la contradijeran, así que acabó por calarse el sombrero en la cabeza y se marchó con un gruñido.

Mientras tanto, Catherine iba de un lado a otro de la habitación, exclamando:

—¿Dónde estará? ¿Dónde puede haberse metido? ¿Qué fue lo que dije, Nelly? Lo he olvidado. ¿Se quejó de mi mal humor de esta tarde? ¡Por favor! Dime qué he hecho para afligirle. Ojalá viniera. ¡Desearía tanto que viniera…!

—¡Qué barullo está usted armando por nada! —exclamé, aunque yo misma me sentía inquieta—. ¡Se asusta usted por una nimiedad! No es motivo de alarma que Heathcliff se dé un paseo a la luz de la luna por los páramos, o que esté tumbado en el henil, demasiado contrito para hablarnos. Seguro que está escondido allí. ¡Ya verá cómo le encuentro!

Me marché con la intención de seguir buscándole, pero el resultado fue una decepción. Y la búsqueda de Joseph terminó en lo mismo.

—¡Ese muchacho va de mal en peor! —observó al volver—. ¡Dejó la puerta abierta de par en par y el potro de la señora tiró dos montones de grano y marchó trotando hasta el prado! Ya le castigará el amo mañana por esos juegos endiablados, ¡y va a hacer muy bien! Demasiada paciencia tiene para aguantar todos esos descuidos. ¡Es la paciencia encarnada! Pero no va a ser siempre así, ¡ya nos enteraremos todos! ¡No se puede sacar al amo de quicio por tonterías!

—¿Has encontrado a Heathcliff, pedazo de bestia? —interrumpió Catherine—. ¿Has ido a buscarle como te mandé?

—Antes iría a buscar al caballo —repuso—, iba a tener más sentido. ¡Pero en una noche como esta, negra como una chimenea, no puedo buscar ni al caballo ni al hombre. Y Heathcliff no es un tipo que conteste a los silbidos. ¡Quizá sea menos duro de oído con usted!

Era realmente una noche muy oscura para ser verano: las nubes parecían a punto de ponerse a tronar y dije que lo mejor que podíamos hacer era sentarnos, que seguro que la lluvia que se avecinaba le traería a casa sin más complicaciones.

Pero no hubo manera de persuadir a Catherine de que esperara tranquilamente. Iba de un lado a otro, de la verja a la puerta en tal estado de agitación que no podía estarse quieta. Acabó por elegir un puesto de vigilancia permanente a un lado de la tapia, el que daba al camino, y allí permaneció sorda a mis protestas, a los reverberantes truenos y a las gruesas gotas que comenzaban a caer. Le llamaba de vez en cuando y luego se paraba a escuchar; al final, rompió a llorar amargamente. En cuanto a explotar en un fuerte y apasionado acceso de llanto no la ganaba ni Hareton ni ningún otro niño.

Cerca de la medianoche, estando nosotros aún levantados, la tormenta estalló sobre Cumbres Borrascosas con toda su furia. El viento huracanado o los truenos hendieron un árbol que había en la esquina de la casa. Una enorme rama cayó sobre el tejado y derribó parte del fuste de la chimenea, lo que lanzó un montón de piedras y hollín al hogar de la cocina con gran estruendo.

Creímos que nos había caído un rayo encima y Joseph se postró, rogando al Señor que se acordara de los patriarcas Noé y Lot, y que salvase, como antaño, a los justos, aunque castigase a los impíos. Yo también sentí que, en cierta forma, aquello era un castigo del cielo. El Jonás que yo tenía en la cabeza era el señor Earnshaw, y sacudí el picaporte de su puerta para asegurarme de que seguía con vida. Su respuesta fue lo bastante audible como para que mi compañero se pusiera a clamar a voz en grito pidiendo una clara distinción entre los santos como él y los pecadores como el amo. Pero al cabo de veinte minutos la barahúnda cesó, dejándonos indemnes a todos menos a Cathy, que se caló hasta los huesos: por su obstinada negativa a cobijarse y por haberse quedado a la intemperie sin sombrero y sin chal, se empapó el pelo y la ropa todo lo que pudo y más.

Entró y, chorreando, se tumbó sobre el escaño, vuelta contra el respaldo y con el rostro cubierto por las manos.

—¡Bueno, señorita! —exclamé, poniéndole la mano en el hombro—. ¿Es que se ha empeñado usted en buscar su muerte? ¿Sabe la hora que es? Las doce y media. ¡Vamos, váyase a la cama! No sirve de nada seguir esperando a ese insensato. Habrá ido a Gimmerton, y con este tiempo tendrá que quedarse allí. Se figurará que no vamos a estar esperándole a estas horas de la noche, o por lo menos, que el único que sigue despierto es el señor Hindley, y seguro que prefiere evitar que sea el amo quien le abra la puerta.

—¡No, no, no está en Gimmerton! —dijo Joseph—. No me extrañaría que estuviese metido en el fondo de una turbera. Esta visita no vino por nada. Y ya la estoy viendo a usted, señorita, usted va a ser la siguiente. ¡Gracias al cielo por todo! Todo es mejor para los escogidos, ¡y hasta son sacados de entre la basura! Eso dicen las Escrituras…

Y se puso a citar diferentes pasajes, indicándonos los capítulos y versículos de referencia.

Después de suplicar en vano a la obstinada muchacha que se levantase y subiera a quitarse la ropa mojada, dejé a Joseph con sus prédicas y a Catherine tiritando, y me fui a la cama con el pequeño Hareton, que dormía profundamente, como si a su alrededor todos hubiésemos estado durmiendo.

Oí que Joseph seguía leyendo un rato más; luego distinguí sus suaves pasos en la escalera y me dormí.

Bajé un poco más tarde que de costumbre y vi, a la luz de los rayos de sol que se filtraban por las rendijas de las persianas, que la señorita Catherine seguía sentada junto a la chimenea. Además, la puerta de la casa estaba entornada y la luz entraba por las ventanas abiertas. Hindley había salido de su cubil y estaba de pie en el hogar de la cocina, somnoliento y ojeroso.

—¿Qué tienes, Cathy? —le estaba preguntando cuando entré—. Estás igual de abatida que un cachorro ahogado. ¿Por qué estás tan empapada y pálida, niña?

—Me he mojado —respondió ella de mala gana— y tengo frío. Eso es todo.

—¡Ay, qué niña más traviesa! —exclamé yo, viendo que el amo estaba relativamente sobrio—. Anoche se empapó con la lluvia y se ha quedado aquí sentada hasta ahora, haciendo oídos sordos a mis ruegos de que se moviese.

El señor Earnshaw nos miraba boquiabierto.

—¿Toda la noche? —repitió—. ¿Y qué la mantuvo despierta? Seguro que no fue el miedo a los truenos, porque hace horas que pasó la tormenta.

Ninguna de las dos deseaba mencionar la ausencia de Heathcliff mientras pudiésemos seguir ocultándola, así que yo contesté que no sabía por qué se había obstinado en permanecer despierta y ella no dijo nada.

La mañana era ventosa y fría. Abrí las ventanas de celosía y en el acto la habitación se inundó de las dulces fragancias que llegaban del jardín. Pero Catherine se dirigió a mí malhumorada:

—Cierra la ventana, Ellen. ¡Me muero de frío!

Le castañeteaban los dientes y se acurrucó cerca de las brasas casi extinguidas.

—Está enferma —dijo Hindley, tomándole el pulso—. Supongo que esa es la razón por la que no quería acostarse. ¡Maldita sea! No quiero que se me moleste con más enfermedades en esta casa. ¿Qué te impulsó a salir bajo la lluvia?

—¡Corría tras los muchachos, como siempre! —gruñó Joseph, aprovechando la oportunidad que le brindaba nuestro titubeo para meter cizaña—. ¡Si yo fuera el amo, señor, les daría con los tablones en la cara, a los bien nacidos y a los otros! No hay día en que usted no salga y que Linton no venga por aquí a rondar. ¡Y menuda es también la señorita Nelly! Le espera a usted en la cocina y, en cuanto usted sale por una puerta, él entra por la otra, ¡y enseguida nuestra gran dama sale a que la conquisten allí fuera! ¡Bonita manera de portarse es ir a deambular por los campos, pasada la medianoche, con ese gitano diabólico de Heathcliff! Creen que estoy ciego, pero no es así, ¡ni mucho menos! Vi al joven Linton entrar y salir, y te vi a ti —dijo, dirigiéndome su perorata—, ¡puerca bruja inútil! ¡Mira que estar escuchando y entrar corriendo en la casa en cuanto sentiste que subían por el camino los cascos del caballo del amo!

—¡Silencio, fisgón! —gritó Catherine—. ¡No voy a consentir que seas impertinente en mi presencia! Hindley: Edgar Linton vino ayer por casualidad, y yo misma le dije que se marchara, porque sabía que no te habría gustado que te viese en aquel estado.

—Es evidente que estás mintiendo, Cathy —contestó su hermano—. ¡Eres una maldita bobalicona! Pero olvídate por ahora de

Linton. Dime: ¿estuviste con Heathcliff anoche? Quiero que me digas la verdad. No tengas miedo por él, porque a pesar de que le sigo odiando igual que siempre, hace poco me hizo un favor y eso me ablandará la conciencia cuando quiera retorcerle el pescuezo. Para evitarlo, le despediré con cajas destempladas esta misma mañana. ¡Os aconsejo que os andéis con mucho tiento cuando se haya marchado, porque descargaré todo mi mal genio sobre vosotros!

—No es cierto, no estuve con Heathcliff anoche —contestó Catherine, rompiendo a llorar amargamente—. Y además, si le echas de casa yo me iré con él. Pero a lo mejor no tendrás ocasión de echarle, a lo mejor ya se ha ido.

Al llegar a este punto, se deshizo en un mar incontrolable de lágrimas y dejó de articular palabra.

Hindley la cubrió de un torrente de injurias y le mandó que se fuera a su habitación en el acto, porque de lo contrario le daría verdaderos motivos para llorar. Yo la obligué a obedecer, y nunca podré olvidar el numerito que me montó cuando llegamos a su dormitorio. Me alarmó, pensé que estaba volviéndose loca, y rogué a Joseph que fuera en busca del médico.

Resultó ser un comienzo de delirio, y el señor Kenneth, en cuanto la vio, le diagnosticó una enfermedad grave. Tenía mucha fiebre.

La sangró y me dijo que la alimentara a base de agua de avena y suero, y que la vigilara, no fuera a ser que se tirase por el hueco de la escalera o por la ventana. Luego se marchó, diciendo que tenía mucho que hacer en la parroquia, donde la distancia habitual entre casa y casa era de cuatro o cinco kilómetros.

No puedo decir que yo fuese una enfermera muy cariñosa, y Joseph y el amo no eran mejores que yo, y, aunque nuestra paciente era de lo más pesada y testaruda, lo cierto es que se recuperó de su enfermedad.

Por supuesto, la señora Linton madre nos hizo varias visitas: puso orden en la casa y se dedicó a reprendernos y darnos órdenes a todos. Y luego, cuando Catherine entró en fase de convalecencia, insistió en llevársela con ella a la Granja de los Tordos; lo cierto es que le agradecimos que nos librara de su presencia. Pero la pobre señora tuvo motivos para arrepentirse de su bondad, porque tanto ella como su esposo contrajeron las mismas fiebres y murieron con escasos días de diferencia.

Nuestra señorita volvió con nosotros, más descarada, colérica y altanera que nunca. De Heathcliff no habíamos vuelto a saber nada desde la noche de la tormenta, y un día que Cathy me había provocado más de la cuenta, tuve la desgracia de echarle la culpa de su desaparición (lo que, de hecho, era cierto, como bien sabía ella). A partir de aquel momento y durante varios meses, dejó de relacionarse conmigo y se limitó a tratarme como a una simple criada. Joseph también fue objeto de su ninguneo, aunque él seguía cantándole las cuarenta y riñéndola como si fuera una niña, cuando ella se consideraba una mujer y nuestra ama, y creía que su reciente enfermedad le daba derecho a un trato deferente. Además, el médico había dicho que no convenía llevarle la contraria, que debíamos dejar que se saliese siempre con la suya; y, a los ojos de Cathy, quien tuviera la desfachatez de encararse con ella o contradecirla cometía poco menos que un asesinato.

Evitaba al señor Earnshaw y a sus compañeros, así que, gracias a Kenneth y ante las serias amenazas de ataque en que solían desembocar sus rabietas, su hermano accedía a todos sus antojos, y casi siempre evitaba excitar su fogoso temperamento. Lo cierto es que él era demasiado indulgente y le consentía todos sus caprichos; además, no lo hacía por cariño hacia ella, sino por vanidad. Deseaba sinceramente aquella alianza con los Linton porque suponía una honra para la familia, y con tal de que Cathy le dejara a él en paz, ¡le tenía sin cuidado que a nosotros nos pisoteara como si fuésemos esclavos!

Edgar Linton estaba encaprichado, como lo han estado infinidad de personas antes que él y seguirán estándolo después de él, y se tuvo por el hombre más dichoso del mundo el día que entró con ella del brazo en la iglesia de Gimmerton, tres años después de la muerte de su padre.

Me convencieron, aunque muy a mi pesar, para que dejara Cumbres Borrascosas y me viniera aquí con ella. El pequeño Hareton tenía casi cinco años y justo empezaba a enseñarle a leer. Nuestra despedida fue muy triste, pero las lágrimas de Catherine pudieron más que las nuestras. Cuando me negué a irme con ella y vio que sus súplicas no me ablandaban, fue a quejarse a su marido y a su hermano. El primero me ofreció un generoso salario, el segundo me mandó hacer las maletas. Dijo que ahora que ya no había ama no quería mujeres en casa, y en cuanto a Hareton, el párroco no tardaría en ocuparse de él. Así que no me quedaba otra que hacer lo que me mandaban. Le dije al amo que lo único que quería era librarse de toda la gente decente para precipitarse antes en su propia ruina; di un beso de despedida a Hareton y desde aquel día ha sido un extraño para mí. Por muy raro que me resulte pensarlo, estoy convencida de que ha olvidado completamente a Ellen Dean. ¡Y pensar que él lo había sido todo para ella, igual que ella para él!

Al llegar a este punto del relato, el ama de llaves miró al reloj que había encima de la chimenea y se quedó estupefacta al ver que las manecillas marcaban la una y media. No quiso oír hablar de quedarse un segundo más. La verdad es que yo también me inclinaba a que aplazase la continuación de su historia. Y ahora que se ha ido a descansar y que me he quedado cavilando una o dos horas más, reuniré el valor para acostarme yo también, a pesar de la dolorosa flojera que siento en la cabeza y en las extremidades.

10

¡Un comienzo encantador para una vida de eremita! ¡Cuatro semanas de tortura, agitación y malestar! ¡Ay, estos desapacibles vientos, estos gélidos cielos norteños, estos caminos abruptos y estos lentos médicos rurales! ¡Ay, esta escasez de fisonomías humanas! Y, lo peor de todo, ¡la terrible advertencia de Kenneth de que no podré salir al aire libre hasta la primavera!

El señor Heathcliff acaba de honrarme con una visita. Hará unos siete días que me mandó un par de urogallos, los últimos de la temporada. ¡Sinvergüenza! No deja de tener bastante culpa de mi enfermedad, y no me faltaban ganas de decírselo. Pero qué le vamos a hacer. No he podido ofender a un hombre que ha tenido la caridad de venir a sentarse una hora larga a la cabecera de mi cama y hablarme de algo que no sean pastillas, brebajes, ampollas y sanguijuelas.

Ya me encuentro bastante bien. Sigo demasiado débil para leer, pero me gustaría entretenerme con algo interesante. ¿Por qué no le pido a la señora Dean que termine su relato? Recuerdo los principales incidentes de cuanto me ha referido. Sí, recuerdo que el protagonista se había escapado y que no se había vuelto a saber nada de él en tres años; y que la heroína había contraído matrimonio. La llamaré; estará encantada de encontrarme animado y hablador.

La señora Dean acudió a mi llamada.

—Faltan veinte minutos, señor, para tomar la medicina —dijo.

—¡Olvídese de eso! —repuse—. Lo que quiero es que…

—El doctor dice que hay que suspender los polvos.

—¡Con mil amores! Pero no me interrumpa. Venga a sentarse aquí conmigo y manténgase alejada de ese odioso batallón de frasquitos. Saque su labor del bolsillo. Así, muy bien. Y ahora prosiga con la historia del señor Heathcliff desde donde la dejó hasta el momento actual. ¿Terminó su educación en el continente y regresó hecho un caballero? ¿O consiguió un puesto de becario en la universidad? ¿O escapó a Norteamérica y se cubrió de gloria derramando su sangre en defensa de su país de adopción? ¿O hizo fortuna más deprisa en los caminos de Inglaterra?

—Es posible que haya hecho un poco de todo eso, señor Lockwood, pero tampoco se lo puedo asegurar. Ya le dije antes que no sé cómo ganó su dinero; tampoco sé cómo logró salir del marasmo de salvaje ignorancia en que se hallaba sumida su inteligencia. Pero, con su permiso, procederé a mi manera, si cree que mi cuento le divertirá y no le fatigará. ¿Se encuentra usted mejor esta mañana?

—Mucho mejor.

—Eso es una buena noticia.

Me trasladé con la señorita Catherine a la Granja de los Tordos y, para mi grata sorpresa, se portó infinitamente mejor de lo que me hubiese atrevido a esperar. Parecía estar casi demasiado encariñada con el señor Linton y hasta daba muestras de gran afecto a su hermana. Lo cierto es que ambos eran muy atentos con ella. No era el espino el que se doblegaba ante las madreselvas, sino las madreselvas las que abrazaban al espino. No había concesiones mutuas: este se mantenía erguido mientras que las otras cedían. ¿Y quién puede tener mala fe y mal carácter cuando no encuentra a su alrededor ni oposición ni indiferencia?

Observé que el señor Edgar tenía mucho miedo de irritar a su esposa. A ella procuraba ocultárselo, pero si alguna vez me oía a mí contestar con brusquedad o veía que cualquier otro sirviente se apesadumbraba a causa de alguna de las imperiosas órdenes de ella, mostraba su desazón frunciendo el ceño con desagrado, cuando su semblante nunca se ensombrecía por sí solo. Más de una vez me regañó por mi insolencia y me confesó que una puñalada no le causaría menos dolor que ver enfadada a su señora.

Para evitar afligir a un amo tan bondadoso, aprendí a ser menos susceptible; y durante medio año aquella pólvora fue inofensiva como la arena, porque no se le arrimó ningún fuego que pudiese hacerla explotar. De vez en cuando Catherine tenía temporadas de melancolía y mutismo, que su marido respetaba con un silencio comprensivo. Las achacaba al cambio que había operado en su carácter aquella peligrosa enfermedad, ya que nunca antes había sido propensa a la depresión. El regreso de la luz solar hallaba en él una respuesta igual de luminosa. Creo poder afirmar que realmente estaban en camino de alcanzar una felicidad cada vez más profunda.

Aquello se acabó. Y es que a la larga no nos queda otra que mirar por nosotros mismos, aunque el egoísmo de la gente buena y generosa parece más justo que el de la autoritaria. Y aquello se acabó cuando las circunstancias les llevaron a ambos a sentir que el interés del uno no era la principal consideración en los pensamientos del otro.

Una apacible tarde de septiembre venía yo del jardín con una pesada cesta de manzanas que había estado recogiendo. Ya había oscurecido y la luna asomaba sobre las altas tapias del patio, y las sombras indefinidas que proyectaba acechaban por las esquinas de los numerosos salientes del edificio. Dejé mi carga en las escaleras de la casa, junto a la puerta de la cocina, y me paré a descansar y a respirar un poco más aquel aire dulce y templado. Contemplaba la luna, de espaldas a la entrada, cuando oí detrás de mí una voz que decía:

—¿Nelly, eres tú?

Era una voz profunda y su acento era extranjero, pero algo en la manera de pronunciar mi nombre me resultó familiar. Me volví para ver quién era, aunque con miedo, porque las puertas estaban cerradas y no había visto a nadie al acercarme a las escaleras.

Algo se movió en el patio y, a medida que se acercaba a mí, distinguí a un hombre alto, vestido con ropas oscuras, y con la cara y el pelo también oscuros. Estaba apoyado contra la puerta y apoyaba los dedos en el pestillo, como si quisiera abrir.

«¿Quién puede ser? —pensé—. ¿El señor Earnshaw? ¡No lo creo! Esa voz no se parece nada a la suya.»

—Llevo una hora esperándola —prosiguió, mientras yo seguía mirándole de hito en hito— y todo este tiempo he sentido a mi alrededor una quietud de muerte. No me atrevía a entrar. Pero ¿no me conoces? ¡Mírame, no soy ningún extraño!

Un rayo de luna iluminó sus rasgos. Tenía las mejillas cetrinas y medio cubiertas por unas patillas negras, las cejas fruncidas, y unos peculiares ojos hundidos. Recordaba esos ojos.

—¿Cómo? —exclamé, levantando las manos perpleja, sin saber si mirarle como a una aparición o no—. Pero ¿cómo puede ser que haya regresado? ¿De verdad es usted? ¿Sí?

—Sí, soy Heathcliff —contestó alzando la vista a las ventanas, de las que no salía ninguna luz, pero cuya superficie reflejaba un sinfín de lunas titilantes—. ¿Están en casa? ¿Dónde está ella? Nelly, no pareces muy contenta de verme; no hace falta que te pongas así. ¿Está aquí? ¡Contéstame! Tengo algo que hablar con ella, con tu señora. Ve y dile que una persona de Gimmerton desea verla.

—Pero ¿cómo se lo tomará? —exclamé—. ¿Qué hará? Si la sorpresa me tiene a mí desconcertada, ¡a ella le hará perder la razón! ¡Es cierto que es usted, Heathcliff, pero qué cambiado está! No, no hay quien lo entienda. ¿Se alistó usted en el ejército?

—Ve a llevar mi recado —interrumpió con impaciencia—. ¡Estaré en el infierno hasta que lo hagas!

Levantó el pestillo y yo entré en casa. Pero cuando llegué al gabinete donde se encontraban los señores Linton, no pude decidirme a entrar.

Al final opté por inventar un pretexto: iría a preguntar si querían que encendiera las velas, y abrí la puerta.

Estaban sentados junto a una ventana cuya celosía se apoyaba contra la pared y desde la que se veían los árboles del jardín, el campo verde y agreste, y todo el valle de Gimmerton con una zigzagueante franja de niebla que casi llegaba hasta su cima (porque justo después de la iglesia, como quizá haya observado, el canal que mana desde las ciénagas se une a un riachuelo que sigue la curva de la cañada). Cumbres Borrascosas descollaba por encima de aquel vapor argénteo, pero nuestra antigua casa no llegaba a verse, porque más bien se hunde en el otro lado.

Tanto la habitación, como sus ocupantes, como la escena que estaban contemplando transmitían una extraordinaria sensación de paz. Se me quitaron las ganas de dar aquel recado y ya me iba sin darlo, una vez hecha la pregunta acerca de las velas, cuando mi propia insensatez me empujó a volver y a murmurar:

—Un hombre de Gimmerton desea verla, señora.

—¿Qué quiere? —preguntó la señora Linton.

—No se lo he preguntado —contesté.

—Está bien, Nelly —dijo—. Corre las cortinas y sube el té. Vuelvo enseguida.

Salió de la estancia y el señor Edgar preguntó con aire despreocupado quién era.

—Alguien a quien la señora no espera ver —repuse—. Es aquel Heathcliff que vivía en casa del señor Earnshaw. Seguramente le recuerda usted.

—¿Cómo? ¿Aquel gitano... aquel gañán? —exclamó—. ¿Y por qué no se lo ha dicho a Catherine?

—¡No hable así! No debe llamarle esas cosas, señor —dije—. A la señora le disgustaría mucho oírlo. Su fuga casi le partió el corazón, por lo que imagino que su regreso le dará una enorme alegría.

El señor Linton se acercó a una ventana que había en el otro extremo de la habitación y daba al patio. La abrió y se asomó. Ellos debían de estar abajo, porque enseguida gritó:

—¡No te quedes ahí, amor! Hazle pasar si es alguien que merece nuestra atención.

Poco después oí el chirrido del picaporte y Catherine se precipitó escaleras arriba. Entró arrebatada y sin aliento, en tal estado de excitación que ni siquiera dejaba traslucir su alegría. La verdad es que la expresión de su rostro hacía temer una horrible calamidad.

—¡Oh, Edgar, Edgar! —jadeaba al tiempo que le echaba los brazos al cuello—. ¡Oh, Edgar, querido! ¡Heathcliff ha vuelto! ¡Es él!

Y su abrazo se convirtió en un estrujón.

—Bueno, bueno —gritó enfadado su esposo—. ¡No me estrangules por eso! Nunca me pareció un tesoro tan extraordinario. ¡No hace falta que te pongas histérica!

—Sé que no le tienes aprecio —contestó ella, conteniendo un poco la intensidad de su alegría—. Pero, por mi bien, ahora tenéis que ser amigos. ¿Le digo que suba?

—¿Aquí? —dijo—. ¿Al gabinete?

—¿Y adónde si no? —preguntó ella.

Aquello pareció irritar mucho al amo y sugirió la cocina como un lugar más apropiado para recibirle.

La señora Linton se le quedó mirando con una expresión divertida, mezcla de furia y mofa, ante sus escrúpulos.

—No —añadió al cabo de un rato—, yo no puedo recibirle en la cocina. Dispón dos mesas aquí, Ellen, una para el amo y la señorita Isabella, que son gente bien, y otra para Heathcliff y para mí, que somos unos plebeyos. ¿Te parece bien así, cariño? ¿O prefieres que me enciendan un fuego en otra parte? Si es así, da las órdenes pertinentes. Yo me voy abajo a buscar a mi invitado. ¡Es tal la alegría que siento que no parece real!

Se disponía a salir disparada como una flecha, pero Edgar la detuvo.

—Mándele subir —dijo, dirigiéndose a mí—. Y tú, Catherine, ¡trata de estar contenta sin ser absurda! No hace falta que toda la casa se entere de que recibes a un sirviente fugitivo como si se tratase de un hermano.

Bajé y me encontré a Heathcliff esperando debajo del porche; era evidente que contaba con que le invitarían a entrar. Me siguió sin malgastar palabras, y yo le conduje ante la presencia de los amos, cuyas mejillas encendidas delataban que acababan de tener una discusión acalorada. Pero las de la señora, cuando su amigo apareció en el umbral, ardieron con un sentimiento muy diferente. Se levantó de un brinco, fue a tomarle las dos manos entre las suyas y le llevó hasta donde estaba Linton. Luego agarró los reacios dedos de Linton y le obligó a que estrechara la mano de Heathcliff.

Ahora que la luz del fuego y de los cirios le daba de lleno, me quedé aún más perpleja que antes al contemplar la transformación operada en Heathcliff. Se había convertido en un hombre alto, atlético y bien formado; a su lado mi señor parecía un mozalbete bastante escuálido. Su porte erguido sugería que podía haber servido en el ejército. Su expresión y la firmeza de sus facciones le hacían parecer mucho más maduro que el señor Linton, le daban un aire de inteligencia en el que no quedaba ni rastro de su antigua degradación. Es cierto que en las cejas hundidas y los ojos llenos de fuego negro acechaba aún una ferocidad semisalvaje, pero amansada. Y sus modales, totalmente desprovistos de rudeza, eran hasta dignos, aunque demasiado secos para ser elegantes.

La estupefacción de mi amo igualaba o excedía la mía. Estuvo un rato sin saber cómo dirigirse al gañán, como él le había llamado. Heathcliff dejó caer su mano enjuta y se lo quedó mirando fríamente, hasta que Linton se decidió a hablar.

—Siéntese, señor —dijo por fin—. La señora Linton, en recuerdo de los viejos tiempos, me ha pedido que le reciba con cordialidad. Y, como es natural, siempre me supone una satisfacción tener ocasión de complacerla en algo.

—A mí también —contestó Heathcliff—. Sobre todo si se trata de algo en lo que yo tomo parte. Me quedaré con mucho gusto una hora o dos con ustedes.

Tomó asiento frente a Catherine, que mantenía la vista fija en él como si temiera que fuese a esfumarse en cuanto la desviara. Él casi no levantaba los ojos para mirarla; le bastaba con una ojeada furtiva de vez en cuando, pero en ella se reflejaba, cada vez con mayor seguridad, el no disimulado deleite que bebía de sus ojos.

Estaban demasiado absortos en saborear su dicha mutua como para sentirse violentos. No así el señor Edgar, que, de puro fastidio, había ido palideciendo cada vez más. Aquello llegó al colmo cuando su mujer se levantó y, caminando por la alfombra, volvió a tomar las manos de Heathcliff entre las suyas y se rió como fuera de sí.

—¡Mañana me parecerá que esto ha sido un sueño! —exclamó—. No podré creer que te he visto, tocado y hablado otra vez. Pero ¡qué cruel has sido, Heathcliff! No mereces esta bienvenida. ¡Mira que estar ausente y guardar silencio tres años sin acordarte nunca de mí!

—¡Algo más de lo que tú te has acordado de mí! —murmuró—. Hace poco supe de tu boda, Cathy; y antes, cuando esperaba en el patio de abajo, mis planes no eran otros que volver a verte la cara un momento, que quizá me dedicases una mirada perpleja o de fingido placer, y luego irme a ajustar cuentas con Hindley y adelantarme a la ley ejecutándome a mí mismo. Tu acogida me ha quitado de la cabeza semejantes ideas, pero ¡cuídate mucho de recibirme con otra cara la próxima vez! No, no volverás a echarme. ¿De verdad te compadeciste mucho de mí? Bueno, había motivos para hacerlo. He tenido que batallar contra una vida muy amarga desde que oí tu voz por última vez. ¡Tienes que perdonarme, porque no he luchado sino por ti!

—Catherine, haz el favor de venir a la mesa antes de que se te enfríe el té —interrumpió Linton esforzándose por conservar su tono de voz habitual y cierta urbanidad—. El señor Heathcliff tendrá una larga caminata por delante, dondequiera que se hospede esta noche, y yo tengo sed.

Catherine ocupó su asiento junto a la tetera y la señorita Isabella compareció también, convocada por la campanilla. Yo, después de haberles acercado las sillas a la mesa, salí de la estancia.

La colación no duró ni diez minutos. Catherine ni siquiera alcanzó a llenar su taza; no podía ni comer ni beber. Edgar había hecho un charco de té en el plato y apenas tragó un sorbo.

El invitado no quiso aquella tarde prolongar su visita más de una hora. Cuando se marchaba le pregunté si se dirigía a Gimmerton.

—No, a Cumbres Borrascosas —contestó—. El señor Earnshaw me invitó esta mañana, cuando fui a verle.

¿Que el señor Earnshaw le había invitado y que él había ido a verle? Cuando se hubo marchado, sopesé lenta y dolorosamente aquella frase. ¿Será que se ha convertido en un hipócrita y que ha venido aquí con el único designio encubierto de hacer daño? En lo más hondo de mi ser sentía, como una premonición, que habría sido mucho mejor que se hubiese mantenido lejos.

En plena noche me despertó del primer sueño la entrada sigilosa en mi aposento de la señora Linton, que, tomando asiento a la cabecera de mi cama, me tiró del pelo para despertarme.

—No puedo dormir, Ellen —dijo a modo de disculpa—. ¡Necesito que algún ser vivo comparta mi felicidad! Edgar está enfurruñado porque yo me alegro por algo que para él no tiene el menor interés. No abre la boca, como no sea para soltarme sermones tontos y mezquinos. Sostiene que soy cruel y egoísta porque me empeño en hablarle cuando él se encuentra muy mal y se muere de sueño. ¡Siempre se hace el enfermo al menor enfado! Pronuncié algunas frases encomiando a Heathcliff, y él, ya fuera porque tenía dolor de cabeza o porque sintió una punzada de envidia, se echó a llorar. Así que me levanté y le dejé solo.

—¿De qué sirve elogiar a Heathcliff delante de él? —contesté—. Se tienen una aversión mutua desde pequeños, y a Heathcliff también le dolería que usted ensalzase al señor Linton; es la naturaleza humana. Si no quiere que riñan abiertamente, deje en paz al señor Linton y no vuelva a hablarle de Heathcliff.

—Pero ¿no crees que demuestra una gran debilidad con eso? —prosiguió ella—. Yo no soy celosa, nunca he envidiado el cabello rubio y lustroso de Isabella, ni la blancura de su piel, ni su exquisita elegancia, ni el cariño que le profesa toda la familia. Incluso tú, Nelly, si alguna vez reñimos, te pones enseguida de su parte. Pero yo cedo como una madre tonta, la llamo «querida» y la mimo hasta que se pone de buen humor. A su hermano le gusta vernos cariñosas la una con la otra, y a mí darle ese gusto. Pero ellos dos se parecen mucho: son unos niños mimados que creen que el mundo se creó para servirles. Y aunque yo les consienta a los dos, pienso que una buena lección no les vendría nada mal.

—Se equivoca, señora Linton —dije—. Son ellos quienes la consienten a usted. ¡Y ya sé qué pasaría si dejasen de hacerlo! Bien puede permitirse transigir con sus caprichos pasajeros cuando ellos no viven más que para anticiparse a todos los deseos de usted. Pero es posible que al final se enemisten por algo que revista la misma importancia para ambas partes, ¡y ya veremos si esos a quienes usted tilda de débiles no se muestran tan obstinados como usted!

—Entonces se entablará una lucha a muerte, ¿verdad, Nelly? —replicó riéndose—. ¡No lo creo! Tengo tal fe en el amor de Linton que pienso que podría llegar a matarle sin que él tomara ninguna represalia contra mí.

Le aconsejé que por eso mismo valorara más su afecto.

—Ya lo hago —repuso—. Pero no hace falta que se ponga a lloriquear por nimiedades. Es una reacción pueril. Tenía que haber sido él, y no yo, quien dijese que ahora Heathcliff merece la consideración de todos y que el más importante caballero de la región puede sentirse honrado con su amistad. O por lo menos tenía que haberse alegrado por mí, en lugar de deshacerse en lágrimas por lo que dije. Deberá acostumbrarse a él, y será mejor que le aprecie. ¡Considerando que Heathcliff tiene serios motivos para estar predispuesto en contra de él, pienso que se portó estupendamente bien!

—¿Y qué me dice de que haya ido a Cumbres Borrascosas? —pregunté—. Da la impresión de que se ha reformado en todo sentido: ¡demuestra ser un buen cristiano en eso de tender la mano a todos sus enemigos!

—Me lo ha contado —repuso ella—, y yo también me extrañé. Me ha dicho que fue allí porque creía que tú seguías viviendo en la casa y quería que le dieras noticias mías. Y Joseph avisó a Hindley. Mi hermano salió y se puso a preguntarle sobre la vida que había llevado y lo que había estado haciendo, hasta que al final le invitó a entrar. Había algunos hombres jugando a las cartas, y Heathcliff se unió a ellos. Le ganó algún dinero a mi hermano, y este, al ver que Heathcliff era un hombre acaudalado, le pidió que regresara esta noche y él aceptó. Hindley es demasiado imprudente como para elegir a sus amistades con sensatez, y no se para a pensar que podría tener motivos para desconfiar de alguien a quien ha herido de una forma tan abyecta. Pero Heathcliff asegura que su razón principal para reanudar la relación con su antiguo perseguidor es que quiere instalarse en un lugar desde donde pueda ir caminando a la granja y porque está apegado a la casa donde vivimos juntos de niños. Abriga además la esperanza de que yo tenga más ocasiones de ir a verle allí que si se instalara en Gimmerton. Tiene intención de pagar una generosa suma por alojarse en Cumbres Borrascosas, y seguro que la codicia de mi hermano le llevará a aceptar sus condiciones. Siempre ha sido muy codicioso, aunque lo que agarra con una mano se le va por la otra.

—¡Bonito lugar para que un joven fije allí su residencia! —dije—. ¿No teme usted las consecuencias, señora Linton?

—Por lo que respecta a mi amigo, en absoluto —repuso ella—, su buena cabeza le pondrá a salvo de cualquier peligro. Por Hindley sí tengo un poco de miedo. Pero moralmente ya no puede caer más bajo, y yo me interpongo entre su persona y el daño físico que puedan ocasionarle. ¡El acontecimiento de esta tarde me ha reconciliado con Dios y con toda la humanidad! Me había sublevado furiosamente contra la Providencia. ¡Ay, lo he pasado muy mal, Nelly, muy mal! Si ese individuo supiera lo mucho que he sufrido, se avergonzaría de ensombrecer ahora mi dicha con su ridículo malhumor. Si he asumido yo sola todo este sufrimiento ha sido por bondad hacia él, porque si hubiese expresado la angustia que sentía casi siempre, él se habría preocupado de disiparla con el mismo ardor que yo. En cualquier caso, eso es agua pasada, y no me vengaré de su insensatez. ¡Me siento capaz de soportar cualquier cosa a partir de ahora! Si la más vil de las criaturas me diera un cachete en la mejilla, no solo pondría la otra, sino que pediría perdón por haberla provocado. Y para que me creas, ahora mismo iré a hacer las paces con Edgar. Buenas noches. ¡Soy un ángel!

Se marchó con aquella autocomplaciente convicción. Y el éxito de su resolución quedó de manifiesto al día siguiente. El señor Linton no solo había abandonado su malhumor (aunque su ánimo aún parecía dominado por la exuberante vitalidad de Catherine), sino que no puso objeción alguna a que Isabella la acompañase a Cumbres Borrascosas aquella tarde. Y ella le recompensó prodigándole una dulzura y un cariño tales que la casa se convirtió en un paraíso durante varios días, y tanto el amo como los sirvientes nos beneficiamos de una perpetua bonanza.

Al principio Heathcliff —o el señor Heathcliff, como le llamaría en lo sucesivo— hizo un uso cauteloso de su permiso para visitar la Granja de los Tordos: parecía estar sopesando hasta dónde iba a permitir el amo su intrusión. Catherine también estimó prudente moderar sus expresiones de júbilo cuando le recibía. De esta manera, Heathcliff estableció poco a poco su derecho a visitarles.

Conservaba en gran parte aquella reserva que le caracterizaba en los años de su infancia, y ello le permitió reprimir cualquier ostentación alarmante de sus sentimientos. Se produjo un respiro en el desasosiego de mi amo y durante algún tiempo las circunstancias lo desviaron por otro cauce.

La nueva fuente de problemas surgió de una desventura inesperada: Isabella Linton empezó a manifestar una repentina e irresistible atracción por aquel visitante tolerado. En aquella época era una joven encantadora de dieciocho años. Su comportamiento era algo infantil, pero tenía una inteligencia viva, sentimientos vivos y un genio también vivo cuando se irritaba. Su hermano, que la quería con ternura, estaba horrorizado por aquella inaudita inclinación. Aparte de la deshonra que significaba para la familia contraer una alianza con un hombre sin cuna y la posibilidad de que la hacienda de los Linton, a falta de herederos varones, pudiese ir a parar a manos de semejante individuo, el amo tenía la discreción suficiente como para entender el carácter de Heathcliff y saber que, aunque se hubiese producido un cambio en su aspecto, su mente era inmutable y no cambiaría nunca. Además, aquella mente le daba pavor y le repugnaba, así que rechazaba como un mal presagio la idea de encomendarle a Isabella.

Y le hubiese horrorizado aún más saber que aquel apego había nacido sin ser solicitado y sin que despertara ninguna reciprocidad de sentimiento. Porque en el instante en que Linton descubrió su existencia echó toda la culpa a una maquinación deliberada de Heathcliff.

Hacía algún tiempo que todos nos habíamos percatado de que algo atormentaba y hacía languidecer a la señorita Linton. Se mostraba huraña e irritable, y siempre estaba metiéndose con Catherine y fastidiándola, con el inminente riesgo de agotar su limitada paciencia. La excusábamos, hasta cierto punto, porque no parecía estar bien de salud —se iba consumiendo y debilitando ante nuestros ojos—, pero un día en que estaba particularmente rebelde —había rechazado el desayuno, se había quejado de que los sirvientes no la obedecían, de que el ama no la dejaba decidir nada en casa y de que Edgar no la atendía, de que se había resfriado porque alguien había dejado las puertas abiertas y de que habíamos permitido que se extinguiera la lumbre del gabinete solo para hacerla rabiar, y otros cientos de frívolas acusaciones—, la señora Linton insistió perentoriamente en que se fuera a la cama y, después de regañarla con dureza, amenazó con llamar al médico.

En cuanto oyó mencionar a Kenneth se puso a gritar que su salud era perfecta y que lo único que le pasaba era que Catherine la hacía sentirse desgraciada porque era muy dura con ella.

—¿Cómo puedes decir que soy dura contigo, pícara? —exclamo la señora, pasmada por aquella afirmación tan infundada—. No cabe duda de que estás perdiendo el juicio. ¿Cuándo he sido dura contigo, dime?

—Ayer —sollozó Isabella—. ¡Y ahora!

—¿Ayer? —preguntó su cuñada—. ¿En qué momento?

—Cuando fuimos de paseo al páramo. ¡Me dijiste que me fuera a donde quisiera, mientras tú seguías paseando con el señor Heathcliff!

—¿Y a eso le llamas tú ser dura? —dijo Catherine riendo—. Con aquello no quise insinuar que nos sobrase tu compañía, nos daba igual que nos siguieras. Sencillamente pensé que la conversación de Heathcliff no podía tener ningún interés para ti.

—No es cierto —sollozó la señorita—. ¡Querías que me fuera porque sabías que yo deseaba estar con vosotros!

—¿Crees que está en sus cabales? —preguntó la señora Linton, dirigiéndose a mí—. Isabella, voy a repetirte, palabra por palabra, nuestra conversación para que me digas qué atractivo hubiese podido tener para ti.

—La conversación es lo de menos —contestó ella—. Lo que yo quería era estar con...

—¡Vamos, dilo! —dijo Catherine percibiendo que la otra no se decidía a terminar la frase.

—Con él. ¡Y no pienso permitir que siempre me echéis! —continuó acalorada—. ¡Eres como el perro del hortelano, Cathy, y no permites que nadie reciba amor salvo tú misma!

—¡Eres una diablilla impertinente! —exclamó la señora Linton, sorprendida—. ¡Pero no pienso creer semejante estupidez! ¡Es imposible que busques la admiración de Heathcliff, ni que le tengas por una persona agradable! Espero haberte entendido mal, Isabella.

—No, no me has entendido mal —dijo la encaprichada joven—. Le quiero más de lo que tú hayas podido querer nunca a Edgar. ¡Y si tú se lo permitieras, es posible que él me correspondiese!

—¡En ese caso, no querría estar en tu lugar ni por todo el oro del mundo! —declaró Catherine con énfasis y con aparente sinceridad—. Nelly, ayúdame a convencerla de que esto es una locura. Explícale quién es Heathcliff, un niño abandonado, sin refinamiento y sin cultura, un árido erial de tojo y basalto. ¡Antes soltaría a ese canario en medio del parque un día de invierno que alentarte a que entregues tu corazón a Heathcliff! Niña, no es más que por una deplorable ignorancia de su carácter por lo que has tenido esa fantasía. ¡No vayas a pensar, te lo ruego, que bajo su severa apariencia oculta una bondad y un cariño profundos! No es un diamante en bruto ni una ostra que contiene una perla. Es un hombre fiero, despiadado y voraz como un lobo. Yo nunca le digo: «Deja en paz a este o a aquel enemigo porque sería mezquino o cruel hacerle daño». Lo que le digo es: «Déjales en paz porque no tolero que les hagas daño». Y a ti, Isabella, te aplastaría como a un huevo de gorrión en cuanto sintiera que eres una carga molesta para él. Sé que nunca sería capaz de amar a una Linton, y sin embargo sería muy capaz de casarse con tu fortuna y tu herencia. La avaricia está convirtiéndose en su mayor pecado. Así es como yo le retrataría, y eso que es mi amigo. Tanto es así que si él hubiese pensado seriamente en darte caza, quizá me hubiese callado y permitido que cayeses en su trampa.

La señorita Linton miró a su cuñada con la mayor indignación.

—¡Qué vergüenza! ¡Qué vergüenza! —repitió furiosa—. ¡Eres peor que veinte enemigos juntos! ¡Tu amistad es veneno!

—¿Ah, entonces no me crees? —dijo Catherine—. ¿Crees que hablo con malicia por egoísmo?

—Desde luego que sí —replicó Isabella—. ¡Y me das escalofríos!

—¡Muy bien! —gritó la otra—. Si eso es lo que quieres, ve a comprobarlo por ti misma. No tengo más que decir ante tu descarada insolencia. He terminado.

—¡Y yo tengo que sufrir por culpa de su egolatría! —exclamó Isabella sollozando, al tiempo que la señora Linton salía de la habitación—. Todo, absolutamente todo se pone en mi contra; ha destrozado mi único consuelo. Pero ¿verdad que no ha dicho más que mentiras? El señor Heathcliff no es ningún demonio. Tiene un alma honrada y leal, porque de lo contrario, ¿cómo iba a acordarse de Catherine?

—Destiérrele de sus pensamientos, señorita —dije—. Es un pájaro de mal agüero; no es un buen compañero para usted. La señora Linton ha hablado con dureza, pero no puedo contradecirla. Conoce su corazón mucho mejor que yo y que cualquiera, y nunca le retrataría peor de lo que es. Las personas honradas no esconden sus hazañas. ¿Cómo ha vivido estos años? ¿Cómo se ha hecho rico? ¿Por qué se aloja en Cumbres Borrascosas, en casa de un hombre al que aborrece? Dicen que el señor Earnshaw va de mal en peor desde que él ha vuelto. Se pasan toda la noche despiertos y Hindley ha hipotecado sus tierras, y no hace más que jugar y beber.

Eso oí hace apenas una semana. Me lo dijo Joseph cuando me lo encontré en Gimmerton. «Nelly», dijo, «pronto va a hacerse una pesquisa policial en la casa para descubrir las causas de una muerte violenta. El uno antes se cortaría un dedo que impedir que el otro se suicidara. El amo, ya lo sabe usted, está empeñado en llegar a las grandes sesiones jurídicas. ¡Ese no teme ni a la magistratura, ni a Pablo, ni a Pedro, ni a Juan, ni a Mateo, ni a ninguno de ellos! ¡Y menuda pieza es Heathcliff, todo hay que decirlo, un tipo insólito! ¡Ya puede reírse con sus gruñidos de una chanza del todo diabólica! ¿No os cuenta, cuando viene de visita, la buena vida que se da entre nosotros? Esto es lo que pasa: despiertan al atardecer, y después vienen los dados, el brandy, los pestillos echados y la luz de las velas hasta el mediodía siguiente. Luego, ese necio se va a su cuarto jurando y perjurando de tal forma que las personas decentes tenemos que taparnos los oídos de pura vergüenza. Y el otro pícaro se pone a contar las perras, come, duerme y se va para casa del vecino a charlar con su mujer. Seguro que le cuenta a doña Cathy cómo se va embolsando el oro de su padre, mientras su hermano tira a todo meter por el camino ancho, porque él se le adelanta y le abre las puertas de par en par». Ahora bien, señorita Linton, Joseph será un viejo bribón, pero no un mentiroso. Y si lo que cuenta de Heathcliff es cierto, supongo que no se le pasará a usted por la cabeza acabar con un marido así, ¿verdad?

—¡Te has confabulado con los demás, Ellen! —contestó—. No pienso escuchar tus calumnias. ¡Cuánta maldad debe de anidar en tu corazón para que quieras convencerme de que no existe la felicidad en este mundo!

No sé si, de haberla dejado decidir por sí misma, hubiese abandonado aquella fantasía o si habría perseverado en alimentarla a perpetuidad. Tuvo poco tiempo para reflexionar. Al día siguiente se celebró un juicio en el pueblo vecino al que mi amo se vio obligado a asistir, y el señor Heathcliff, enterado de su ausencia, vino a vernos bastante más temprano que de costumbre.

Catherine e Isabella se encontraban en la biblioteca en un ambiente de total hostilidad, pero en silencio: la segunda estaba alarmada por su reciente indiscreción y por haber desvelado sus sentimientos más secretos en un arrebato de cólera; la primera, tras madura reflexión, se sentía ofendida con su compañera porque, aunque seguía riéndose de su descaro, no quería que aquel asunto fuese motivo de risa para ella.

Pero se rió cuando vio pasar a Heathcliff por delante de la ventana. Yo estaba barriendo el hogar y percibí una sonrisa traviesa en sus labios. Isabella, absorta en sus meditaciones o en la lectura, no se movió hasta que se abrió la puerta, y entonces ya era demasiado tarde para intentar huir, lo que, de haber sido posible, habría hecho con mucho gusto.

—¡Vamos, entra! —exclamó el ama con alegría, acercando una silla a la lumbre—. Aquí tienes a dos personas que, por triste que sea, están necesitadas de una tercera para romper el hielo entre ellas, y tú eres precisamente la adecuada para ello. Heathcliff, me enorgullece presentarte por fin a alguien que te ama con mayor locura que yo misma. Espero que te sientas halagado. ¡No, no es Nelly, no la mires a ella! A mi pobre cuñadita se le parte el corazón con solo contemplar tu belleza física y moral. ¡Si quieres, puedes convertirte en el cuñado de Edgar! No, no, Isabella, no te vayas corriendo —prosiguió, mientras detenía con fingido espíritu juguetón a la perpleja joven, que se había levantado indignada—. Hemos peleado por ti como dos gatas, Heathcliff, pero me ha vencido por completo en protestas de fervor y admiración. Es más, ¡me ha comunicado que si yo tuviese la decencia de quitarme de en medio, ella, que se cree mi rival, te atravesaría el corazón con un dardo que te curaría para siempre y que relegaría mi imagen al más perpetuo olvido!

—Catherine —dijo Isabella, apelando a su dignidad y renunciando a intentar zafarse de aquella mano que la tenía bien agarrada—. ¡Te agradecería que te ciñeras a la verdad y que no me calumniaras, ni en broma! Señor Heathcliff, tenga la gentileza de pedirle a esta amiga suya que me suelte. Olvida que usted y yo no somos amigos íntimos, y lo que para ella es una diversión para mí es tan doloroso que no hay palabras para expresarlo.

Como el invitado no contestó nada, sino que se limitó a tomar asiento haciendo gala de una profunda indiferencia ante los sentimientos que inspiraba en la señorita, Isabella se volvió hacia su torturadora y le suplicó por lo bajo que la dejase en libertad.

—¡De ninguna manera! —exclamó la señora Linton—. Nadie volverá a tildarme de perro del hortelano. ¡Te quedarás aquí porque lo digo yo! Heathcliff, ¿por qué no te alegras de mis agradables noticias? Isabella jura que el amor que Edgar me tiene a mí no es nada comparado con el que ella siente por ti. Estoy segura de que dijo algo similar, ¿no es así, Ellen? Desde el paseo que dimos anteayer está tan apenada y encolerizada porque la despaché alejándola de ti, lo que para ella es inaceptable, que no ha comido nada.

—Me parece que te engañas —dijo Heathcliff, dando la vuelta a su silla para quedar de cara a ellas—. ¡Quiere desaparecer de mi presencia ahora mismo, a cualquier precio!

Y clavó la mirada en el objeto de sus palabras como si se tratase de un extraño y repulsivo animal, un ciempiés de las Indias, por ejemplo, que la curiosidad impele a examinar pese a la aversión que causa.

La pobre no pudo soportar aquello. Se puso blanca, y luego enseguida roja, y, mientras las pestañas se le llenaban de lágrimas, aplicó la fuerza de sus pequeños dedos para soltarse de las garras de Catherine. Pero cuando vio que en cuanto lograba abrir uno de los dedos que asían su brazo venía otro a cerrarse sobre él, y que no podía librarse de todos a la vez, empezó a hacer uso de las uñas y su filo no tardó en ornamentar la mano de su captora con cada vez más rojeces.

—¡Menuda tigresa! —exclamó la señora Linton, soltándola y sacudiendo la mano dolorida—. ¡Márchate, por el amor de Dios, y esconde esa cara de arpía! Hace falta ser tonta para usar esas garras delante de él. ¿No te imaginas las conclusiones que sacará? ¡Mira, Heathcliff! Son auténticos instrumentos de tortura; tendrás que protegerte los ojos.

—Si alguna vez me amenazase con ellas, se las arrancaría —contestó Heathcliff brutalmente cuando la puerta se hubo cerrado tras ella—. Pero tú, Cathy, ¿con qué objeto mortificas de este modo a esa criatura? No es verdad lo que decías, ¿no?

—Sí que es verdad, te lo aseguro —repuso ella—. Lleva varias semanas languideciendo por ti, y esta mañana te ha puesto por las nubes y ha dejado caer un diluvio de insultos sobre mí porque le expuse tus defectos a fin de mitigar su adoración. Pero no tomes mayor nota de ello. Quería castigar su insolencia, eso es todo. La quiero demasiado bien, querido Heathcliff, para permitir que la caces y la devores enterita.

—Y yo la quiero demasiado mal para intentarlo siquiera —dijo él—, como no sea de una forma macabra. Llegarían a tus oídos cosas muy extrañas si viviera a solas con esa cara insulsa y pálida como la cera. Lo más normal sería pintarle lo blanco de los colores del arco iris, y cada día o cada dos le ennegrecería esos ojos azules. Son odiosamente parecidos a los de Linton.

—Deliciosamente parecidos —observó Catherine—. Tienen ojos de paloma, ¡de ángel!

—Ella es la heredera de su hermano, ¿no? —preguntó él tras un breve silencio.

—Sentiría mucho que así fuera —replicó su compañera—. ¡Si Dios quiere, media docena de sobrinos la despojarán de ese derecho! De momento, quítate esa idea de la cabeza. Eres demasiado propenso a codiciar los bienes del vecino: recuerda que los bienes de *este* vecino son míos.

—Y seguirían siéndolo si pasaran a ser míos —dijo Heathcliff—. Pero, aunque es posible que Isabella Linton sea tonta, no está loca. Y, en fin, será mejor descartar este asunto, tal como me aconsejas.

Y lo descartaron de su conversación, y Catherine seguramente también de sus pensamientos. Pero estoy segura de que el otro lo recordó muchas veces en el curso de aquella tarde. Cada vez que la señora Linton se ausentaba de la estancia, le veía sonreír, o más bien enseñar los dientes, y sumirse en un estado meditativo que no presagiaba nada bueno.

Resolví espiar todos sus movimientos. Mi corazón se inclinaba invariablemente de parte del amo, y no de Catherine. Y creía que con razón, porque él era bondadoso, leal y honrado. No es que ella fuese todo lo contrario, pero me parecía tan permisiva consigo misma que yo tenía escasa fe en sus principios, y sus sentimientos me despertaban aún menos simpatía. Deseaba que sucediese algo que nos librase de Heathcliff, tanto en Cumbres Borrascosas como en la granja, sin romper la armonía, para que volviésemos a estar como antes de su llegada. Sus visitas eran para mí una pesadilla continua, y sospechaba que para mi amo también. El hecho de que viviera en Cumbres Borrascosas me producía una angustia indescriptible. Sentía que Dios había abandonado a su oveja descarriada en sus malvadas correrías y que una fiera endiablada rondaba entre ella y el rebaño, esperando el momento de abalanzarse sobre ella y destruirla.

11

A veces, cuando rumiaba sobre estos asuntos a solas, me levantaba presa de un terror repentino, me ponía el sombrero y me encaminaba a Cumbres Borrascosas para ver cómo iban las cosas por la finca. Estaba convencida de que era mi deber avisar a Hindley de que la gente hablaba sobre su estilo de vida. Pero luego recordaba sus inveteradas malas costumbres y perdía la esperanza de poder ayudarle, porque dudaba de que fuera capaz de soportar la verdad, y se me quitaban las ganas de volver a entrar en aquella lóbrega casa.

Un día que me dirigía a Gimmerton, me desvié de mi ruta y pasé por delante de la antigua verja. Era más o menos la misma época a la que he llegado en mi relato; hacía una tarde luminosa y gélida. La tierra estaba pelada y el suelo del camino duro y seco.

Llegué al mojón donde el camino se bifurca a mano izquierda hacia las ciénagas. Es un tosco pilar de arenisca que lleva grabadas por el lado norte las letras C. B., por el este G., y por el sudoeste G. T. Sirve de poste indicador para la Granja, Cumbres Borrascosas y el pueblo.

El amarillo centelleo del sol bailaba sobre el mojón gris y me hizo evocar el verano. No sé por qué, pero lo cierto es que de repente un torrente de sensaciones de la infancia se agolpó en mi corazón. Para Hindley y para mí aquel había sido nuestro lugar preferido hacía veinte años.

Me quedé mucho rato mirando aquel bloque de piedra erosionado por las inclemencias del tiempo y, agachándome, percibí un hueco cerca de la base que aún contenía las conchas de caracol y los guijarros que nos gustaba almacenar allí, junto con otras cosas más perecederas. Me pareció estar contemplando la imagen, fresca como la realidad, de mi antiguo compañero de juegos sentado sobre la hierba agostada. Inclinaba la cabeza oscura y cuadrada, mientras su manita escarbaba la tierra con un trozo de pizarra.

—¡Pobre Hindley! —exclamé sin querer.

Me estremecí. ¡Mis ojos corporales cayeron en la trampa de creer por un momento que el niño había alzado el rostro y me había mirado a la cara! La visión se desvaneció en un abrir y cerrar de ojos, pero de inmediato sentí un deseo irresistible de estar en Cumbres Borrascosas. La superstición me alentó a obedecer aquel impulso. ¡Pensé que quizá hubiese muerto o que moriría pronto! ¡Supuse que aquello era un presagio de su muerte!

Cuanto más me acercaba a la casa, mayor era mi agitación, y cuando la vislumbré me puse a temblar de pies a cabeza. La aparición se me había adelantado: me miraba a través de la verja. Fue lo primero que pensé al ver a un niño con rizos de duende y ojos marrones, que apoyaba el rostro rubicundo contra los barrotes. Tras pensarlo un poco mejor, me di cuenta de que aquel niño tenía que ser Hareton, *mi* Hareton. No estaba muy cambiado desde que le había dejado allí diez meses antes.

—¡Que Dios te bendiga, precioso! —exclamé, olvidando en el acto mis ridículos miedos—. Hareton, soy Nelly. Tu aya, Nelly.

Retrocedió a más de un brazo de distancia y cogió del suelo un pedernal enorme.

—He venido a ver a tu padre, Hareton —añadí, adivinando por su acto que aquella Nelly, si aún seguía viva en su memoria, no correspondía a la persona que tenía delante.

Levantó su misil para arrojármelo, y yo intenté tranquilizarle, pero no pude detener su mano. El pedrusco me dio en el sombrero. Acto seguido salió de los labios tartamudeantes del pequeño una retahíla de maldiciones que, entendiera él o no su significado, fueron pronunciadas con un énfasis muy practicado, lo que distorsionó sus rasgos infantiles de tal manera que adquirieron una alarmante expresión de maldad.

Puede usted estar seguro de que aquello me apenó más que me enfureció. Casi a punto de llorar, saqué una naranja del bolsillo y se la ofrecí con el ánimo de aplacarle.

Él vaciló un rato, pero luego me la quitó de la mano, como si pensara que mi única intención era tentarle para luego defraudarle.

Le enseñé otra, pero esta vez la mantuve fuera de su alcance.

—¿Quién te ha enseñado a decir esas palabrotas, hijo? —le pregunté—. ¿El párroco?

—¡Al infierno con el párroco y contigo! Dame eso —contestó.

—Te la daré si me dices quién te ha enseñado esas cosas —dije—. ¿Quién es tu profesor?

—Papi demonio —fue su respuesta.

—¿Y qué aprendes de papi? —proseguí.

Dio un salto para agarrar la fruta. Se la puse más alta.

—¿Qué te enseña? —pregunté.

—Nada —dijo—. Solo a desaparecer de su vista. Papi no me soporta porque le insulto.

—¡Ah! Entonces, ¿es el diablo quien te enseña a insultar a tu papi? —pregunté.

—Sí… no… —dijo alargando las palabras.

—Entonces, ¿quién?

—Heathcliff.

Le pregunté si quería al señor Heathcliff.

—Sí —volvió a contestar.

Deseando conocer los motivos que tenía para quererle, solo pude captar frases como estas:

—No sé… devuelve a papá los golpes que él me da a mí… insulta a papi por insultarme él a mí… dice que puedo hacer lo que me dé la gana.

—¿Y el párroco no te enseña a leer y a escribir? —proseguí.

—No, me dijeron que el párroco se… se iba a tragar… sus propios dientes si se atrevía a entrar en la casa. ¡Heathcliff lo prometió!

Le puse la naranja en la mano y le pedí que le dijera a su padre que una mujer llamada Nelly Dean esperaba junto a la verja del jardín para hablar con él.

Subió por el camino y entró en la casa. Pero en lugar de salir Hindley, fue Heathcliff quien apareció en la puerta. Yo me di la vuelta enseguida y corrí camino abajo lo más aprisa que me permitían mis piernas, sin detenerme, hasta que llegué al poste indicador. Estaba tan asustada como si hubiese visto a un duende.

Esto no guarda mucha relación con el asunto de Isabella, pero sirvió para urgirme a montar una guardia aún más vigilante y a hacer cuanto pudiera para impedir que aquel horrible influjo llegase hasta la granja, aun a riesgo de provocar una crisis doméstica por oponerme a los deseos de la señora Linton.

La siguiente vez que vino Heathcliff dio la casualidad de que mi joven señora estaba en el patio dando de comer a unas palomas. Hacía tres días que no le dirigía la palabra a su cuñada, pero por lo menos había dejado de quejarse, para gran alivio de todos nosotros.

Yo sabía que Heathcliff no tenía por costumbre tratar a la señorita Linton con la menor cortesía. Pero esta vez, en cuanto la vio, su primera precaución fue echar un vistazo a la fachada de la casa. Yo estaba de pie junto a la ventana de la cocina, pero me aparté para que no me viera. Entonces él cruzó el patio, se acercó a la joven y le dijo algo. Ella parecía incómoda y deseosa de marcharse, y él, para evitarlo, le puso la mano en el brazo. Ella apartó la cara; me pareció que él le había hecho una pregunta a la que ella no tenía intención de contestar. Heathcliff volvió a mirar furtivamente hacia la casa y, pensando que nadie le veía, el bribón tuvo la desvergüenza de abrazarla.

—¡Judas! ¡Traidor! —exclamé—. Además, eres un hipócrita. La seduces con segundas, ¿no es así?

—¿A quién le dices esas cosas, Nelly? —dijo la voz de Catherine, muy cerca.

Yo estaba tan absorta observando a la pareja de fuera que no la había oído entrar.

—¡A su despreciable amigo! —contesté acalorada—. A ese cobarde sinvergüenza que está allí fuera. ¡Nos ha visto, está entrando en la casa! Me pregunto si será tan hábil como para encontrar una excusa verosímil por estar haciendo la corte a la señorita cuando le ha dicho a usted que la odia.

La señora Linton vio que Isabella lograba escapar de Heathcliff y corría al jardín. Un minuto después, Heathcliff abrió la puerta.

No pude evitar dar rienda suelta a mi imaginación, pero Catherine insistió furiosa en que guardásemos silencio y amenazó con echarme de la cocina si tenía la osadía de irme de la lengua.

—¡Cualquiera que te oyera diría que el ama eres tú! —gritó—. ¡Lo que necesitas es que te pongan en tu sitio! Y tú, Heathcliff, ¿qué buscas con armar todo este barullo? ¡Te he dicho que dejes en paz a Isabella! ¡Te ruego que lo hagas, a menos que estés cansado de ser recibido en esta casa y quieras que Linton te cierre la puerta en las narices!

—¡Dios no quiera que lo intente! —contestó el canalla (yo le odiaba en aquel momento)—. ¡Dios le conserve la docilidad y la paciencia! ¡Cada día estoy más ansioso por mandarle al cielo!

—¡Cállate! —dijo Catherine, cerrando la puerta de dentro—. No me irrites. ¿Por qué no has hecho caso de lo que te pedí? ¿Te salió ella al encuentro?

—¡Y a ti qué te importa! —gruñó él—. Tengo derecho a besarla, si ella me deja, y tú no tienes ningún derecho de impedirlo. ¡No soy tu esposo, no hay razón para que estés celosa!

—No estoy celosa —repuso el ama—. Me preocupas. ¡Vamos, pon buena cara, no me frunzas el ceño! Si te gusta Isabella, te casarás con ella. Pero ¿realmente te gusta? Di la verdad, Heathcliff. ¿Ves?, no contestas. ¡Estoy segura de que no te gusta!

—Además, ¿cree usted que el señor Linton daría su consentimiento a semejante unión? —pregunté yo.

—Sí —replicó mi señora sin dudarlo.

—El señor Linton puede ahorrarse esa molestia —dijo Heathcliff—. No necesito su consentimiento para casarme. Y en cuanto a ti, Catherine, me gustaría decirte un par de cosas, ya que estamos. Quiero que sepas que me has tratado de una forma infernal, ¡infernal! ¿Me oyes? Si te crees que no me he enterado, eres tonta, y si imaginas que puedes consolarme con dulces palabras, es que eres imbécil, y si crees que voy a sufrir sin vengarme, ¡muy pronto te convenceré de lo contrario! Entretanto, gracias por contarme el secreto de tu cuñada. ¡Juro que le sacaré todo el partido que pueda y que no permitiré que te entrometas!

—¿Qué nueva faceta de su carácter es esa? —exclamó la señora Linton, muy sorprendida—. ¿Que te he tratado de una forma infernal y que te vengarás? ¿Cómo te vengarás, bestia desagradecida? ¿Por qué dices que te he tratado de una forma infernal?

—No intento vengarme de ti —repuso Heathcliff con menos vehemencia—. Eso no entra en mis planes. El tirano oprime a sus siervos y ellos no se vuelven contra él, sino que subyugan a los que tienen debajo. Puedes seguir divirtiéndote conmigo hasta matarme si quieres, pero deja que yo me recree un poco de la misma forma. Y guárdate de insultarme, si puedes. Si has arrasado mi palacio, ahora no me erijas un cuchitril, ni admires pagada de ti misma tu propia caridad dándomelo por hogar. ¡Si creyera que realmente deseas que me case con Isabella, me cortaría el cuello!

—¡Ah! Entonces lo malo es que no estoy celosa, ¿es eso? —exclamó Catherine—. Muy bien, no volveré a preocuparme de buscarte una esposa. Sería como ofrecer a Satanás un alma condenada.

Igual que él, tú sacas una suprema satisfacción en hacer todo el daño que puedes. Me lo estás demostrando. Ahora que Edgar se ha repuesto del mal humor que le causó tu llegada, y que yo empiezo a estar más estable y tranquila, tú, que no puedes soportar vernos en paz, te empeñas en provocar una pelea. Está bien, Heathcliff, peléate con Edgar si quieres, y engaña a su hermana. Habrás dado con la manera más eficaz de vengarte de mí.

Aquello puso fin a la conversación. La señora Linton se sentó junto a la lumbre con el rostro colorado y sombrío. El genio que la nutría se estaba volviendo intratable: Catherine ya no era capaz de calmarlo ni dominarlo. Él se quedó de pie en el hogar, con los brazos cruzados, dándole vueltas a sus malvados pensamientos; y en aquella actitud les dejé, para ir a buscar al amo, que no se explicaba por qué Catherine tardaba tanto en subir.

—Ellen —dijo cuando entré—, ¿has visto a la señora?

—Sí, está en la cocina, señor —contesté—. Está muy disgustada por la conducta del señor Heathcliff, y, la verdad, creo que es hora de poner coto a sus visitas. Hace usted mal en ser tan bueno, señor, ya ve adónde han llegado las cosas…

Le conté la escena del patio y luego, con la exactitud que me permitió mi atrevimiento, la riña a que había dado lugar. Pensé que aquello no perjudicaría a la señora Linton, a menos que ella empeorara las cosas después defendiendo a su invitado.

A Edgar Linton le costó mucho escucharme hasta el final. Sus primeras palabras pusieron de manifiesto que no absolvía de culpa a su esposa.

—¡Esto es intolerable! —exclamó—. ¡Es vergonzoso que le considere su amigo y que además me imponga su compañía! Ve abajo y tráeme a dos hombres, Ellen. No voy a consentir que Catherine pierda un minuto más discutiendo con ese rufián infame. Ya la he consentido bastante.

Bajó, mandó a los sirvientes que esperaran en el pasillo y, seguido por mí, se dirigió a la cocina. Sus ocupantes habían reanu-

dado su rabiosa disputa, o al menos la señora Linton reñía a Heathcliff con nuevos bríos. Este, aparentemente algo intimidado por su
violenta reprimenda, se había desplazado a la ventana y estaba ca-
bizbajo.

Él fue el primero en ver al amo e hizo un gesto brusco a su
amiga para que callase. Ella, al descubrir el motivo de aquellas señas,
obedeció abruptamente.

—¿Qué significa esto? —dijo Linton dirigiéndose a ella—.
¿Qué noción de la decencia es la tuya para seguir aquí, después del
lenguaje que ha usado contigo este canalla? Supongo que no le das
importancia porque es su manera habitual de hablar. Estás acostumbrada a su bajeza y ¡quizá imaginas que yo también me acos-
tumbraré a ella!

—¿Has estado escuchando detrás de la puerta, Edgar? —preguntó el ama en un tono particularmente calculado para provocar
a su esposo y que indicaba a la vez indiferencia y desprecio ante su
irritación.

Heathcliff, que había alzado los ojos al oír la primera frase del
amo, soltó una carcajada de mofa cuando Catherine dijo la suya,
con el evidente propósito de llamar la atención del señor Linton.

Y lo consiguió, pero Edgar no tenía intención de entretenerle
con un ataque de rabia.

—Hasta aquí he tolerado su presencia, señor —dijo tranquilo—, no porque desconociera su carácter miserable y corrupto,
sino porque sentía que solo en parte era usted culpable de ser así, y
porque Catherine deseaba conservar su amistad. Pero ha sido un
craso error. Su presencia es un veneno moral capaz de contaminar
hasta al más virtuoso. Por ello, y para evitar peores consecuencias, le
veto desde hoy la entrada a esta casa y le hago saber que exijo su salida inmediata. Un retraso de tres minutos convertirá su presencia
en involuntaria e ignominiosa.

Heathcliff midió la altura y anchura de su interlocutor con
unos ojos llenos de burla.

—¡Cathy, este corderito tuyo me amenaza como un toro! —dijo—. Corre el peligro de partirse el cráneo contra mis nudillos. ¡Por Dios, señor Linton, siento muchísimo que no sea usted digno de mis puños!

Mi amo lanzó una mirada al pasillo y me hizo señas para que fuese en busca de los sirvientes. No tenía la menor intención de arriesgarse a luchar cuerpo a cuerpo con Heathcliff.

Obedecí sus órdenes, pero la señora Linton, que sospechaba algo, me siguió y, cuando me disponía a llamarles, tiró de mí, cerró la puerta de golpe y corrió el cerrojo por dentro.

—¡Magnífico proceder! —dijo en respuesta a la furiosa mirada de sorpresa que le dirigió su esposo—. Si no tienes valor para atacarle, discúlpate o déjate pegar. Eso te curará de fingir más valentía de la que tienes. ¡No, antes me tragaré la llave que entregártela! ¡Así me agradecéis los dos mi amabilidad! Después de profesar una constante indulgencia con la debilidad del uno y la maldad del otro, se me paga con dos ejemplos de ciega ingratitud. ¡Es estúpido hasta el absurdo! Edgar, os defendía a ti y a los tuyos. ¡Ojalá que Heathcliff te dé una buena paliza por atreverte a pensar mal de mí!

No hizo falta la paliza para que se produjesen en el amo los mismos efectos que si la hubiese recibido. Intentó arrancarle la llave a Catherine, y ella, como medida de seguridad, la lanzó al punto más candente del fuego. En el acto el señor Edgar fue presa de un temblor nervioso y se puso mortalmente pálido. Aunque le iba la vida en ello, fue incapaz de evitar aquel acceso de emoción, una mezcla de angustia y humillación, que se apoderó de él por completo. Se apoyó contra el respaldo de una silla y se tapó la cara con las manos.

—¡Santo cielo! —exclamó la señora Linton—. ¡En otros tiempos te hubieses ganado el título de caballero con eso! ¡Nos han derrotado! ¡Nos han derrotado! Tan capaz sería Heathcliff de levantar un solo dedo contra ti como un rey de mandar a sus ejércitos contra una colonia de ratones. ¡Alegra esa cara, que no te hará daño! No eres un cordero, sino más bien un lebroncillo.

—¡Ahí te dejo con ese cobarde de sangre de horchata que has elegido, Cathy! —dijo su amigo—. Te felicito por tu buen gusto. ¡Y pensar que preferiste a ese miedica baboso que a mí! No querría propinarle un puñetazo por no tener que tocarle con las manos, pero sí que le daría una patada con muchísimo gusto. ¿Está llorando, o va a desmayarse de puro miedo?

El tipo avanzó y dio un empujón a la silla en que estaba apoyado Linton. Habría hecho mejor en mantenerse a distancia. Mi amo se levantó de un salto y le dio de lleno en la garganta con una fuerza que hubiese derribado a un hombre menos robusto que Heathcliff.

Le dejó sin respiración durante unos segundos y, mientras Heathcliff se asfixiaba, el señor Linton salió por la puerta trasera al patio y desde allí se dirigió a la entrada principal.

—¡Ahí lo tienes! Has acabado con tus visitas a esta casa —gritó Catherine—. Ahora, vete. Volverá con un par de escopetas y media docena de hombres. Claro que si nos ha oído, no te perdonará jamás. ¡Me has jugado una mala pasada, Heathcliff! ¡Pero anda, vete, date prisa! Preferiría ver acorralado a Edgar antes que a ti.

—¿De verdad crees que me iré con este golpe que me arde en la garganta? —tronó—. ¡No, juro por el infierno que no lo haré! ¡Antes de cruzar el umbral tengo que pulverizarle las costillas como a una avellana podrida! Si no lo derribo ahora, lo asesinaré en cualquier otro momento. Así que, si valoras su existencia, ¡deja que le dé su merecido!

—Él no vendrá —intervine yo, diciendo una pequeña mentira—. Veo al cochero y a los dos jardineros… ¡No irá usted a esperarles para que le echen de casa! Todos llevan una cachiporra en la mano y lo más probable es que el amo esté mirando por las ventanas del gabinete para asegurarse de que acatan sus órdenes.

Era cierto que se acercaban los jardineros y el cochero, pero Linton iba con ellos. Ya habían entrado en el patio. Heathcliff, tras pensárselo mejor, decidió no ponerse a luchar con tres subalternos. Agarró el hurgón, rompió el cerrojo de la puerta que daba al interior de la casa y escapó en el momento en que ellos entraban ruidosamente por la otra puerta.

La señora Linton, que estaba muy alterada, me pidió que la acompañase al piso de arriba. Ella desconocía mi participación en aquella trifulca y yo procuré mantenerla en su ignorancia.

—¡Estoy volviéndome loca, Nelly! —exclamó, dejándose caer en el sofá—. ¡Siento como si me golpearan mil martillos de herrero en la cabeza! Dile a Isabella que no se me ponga delante de la vista. Ella tiene la culpa de todo este jaleo, y no respondo de mí si ella o cualquier otra persona viene en estos momentos a acrecentar mi furia. Y, Nelly, dile a Edgar, si vuelves a verle esta noche, que corro el peligro de caer gravemente enferma. Ojalá que así sea. ¡Me ha dado miedo y me ha causado una angustia espantosa! Quiero que se asuste. Además, es capaz de venir a soltarme una sarta de insultos o de quejas, y estoy segura de que se lo recriminaría. ¡Solo Dios sabe cómo terminaríamos! ¿Lo harás, querida Nelly? Tú sabes que no tengo ninguna culpa en este asunto. ¿Qué le habrá impulsado a convertirse en un fisgón? Después de irte tú, las palabras de Heathcliff fueron escandalosas, pero yo hubiese logrado que se le quitara muy pronto de la cabeza lo de Isabella. Lo demás me importaba muy poco. ¡Ahora todo se ha echado a perder por culpa de esa obsesión que tienen algunas personas de oír hablar mal de sí mismas y que les acosa como un demonio! Si Edgar no se hubiese enterado nunca de nuestra conversación, no habría salido tan mal parado. En serio, cuando me sorprendió abriendo la puerta y se puso a hablarme con aquel injusto tono de reproche, después de que yo hubiese estado riñendo a Heathcliff hasta desgañitarme para defender a mi esposo, poco podía importarme lo que se hiciesen el uno al otro, sobre todo porque sentí que, terminara como terminase aquella escena, ¡todos nos quedaríamos destrozados durante quién sabe cuánto tiempo! Bueno, si no puedo conservar la amistad de Heathcliff y si Edgar va a ponerse mezquino y celoso, trataré de partirles el corazón, partiéndome el mío. ¡Será una rápida manera de terminar con todo, puesto que me llevan a ese extremo! Pero es una hazaña que me reservo para cuando ya no me quede ninguna otra esperanza. No creo que vaya a sorprender a Linton. Hasta ahora ha sido sensato y ha evitado provocarme por todos los medios. Tienes que decirle lo peligroso que sería abandonar esa táctica y recordarle que tengo muy mal genio, y que cuando se enciende raya en la locura. ¡Ojalá pudieras disipar esa apatía de tu rostro y te preocuparas más por mí!

La imperturbabilidad con que recibí aquellas instrucciones debía de ser, sin duda, bastante exasperante, porque me las dio con perfecta sinceridad, pero es que me pareció que una persona capaz de planear de antemano cómo sacar ventaja de sus accesos de cólera también podría, a fuerza de voluntad, arreglárselas para controlarse un poco, aunque estuviese bajo la influencia de uno de sus ataques. Y no tenía el menor deseo de «asustar» a su esposo, como había dicho ella, ni de multiplicar sus disgustos, solo para satisfacer el egoísmo de ella.

Así que cuando me crucé con el amo, que se dirigía al gabinete, no le dije nada. Pero me tomé, en cambio, la libertad de volver sobre mis pasos y de aguzar el oído por si se ponían a discutir otra vez.

Él fue el primero en hablar.

—Quédate donde estás, Catherine —dijo sin rabia en la voz, pero con gran desaliento y tristeza—. Yo ya me voy. No he venido ni en busca de pelea ni de reconciliación. Solo quiero saber si, después de lo ocurrido esta tarde, tienes intención de seguir intimando con…

—¡Ay, por el amor de Dios! —interrumpió el ama, golpeando el suelo con el pie—. ¡Por el amor de Dios, dejemos eso por ahora!

Tu sangre fría no puede terminar en fiebre; a ti te corre horchata por las venas, pero las mías están que arden y tu frialdad me las pone de mil colores.

—Si quieres librarte de mí, contesta a mi pregunta —insistió el señor Linton—. Tienes que contestarla, y esa violencia en ti no me alarma. He descubierto que cuando quieres puedes ser tan estoica como cualquiera. ¿Estás dispuesta a renunciar a Heathcliff a partir de ahora, o prefieres renunciar a mí? Es imposible que seas mi amiga y la suya a la vez; y preciso saber en este instante a quién eliges.

—¡Yo preciso que me dejes en paz! —exclamó Catherine, furiosa—. ¡Lo exijo! ¿No ves que apenas me tengo en pie? Edgar, tú… ¡Déjame!

Tiró de la campanilla hasta lograr un tañido. Yo entré sin apresurarme. ¡Aquellas maliciosas y absurdas rabietas ponían a prueba la paciencia de un santo! ¡Estaba allí tumbada y daba cabezazos contra el brazo del sofá, mientras rechinaba los dientes de tal modo que parecía que fuese a hacerlos añicos!

El señor Linton la miraba compungido y presa de un miedo repentino. Me pidió que fuera a buscar un poco de agua. A ella le faltaba el aliento para hablar.

Traje un vaso lleno de agua y, como ella no quería beber, le rocié la cara. Al cabo de pocos segundos, se quedó rígida y con los ojos en blanco, y sus mejillas exangües adquirieron la lividez de la muerte.

Linton la miraba aterrado.

—No es nada —susurré.

No quería que él cediera, aunque en el fondo no podía evitar estar asustada.

—¡Tiene sangre en los labios! —dijo estremeciéndose.

—¡No se preocupe! —dije yo con aspereza.

Y le conté que, antes de que él llegara, ella había decidido fingir un ataque de locura. Pero no tuve la cautela de bajar la voz y ella me oyó decírselo, porque se levantó de un salto. Los cabellos despeinados le caían por los hombros, los ojos le brillaban, los músculos del cuello y los brazos le sobresalían de una forma anormal. Me preparé para salir de allí con algún hueso roto, pero el ama se limitó a lanzar una mirada feroz en torno a ella durante unos breves instantes, y luego salió corriendo de la habitación.

El amo me ordenó que la siguiera. La seguí hasta la puerta de su aposento, pero ella me impidió pasar de allí, cerrándomela en las narices.

A la mañana siguiente, como no bajaba a desayunar, subí a preguntarle si quería que se le subiera el almuerzo.

—¡No! —repuso tajantemente.

Volví a hacerle la misma pregunta a la hora de comer, y a la del té; y de nuevo a la mañana siguiente, pero siempre me daba la misma respuesta.

El señor Linton, por su parte, se encerró en la biblioteca y no preguntó por su esposa. Estuvo hablando una hora con Isabella para ver si le arrancaba algún sentimiento de aversión a las insinuaciones de Heathcliff, pero no sacaba nada en claro de sus respuestas evasivas y se vio obligado a concluir el interrogatorio de forma no satisfactoria. Pero aún añadió la solemne advertencia de que si estaba tan chiflada como para alentar a aquel despreciable pretendiente podía dar por roto cualquier tipo de relación entre ellos.

12

Mientras la señorita Linton paseaba con cara mustia por el parque y el jardín, siempre callada y casi siempre llorosa, y su hermano se encerraba entre libros que nunca abría, harto, creo yo, de alimentar la continua y vaga esperanza de que Catherine, arrepintiéndose de su conducta, viniese por iniciativa propia a pedir perdón y a hacer las paces, y ella mantenía su pertinaz ayuno pensando seguramente que Edgar no soportaba su ausencia durante las comidas, por lo que corría el riesgo de morir atragantado, y solo el orgullo le impedía correr a postrarse a sus pies, yo me afanaba con las tareas domésticas, convencida de que la granja tenía entre sus paredes a una única alma sensata y que esa alma se alojaba en mi cuerpo.

No perdí el tiempo en consolar a la señorita ni en hacer entrar en razón al ama, y tampoco presté atención a los suspiros del amo, que anhelaba oír hablar de su señora porque no podía oír su voz.

Resolví dejar que se las compusieran como pudiesen. Y, aunque fue un proceso lento y engorroso, como esperaba desde el principio, tuve por fin la alegría de ver una débil luz al final del túnel.

Al tercer día, la señora Linton descorrió el cerrojo de su puerta. Había agotado el agua del cántaro y la jarra, y pidió una nueva provisión y también un cuenco de gachas, porque se sentía morir. Yo no tomé en serio aquellas palabras —supuse que su intención era que llegasen a oídos de Edgar—, así que me las guardé para mí y me limité a llevarle un poco de té con tostadas.

Comió y bebió con avidez, y luego, retorciéndose las manos y gimiendo, se desplomó sobre la almohada.

—Quisiera morir —exclamó—, ya que a nadie le importo. ¡Ojalá no hubiese tomado eso!

Luego, un buen rato después, la oí murmurar:

—Pero no, no quiero morir. ¡Le daría una alegría… no me tiene ningún cariño… no me echaría en falta!

—¿Desea algo, señora? —pregunté, conservando una calma aparente, pese a su semblante cadavérico y a su peregrino y exagerado comportamiento.

—¿Qué está haciendo ese insensible? —preguntó, apartando de su rostro macilento los gruesos y enmarañados rizos—. ¿Está aletargado o ha muerto?

—Ni lo uno ni lo otro —repuse—, si se refiere usted al señor Linton. Creo que está bastante bien, aunque el estudio le absorbe mucho más de lo que debiera; pasa el tiempo metido entre sus libros porque no tiene más compañía que esa.

De haber sabido que su estado era grave no le hubiese hablado de aquella forma, pero no podía evitar seguir pensando que su trastorno era comedia.

—¡Entre sus libros! —gritó perpleja—. ¡Y yo muriéndome! ¡Con un pie en la tumba! ¡Por Dios! ¿Sabe él hasta qué punto estoy deteriorada? —prosiguió, mirándose en un espejo que tenía enfrente, colgado de la pared—. ¿Es esa Catherine Linton? Quizá imagine que esto es una simple rabieta, que estoy de broma. ¿No puedes informarle tú de que va muy en serio? Nelly, en cuanto conozca sus sentimientos, si no es demasiado tarde, elegiré entre estas dos cosas: o dejarme morir de hambre ahora mismo, lo que no sería un castigo para él si no tiene corazón, o reponerme y abandonar el país. ¿Me decías la verdad hace un momento, cuando me hablabas de él? Mira bien lo que dices. ¿De verdad manifiesta esa absoluta indiferencia con respecto a mi vida?

—Vamos a ver, señora —contesté—. El amo no tiene la menor idea de que esté usted trastornada, y desde luego no teme que vaya usted a dejarse morir de hambre.

—¿No crees tú que es así? ¿No vas a decirle que me estoy dejando morir? —replicó—. ¡Convéncele, díselo como si saliera de ti, dile que estás segura de que me dejaré morir!

—No, señora Linton —sugerí—. Olvida usted que ha comido con apetito esta tarde. Ya verá como mañana siente los efectos beneficiosos de ello.

—¡Si al menos estuviese segura de que eso le causaría la muerte —interrumpió—, me quitaría la vida ahora mismo! Llevo tres horribles noches sin pegar ojo y atormentándome, no sabes hasta qué punto. ¡He estado tan obsesionada, Nelly! Pero empiezo a pensar que no me aprecias. ¡Qué extraño! Creía que, por mucho que los demás se odiasen y se despreciasen entre ellos, no podían evitar quererme a mí, y en cosa de unas horas, todos ellos se han convertido en mis enemigos. *Ellos*, seguro que sí, los de *aquí*. ¡Qué lúgubre es estar a las puertas de la muerte y verse rodeada de sus fríos rostros! Isabella, llena de repugnancia y terror, con miedo a entrar en esta habitación porque la espanta la idea de ver morir a Catherine. Y Edgar, esperando solemnemente a que todo haya terminado, para luego ponerse a rezar y a dar gracias a Dios por haber restablecido la paz en esta casa, ¡y volver a sus libros! Por lo que más quiera, ¿qué se le ha perdido en los libros, cuando yo me estoy muriendo?

No podía soportar la idea, que yo le había metido en la cabeza, de que el señor Linton se tomara su enfermedad con filosófica resignación. A fuerza de agitarse, su febril desconcierto se tornó en enajenación, y se puso a desgarrar la almohada con los dientes; luego se incorporó, ardiéndole todo el cuerpo, y me pidió que abriese la ventana. Estábamos en pleno invierno y soplaba con fuerza el viento nordeste, así que me negué a obedecerla.

Las expresiones cambiantes de su rostro y los altibajos de su humor empezaron a alarmarme en extremo, y me trajeron a la memoria su última dolencia y la orden del médico de que no debíamos contrariarla.

Así como un momento antes se había puesto violenta, ahora, apoyada en un brazo y sin percatarse de que no la había obedecido, parecía absorta en la diversión infantil de sacar plumas por los rasgones que acababa de hacer en la almohada e irlas colocando sobre la sábana según su especie: su mente se había desviado hacia otras asociaciones.

—Esta es de pavo —murmuraba para sí—, y esta de pato salvaje, y esta de paloma. ¡Ah, meten plumas de paloma en las almohadas, no me extraña que no consiga morirme! Tengo que acordarme de tirarla al suelo cuando vuelva a acostarme. Y esta es de perdiz, y esta la reconocería entre miles, es de avefría. Es un pájaro precioso, revoloteaba sobre nuestras cabezas en pleno páramo. Quería llegar al nido, porque las nubes rozaban las lomas y sintió que iba a llover. Esta pluma la cogieron del brezal, al ave no le dispararon porque vimos su nido en invierno, colmado de esqueletos chiquitines. Heathcliff puso un cepo encima y los padres no se atrevían a acercarse. Le hice prometer que nunca dispararía a un avefría y no volvió a hacerlo. ¡Sí, aquí hay más! ¿Disparó a mis avefrías, Nelly? ¿Hay alguna de color rojo? Déjame ver.

—¡Basta de niñerías! —interrumpí, quitándole la almohada y colocando los agujeros contra el colchón porque estaba sacando su contenido a manos llenas—. Acuéstese y cierre los ojos, está usted delirando. ¡Qué desastre! ¡Todo el plumón anda volando por los aires como si fuera nieve!

Yo iba de aquí para allá recogiéndolo todo.

—Nelly, te estoy viendo de mayor —continuó como en sueños—. Tienes el pelo cano y los hombros encorvados. Este lecho es la cueva de las Hadas que hay debajo del risco de Penistone, y tú estás recogiendo saetas de elfo para herir a nuestras vaquillas; pero finges, mientras estoy cerca, que no son sino mechones de lana. Así serás dentro de cincuenta años. Ya sé que ahora no eres así. No estoy delirando, te equivocas, si estuviera delirando creería que ya eres esa vieja bruja arrugada y que yo estoy realmente debajo del risco de Penistone, pero soy consciente de que es de noche y de que hay dos velas encima de la mesa que hacen brillar el armario negro como si fuese de azabache.

—¿El armario negro? ¿Dónde? —pregunté—. ¡Habla usted en sueños!

—Está ahí, contra la pared, como siempre —repuso—. La verdad es que lo veo raro. ¡Hay una cara en él!

—No hay ningún armario en la habitación y nunca lo ha habido —dije, volviendo a sentarme y atando las cortinas de la cama para poder observarla.

—¿No ves tú esa cara? —preguntó mirando atentamente el espejo.

Por más que lo intenté, fui incapaz de hacerle entender que aquella cara era la suya. Así que me levanté y cubrí el espejo con un chal.

—¡Sigue allí detrás! —continuó angustiada—. Y se ha movido. ¿Quién es? ¡Espero que no salga cuando tú te hayas ido! ¡Ay! ¡Nelly, la habitación está embrujada! ¡Me da miedo quedarme sola!

Tomé su mano y le pedí que se serenase, porque su cuerpo se convulsionó con una serie de estremecimientos, mientras ella seguía con los ojos clavados en el espejo.

—¡Aquí no hay nadie! —insistí—. Era su propia cara, señora Linton. Lo sabía usted hace un momento.

—¡Mi propia cara! —gritó—. ¡Y el reloj está dando las doce! Entonces es cierto. ¡Esto es espantoso!

Agarró la sábana y se tapó los ojos con ella. Traté de deslizarme hacia la puerta con la intención de llamar a su esposo, pero un grito agudo y desgarrador me hizo volver a su lado. Se había caído el chal del espejo.

—Pero ¿qué pasa? —exclamé—. ¿Quién es la cobarde ahora? ¡Despierte! Esa es la luna, el espejo, señora Linton. Está usted viéndose a sí misma, y yo también me veo allí reflejada, junto a usted.

Se agarró a mí con fuerza, temblando y desconcertada, pero poco a poco el terror fue desapareciendo de su rostro y la vergüenza mudó su palidez en rubor.

—¡Ay, Dios! —suspiró—. Creía que estaba en casa, creía que estaba acostada en mi cuarto de Cumbres Borrascosas. La debilidad me ha trastocado la mente y he gritado sin darme cuenta. No digas nada, pero quédate conmigo. Me da miedo soñar, mis sueños me dan pavor.

—Un sueño profundo le sentaría bien, señora —contesté—. Y espero que su sufrimiento la haga desistir de volver a privarse de comida y bebida.

—¡Ay, si al menos estuviese en mi propio lecho en la vieja casa! —prosiguió con amargura, retorciéndose las manos—. Y ese viento que resuena en los abetos del otro lado de la celosía… Por favor, déjame sentirlo en el cuerpo, baja directamente del páramo, ¡déjame sentirlo aunque sea un momento!

Para apaciguarla, entreabrí la ventana unos segundos, y entró una ráfaga de aire frío. Luego la cerré y volví a mi puesto.

Ahora yacía inmóvil con el rostro bañado en lágrimas. El agotamiento físico había sosegado su espíritu. ¡Nuestra colérica Catherine se había convertido en una niña llorosa!

—¿Cuánto hace que me encerré aquí? —preguntó, volviendo en sí de repente.

—Sucedió el lunes por la noche —contesté—, y ahora estamos en la noche del jueves, o mejor dicho, en la madrugada del viernes.

—¿Qué? ¿De la misma semana? —exclamó—. ¿Tan poco hace?

—Es bastante tiempo para no haberse alimentado más que de agua fría y mal genio —observé.

—Pues a mí se me ha hecho muy largo y agotador —murmuró incrédula—. Tiene que haber transcurrido más tiempo. Recuerdo que estaba en el gabinete, después de que ellos se pelearan, y que Edgar me hostigaba con crueldad, y que yo me vine corriendo y desesperada a esta habitación. En cuanto eché llave a la puerta me sumí en una oscuridad total y caí al suelo. ¡No pude decirle a Edgar que iba a darme un ataque o a volverme loca de atar si persistía en martirizarme! No era dueña de mi lengua ni de mi mente, por lo que quizá no se dio cuenta de mi angustia. Apenas si conservaba el juicio suficiente para escapar de él y de su voz. No me recuperé lo bastante como para ver y oír hasta que empezó a clarear. Y, Nelly, te diré lo que pensaba, lo que me ha venido a la cabeza una y otra vez hasta que he llegado a tener miedo de perder la razón. Mientras yacía en el suelo, con la cabeza reclinada contra la pata de la mesa y percibiendo confusamente el cuadrado gris de la ventana, pensé que estaba encerrada en el lecho de casa, el que tiene los paneles de roble, y una pena muy grande me oprimía el corazón, pero al despertar no lograba recordar qué era. Reflexioné y hurgué en mi interior para descubrir qué pena podía ser, y entonces me ocurrió algo muy extraño: ¡se me borraron los últimos siete años de mi vida! No recordaba ni que hubiesen existido. Yo era una niña, acababan de enterrar a mi padre, y sufría porque Hindley me había mandado que me separara de Heathcliff. Era la primera vez que dormía sola y, al despertar de un ligero y triste sueño, después de pasarme la noche llorando, levanté la mano para abrir los paneles… ¡y di contra el tablero de la mesa! Arrastré la mano por la alfombra y entonces me invadieron los recuerdos, y un ataque de desesperación ahogó mi angustia reciente. No sabría decir por qué me sentía tan sumamente desgraciada, debí de sufrir una enajenación pasajera porque tenía escasos motivos. Pero imagina que a los doce años me hubiesen apartado a la fuerza de Cumbres Borrascosas, de todos mis recuerdos tempranos y del único objeto de mi atención, que era Heathcliff, para verme convertida de la noche a la mañana en la señora Linton, esposa de un extraño y dueña de la Granja de los Tordos, exiliada, desterrada para siempre de lo que había sido mi mundo. ¡Podrás vislumbrar la sima por la que me arrastraba! Ya puedes sacudir la cabeza, Nelly. ¡Tú has contribuido a desestabilizarme! ¡Tenías que haber hablado con Edgar, desde luego, y haberle obligado a que me dejara tranquila! ¡Ay, estoy ardiendo! Querría estar allí fuera, volver a ser una niña, robusta y medio salvaje, y libre… ¡reírme de las injurias y no enloquecer por ellas! ¿Por qué estoy tan cambiada? ¿Por qué me bulle la sangre en un infierno de confusión por unas pocas palabras? Estoy segura de que volvería a ser yo misma si estuviese entre los brezos que hay en esos montes… ¡Vuelve a abrir la ventana, ábrela de par en par, y déjala abierta! Rápido. ¿Por qué no te mueves?

—Porque no quiero matarla de frío —contesté.

—Querrás decir que no quieres darme una oportunidad de vivir —dijo enfurruñada—. Pero aún no soy una inválida. La abriré yo misma.

Bajó de la cama sin hacer ruido y, antes de que yo pudiese evitarlo, cruzó la habitación con paso muy vacilante, empujó la ventana y se asomó, desafiando el aire gélido y cortante que le rozaba los hombros como un cuchillo.

Le supliqué que se apartara de allí, hasta que al final intenté obligarla a hacerlo. Pero pronto me di cuenta de que, en su delirio, su fuerza sobrepasaba con mucho la mía (porque deliraba de verdad, pronto me convencieron de ello sus actos y sus desvaríos).

No había luna y todo allí abajo estaba sumido en una brumosa oscuridad. No brillaba ni una luz en ninguna casa, ni cerca ni lejos; hacía tiempo que todas se habían extinguido, y las de Cumbres Borrascosas nunca han sido visibles desde aquí… aunque ella afirmaba que percibía su resplandor.

—¡Mira! —gritó ilusionada—. Aquel es mi dormitorio, aquel que tiene la vela encendida y unos árboles que se balancean delante de él… Y aquella otra vela está en lo que es el desván de Joseph… Joseph suele acostarse tarde, ¿verdad? Está esperando a que yo vuelva para cerrar la verja… Bueno, tendrá que esperar un poco más. Es un viaje duro para hacerlo con el corazón tan triste, ¡y además tenemos que pasar por la iglesia de Gimmerton! Cuántas veces hemos desafiado juntos a sus fantasmas, nos retábamos a ver quién de los dos se atrevería a meterse entre las tumbas para convocarlos… Pero, Heathcliff, ¿si te reto ahora, te atreverás? Si lo haces, me quedaré contigo. No quiero yacer allí yo sola. Aunque me entierren a cuatro metros de profundidad y me echen la iglesia entera encima, no descansaré hasta que te reúnas conmigo… ¡No descansaré nunca!

Hizo una pausa y prosiguió con una extraña sonrisa:

—Lo está pensando… ¡Preferiría que fuese yo a su encuentro! ¡En ese caso, halla el camino! No, por el camposanto no… ¡Qué lento eres! ¡Deberías alegrarte, tú siempre me has seguido!

Viendo que era inútil hacerla entrar en razón, estaba yo pensando en cómo podría cubrirla con algo sin dejar de sostenerla, porque no me fiaba de dejarla sola con la ventana abierta de par en par, cuando, para mi gran consternación, oí el chirrido de la manilla de la puerta y entró el señor Linton. No había salido de la biblioteca hasta aquel momento, y al pasar por el pasillo debió de oír nuestras voces y, movido por la curiosidad o el miedo, se vio impelido a entrar para ver qué podía estar sucediendo a aquellas horas de la noche.

—¡Ay, señor! —prorrumpí, al percibir la exclamación que iba a salir de sus labios cuando vio aquel panorama y el frío que hacía en el aposento—. Mi pobre señora está enferma y tiene más fuerza que yo; no puedo con ella. Le ruego que venga a convencerla de que se acueste. Olvide su furia, porque no hay forma de guiarla, solo hace lo que se le antoja.

—¿Catherine, enferma? —dijo, acercándose a toda prisa—. ¡Cierre la ventana, Ellen! ¡Catherine! ¿Por qué…?

Guardó silencio. El rostro macilento de la señora Linton le había quitado el habla y se limitaba a mirarnos a la una y a la otra, estupefacto y horrorizado.

—Ha estado muriéndose de inquietud aquí metida —continué yo—, sin comer casi nada y sin quejarse. No ha querido dejar entrar a nadie hasta esta tarde, así que si no le informamos a usted de su estado de salud es porque lo ignorábamos. Pero no es nada.

Sentí que mis explicaciones sonaban muy torpes. El amo frunció el ceño.

—De modo que no es nada, ¿eh, Ellen Dean? —dijo secamente—. ¡Tendrá usted que aclararme por qué se me ha ocultado todo esto!

Cogió a su esposa en brazos y la miró angustiado. Al principio, ella no parecía reconocerle… resultaba invisible para sus ojos extraviados. Pero su delirio no era constante: cuando apartó los ojos de aquella oscuridad exterior, poco a poco fue centrando la atención en él y descubrió que era su esposo quien la tenía cogida en brazos.

—¡Ah! ¡Conque has venido, Edgar Linton! —dijo, animada por la furia—. ¡Eres una de esas cosas que siempre aparecen cuando menos se necesitan, y tú encima nunca apareces cuando se te necesita! Supongo que ahora me vendrás con lamentos… lo veo venir… pero ya no puedes impedir que me vaya a mi estrecho hogar allá fuera. ¡Mi última morada, a la que estoy destinada antes de que termine la primavera! Allí está, no entre los Linton, tenlo presente, bajo el tejado de la iglesia; sino al aire libre y con una lápida. ¡Tú puedes hacer lo que te plazca, ir a reunirte con ellos o venirte conmigo!

—Catherine, ¿qué has hecho? —comenzó el amo—. ¿Es que ya no significo nada para ti? ¿Es que amas a ese miserable de Heath…?

—¡Cállate! —gritó la señora Linton—. ¡Cállate ahora mismo! ¡Si vuelves a mencionar ese nombre, me tiro por la ventana y asunto concluido! Puedes quedarte con lo que ahora tocas, pero mi alma estará en esa cumbre antes de que vuelvas a ponerme las manos encima. No te necesito, Edgar; he dejado de necesitarte…

Vuelve a tus libros… Me alegro de que tengas un consuelo, porque todo el que tenías en mí ha desaparecido.

—Delira, señor —interrumpí—. Lleva toda la tarde diciendo disparates. Pero espere a que descanse y la cuidemos como es debido, y ya verá como se recupera… De ahora en adelante tenemos que evitar causarle disgustos.

—No quiero que me siga dando consejos —contestó el señor Linton—. Conociendo como conocía usted a la señora, me animó a atormentarla, ¡y encima luego no me da usted la menor noticia de su estado en estos tres días! ¡Desalmada! ¡Ni varios meses de enfermedad hubiesen obrado este cambio en ella!

Intenté defenderme. Me parecía muy mal que se me echase a mí la culpa de la rebeldía y la crueldad de otra persona.

—¡Yo sabía que la señora Linton era testaruda y autoritaria —exclamé—, pero no que usted quisiera alentar ese genio endemoniado! No sabía que, para complacerla, tenía que hacer la vista gorda con el señor Heathcliff. Al decírselo, creí cumplir con mi deber de fiel servidora, ¡y este es el pago que recibo por mi lealtad! Está bien, así escarmiento para la próxima vez. ¡La próxima vez tendrá que procurarse la información usted mismo!

—La próxima vez que me venga con chismes, Ellen Dean —repuso—, dejará usted de estar a mi servicio.

—En ese caso, supongo, señor Linton, que preferiría usted no haberse enterado de nada —dije—. ¿Cuenta Heathcliff con su permiso para venir a cortejar a la señorita y dejarse caer por aquí siempre que esté usted ausente, con la intención de emponzoñar al ama en contra de usted?

A pesar de su aturdimiento, Catherine aguzó el ingenio para frenar nuestra conversación.

—¡Ah! Nelly ha sido la traidora —exclamó encolerizada—. Nelly es mi enemiga oculta. ¡Bruja! ¡Así que es verdad que buscas saetas de elfo para hacernos daño! ¡Suéltame, voy a hacer que se arrepienta! ¡Haré que se retracte a gritos!

Bajo sus cejas ardía una furia insensata; pugnaba desesperadamente por liberarse de los brazos de Linton. Yo no quería que se prolongara aquella situación, así que me marché del aposento, decidida a asumir la responsabilidad de buscar el auxilio de un médico.

Al atravesar el jardín para salir a la carretera, allí donde hay una aldaba metida en la pared, vi algo blanco que se movía de forma anormal, y que lo movía otro agente distinto del viento. Pese a la prisa que llevaba, me detuve a examinarlo para evitar que se me quedase grabada para siempre en la mente la convicción de haber visto a una criatura del otro mundo.

Cuáles no serían mi sorpresa y mi perplejidad al reconocer, por el tacto más que por la vista, a Fanny, la springer spaniel de la señorita Isabella, colgada de un pañuelo y casi agonizando.

Liberé al animal rápidamente y lo llevé en brazos hasta el jardín. Lo había visto subir detrás de su ama, cuando ella se iba a acostar, y no comprendía cómo había llegado hasta allí, ni quién había sido la persona malvada que lo había maltratado de semejante forma.

Mientras deshacía el nudo en torno a la aldaba, me pareció oír, una y otra vez, el tamborileo de los cascos de un caballo que galopaba a cierta distancia; pero tenía la cabeza tan llena de cosas que, aunque era un sonido extraño en aquel lugar a las dos de la madrugada, casi no le presté atención.

Por fortuna, al llegar al pueblo me crucé con el señor Kenneth cuando salía de su casa para ir a visitar a un paciente, y al oír mi descripción de la enfermedad de Catherine Linton decidió acompañarme enseguida.

Era un hombre simple y tosco, y no tuvo el menor reparo en expresarme sus dudas de que la señora sobreviviera a aquella segunda crisis si se mostraba tan poco obediente a sus prescripciones como la vez anterior.

—Nelly Dean —dijo—, se me hace que todo esto ha de tener alguna otra causa. ¿Qué ha sucedido en la granja? Aquí llegan rumores extraños. Una joven fuerte y sana como Catherine no se pone enferma por una nimiedad, y así debería ser con esa clase de personas. Cuesta mucho conseguir que se recuperen de las fiebres y otras cosas por el estilo. ¿Cómo empezó la cosa?

—El amo le informará —contesté—. Pero usted ya conoce el carácter violento de los Earnshaw, y la señora Linton se lleva la palma. Lo que puedo decirle es que empezó con una riña. Durante una explosión de rabia, le dio una especie de ataque. Al menos, eso dice, porque escapó volando a su cuarto en lo más álgido de su estallido y cerró la puerta por dentro. Luego se negó a comer, y ahora sufre intermitentes crisis de delirio y permanece en un estado de duermevela; reconoce a las personas de la casa, pero tiene la cabeza atiborrada de todo tipo de ideas e ilusiones extrañas.

—El señor Linton estará muy apenado, ¿no? —inquirió el señor Kenneth.

—¿Apenado? ¡Se le partirá el corazón si le sucede algo a ella! —repuse—. Procure no alarmarle más de lo justo.

—Bueno, ya le advertí de que se anduviese con cuidado —dijo mi acompañante—, ¡y ahora tendrá que atenerse a las consecuencias de no haberme hecho caso! ¿O es que últimamente no ha sido uña y carne con el señor Heathcliff?

—Sí, Heathcliff viene bastante por la granja —contesté—, pero es más porque el ama lo conoce desde niño que porque el amo aprecie su compañía. Ahora mismo le han ahorrado la molestia de ir por allí, debido a ciertas aspiraciones muy presuntuosas con respecto a la señorita Linton que ha tenido a bien declarar. No creo que le vuelvan a permitir la entrada en la casa.

—¿Y la señorita Linton, le ha dado ella la espalda? —fue la siguiente pregunta del doctor.

—La señorita no me hace confidencias —repliqué, reacia a seguir con aquel tema.

—No, es astuta —observó él, sacudiendo la cabeza—. ¡Se lo guarda todo para sí! Pero hace auténticas tonterías. Sé de buena tinta que anoche, ¡una noche preciosa!, Heathcliff y ella estuvieron paseando más de dos horas por la plantación que hay detrás de la casa, y que él la presionaba para que no volviese a entrar, ¡para que subiese a su caballo y se fuese con él! La persona que me lo ha contado dice que ella, para quitárselo de encima, tuvo que dar su palabra de honor de que estaría preparada para la fuga en su próxima cita. Mi informante no logró oír la fecha de esa cita, ¡pero ya puede usted avisar al señor Linton para que esté muy alerta!

Aquellas noticias me infundieron nuevos temores. Tomé la delantera al señor Kenneth e hice la mayor parte del camino corriendo. La perrita seguía aullando en el jardín. Me entretuve un minuto para abrirle la verja, pero, en lugar de dirigirse a la puerta de casa, se puso a corretear de arriba abajo olisqueando la hierba y, de no haberla agarrado yo para que entrara conmigo, se habría escapado a la carretera.

Mis sospechas se confirmaron cuando subí al cuarto de Isabella: estaba vacío. Si yo hubiese llegado unas horas antes, quizá la noticia de la enfermedad de la señora Linton la habría disuadido de dar aquel paso temerario. Pero ¿qué se podía hacer ahora? Existía una minúscula posibilidad de alcanzarles si se les perseguía en el acto. Pero yo no podía ir tras ellos, y no me atrevía a despertar a la familia y alborotar toda la casa, ¡y menos aún descubrir el asunto al amo, absorto como estaba en la calamidad presente y no teniendo un corazón de repuesto para soportar un segundo golpe!

No me quedó más remedio que morderme la lengua y permitir que las cosas siguieran su curso; así que, como Kenneth ya había llegado, fui a anunciarle con el semblante descompuesto.

Catherine se había entregado a un sueño desapacible. El amo había logrado aplacar el ataque de furia de su esposa y estaba inclinado sobre su almohada, espiando el menor cambio en la dolorida expresión de su rostro.

El doctor, tras examinar el caso en persona, habló con el señor Linton de forma esperanzadora, diciendo que aquello evolucionaría favorablemente si lográbamos preservar una perfecta y constante tranquilidad en torno a la enferma. Yo entendí que se refería a que el peligro que amenazaba al ama no era tanto morir como quedar enajenada de por vida.

Aquella noche no pegué ojo, y el señor Linton tampoco. Lo cierto es que no llegamos a acostarnos. Todos los sirvientes se levantaron mucho antes que de costumbre, y andaban por la casa con paso furtivo e intercambiando susurros al cruzarse unos con otros mientras se dirigían a sus distintas ocupaciones. Todo el mundo estaba activo, menos la señorita Isabella, y empezaron a comentar que tenía un sueño muy profundo. También su hermano preguntó si se había levantado, y parecía impaciente por verla, como dolido de que mostrase tan poco interés por su cuñada.

Yo temblaba de miedo a que me mandase llamarla, pero me ahorraron tener que ser yo la primera en proclamar su fuga. Una de las doncellas, una joven muy atolondrada que había salido muy temprano a hacer un recado en Gimmerton, subió las escaleras jadeando e irrumpió en la habitación con la lengua fuera.

—¡Ay, Dios mío, Dios mío! —gritaba—. ¿Qué nueva desgracia ocurrirá ahora? Amo, amo, la señorita…

—¡No alborotes tanto! —atajé yo, furiosa por su ruidoso comportamiento.

—Habla más bajo, Mary —dijo el señor Linton—. ¿Qué ocurre? ¿Qué le ha pasado a tu señorita?

—¡Que se ha ido! ¡Se ha ido! ¡Ese Heathcliff ha huido con ella! —dijo la muchacha con voz entrecortada.

—¡Eso no es cierto! —exclamó Linton, al tiempo que se levantaba muy agitado—. No puede ser. ¿Cómo se te ocurre pensar una cosa así? Ellen Dean, ve a buscarla. Es increíble, no puede ser.

Y diciendo esto, llevó a la doncella hasta la puerta y volvió a preguntarle en qué se basaba para afirmar semejante cosa.

—Es que por la carretera me encontré con el mozo que viene a por la leche —tartamudeó—, y me preguntó si no teníamos problemas en la granja. Como pensé que se refería a la enfermedad de la señora, contesté que sí. Entonces él dijo: «Supongo que alguien habrá ido tras ellos». Yo me quedé mirándolo de hito en hito. Vio que yo no sabía nada, ¡y me dijo que, poco después de medianoche, un caballero y una dama habían hecho un alto en una herrería a tres kilómetros de Gimmerton para herrar una de las monturas! Y que la hija del herrero se había levantado para averiguar quiénes eran, sin ser vista, y les había reconocido en el acto. Además se fijó en que el hombre (ella está segura de que era Heathcliff y, además, nadie podría confundirle con otro) colocaba en la mano de su padre un soberano. La señora se tapaba la cara con un rebozo, pero quiso beber un poco de agua, y al beber, se le cayó, y la muchacha pudo verla perfectamente. Cuando salían al galope, dando la espalda al pueblo, y huían todo lo rápido que permiten estas carreteras llenas de baches, Heathcliff llevaba las riendas de los dos caballos. La muchacha no dijo nada a su padre, pero esta mañana ha divulgado la noticia por todo Gimmerton.

Subí corriendo y, para mantener las formas, me asomé al cuarto de Isabella. A mi vuelta confirmé el relato de la sirvienta. El señor Linton había retomado su asiento junto a la cama. Cuando me vio entrar, alzó los ojos, leyó el significado de mi mirada vacía, y volvió a bajarlos sin decir una palabra ni dar una sola orden.

—¿Hay que tomar alguna medida para salir en su busca y traerla de vuelta? —pregunté—. ¿Qué debemos hacer?

—Se ha ido por su propia voluntad —contestó el amo—. Tiene derecho a irse si así lo quiere. No vuelvas a importunarme con ella. A partir de ahora, lo único que para mí tendrá de hermana será el nombre, no porque yo la repudie, sino porque ella me ha repudiado a mí.

Y eso fue cuanto dijo sobre el tema. No hizo más preguntas ni volvió a mencionarla nunca más. Me mandó que reuniese sus pertenencias y las mandase a su nuevo hogar, estuviera donde estuviese, en cuanto conociera su paradero.

13

Los fugitivos estuvieron fuera dos meses, y durante su ausencia la
señora Linton padeció y superó la peor postración nerviosa causada por una fiebre llamada cerebral. Ninguna madre podría haber
cuidado a su hijo único con mayor devoción que Edgar a su esposa. La velaba día y noche, y soportaba pacientemente todas las
molestias que pueden ocasionar unos nervios alterados y una razón
perturbada. Y aunque Kenneth le hizo saber que lo que había salvado de la muerte no le recompensaría sus cuidados sino convirtiéndose en una fuente de ansiedad constante y que, en realidad,
estaba sacrificando su salud y sus fuerzas para salvar a una mera
ruina humana, su gratitud y su júbilo no conocieron límites cuando la vida de Catherine se declaró fuera de peligro. Se pasaba las
horas sentado a su lado, siguiendo el retorno paulatino de su salud
física y alimentando esperanzas demasiado optimistas, con la ilusión de que también su mente recobraría el equilibrio y de que
pronto volvería a ser la misma de antes.

A comienzos de marzo, Catherine salió de su habitación por
primera vez. Por la mañana, el señor Linton le había dejado encima
de la almohada un manojo de doradas flores de azafrán. Cuando la
señora despertó, sus ojos, privados mucho tiempo de cualquier
destello de placer, se posaron sobre las flores y brillaron con gozo,
mientras se ponía a hacer un ramillete con ellas.

—¡En las cumbres estas son las primeras flores en salir! —exclamó—. Me recuerdan los vientos templados del deshielo, los cálidos rayos de sol y la nieve ya casi fundida. Edgar, ¿no sopla el viento sur?, ¿no está a punto de desaparecer la nieve?

—¡Aquí abajo la nieve ha desaparecido del todo, querida! —repuso su esposo—. Y en toda la sierra no veo más que dos manchas blancas. El cielo está azul, cantan las alondras y los arroyos y riachuelos están llenos a rebosar. Catherine, la primavera pasada lo hubiese dado todo por tenerte conmigo bajo este techo; ahora, en cambio, me gustaría verte en lo alto de esos montes, a dos o tres kilómetros: el aire sopla allí tan dulcemente que presiento que te curaría.

—¡No volveré allí sino una vez más! —dijo la enferma—. Tú me llevarás y yo me quedaré allí para siempre. La primavera que viene volverás a anhelar tenerme contigo bajo este techo. Volverás la vista atrás hasta hoy y te darás cuenta de lo feliz que eras.

Linton la cubrió de tiernas caricias e intentó darle ánimos con sus más cariñosas palabras, pero ella, con la mirada perdida en las flores, dejaba que las lágrimas se le agolparan en las pestañas y que luego le resbalaran por las mejillas.

Sabíamos que se encontraba mucho mejor, así que, como achacábamos su abatimiento en gran parte a su larga reclusión en aquel aposento, pensamos que un cambio de escenario le sentaría bastante bien.

El amo me mandó encender la chimenea del gabinete que llevaba varias semanas cerrado y que colocara un sillón al sol junto a la ventana. Luego, la llevó allí en brazos y ella permaneció sentada un buen rato, disfrutando del agradable calor. Y, tal como habíamos supuesto, fue reviviendo a la vista de los objetos que la rodeaban, que, aunque le eran familiares, estaban libres de los oscuros recuerdos que sitiaban su odiado aposento de enferma. Por la tarde parecía exhausta, pero no hubo forma de persuadirla de que volviera a su habitación, y, mientras preparábamos para ella otro cuarto, tuve que hacerle la cama en el sofá del gabinete.

Para evitarle la fatiga de subir y bajar las escaleras, le preparamos este en que duerme usted ahora, en la misma planta donde estaba el gabinete, y pronto se encontró con fuerzas suficientes para trasladarse de una habitación a otra, apoyada en el brazo de Edgar.

«A lo mejor se recupera —pensaba yo— con todos los cuidados que recibe.» Y había un doble motivo para desearlo, porque otra existencia dependía de la suya: abrigábamos la esperanza de que, en breve, el corazón del señor Linton se regocijaría con el nacimiento de un heredero, que además pondría sus tierras a salvo de las garras de un extraño.

Hay que decir que Isabella, unas seis semanas después de marcharse, le había mandado una breve nota a su hermano anunciándole su boda con Heathcliff. El tono de la nota era seco y frío, pero al pie había garabateado a lápiz una vaga disculpa, acompañada de una súplica: pedía ser recordada con ternura y una reconciliación, si su proceder le había ofendido. Aseguraba que no había podido impedirlo y que, habiéndose consumado el matrimonio, no tenía poder para deshacerlo.

Creo que Linton no contestó a la nota. Dos semanas más tarde, recibí una larga carta que se me hizo un poco rara, sobre todo viniendo de la pluma de una recién casada que volvía de su luna de miel. Voy a leérsela porque aún la conservo. Cualquier reliquia de un muerto al que estimamos cuando estaba vivo es muy valiosa. Dice así:

Querida Ellen:

Anoche llegué a Cumbres Borrascosas y me enteré de que Catherine ha estado y sigue estando muy enferma. Supongo que no debo escribirle a ella y que mi hermano estará demasiado furioso o demasiado compungido para contestar a la nota que le mandé. Pero tengo que escribirle a alguien y no tengo otra opción que dirigirme a ti.

Dile a Edgar que daría la vida por volver a verle, que mi corazón había regresado a la Granja de los Tordos veinticuatro horas después de que me marchara y que sigue allí en este mismo instante, henchido de cálidos sentimientos hacia él, ¡y hacia Catherine! *Pero no puedo seguir a mi corazón* (estas palabras están subrayadas), así que diles que no me esperen y que saquen de esto las conclusiones que quieran, pero que no lo achaquen a una falta de voluntad o de cariño por mi parte. El resto de esta carta es solo para ti. Quiero hacerte dos preguntas.

La primera es esta: ¿cómo te las arreglaste para seguir sintiendo simpatía por la naturaleza humana cuando vivías aquí? No reconozco en quienes me rodean ningún sentimiento afín.

La segunda pregunta, en la que tengo mucho interés, es la siguiente: ¿es un hombre el señor Heathcliff? Y si lo es, ¿está loco? Y si no lo está, ¿es un demonio? No voy a revelar mis motivos para hacer esta pregunta, pero te ruego que me aclares, si puedes, con qué me he casado, quiero decir cuando vengas a verme. Y tienes que hacerlo muy pronto, Ellen. No me escribas; ven y tráeme algo de parte de Edgar.

Ahora te contaré cómo me han recibido en mi nuevo hogar, porque todo me hace pensar que eso serán las Cumbres para mí. Es solo para divertirme por lo que menciono cosas como la falta de comodidades, ya que estas no han ocupado mis pensamientos hasta que las he echado en falta. Si percibiese que esta carencia es la única causa de mis males y pudiese considerar que todo lo demás es un sueño irreal, ¡tendría motivos para reír y bailar de alegría!

El sol se ponía por detrás de la granja cuando viramos para entrar en los páramos, por lo que estimé que eran las seis de la tarde. Mi acompañante hizo un alto de media hora para inspeccionar como pudo el parque y los jardines y, seguramente, la propia casa, así que era ya de noche cuando desmontamos en el patio adoquinado de la finca y tu antiguo compañero de servicio, Joseph, salió a recibirnos a la luz de una vela. Hizo gala de una cordialidad que no desmerece de su fama. Su bienvenida fue levantar la vela para verme la cara, entornar malignamente los ojos, sacar el labio inferior y darse la vuelta.

Luego cogió los dos caballos y los condujo a la cuadra, y volvió a salir para cerrar con llave la verja de fuera, como si viviésemos en un antiguo castillo.

Heathcliff se quedó hablando con él y yo entré en la cocina, que ahora es un antro lóbrego y desordenado; ha cambiado tanto desde que estaba a tu cargo que creo que no la reconocerías.

Junto a la lumbre había un niño harapiento, de miembros fornidos y con aspecto de rufián, que tiene algo de Catherine en los ojos y en torno a la boca.

«Este debe de ser el sobrino político de Edgar —pensé— y, en cierto modo, también es el mío. Tengo que estrecharle la mano… y darle un beso, claro que sí. Lo propio es establecer una buena relación desde el principio.»

Me acerqué y, tratando de cogerle por la rechoncha muñeca, dije:

—¿Qué tal estás, guapo?

Me contestó en una jerga que fui incapaz de entender.

—¿Te gustaría que fuésemos amigos tú y yo, Hareton? —fue mi segundo intento de conversación.

El pago que recibí por mi insistencia fue una palabrota y la amenaza de echarme encima a Estrangulador si no me quitaba de en medio.

—¡Vamos, Estrangulador, a por ella! —susurró el pequeño miserable, despertando a un bulldog mestizo para que saliese del rincón donde estaba su cubil—. ¿Qué, no te largas? —preguntó en tono imperioso.

El instinto de conservación me llevó a obedecerle, y salí afuera a la espera de que llegaran los demás. El señor Heathcliff había desaparecido, y Joseph, a quien seguí hasta la cuadra para pedirle que me acompañase adentro, después de clavarme la mirada y murmurar algo entre dientes, arrugó la nariz y repuso:

—¡Estirada, estirada, estirada! ¿Algún cristiano oyó alguna vez hablar así? ¡Estirada y ñoña! ¿Cómo puede entender nadie lo que dice?

—¡Digo que quiero que me acompañe dentro de la casa! —grité, creyéndole sordo, aunque estaba muy indignada por su grosería.

—¡No, yo no! Tengo otras preocupaciones —contestó.

Y siguió con su tarea, pero sin dejar de mover las enjutas mandíbulas ni de examinar con soberano desprecio mi vestido y mi cara (lo primero era demasiado elegante, pero estoy segura de que la tristeza de mi rostro fue de su agrado).

Di la vuelta al patio y salí por una portezuela a otra puerta, a la que me tomé la libertad de llamar con la esperanza de que apareciera un sirviente más cortés.

Tras unos minutos de incertidumbre, la abrió un hombre alto y adusto, sin pañuelo al cuello, y cuyo aspecto general era de extremo desaliño. Unas largas greñas le caían sobre los hombros y ocultaban sus facciones. También él tenía los ojos de Catherine, pero de una Catherine espectral, porque no quedaba en ellos rastro de su belleza.

—¿Qué hace usted aquí? —exigió de forma siniestra—. ¿Quién es usted?

—Mi nombre era Isabella Linton —repuse—. Ya nos habíamos visto, señor. Estoy recién casada con el señor Heathcliff y él me ha traído aquí, imagino que con su permiso.

—¿Así que ha vuelto? —preguntó el ermitaño, mirándome con odio, como lo haría un lobo hambriento.

—Sí, acabamos de llegar —dije—. Pero me dejó en la puerta de la cocina, y cuando me disponía a entrar, su hijito, haciendo de centinela, me ahuyentó con la ayuda de un bulldog.

—¡Menos mal que ese endiablado bellaco ha cumplido su palabra! —gruñó mi futuro anfitrión, escrutando la oscuridad a mis espaldas como si esperase encontrar allí a Heathcliff.

Luego se entregó a un soliloquio de imprecaciones y amenazas sobre lo que habría hecho si aquel «desalmado» le hubiese engañado.

Me arrepentía de haber hecho aquella segunda intentona de entrar en la casa y estaba a punto de escabullirme sin dejarle terminar de maldecir, pero antes de que pudiese poner en práctica mis intenciones, el hombre me mandó entrar y echó la llave a la puerta.

Ardía un fuego enorme que iluminaba por sí solo la gigantesca estancia, cuyo suelo ha adquirido un tono gris uniforme, y los cacharros de peltre antaño tan brillantes, que solían llamarme la atención cuando era niña, participaban de una oscuridad similar a causa de la falta de lustre y el polvo.

Pregunté si podía llamar a la doncella para que me instalase en un dormitorio, pero el señor Earnshaw no se dignó contestar. Caminaba de un lado a otro con las manos en los bolsillos, por lo visto bastante ajeno a mi presencia. Su ensimismamiento era tan evidente y profundo y tenía tal aspecto de misántropo que no me atreví a volver a molestarle.

No te extrañará, Ellen, que me sintiera particularmente abatida y más sola que la soledad en aquella casa tan inhóspita, cuando recordé que no distaba sino siete kilómetros de mi maravilloso hogar, donde se encontraban las únicas personas que quiero en este mundo. ¡Pero era como si nos separara el Atlántico, en lugar de aquellos siete kilómetros, porque no podía franquearlos!

Me preguntaba a mí misma: ¿dónde hallaré consuelo? Y —pero, por favor, no digas nada de esto a Edgar ni a Catherine— ¡el dolor que descollaba por encima de cualquier otro era la desesperación de ver que no encontraría allí a nadie que pudiese o quisiese ser mi aliado contra Heathcliff!

Había ido a buscar refugio en Cumbres Borrascosas casi con alegría, porque pensaba que no viviría a solas con él, que los demás habitantes de la casa me protegerían. Pero él ya conocía a aquella gente con la que íbamos a convivir y no temía que se entrometieran.

Me quedé allí sentada un buen rato, triste y pensativa. El reloj dio las ocho, y luego las nueve, y mi compañero seguía paseando de un lado a otro, con la cabeza apoyada en el pecho y en perfecto silencio, salvo por algún gruñido o alguna amarga exclamación que de vez en cuando escapaba de sus labios.

Yo aguzaba el oído por ver si detectaba la voz de alguna mujer en la casa, y en el ínterin me invadieron atroces remordimientos y sombríos presagios, que acabaron por expresarse de forma audible mediante suspiros y sollozos.

No me había dado yo cuenta de que mi aflicción era tan evidente hasta que Earnshaw detuvo ante mí sus metódicos pasos y me clavó una mirada de sorpresa, como si acabase de despertar de un sueño. Aprovechando que había recuperado su atención, exclamé:

—¡Estoy cansada del viaje y quiero irme a acostar! ¿Dónde está la doncella? ¡Condúzcame hasta ella, ya que ella no viene a mí!

—No tenemos doncella —contestó—. ¡Tendrá que valerse por sí misma!

—En ese caso, ¿dónde voy a dormir? —sollocé.

Estaba tan rendida y me sentía tan desdichada que la dignidad era la última de mis preocupaciones.

—Joseph la llevará al aposento de Heathcliff —dijo—. Abra esa puerta. Le encontrará allí dentro.

Me disponía a obedecer, pero de pronto me detuvo y añadió en un tono extrañísimo:

—Haga el favor de echar llave a su puerta y de correr el cerrojo. ¡No lo olvide!

—¡Pero bueno! —dije—. ¿Por qué debo hacerlo, señor Earnshaw?

No me entusiasmaba la idea de encerrarme con Heathcliff en la habitación.

—¡Mire usted! —repuso, sacando del chaleco una pistola de extraña factura, que tenía una navaja de muelles y doble filo adosada al cañón—. Es una gran tentación para un hombre desesperado, ¿no cree? No puedo dejar de subir con ella todas las noches y tratar de abrir su puerta. ¡Si alguna vez la encuentro abierta, está perdido! Lo hago todas las noches, aunque un minuto antes me hayan asaltado cien razones por las que debería contenerme. Ha de ser algún demonio el que me apremia a desbaratar mis propios planes matándolo. Luche usted contra ese demonio cuanto pueda, en nombre del amor, que, cuando llegue el momento, ¡ni todos los ángeles del cielo serán capaces de salvarle!

Inspeccioné el arma con curiosidad y me vino a la cabeza una idea horrible. ¡Lo poderosa que sería yo si tuviese un instrumento semejante! Se la cogí de las manos y toqué la cuchilla. Él me miró pasmado por la expresión que durante unos breves segundos debió de adoptar mi rostro. Su mirada no expresaba terror, sino codicia. Me arrebató celosamente la pistola, cerró la navaja y volvió a meter el arma en su escondrijo.

—Me tiene sin cuidado que le avise —dijo—. Póngale en guardia y vele por él. Pero, por lo visto, usted ya conoce el tipo de relación que tenemos, porque no veo que le escandalice el peligro que corre su esposo.

—¿Qué le ha hecho a usted Heathcliff? —pregunté—. ¿De qué manera le ha agraviado para que merezca un odio tan atroz? ¿No sería más razonable pedirle que se marche de esta casa?

—¡No! —tronó Earnshaw—. ¡Como me diga que se va, es hombre muerto, y como usted le mueva a intentarlo, la asesina será usted! ¿Es que tengo que perderlo todo sin poder recuperar nada? ¿Es que Hareton ha de ser un mendigo? ¡Maldita sea! Recuperaré mi dinero, y me llevaré también su oro, y luego su sangre, ¡y el infierno se llevará su alma! ¡Con semejante invitado las tinieblas serán diez veces más negras que nunca!

Ya me habías hablado tú, Ellen, de las maneras de tu antiguo amo. No cabe ninguna duda de que está al borde de la locura, al menos lo estaba anoche. Tanto me horrorizaba su compañía que a su lado hasta la huraña rudeza del sirviente me resultaba comparativamente agradable.

Luego volvió a su taciturno pasear y yo descorrí el cerrojo y escapé a la cocina.

Joseph estaba inclinado sobre el fuego, vigilando el contenido de una gran marmita que se balanceaba sobre las llamas; en el escaño había un cuenco de madera con cereales. El contenido de la marmita empezó a hervir y él se volvió para introducir la mano en el cuenco. Conjeturé que aquellos preparativos serían para nuestra cena y, como estaba hambrienta, me propuse que fuera comestible, así que dije a voces:

—¡Yo prepararé las gachas!

Coloqué el recipiente fuera de su alcance y me dispuse a quitarme el sombrero y el traje de montar.

—El señor Earnshaw —proseguí— me ha indicado que debo valerme por mí misma, y así lo haré. No desempeñaré el papel de señora entre ustedes porque no quiero morirme de hambre.

—¡Santo Dios! —murmuró, al tiempo que se sentaba y se pasaba la mano por las piernas desde la rodilla hasta el tobillo por encima de los calcetines de cordoncillo—. Si tiene que haber nuevas órdenes justo cuando me había avezado a tener dos amos, si tengo que tener el incordio de un ama, es hora de mudarse. Nunca pensé que iba llegar el día de tener que marchar de este viejo lugar, ¡pero me parece que lo voy a tener que hacer!

No presté atención a sus lamentos. Me apliqué en hacer la cena, suspirando al recordar otra época en que todo aquello hubiese sido una alegre diversión para mí, pero enseguida alejé aquel recuerdo de mi mente porque no quería torturarme evocando la felicidad pasada. Y cuanto más difícil me resultaba no pensar en aquello, más rápido iba la cuchara de palo y más veloces caían al agua los puñados de avena.

Joseph observaba mi manera de cocinar con creciente indignación.

—¡Ya está! —profirió—. Esta noche te quedas sin gachas, Hareton; ahora no van a ser más que grumos grandes como un puño. ¡Ahí va otra vez! ¡Yo que usted echaría el cuenco y todo! Vamos, eche usted de una vez toda esa porquería, y así va a terminar antes. ¡Pum! ¡Pum! ¡Es un milagro que no destroce el fondo del cacharro!

Tengo que reconocer que mi cena fue un auténtico desastre, lo comprobé cuando la serví en los cuatro tazones que habían dispuesto en la mesa. Trajeron del establo una jarra de leche fresca; Hareton la cogió y se puso a beber de ella, derramando el líquido por las comisuras de la boca.

Protesté y le pedí que se sirviera la leche en un tazón, asegurando que no pensaba probarla si hacía aquellas porquerías. Al viejo cínico le dio por sentirse muy ofendido con mis delicadezas, y me aseguró una y otra vez que «tanto valía el chico» como yo, que «estaba igual de sano», y que cómo me atrevía a ser tan remilgada. A todo esto, el pequeño rufián seguía chupando la leche de la jarra, y me miraba ceñudo y desafiante mientras se le caían las babas dentro.

—Me voy a cenar a otro cuarto —dije—. ¿No tienen aquí ninguno que califiquen ustedes de gabinete?

—¡*Gabinete!* —repitió, mofándose—. ¡*Gabinete!* No, no tenemos gabinetes. Si no le gusta nuestra compañía, tiene la del amo; y si no le gusta la del amo, nos tiene a nosotros.

—En ese caso me iré arriba —contesté—. ¡Indíqueme una habitación!

Coloqué mi cuenco en una bandeja y fui yo misma a por más leche.

El tipo se levantó, profiriendo enormes gruñidos, y me precedió escaleras arriba. Subimos hasta los desvanes. De vez en cuando abría alguna de las puertas que pasábamos para mirar dentro de los cuartos.

—Aquí hay un cuarto —dijo por fin, dando un empujón a una tabla torcida con bisagras—. Está decente para comer unas gachas. Hay un saco de grano en el rincón, allí, muy limpio; si tiene miedo de ensuciarse las elegantes ropas de seda, cúbralo con su pañuelo.

El «cuarto» era una suerte de trastero que despedía un fuerte olor a malta y cereal. Había varios sacos de cada apilados aquí y allá, que dejaban un amplio espacio vacío en el centro.

—¡Pero, por favor! —exclamé encarándome con él, furiosa—. Este no es lugar para dormir. Quiero ver mi aposento.

—¡*Aposento!* —repitió en tono de mofa—. Le enseñaré todos los aposentos que hay. Aquel es el mío.

Señaló hacia un segundo desván, que solo difería del primero por tener las paredes más desnudas y un gran lecho bajo y sin cortinas con una colcha de color índigo en un rincón.

—¿Y a mí qué me importa que sea el suyo? —repuse—. Supongo que el señor Heathcliff no dormirá en la parte más alta de la casa, ¿verdad?

—¡Ah, es la del amo Heathcliff la que busca! —exclamó, como si acabase de hacer un descubrimiento—. ¿No podía decirlo antes?

Si lo hubiese dicho antes, me hubiese ahorrado todo este trabajo. Es aquel que no puede ver: lo tiene siempre cerrado y nadie que no sea él mete las narices allí dentro.

—Bonita casa tienen ustedes, Joseph —no pude menos de observar—, y sus ocupantes son de lo más agradables. ¡Creo que el día en que uní mi destino al suyo vino a alojarse en mi cerebro la quintaesencia de la locura del mundo! Pero esto ahora no viene al caso, hay otros cuartos. ¡Por el amor de Dios, dese prisa y acomódeme en alguna parte!

No hizo caso de mis ruegos; se limitó a bajar los escalones de madera con paso pesado y se paró delante de una habitación que, por la forma en que se detuvo y la calidad superior de su mobiliario, conjeturé que sería la mejor de todas.

Tenía una alfombra, una buena alfombra, aunque su dibujo había sido borrado por el polvo, una chimenea adornada con papeles recortados que se caían a trozos, un hermoso lecho de madera de roble con grandes cortinas carmesíes de una tela bastante cara y de corte moderno. Pero era evidente el mal trato que habían sufrido. Las cenefas colgaban hechas jirones, desprendidas de sus anillas, y la barra de hierro que les servía de soporte, arqueada de un lado, dejaba arrastrar el cortinaje por el suelo. También las sillas estaban estropeadas, la mayoría muchísimo, y unas grandes hendiduras deformaban los paneles de la pared.

Estaba yo haciendo acopio de valor para entrar a tomar posesión del cuarto cuando el necio de mi guía anunció:

—Este de aquí es el del amo.

A esas alturas, mi cena estaba fría, y había perdido el apetito y se me había agotado la paciencia. Insistí en que me proporcionase en el acto un cuarto y una cama donde poder refugiarme y descansar.

—¿Dónde diablos? —saltó el viejo beato—. ¡Que el Señor nos bendiga! ¡Que el Señor nos perdone! ¿Dónde diablos quiere ponerse, pesada, inútil y pecadora? Lo ha visto todo menos el cuchitril de Hareton. ¡No hay ningún otro cuchitril donde echarse a dormir en esta casa!

Yo estaba tan enfadada que arrojé al suelo mi bandeja con todo su contenido; luego me senté en el rellano de la escalera, me tapé la cara con las manos y me eché a llorar.

—¡Ech!, ¡ech! —exclamó Joseph—. ¡Muy bien, señorita Cathy! ¡Muy bien, señorita Cathy! Ahora el amo va a tropezar con los cacharros rotos y va a ver la que se arma. Va a haber que oír lo que va a haber que oír. ¡Necia inútil! ¡Merece usted pasar hambre hasta Navidad por arrojar los preciosos regalos de Dios al suelo en su rabieta estúpida! Pero me parece que no le va a durar mucho ese mal genio. ¿Se figura usted que Heathcliff va a aguantarle esas bonitas costumbres? Solo deseo que la pille con un ataque de histeria como ese. Solo deseo que lo haga.

Y se marchó refunfuñando a su guarida, llevándose la vela y dejándome a oscuras.

Tras reflexionar unos momentos sobre mi ridículo comportamiento, me vi en la necesidad de tragarme el orgullo, ahogar mi ira y sacudir la cabeza para eliminar sus efectos.

Al cabo de poco apareció una ayuda inesperada bajo la figura de Estrangulador, al que en aquel momento reconocí como hijo de nuestro viejo Trampero. Había nacido en la granja y mi padre se lo había regalado al señor Hindley. Creo que él también me reconoció. Acercó el hocico a mi nariz a modo de saludo, y luego se apresuró a devorar las gachas, mientras yo recogía a tientas, escalón por escalón, los trozos de loza e iba secando con mi pañuelo de bolsillo las salpicaduras de leche que habían quedado en la barandilla.

Estábamos terminando con nuestras respectivas tareas cuando oí en el pasillo los pasos de Earnhsaw. Mi asistente metió el rabo entre las patas y se apretujó contra la pared. Yo me escabullí por la puerta más cercana. Las tentativas del perro por evitarle fueron inútiles, según pude adivinar al oírlo rodar escaleras abajo y proferir prolongados y lastimeros gañidos. Yo tuve más suerte. Earnshaw pasó de largo, entró en su aposento y cerró la puerta.

Un momento después, Joseph subió con Hareton para acostarle. El cuarto en el que yo me había refugiado era el de Hareton, y al verme allí el anciano me dijo:

—Pienso que ahora en la casa hay sitio para los dos, usted y su orgullo. Puede tenerla toda para usted, y para Él, porque, por desgracia, es el tercero en una compañía tan aciaga.

Aproveché gustosa su sugerencia, y en el instante en que me dejé caer en una silla junto a la lumbre me puse a cabecear y me dormí.

Me sumí en un sueño dulce y profundo, pero terminó demasiado pronto. Me despertó el señor Heathcliff. Acababa de llegar y exigía, con sus amables maneras, una explicación a mi presencia en aquel cuarto.

Le dije que si seguía despierta a tan altas horas de la noche era porque él llevaba en el bolsillo la llave de nuestro dormitorio.

Tomó por una ofensa mortal el adjetivo «nuestro». Juró que no era nuestro y que ni siquiera sería el mío, y que… Pero no voy a repetir sus palabras, ni a describir su comportamiento habitual. ¡Es ingenioso e infatigable a la hora de provocar mi aborrecimiento! A veces me deja tan intensamente anonadada que amortigua mi miedo. Pero te aseguro que ningún tigre ni ninguna serpiente venenosa podrían suscitar en mí el mismo terror que él me causa. Me contó de la enfermedad de Catherine y acusó a mi hermano de habérsela causado. Me juró que yo sería la apoderada del sufrimiento de Edgar hasta que pudiese ponerle a él las manos encima.

Le odio, soy muy desdichada. ¡He sido una necia! Cuídate mucho de decir ni una palabra de todo esto a nadie en la granja. Estaré esperándote todos los días. ¡No me falles!

Isabella

14

En cuanto hube leído con detenimiento esta epístola, fui a ver al amo y le conté que su hermana había llegado a Cumbres Borrascosas y me había mandado una carta en la que manifestaba su aflicción por el estado de la señora Linton y su ardiente anhelo de verle a él. Expresaba además el deseo de que él le transmitiera por mediación mía, lo antes posible, alguna muestra de perdón.

—¿Perdón? —dijo Linton—. No tengo nada que perdonarle, Ellen. Si lo deseas, puedes ir a Cumbres Borrascosas esta misma tarde y decirle que no estoy enfadado con ella, pero que me pesa haberla perdido. Sobre todo porque no creo que sea feliz nunca. No obstante, es imposible que yo vaya a verla. Nuestra separación es para siempre. Y si de verdad quiere complacerme, que convenza a ese canalla con el que se ha casado de que se marche del país.

—¿Y no le escribirá usted una notita, señor? —pregunté implorante.

—No —contestó—. Es inútil. Mi comunicación con la familia de Heathcliff será tan parca como la suya con la mía. ¡Será inexistente!

La frialdad del señor Edgar me deprimió muchísimo. Durante todo el camino desde la granja iba devanándome los sesos tratando de hallar la manera de poner más sentimiento en sus palabras cuando tuviese que repetirlas y suavizar su negativa de mandar a Isabella ni tan siquiera unas líneas de consuelo.

Seguramente llevaba toda la mañana esperándome. Cuando subía por el camino del jardín, la vi mirando por la ventana y le hice un gesto con la cabeza, pero ella se apartó como si temiera ser observada.

Entré sin llamar. ¡Nunca he visto un espectáculo más inhóspito y lóbrego que el que presentaba aquella casa, antaño tan alegre! Tengo que confesar que, de haber estado yo en el lugar de la señorita, por lo menos hubiese barrido el hogar y limpiado el polvo de las mesas con un paño. Pero ella ya participaba de aquel espíritu de abandono que la rodeaba. Tenía el bello rostro pálido y macilento, y los cabellos alisados; se los había recogido de cualquier manera y algunos mechones le caían lacios sobre los hombros. Seguramente no se había cambiado de vestido desde la noche anterior.

Hindley no estaba. El señor Heathcliff revisaba unos papeles de su cartera sentado a una mesa, pero cuando entré se levantó, me saludó con bastante amabilidad y me ofreció una silla.

Él era lo único presentable en aquella casa; nunca le había visto con mejor aspecto. ¡Las circunstancias habían modificado tanto las posiciones de la pareja que un extraño hubiese pensado sin duda que él era un caballero de noble alcurnia y su esposa una mujer dejada y sucia!

Isabella se acercó a saludarme y me tendió una mano ansiosa para recibir la carta que esperaba.

Yo sacudí la cabeza, pero ella no quiso entender mi gesto, sino que me siguió hasta el aparador adonde me dirigí para dejar mi sombrero, y me susurró una y otra vez que le entregase en el acto lo que traía para ella.

Heathcliff adivinó el significado de sus artimañas y dijo:

—Nelly, si has traído algo para Isabella, como sin duda traes, dáselo. No tienes por qué hacer de ello un secreto; entre nosotros no hay secretos.

—Es que no traigo nada —repuse, pensando que lo mejor era decir la verdad enseguida—. Mi amo me encarga que le diga a su hermana que no debe esperar por ahora ninguna carta ni visita de su parte. Le manda su cariño, señora, sus mejores deseos de felicidad y su perdón por el dolor que usted ha ocasionado. Pero considera que, después de esto, debe interrumpirse toda comunicación entre aquella casa y esta, porque no conduciría a nada bueno.

A la señora Heathcliff le temblaron ligeramente los labios. Volvió a sentarse junto a la ventana y su esposo se quedó de pie sobre el suelo de piedra del hogar, cerca de mí, y empezó a hacerme preguntas sobre Catherine.

De su enfermedad le conté lo que me pareció oportuno y él, sometiéndome a un intenso interrogatorio, me sonsacó la mayoría de los detalles relacionados con su origen.

Yo la censuré, como se merecía, porque la creía responsable de todo lo que le pasaba, y acabé manifestando mi esperanza de que Heathcliff siguiera el ejemplo del señor Linton evitando en adelante cualquier trato con su familia, ni para bien ni para mal.

—La señora Linton está apenas iniciando su convalecencia —dije—. Nunca volverá a ser la de antes, pero ha salvado su vida y, si le tiene usted algún aprecio, procurará no volver a cruzarse en su camino nunca más. No, se marchará para siempre de este país. Y, para que le resulte más fácil hacerlo, le diré que ¡Catherine Linton es tan distinta de su antigua amiga Catherine Earnshaw como esta señorita lo es de mí! Su aspecto ha cambiado mucho y su carácter aún más. ¡Hasta el punto de que el hombre que se ve obligado a ser su compañero no podrá en lo sucesivo conservar su afecto más que recordando lo que fue y recurriendo a una humanidad elemental y al sentido del deber!

—Es bastante posible —observó Heathcliff, esforzándose por parecer tranquilo—, es bastante posible que tu amo no pueda recurrir más que a una humanidad elemental y al sentido del deber. Pero ¿crees que dejaré a Catherine en manos de su deber y su humanidad? ¿Crees que mis sentimientos hacia Catherine son comparables a los suyos? Antes de que te vayas de esta casa, tengo que arrancarte la promesa de que me conseguirás una cita con ella. ¡He de verla, quiera o no quiera! ¿Qué me dices?

—Digo, señor Heathcliff —repuse—, que no debe usted hacerlo y que nunca lo hará por mediación mía. ¡Otro encuentro entre usted y el amo la matará!

—Con tu ayuda, podríamos evitarlo —continuó—. Y si existiera el peligro de que se produjese tal encuentro y él fuese el culpable de añadir una única congoja más a su existencia… ¡Creo que estaría justificado tomar medidas extremas! Ojalá fueses sincera conmigo y me dijeras si perderle causaría a Catherine un gran sufrimiento. Ese temor es lo único que me frena. Ahí tienes la diferencia entre nuestros sentimientos. Si él hubiese estado en mi lugar, y yo en el suyo, aunque le odiase hasta el punto de envenenarme la vida con mi propia hiel, nunca le habría levantado la mano. ¡Mírame con toda la incredulidad que quieras! Nunca le habría proscrito su compañía, mientras ella desease la suya. ¡En cuanto ella dejase de tenerle aprecio, le arrancaría el corazón y me bebería su sangre! Pero hasta ese momento, y si no me crees es que no me conoces, ¡hasta ese momento, me hubiese dejado morir poco a poco antes de tocarle ni un cabello de la cabeza!

—Y, sin embargo —interrumpí—, no tiene usted el menor escrúpulo en aniquilar sus esperanzas de reponerse del todo, ya que pretende imponerse en su recuerdo, ahora que ella casi le ha olvidado, y enredarla en un nuevo conflicto que cause discordia y desazón.

—¿Tú crees que casi me ha olvidado? —dijo—. ¡Ay, Nelly! ¡Sabes que no es así! ¡Sabes tan bien como yo que por cada pensamiento que dedica a Linton son mil los que me dedica a mí! En una época de mi vida en que me sentía muy desgraciado, también yo pensaba algo similar, y estaba obsesionado con ello cuando regresé al pueblo el verano pasado. Pero ahora no volvería a aceptar aquel horrible pensamiento si ella no me lo confirmara antes. Y en ese caso Linton no significaría ya nada, ni Hindley, ni ninguno de los sueños que siempre soñé. Dos palabras abarcarían mi vida: muerte e infierno; porque mi vida, después de perderla a ella, sería un infierno. Sí, fui un necio al suponer, aunque fuera por un instante, que para ella pudiese tener más valor el cariño de Edgar que el mío. Aunque él llegase a amarla con todas las facultades de su endeble ser, no podría amarla en ochenta años tanto como yo en un día. Y el corazón de Catherine es tan profundo como el mío. Es más difícil que él concentre todo su afecto que intentar meter el mar en ese abrevadero. ¡Bah! No le aprecia sino un poquito más que a su perro o a su caballo. Él no tiene la capacidad de ser amado como yo, ¿cómo puede ella amar en él lo que él no posee?

—¡Catherine y Edgar se quieren tanto como puede quererse cualquier pareja! —gritó Isabella con repentina vitalidad—. ¡Nadie tiene derecho a hablar de esa manera, y no me quedaré callada oyendo cómo se menosprecia a mi hermano!

—Sí, a ti también te quiere mucho tu hermano, ¿verdad? —observó Heathcliff con retintín—. Es sorprendente lo rápido que deja que te pierdas por el mundo.

—No es consciente de lo que sufro —repuso ella—. Eso no se lo he contado.

—Eso quiere decir que algo le has contado. Le has escrito, ¿no?

—Le escribí para decirle que me había casado; tú viste la nota.

—¿Y nada más?

—No.

—El cambio de estado ha desmejorado mucho a mi señorita —observé—. En su caso, está claro que el amor de alguien se queda corto. Puedo adivinar de quién, pero quizá no deba decirlo.

—Yo diría que es el suyo propio —dijo Heathcliff—. ¡Está degenerando y convirtiéndose en una marrana! Se ha cansado inusitadamente pronto de intentar complacerme. No darás crédito a tus oídos, pero la misma mañana de nuestra boda ya estaba llorando porque quería volver a su casa. Pero encajará mucho mejor aquí si no se muestra agradable en exceso, y ya me encargaré yo de que no me deshonre paseándose por los alrededores.

—En todo caso, señor —repliqué—, espero que tomará usted en consideración que la señora Heathcliff está acostumbrada a que la cuiden y la atiendan, y que la han criado como a una hija única a la que todos servían con gusto. Tiene usted que ponerle una doncella para que le ordene sus cosas y ser amable con ella. Ya puede tener la opinión que quiera del señor Edgar, pero no puede poner en duda que ella sí que es capaz de sentir un amor profundo, porque de lo contrario no habría abandonado la elegancia, las comodidades y las amistades de que gozaba en su antiguo hogar para venir a instalarse de buen grado en este páramo, con usted.

—Abandonó todo eso porque abrigaba una falsa ilusión —contestó él—. Me veía como el héroe de una novela en un lugar tan desolado como este y esperaba de mi devoción caballeresca ilimitadas complacencias. Me cuesta considerarla como a un ser racional, dada la terquedad con que ha persistido en forjarse esa idea fabulosa de mi carácter y en actuar basándose en las falsas impresiones que ella misma ha alimentado. Pero creo que por fin empieza a conocerme. Ya no veo en ella aquellas estúpidas sonrisas y muecas que me provocaban al principio, ni la absurda incapacidad para discernir que yo hablaba en serio cuando le di mi opinión sobre ella y su encaprichamiento. Ha tenido que hacer un prodigioso esfuerzo de perspicacia para descubrir que no la amo. ¡En cierto momento llegué a pensar que ninguna lección podía demostrárselo! Y, sin embargo, creo que aprendió la lección a medias, porque esta mañana me ha anunciado, haciendo gala de una inteligencia espantosa, ¡que he conseguido hacer que me odie de verdad! ¡Una labor hercúlea, te lo aseguro! Si es así, tengo motivos para darle las gracias. ¿Puedo fiarme, Isabella, de tu declaración? ¿Estás segura de que me odias? Si te dejara sola durante media jornada, ¿no me vendrías otra vez con mimos y suspiros? Creo que, delante de ti,

Nelly, hubiese preferido que demostrase una infinita ternura hacia ella. Hiere su vanidad que se sepa la verdad. Pero a mí no me importa si se sabe que la pasión nunca fue mutua, porque jamás le mentí al respecto. No puede acusarme de haberle demostrado ni un ápice de falsa ternura. Lo primero que me vio hacer cuando salimos de la granja fue colgar a su perrita, y cuando me rogó que la soltara, las primeras palabras que pronuncié fueron que ojalá pudiese colgar a todos los suyos, menos a una. Quizá interpretara que aquella excepción se refería a ella. Pero mi brutalidad no le repugnó entonces, tal vez porque le inspira una admiración innata, ¡siempre que su precioso ser esté a salvo de cualquier daño! Ahora bien, ¿no crees que es el colmo del absurdo, de una genuina estupidez que esta perra lastimosa, servil y perversa haya podido soñar con que yo la amase? Di a tu amo, Nelly, que nunca en mi vida me había topado con algo tan abyecto como ella; hasta deshonra el apellido Linton. En alguna ocasión me he tomado un respiro, por pura falta de inventiva, en mis experimentos para medir su capacidad de aguante, ¡y esa miserable ha vuelto a mí arrastrándose! Pero dile también, para alivio de su fraterno corazón de magistrado, que no me salgo ni un ápice de los límites impuestos por la ley. Hasta aquí he evitado darle el más mínimo derecho a pedir una separación, y lo que es más, no tendrá que deber a nadie la ruptura de nuestro matrimonio. Si quiere irse, puede hacerlo. ¡El fastidio de su presencia excede el placer que encuentro atormentándola!

—Señor Heathcliff —dije—, habla usted como un loco, y lo más probable es que su esposa le haya aguantado hasta ahora porque está convencida de que lo está. Pero ahora que usted dice que puede marcharse, estoy segura de que se valdrá del permiso. ¿Verdad, señora, que no está usted tan hechizada como para permanecer con él por su propia voluntad?

—¡Cuidado, Ellen! —contestó Isabella, refulgiéndole la ira en los ojos (por su expresión, no cabía duda de que las tentativas de su compañero por hacerse odiar habían tenido mucho éxito)—. No te creas ni una palabra de lo que dice. ¡Es un demonio embustero, un monstruo, y no un ser humano! Ya me ha dicho otras veces que puedo marcharme, y lo intenté, ¡y es un intento que no me atrevería a repetir! Pero, por favor, Ellen, prométeme que no mencionarás ni una sílaba de su infame conversación a mi hermano o a Catherine. Puede fingir cuanto quiera, yo sé que lo que desea es llevar a Edgar a la desesperación; dice que se ha casado conmigo adrede para tener más poder sobre mi hermano, pero no lo conseguirá, ¡antes prefiero morir! Ya solo espero... ¡rezo para que olvide su diabólica prudencia y me mate! Lo único que me daría placer sería morir, ¡o verle muerto a él!

—¡Muy bien, con eso tengo suficiente por ahora! —dijo Heathcliff—. ¡Si te citan a declarar como testigo, Nelly, recordarás sus palabras! Y fíjate bien en su rostro, está acercándose al punto que me convendría a mí. No, ahora no estás en condiciones de cuidar de ti misma, Isabella, y yo, siendo como soy tu protector legal, tengo que retenerte bajo mi custodia, por muy desagradable que me resulte la obligación. Vete arriba. Quiero decirle algo a Ellen Dean en privado. ¡Por ahí no! ¡Por las escaleras, te digo! ¡A ver, se sube por las escaleras, niña!

La agarró, la echó de la habitación y volvió refunfuñando:

—¡No tengo piedad! ¡No tengo piedad! ¡Cuanto más se retuercen los gusanos, más anhelo extirparles las entrañas! Es una dentera moral, y los dientes me rechinan con mayor fuerza en proporción al incremento del dolor.

—¿Entiende usted lo que significa la palabra piedad? —dije, apresurándome a recuperar mi sombrero—. ¿Alguna vez en su vida ha sentido algo que se le parezca?

—¡Deja eso! —me interrumpió al notar que tenía intención de irme—. Todavía no te vas. Ahora, Nelly, ven aquí. Tengo que conseguir tu ayuda, por las buenas o por las malas, para poder llevar a cabo mi resolución de ver a Catherine, y además sin dilación. Te juro que no busco hacer daño. No quiero causar ningún disturbio, ni exasperar ni insultar al señor Linton. Solo quiero saber de labios de Catherine qué tal está y por qué se ha puesto enferma, y preguntarle si puedo hacer algo por ella. Anoche pasé seis horas en el jardín de la granja, y volveré esta noche; y todas las noches iré a rondar la casa, y todos los días, hasta que encuentre ocasión de entrar. Si Edgar Linton se cruza conmigo, no vacilaré en derribarle y le golpearé con bastante fuerza para asegurar su inactividad mientras yo esté dentro. Si sus sirvientes me lo quieren impedir, les amenazaré con estas pistolas. Pero, dime, ¿no sería más aconsejable evitar encontrarme con ellos o con el amo? ¡Y para ti sería tan fácil…! Yo te avisaría de mi llegada; luego, en cuanto ella se quedara sola, tú me harías pasar sin que me viera nadie, y te quedarías vigilando hasta que me marchara, y todo con la conciencia muy tranquila porque estarías evitando una desgracia.

Yo protesté contra la idea de desempeñar un papel tan traicionero en casa de mi patrón. Y además le eché en cara la crueldad y el egoísmo que implicaba destruir la tranquilidad de la señora Linton para su propia satisfacción.

—El menor incidente la sobresalta muchísimo —dije—. Está hecha un manojo de nervios, y estoy segura de que no soportaría una sorpresa semejante. ¡No insista, señor! ¡De lo contrario me veré obligada a informar a mi amo de sus intenciones, y ya tomará él medidas de seguridad para defender su casa y a los que viven en ella de una intrusión tan injustificada!

—¡En ese caso, también yo tomaré mis medidas de seguridad contigo, mujer! —exclamó Heathcliff—. No saldrás de Cumbres Borrascosas hasta mañana por la mañana. Es una tontería asegurar que Catherine no soportaría verme. Y en cuanto a sorprenderla, no lo pretendo. Tú tienes que ir preparándola y preguntarle si puedo ir. Dices que nunca pronuncia mi nombre y que nadie me menciona delante de ella. ¿Y a quién va a hablarle de mí si soy un tema de conversación prohibido en aquella casa? Piensa que todos sois espías de su esposo. ¡Ay, estoy convencido de que para ella es un infierno estar entre vosotros! Por su silencio, más que por cualquier otra cosa, intuyo lo que siente. Dices que muchas veces está inquieta y que parece ansiosa. ¿Es esa una prueba de tranquilidad? Dices que está perturbada: ¿cómo demonios podría esperarse otra cosa, teniendo en cuenta su espantoso aislamiento? ¡Y ese insípido y miserable ser que la cuida por deber y humanidad! ¡Por caridad y lástima! ¡Imaginar que él puede devolverle el vigor con el abono de sus cuidados superficiales sería tanto como plantar un roble en una maceta y esperar que prosperase! Vamos a acabar con la tontería ahora mismo. ¿Te quedarás tú aquí y tendré yo que abrirme paso a la fuerza hasta Catherine por encima de Linton y sus lacayos? ¿O serás mi amiga, como lo has sido hasta ahora, y harás lo que te pido? ¡Decide! ¡Porque si persistes en tu obstinada mala fe no tengo por qué seguir perdiendo ni un minuto más!

Pues bien, señor Lockwood, discutí con él, protesté y me negué en redondo cincuenta veces, pero al final me obligó a acceder. Me comprometí a llevar a mi señora una carta suya, con la promesa de que, si ella daba su consentimiento, le informaría de la próxima ausencia de Linton para que pudiese venir, y entrar si podía, porque yo no iba a estar y mis compañeros de servicio se habrían quitado de en medio igual que yo.

¿Hice bien o mal? Me temo que mal, aunque fuera conveniente. Pensaba que dando mi conformidad evitaba otra explosión y también que aquello tal vez propiciase una crisis favorable para la enfermedad mental de Catherine. Además, recordaba la severa reprimenda del señor Edgar porque le había ido con cuentos, y procuraba aliviar toda la desazón que me causaba aquel asunto, repitiéndome muchas veces que aquella traición a su confianza, si es que merecía un calificativo tan duro, sería la última.

A pesar de todo, mi viaje de vuelta fue más triste que el de ida. Me asaltaron muchos recelos antes de decidirme a poner la misiva en manos de la señora Linton.

Pero ya está aquí Kenneth. Voy a bajar a decirle lo mucho que ha mejorado usted. Mi historia es «penosa», como decimos por aquí, y nos servirá para pasar otra mañana amena y entretenida.

«¡Penosa y fúnebre!», me quedé cavilando mientras la buena mujer bajaba a recibir al médico. Y no era precisamente el tipo de historia que yo habría elegido para divertirme, ¡pero qué más da! Me las arreglaré para extraer de las amargas hierbas que me ofrece la señora Dean unos medicamentos saludables. Por encima de todo, tengo que protegerme de la fascinación que acecha tras los brillantes ojos de Catherine Heathcliff. ¡Curiosa conquista habría hecho si entregase mi corazón a esa joven y la hija resultase ser una segunda edición de su madre!

LIBRO II

1

Ha transcurrido otra semana ¡y estoy unos días más cerca de la salud y de la primavera! Ya conozco toda la historia de mi vecino; el ama de llaves me la ha contado en varias sesiones, cada vez que ha tenido un rato libre de otras ocupaciones más importantes. Proseguiré el relato usando sus propias palabras, aunque condensándolo un poco. Es una narradora, en conjunto, muy buena, y no me creo capaz de mejorar su estilo.

Aquella noche, dijo, la noche de mi visita a Cumbres Borrascosas, supe, tan cierto como si le viese, que el señor Heathcliff andaba cerca. Evité salir de la casa porque aún llevaba su carta en el bolsillo y no quería exponerme a más amenazas y tormentos de su parte.

Había resuelto no entregarla a su destinataria hasta que mi amo se ausentase, porque no podía adivinar cómo afectaría a Catherine su recepción. De ahí que no llegase a sus manos hasta tres días más tarde. Al cuarto, que era domingo, se la llevé a su habitación después de que la familia se hubiese ido a la iglesia.

Solía quedarse conmigo un sirviente al cuidado de la casa y teníamos por costumbre echar el cerrojo a las puertas durante las horas que duraba el oficio, pero en aquella ocasión hacía un tiempo tan templado y agradable que las dejé abiertas de par en par. A fin de cumplir mi palabra, porque sabía quién iba a venir, dije a mi compañero que el ama sentía grandes deseos de comer naranjas, que corriera al pueblo a por unas cuantas y que las dejase a deber hasta el día siguiente. Se marchó y yo subí a la habitación.

La señora Linton llevaba un vestido blanco holgado y se había puesto un chal ligero sobre los hombros, y, como de costumbre, estaba sentada en el hueco de la ventana abierta. Llevaba el espeso y largo cabello, que al principio de la enfermedad le habían cortado un poco, peinado de forma muy sencilla, y los tirabuzones naturales le caían sobre las sienes y la nuca. Su aspecto había cambiado mucho, como le dije a Heathcliff, pero cuando estaba serena aquel cambio parecía conferirle una belleza sobrenatural.

Al centelleo de sus ojos le había seguido una dulzura soñadora y mohína. Daba la impresión de que ya no miraba los objetos que tenía alrededor; parecía clavar los ojos en la lejanía, muy lejos, como si mirara más allá de este mundo. Además, la palidez de su rostro, cuyo aspecto demacrado se había desvanecido al volver a engordar, y su peculiar expresión, fruto de su estado mental, pese a que sugería dolorosamente sus causas, intensificaban el conmovedor interés que despertaba en los demás y, sin duda para mí, lo sé, e imagino que para cualquiera que la viese, refutaban algunas pruebas más tangibles de convalecencia y la señalaban como a una persona condenada al deterioro.

Delante de ella, sobre el alféizar de la ventana, tenía un libro abierto cuyas hojas batía a ratos un viento apenas perceptible. Pienso que Linton lo había dejado allí, porque ella nunca intentaba distraerse leyendo ni con ninguna otra suerte de ocupación; y eso que él pasaba muchas horas tratando de llamar su atención hacia algún asunto que antes le sirviera de solaz.

Ella era consciente del propósito de su esposo, y en sus mejores momentos soportaba esos esfuerzos con placidez. Pero le daba a entender que eran inútiles, reprimía aquí y allá un suspiro de hastío y acababa por detenerle con sonrisas y besos de lo más tristes. Otras veces le daba la espalda con enfado y escondía el rostro entre las manos, o incluso le rechazaba propinándole un furioso empujón; y entonces él tenía buen cuidado de dejarla a solas, porque estaba seguro de que en aquel momento no le hacía ningún bien.

Las campanas de la iglesia de Gimmerton seguían repicando y a nuestros oídos llegaba el melodioso murmullo del arroyo que discurría por el valle. Era un dulce sustituto del susurro aún ausente del follaje estival, que apagaba aquella música en torno a la granja cuando los árboles se cubrían de hojas. En Cumbres Borrascosas siempre sonaba en los días tranquilos, después de un gran deshielo o una temporada de lluvia constante. Y era en Cumbres Borrascosas en lo que pensaba Catherine al escucharlo, caso de que pensase o escuchase algo, porque tenía aquella mirada imprecisa y distante, que ya he mencionado, que no expresaba ningún reconocimiento de las cosas materiales que le entraban por el oído o por la vista.

—Hay una carta para usted, señora Linton —dije, poniéndosela con suavidad en una mano que tenía apoyada sobre la rodilla—. Debe leerla en el acto porque espera contestación. ¿Quiere que rompa el sello?

—Sí —contestó ella, sin mudar la dirección de sus ojos.

La abrí. Era muy breve.

—Ahora —proseguí—, léala.

Ella retiró la mano y dejó caer la carta al suelo. Volví a ponérsela sobre el regazo y me quedé esperando a que tuviese a bien bajar la vista, pero se demoró tanto en hacerlo que al final retomé la palabra.

—¿Quiere que se la lea, señora? Es del señor Heathcliff.

Se produjo en ella un estremecimiento, un destello de reminiscencia turbulenta y una lucha por ordenar sus ideas. Levantó la carta, pareció examinarla con detenimiento y al llegar a la firma suspiró. Pero supe que aún no había entendido su importancia, porque cuando le pedí una respuesta, se limitó a señalarme el nombre y a mirarme fijamente con una triste e inquisidora inquietud.

—Bueno, desea verla —dije, adivinando que necesitaba un intérprete—. Está en el jardín ahora mismo y muy impaciente por saber la contestación que voy a llevarle.

Mientras hablaba vi un perro grande tumbado al sol sobre el césped, que enderezaba las orejas como si estuviese a punto de ladrar, y que luego las bajaba anunciando por el meneo de la cola que se acercaba alguien a quien no consideraba un extraño.

La señora Linton se inclinó hacia delante y aguzó ansiosamente el oído. Un minuto después se oyeron pasos en el pasillo. La casa abierta era demasiado tentadora para que Heathcliff se resistiese a entrar. Lo más probable es que pensara que yo intentaría eludir mi compromiso y que, por tanto, decidiera encomendarse a su propia audacia.

Catherine miraba con intensa ansiedad hacia la entrada de su aposento. Él no dio con el cuarto enseguida y ella me hizo un gesto para que saliese a su encuentro, pero antes de que yo pudiese llegar a la puerta, él ya lo había descubierto, y en una o dos zancadas se había plantado junto a Catherine y la estrechaba entre sus brazos.

No habló ni aflojó el abrazo durante unos cinco minutos, y en ese tiempo le dio más besos de los que, en mi opinión, jamás diera en su vida. Pero hay que decir que fue mi ama la primera en besarle, ¡y yo vi claramente que él, presa de verdadera angustia, casi no era capaz de mirarla a la cara! En el instante en que la vio, tuvo la misma certeza que yo de que no tenía la menor posibilidad de recuperarse: no cabía la menor duda de que estaba destinada a morir.

—¡Oh, Cathy! ¡Oh, mi vida! ¿Cómo voy a poder soportarlo? —fue la primera frase que pronunció, en un tono que no buscaba encubrir su desesperación.

Y clavaba la mirada en ella con tal fervor que pensé que la propia intensidad de su mirada le humedecería los ojos, pero estos ardían de angustia y no derramaron ni una lágrima.

—¿Y ahora qué? —dijo Catherine, reclinándose y devolviéndole la mirada con un repentino ceño arisco, porque su humor no era sino una veleta al servicio de unos caprichos siempre volubles—. ¡Tú y Edgar me habéis partido el corazón, Heathcliff! ¡Y los dos venís a mí a lamentaros de vuestra hazaña, como si los dignos de lástima fuerais vosotros! No pienso compadeceros, yo no. Me has matado y creo que has crecido haciéndolo. ¡Qué fuerte eres! ¿Cuántos años piensas vivir después de que me haya ido?

Heathcliff había apoyado una rodilla en el suelo para abrazarla. Intentó levantarse, pero ella le agarró por el pelo y le mantuvo allí.

—¡Ojalá pudiera tenerte asido —continuó con amargura— hasta que nos llegase la muerte a los dos! Me tendría sin cuidado cuánto sufrieses. Tus sufrimientos me tienen completamente sin cuidado. ¿Por qué no ibas a sufrir? ¡Yo sufro! ¿Me olvidarás? ¿Serás feliz una vez que yo esté bajo tierra? Tal vez pasados veinte años dirás: «Aquella es la tumba de Catherine Earnshaw. La amé hace mucho tiempo, y fui muy desgraciado cuando la perdí, pero eso ya pasó. He amado a muchas otras desde entonces. Quiero a mis hijos más de lo que la quise nunca a ella, ¡y en la hora de mi muerte, no me alegrará ir a su encuentro, me pesará tener que abandonarlos a ellos!». ¿Dirás eso, Heathcliff?

—No me tortures más porque acabaré tan loco como tú —gritó él, liberando la cabeza de sus manos y haciendo rechinar los dientes.

A los ojos de un frío espectador, los dos juntos componían un extraño y terrible cuadro. Bien podía Catherine creer que el paraíso se convertiría para ella en una tierra de exilio, a no ser que se desprendiera no solo de su cuerpo mortal, sino también de su carácter mortal. En aquel momento, sus blancas mejillas, sus labios exangües y sus ojos chispeantes reflejaban un salvaje afán de venganza, y conservaba entre los dedos cerrados una parte de los rizos que había tenido agarrados. En cuanto a su compañero, que mientras se incorporaba se había apoyado en una mano, le había agarrado el brazo a ella con la otra. Y su provisión de ternura era tan poco adecuada a la que requería Catherine en su estado que cuando la soltó vi claramente que había dejado cuatro marcas azules en su piel pálida.

—¿Es que tienes el diablo metido en el cuerpo —prosiguió Heathcliff brutalmente— para hablarme así cuando estás a punto de morir? ¿Te das cuenta de que todas esas palabras me quedarán grabadas a fuego en la memoria y que me corroerán eternamente en lo más hondo cuando me hayas dejado? ¡Sabes que mientes cuando dices que te he matado, Catherine, sabes que antes podré olvidar mi propia existencia que olvidarte a ti! ¿No le basta a tu egoísmo infernal con saber que cuando tú halles la paz yo estaré retorciéndome en los tormentos del infierno?

—No hallaré la paz —gimió Catherine, recordando de pronto su debilidad física por el latido violento e inconstante de su corazón, que, sometido a aquel exceso de emociones, palpitaba de manera visible y audible.

No volvió a pronunciar palabra hasta que se le pasó aquel paroxismo. Luego continuó con mayor amabilidad:

—¡Heathcliff, no quiero que padezcas un tormento mayor que el mío! Es solo que no quiero que nos separemos nunca. Y si de aquí en adelante una palabra de mi boca te desconsuela, piensa que yo siento el mismo desconsuelo bajo tierra y, por mi propio bien, ¡perdóname! ¡Ven aquí y vuelve a arrodillarte! Nunca en tu vida me has hecho daño. ¡No, si alimentas la ira, ese recuerdo será peor que el de mis duras palabras! ¿No quieres venir aquí otra vez? ¡Ven!

Heathcliff se le acercó y se detuvo detrás de su silla; se inclinó sobre ella, pero no lo suficiente como para dejarle ver la cara, que tenía lívida de emoción. Ella se volvió para mirarle, pero él no se lo permitió; se apartó bruscamente y se dirigió hacia la chimenea, junto a la cual permaneció de pie, en silencio, dándonos la espalda.

La señora Linton seguía con mirada recelosa sus movimientos, cada uno de los cuales despertaba en ella un nuevo sentimiento. Tras una pausa, durante la cual le contempló largamente, prosiguió, dirigiéndose a mí, en un tono de indignada decepción:

—¡Ay, ya lo ves, Nelly! ¡No se ablandará ni un instante, ni siquiera para evitarme la tumba! ¡Esa es su forma de quererme! ¡Bueno, no importa! Ese no es mi Heathcliff. Yo seguiré queriendo al mío, y me lo llevaré conmigo porque lo tengo dentro del alma. Y, después de todo —añadió pensativa—, eso es lo que más me fastidia de esta prisión ruinosa. Estoy cansada, cansada de estar recluida aquí. Me muero por escapar a ese glorioso mundo y quedarme allí para siempre; no quiero verlo borroso a través de las lágrimas, y anhelarlo a través de las paredes de un corazón dolorido, sino estar de verdad con él y en él. Nelly, tú piensas que eres mejor y más afortunada que yo porque estás en la plenitud de tu salud y tus fuerzas, y te doy lástima, pero muy pronto eso cambiará. Yo te tendré lástima a ti. Estaré incomparablemente más allá y por encima de todos vosotros. ¡Me asombra que él no quiera estar cerca de mí! —Luego siguió como para sí—: Pensaba que ese era su deseo. ¡Heathcliff, querido! No debes ser huraño ahora. Ven a mi encuentro, Heathcliff.

Se levantó ansiosa y se apoyó en el brazo de la silla. Ante aquella llamada del corazón, Heathcliff se volvió hacia ella. Parecía ser presa de una desesperación absoluta. Sus ojos, que por fin tenía muy abiertos y húmedos, le lanzaban furiosos destellos y su pecho palpitaba con convulsiones. Mantuvieron la distancia durante unos segundos, y luego, no sé cómo, se juntaron. Catherine dio un brinco, él la cazó al vuelo y se fundieron en un abrazo del que pensé que mi ama no saldría con vida. Lo cierto es que, a mis ojos, parecía haber perdido totalmente el sentido. Heathcliff se dejó caer en el asiento más próximo, y cuando me acerqué a toda prisa para asegurarme de que Catherine no se había desmayado, él hizo rechinar los dientes y sacó espuma por la boca como un perro rabioso, y la apretó contra sí con celosa avidez. No sentía que estuviese en compañía de una criatura de mi propia especie. Me parecía que aunque le dijera algo no iba a entenderme, así que me mantuve apartada y me mordí la lengua, sumida en la perplejidad.

Poco después, un movimiento de Catherine me tranquilizó un poquito. Levantó la mano para rodearle el cuello y pegar su mejilla a la de él, mientras Heathcliff, que seguía abrazado a ella, la cubría a su vez de caricias frenéticas y decía ferozmente:

—Ahora me demuestras lo cruel que has sido conmigo, lo cruel y falsa que has sido. ¿Por qué me despreciaste? ¿Por qué traicionaste a tu propio corazón, Cathy? No tengo ninguna palabra de consuelo para ti… te mereces esto. Te has matado a ti misma. Sí, ya puedes besarme y llorar, y sonsacarme a mí besos y lágrimas. Serán tu ruina y tu perdición. Si me amabas, ¿con qué derecho me abandonaste? ¿Con qué derecho? Contéstame. ¿Con el de la pobre atracción que sentiste hacia Linton? Porque ni las miserias, ni la degradación, ni la muerte, ni nada de lo que Dios o Satanás pudieran infligirnos habría podido separarnos; lo hiciste tú, por tu propio pie. No he sido yo quien te ha roto el corazón, te lo has roto tú misma, y de paso me has roto el mío. Y la peor parte me toca a mí, porque sigo con fuerzas. ¿Que si quiero vivir? ¿Qué clase de vida será la mía cuando tú…? ¡Ay, Dios! ¿Te gustaría a ti seguir con vida si tu alma estuviera en la tumba?

—Déjame en paz. Déjame en paz —sollozó Catherine—. Si hice mal, muero por ello. ¡Con eso basta! Tú también me abandonaste. ¡Pero no te lo reprocho! Te perdono. ¡Perdóname tú a mí!

—Es difícil perdonar, y mirar esos ojos y sentir esas manos consumidas —contestó él—. ¡Bésame otra vez sin que te vea los ojos! Te perdono por lo que me has hecho. Amo a mi asesina, ¡pero no amo al tuyo! ¿Cómo podría perdonarle?

Guardaron silencio con los rostros escondidos el uno contra el otro y bañados en las lágrimas el uno del otro. Al menos, supongo que el llanto provenía de ambas partes, porque, al parecer, Heathcliff era capaz de llorar en una gran ocasión como aquella.

A todo esto, yo empezaba a estar muy intranquila. La tarde caía a toda prisa, el hombre al que había mandado en busca de naranjas había vuelto de su recado y pude distinguir, a la luz del sol poniente sobre el valle, que la concurrencia iba creciendo en el pórtico de la iglesia de Gimmerton.

—El oficio ha terminado —anuncié—. Mi amo estará aquí en media hora.

Heathcliff masculló una maldición y estrechó a Catherine aún más entre sus brazos. Ella no se movió.

Poco después percibí por el camino a un grupo de sirvientes que subía hacia la entrada de la cocina. El señor Linton venía a poca distancia detrás de ellos. Abrió él mismo la verja y se encaminó sin prisa hacia la casa, seguramente gozando de la hermosa tarde que parecía anunciar el verano.

—Ya está aquí —exclamé—. ¡Por el amor de Dios, baje enseguida! No se topará con nadie en la escalera principal. Apresúrese, por favor, y escóndase entre los árboles hasta estar seguro de que él ha entrado.

—Debo irme, Cathy —dijo Heathcliff, tratando de zafarse del abrazo de su compañera—. Pero, si vivo, regresaré para volver a verte antes de que te duermas. No me alejaré ni cuatro metros de tu ventana.

—¡No debes irte! —contestó ella, agarrándose a él con todas sus fuerzas—. Te aseguro que no te irás.

—Una hora —le suplicó él de todo corazón.

—Ni un minuto —repuso ella.

—Debo hacerlo. Linton estará aquí de un momento a otro —insistió el alarmado intruso.

De haber podido, él se habría levantado, y se habría zafado de las manos de ella, que le agarraba con fuerza y respiraba con difi--cultad. En su rostro se pintaba una resolución demencial.

—¡No! —gritó—. Oh, no, no te vayas. ¡Es la última vez! Edgar no nos hará daño. ¡Heathcliff, me moriré! ¡Me moriré!

—Maldito estúpido. Ya le tenemos aquí —exclamó Heathcliff, dejándose caer de nuevo en la silla—. ¡Tranquila, mi amor! ¡Tranquila, tranquila, Catherine! Me quedaré. Si me disparase en este momento, expiraría con una bendición en los labios.

Y ya volvían a estar entrelazados. Oí que mi amo subía las escaleras. Por la frente me corría un sudor frío; estaba aterrorizada.

—¿Va usted a escuchar sus desvaríos? —dije de forma arrebatada—. Ella no sabe lo que dice. ¿O es que quiere usted cavar su ruina aprovechando que ella no tiene juicio para ayudarse a sí misma? ¡Levántese! Podría ser libre al instante. Este es el acto más diabólico que haya cometido usted jamás. Estamos todos perdidos, el amo, el ama y la sirvienta.

Me retorcía las manos y gritaba. El señor Linton apresuró el paso atraído por el ruido. En medio de mi agitación, me alegré sinceramente de ver que los brazos de Catherine se soltaban inertes y que le colgaba la cabeza.

«Se ha desvanecido o ha muerto —pensé—. Tanto mejor. Sería muchísimo mejor que estuviese muerta a que siga siendo una carga y un tormento para todos los que la rodean.»

Edgar se precipitó hacia el huésped no grato, pálido de estupefacción y de rabia. No sabría decir cuál era su intención; en cualquier caso, el otro frenó en seco su posible acción depositándole en los brazos aquel cuerpo aparentemente desprovisto de vida.

—Vamos a ver —dijo—, si no es usted un demonio, ¡ayúdela a ella primero, que luego ya hablará conmigo!

Heathcliff se dirigió hacia la sala de estar y se sentó. El señor Linton me llamó y, con gran dificultad y recurriendo a muchos medios, logramos hacer que Catherine volviera en sí. Pero estaba muy desconcertada, suspiraba, gemía y no conocía a nadie. Edgar estaba tan angustiado por ella que hasta había olvidado a su odiado rival. Yo no. A la primera oportunidad, fui a verle y le rogué que se marchase, asegurando que Catherine se encontraba mejor y que a la mañana siguiente le haría saber cómo había pasado la noche.

—No voy a negarme a salir —contestó—, pero me quedaré en el jardín. Y a ti, Nelly, más te vale cumplir tu palabra mañana. Estaré debajo de esos alerces. ¡Ojo con lo que te he dicho! De lo contrario, haré otra visita, tanto si está Linton como si no.

Lanzó una mirada furtiva a través de la puerta entornada del aposento y, habiendo comprobado que mi afirmación era cierta, libró a la casa de su aciaga presencia.

2

En torno a las doce de aquella misma noche nació la Catherine que vio usted en Cumbres Borrascosas, una criatura enclenque y sietemesina; y dos horas después moría la madre sin haber recobrado el conocimiento suficiente para echar en falta a Heathcliff o reconocer a Edgar.

El trastorno que causó aquella pérdida en este último es un tema demasiado doloroso para detenerse en él; sus efectos posteriores pusieron de manifiesto la profundidad de su congoja.

A mis ojos, al dolor de la pérdida se sumaba el de haberse quedado sin heredero. Yo lo lamentaba al mirar a aquella débil huérfana, y mentalmente insultaba al viejo Linton por haber asegurado su hacienda a su propia hija, movido por su natural parcialidad, en lugar de a la hija de su vástago.

¡Pobrecita, fue un bebé no querido! Durante las primeras horas de su existencia habría podido dar vagidos hasta morir sin que nadie le prestase la menor atención. Más tarde expiamos aquel maltrato, pero el principio de su vida estuvo tan marcado por la falta de cariño como seguramente lo estará su final.

A la mañana siguiente, que se presentó luminosa y alegre, la luz entraba con sigilo y suavidad a través de las persianas del silencioso cuarto, y bañaba el diván y a su ocupante en un resplandor tierno y dorado.

Edgar Linton tenía la cabeza apoyada en la almohada y los ojos cerrados. Sus jóvenes y bellas facciones eran casi tan cadavéricas como las del cuerpo que yacía a su lado, casi igual de rígidas. Pero su quietud era la de alguien extenuado por la angustia, mientras que la de ella denotaba una paz absoluta. La frente lisa, los párpados cerrados y una sonrisa en los labios. En aquel momento, ningún ángel del cielo hubiese podido comparársele en hermosura. Y yo participaba del infinito sosiego en que yacía. Nunca fue mi disposición mental tan sagrada como al contemplar aquella imagen serena del divino reposo. Repetí, por instinto, las palabras que ella había pronunciado unas horas antes: «¡Incomparablemente más allá y por encima de todos vosotros!». ¡Esté donde esté, aún en la tierra o ya en el cielo, su espíritu se ha reunido con Dios!

No sé si será una particularidad mía, pero suelo sentirme casi feliz cuando velo a alguien en una cámara mortuoria, siempre que no comparta ese deber con algún doliente enloquecido o desesperado. Veo un descanso que ni la tierra ni el infierno pueden turbar, y siento una confirmación del más allá, infinito y sin sombras —la Eternidad a la que han entrado—, donde la vida es ilimitada en duración, el amor en simpatía y la dicha en plenitud. ¡En aquella ocasión me di cuenta del egoísmo que cabe hasta en un amor como el del señor Linton, capaz de lamentar tanto la bendita liberación de Catherine!

Cierto es que cabría la duda de que ella, tras una existencia díscola e impaciente, mereciese al final un remanso de paz. Podría ponerse en duda en momentos de fría reflexión, pero no entonces, en presencia de su cadáver: afirmaba su propio reposo, lo que parecía dar fe de que sus antiguos habitantes gozaban del mismo sosiego.

—¿Cree usted que tales personas pueden ser felices en el más allá? Daría cualquier cosa por saberlo.

Decliné contestar la pregunta de la señora Dean, que se me hizo un tanto heterodoxa. Ella prosiguió:

—Teniendo en cuenta el camino que eligió Catherine Linton, me temo que no nos es lícito pensar que ella lo es, pero vamos a dejarla con su Creador.

El amo parecía estar dormido y, poco después de amanecer, me arriesgué a abandonar la habitación y a salir a hurtadillas al aire puro y refrescante. Los sirvientes pensaron que iba a sacudirme el embotamiento producido por la prolongada vigilia, pero en realidad mi principal designio era ver al señor Heathcliff. Si había pasado la noche entre los alerces no se habría enterado del revuelo que se había producido en la granja, a no ser que oyera el galope del mensajero que se envió a Gimmerton. Por poco que se hubiese acercado, el revoloteo de luces de un lado a otro de la casa, y el abrir y cerrar de los portones, tendrían que haberle indicado que no todo iba bien allí dentro.

Yo deseaba y a la vez temía encontrarle. Sentía que era mi deber darle aquella terrible noticia, y quería hacerlo cuanto antes, pero no sabía cómo.

Allí estaba, como mínimo a unos cuantos metros parque adentro, apoyado en un viejo fresno, con la cabeza descubierta y el pelo empapado del rocío que se acumulaba en las yemas de las ramas y caía tamborileando en torno a él. Debía de llevar mucho tiempo en aquella postura, porque vi a una pareja de mirlos que pasaban y volvían a pasar a un metro escaso de él, ocupados en construirse un nido y concediendo a su presencia la misma importancia que darían a un tronco. Con mi llegada alzaron el vuelo; él levantó entonces la mirada y dijo:

—¡Ha muerto! No he esperado a que llegaras para saberlo. Guarda el pañuelo, no lloriquees delante de mí. ¡Malditos seáis todos vosotros! ¡Ella no necesita ninguna de vuestras lágrimas!

Yo lloraba tanto por él como por ella. A veces nos apiadamos de criaturas que ignoran ese sentimiento tanto para consigo mismas como para con los demás. En cuanto le vi la cara, supe que estaba enterado de la catástrofe, y me dio por pensar tontamente que su corazón se había apaciguado y que estaba rezando, porque movía los labios y tenía la mirada clavada en el suelo.

—¡Sí, ha muerto! —contesté, refrenando mis sollozos y secándome las mejillas—. Espero que haya ido al cielo, ¡donde puede que nos reunamos todos con ella si hacemos caso de la advertencia y abandonamos las malas costumbres para hacer el bien!

—¿Así que ella hizo caso de la advertencia? —preguntó Heathcliff, tratando de mofarse—. ¿Es que ha muerto como una santa? Vamos, cuéntame la verdadera historia del suceso. ¿Cómo murió…?

Intentó pronunciar su nombre, pero no lo logró. Apretó los labios y se libró a un combate silencioso contra su agudo dolor interno, en tanto que desafiaba mi compasión dirigiéndome una mirada implacable y feroz.

—¿Cómo murió? —acertó a repetir, contento, pese a su insolencia, de tener algo en que apoyarse porque, tras aquella lucha, temblaba de pies a cabeza sin poder remediarlo.

«¡Pobre infeliz! —pensé—. ¡Tienes corazón y nervios como tus hermanos los hombres! ¿Por qué te empeñas en ocultarlos? ¡Tu orgullo no puede cegar a Dios! ¡Le tientas para que te los aprisione hasta arrancarte un grito de humillación!»

—¡Tranquila como un corderito! —contesté en voz alta—. Exhaló un suspiro, y se desperezó como una niña que se reanima y vuelve a quedar dormida; cinco minutos después escuché un tenue latido, ¡y eso fue todo!

—¿Y no dijo mi nombre? —preguntó él vacilante, como si temiera que la respuesta a su pregunta aportara detalles que no iba a ser capaz de soportar.

—Desde el momento en que usted la dejó no volvió a recobrar el sentido ni a reconocer a nadie —dije—. Yace con una dulce sonrisa en el rostro; sus últimos pensamientos volvieron a los días agradables del pasado. Su vida terminó en un tierno sueño; ¡ojalá despierte así de cariñosa en el otro mundo!

—¡Ojalá despierte entre tormentos! —gritó él con espantosa vehemencia, gimiendo y pataleando, presa de un repentino acceso de incontrolable pasión—. ¡Ha sido una mentirosa hasta el final! ¿Dónde está? No allí, en el cielo, y tampoco muerta. ¿Dónde? ¡Ah! ¡Dijiste que mis sufrimientos te tenían sin cuidado! Pues yo rezo una oración, la repito hasta que se me agarrota la lengua: ¡Catherine Earnshaw, ojalá no encuentres descanso mientras yo siga con vida! Dijiste que yo te había matado, ¡pues entonces, persígueme! Los asesinados persiguen a sus asesinos. No solo creo, sino que sé que hay fantasmas que vagan por el mundo. ¡Quédate siempre conmigo, adopta cualquier forma, vuélveme loco! ¡Pero no me dejes en este abismo donde no soy capaz de encontrarte! ¡Oh, Dios! ¡Es indescriptible! ¡No puedo vivir sin mi vida! ¡No puedo vivir sin mi alma!

Se dio con la cabeza contra el tronco nudoso y, alzando los ojos, emitió un aullido no humano sino de fiera salvaje aguijoneada de muerte con puñales y lanzas.

Percibí varias salpicaduras de sangre en la corteza del árbol, y que también él tenía manchadas las manos y la frente. Seguramente la escena que yo presenciaba era la repetición de otras similares representadas durante la noche. No lograba moverme a compasión, me horrorizaba. Pero me mostraba reacia a abandonarlo en aquel estado. No obstante, en cuanto volvió en sí lo bastante como para percatarse de que estaba observándole, me mandó a gritos que me marchara y le obedecí. ¡Estaba más allá de mis capacidades apaciguarle o consolarle!

El funeral de la señora Linton se fijó para el viernes siguiente a su muerte. Hasta entonces el féretro estuvo en la gran sala, destapado, cubierto de flores y hojas aromáticas. Linton estuvo día y noche allí sin dormir, velándola. Y, algo que nadie más que yo llegó a saber, Heathcliff pasó fuera por lo menos las noches, igualmente ajeno al reposo.

No había vuelto a comunicarme con él, pero yo era consciente de que se proponía entrar en cuanto tuviera ocasión de hacerlo.

El martes, poco después de anochecer, aprovechando que mi amo, de pura fatiga, se había visto obligado a retirarse un par de horas a descansar, conmovida por la perseverancia de Heathcliff, abrí una de las ventanas para brindarle la oportunidad de despedirse por última vez de la imagen desvanecida de su ídolo.

No dejó escapar la ocasión y actuó con cautela y brevedad; con la suficiente cautela como para no traicionar su presencia ni con el más ligero ruido. Es más, yo misma no habría descubierto su paso por allí, de no haber sido por el desorden que observé en los paños que cubrían el rostro del cadáver, y porque descubrí en el suelo un rizo rubio, atado con un hilo de plata que, al examinarlo, advertí que procedía de un dije que Catherine llevaba colgado del cuello. Heathcliff lo había abierto, había sacado su contenido y lo había reemplazado por un mechón negro de su propio pelo. Yo até los dos mechones y los metí juntos dentro del medallón.

El señor Earnshaw había sido invitado, como es natural, a escoltar los restos mortales de su hermana hasta la tumba. Ni vino ni hizo llegar disculpa alguna. De modo que, aparte de su esposo, el cortejo fúnebre estuvo compuesto únicamente por arrendatarios y sirvientes. Isabella no fue invitada.

Con gran sorpresa de los vecinos del pueblo, el lugar designado para el entierro de Catherine no fue ni el panteón tallado que los Linton tenían dentro de la iglesia, ni entre las tumbas de sus propios parientes, que estaban fuera. Cavaron su fosa en una verde loma arrinconada al fondo del camposanto, donde la tapia es tan baja que los brezos y los arándanos han trepado por ella desde las ciénagas y la losa está casi enterrada bajo la turba. Su marido yace ahora en el mismo lugar; y por toda señal para distinguir sus respectivas sepulturas tiene cada uno una sencilla lápida en la cabecera y una simple piedra gris a los pies.

3

Aquel viernes fue el último de los hermosos días que habíamos tenido desde hacía un mes. Por la tarde cambió el tiempo. El viento pasó de sur a nordeste, trayendo primero lluvia, y luego cellisca y nieve.

A la mañana siguiente era difícil creer que habíamos tenido tres semanas de verano. Las prímulas y las flores de azafrán habían quedado escondidas bajo montones de hielo, las alondras habían callado y las tiernas y tempranas hojas de los árboles estaban azotadas y ennegrecidas por la helada. ¡La mañana se deslizaba gris, fría y tétrica! Mi amo se encerró en su aposento, y yo tomé posesión del gabinete abandonado para convertirlo en el cuarto del bebé. Me quedé allí sentada con aquella llorona angelical en mi regazo, meciéndola de un lado a otro, mientras contemplaba los copos que seguían cayendo con fuerza y se iban acumulando sobre la ventana sin cortinas. En esto se abrió la puerta, ¡y entró una persona que venía falta de aliento y riéndose!

Por unos instantes mi furia fue mayor que mi estupefacción y, creyendo que se trataba de una de las doncellas, grité:

—¡Basta ya! ¿Cómo te atreves a manifestar tu atolondramiento en esta casa? ¿Qué diría el señor Linton si te oyera?

—¡Disculpa! —contestó una voz conocida—, pero sé que Edgar está acostado y no he podido contenerme.

Con aquellas palabras, la que había hablado, jadeante y llevándose una mano al costado, se acercó a la lumbre.

—¡He venido corriendo sin parar desde Cumbres Borrascosas!
—continuó tras una pausa—. Salvo cuando he volado. No puedo
sacar la cuenta de las veces que me he caído. ¡Ay, me duele todo!
No te alarmes, te daré una explicación en cuanto pueda. Pero por
ahora te agradecería que mandaras preparar un coche que me lleve
a Gimmerton y que pidieras a una sirvienta que recoja algunos
vestidos de mi armario.

La intrusa era la señora Heathcliff. Parecía encontrarse en un
aprieto nada hilarante, desde luego. El pelo le caía por los hombros,
y chorreaba nieve y agua. Llevaba un traje infantil que se ponía a
menudo, un humilde vestido de manga corta más propio de su
edad que de una mujer casada, y nada en la cabeza y el cuello. El
vestido era de seda liviana y se le pegaba al cuerpo por la lluvia, y
solo unas finas sandalias protegían sus pies. Añada usted a esto un
profundo corte debajo de la oreja, que solo el frío había impedido
que sangrara con profusión, una cara pálida, llena de arañazos y
moratones, y un cuerpo que apenas se tenía en pie por la fatiga,
y comprenderá que cuando pude examinarla con detenimiento no
me calmé demasiado del susto que me había llevado al principio.

—Mi querida señorita —exclamé—, no me iré corriendo a
ninguna parte ni escucharé nada hasta que no se haya quitado usted esas prendas y se haya puesto ropa seca. Y, por supuesto, no irá
usted a Gimmerton esta noche, así que es inútil preparar el coche.

—Por supuesto que iré —dijo—, a pie o a caballo. Pero no me
opongo a vestirme con decencia. ¡Ay, mira cómo me corre por el
cuello! Ahora con el fuego sí que me escuece.

Insistió en que cumpliera sus instrucciones antes de dejarme
tocarla. Y hasta que el cochero no recibió la orden de enganchar y
la doncella no subió a empaquetar la ropa necesaria, no obtuve su
consentimiento para curarle la herida ni ayudarla a cambiarse.

—Ahora, Ellen —dijo cuando hube terminado con mi tarea y
ella estaba sentada en un sillón junto al fuego, con una taza de té—,
siéntate aquí delante y quítame de la vista a la pobre niña de Ca-

therine. ¡No me gusta verla! No deduzcas por la forma atolondrada que he tenido de entrar que Catherine me tiene sin cuidado. Yo también he llorado, y amargamente, sí, y con mayor razón que nadie: nos separamos sin habernos reconciliado, ¿recuerdas? Nunca podré perdonármelo. Pero, a pesar de todo, ¡no iba a compadecerme de ese animal! ¡Ay, dame el atizador! Esto es lo último que conservo de él.

Se sacó del dedo corazón la alianza de oro y la arrojó al suelo.

—¡Voy a hacerla añicos! —prosiguió, golpeando el anillo con una inquina infantil—. ¡Y luego la quemaré!

Agarró el maltratado objeto y lo dejó caer entre las ascuas.

—¡Ya está! Si vuelve a echarme el guante tendrá que comprarme otro. Es capaz de venir a buscarme solo para fastidiar a Edgar. ¡No me atrevo a quedarme por si se le mete esa idea en su diabólica cabeza! Y, además, Edgar no ha sido amable, ¿verdad? No he venido a implorarle ayuda ni a acarrearle más disgustos. La necesidad me ha empujado a buscar refugio aquí, pero si no hubiese tenido la certeza de que no iba a tropezarme con él, me habría quedado en la cocina. Allí me habría lavado la cara, me habría calentado un poco, habría dispuesto que me trajeses lo que necesito y habría vuelto a marcharme a cualquier sitio, fuera del alcance de mi maldito… ¡de ese demonio encarnado! ¡Ah, si supieras lo rabioso que se puso! No sé qué habría sido de mí si llega a pillarme. Es una lástima que Earnshaw no le aventaje en fuerza. ¡De haberle podido Hindley, no me habría escapado hasta ver cómo le hacía papilla!

—¡Está bien, pero no hable tan rápido, señorita! —interrumpí—. Se le va a desatar el pañuelo que le he puesto en torno a la cara y el corte volverá a sangrarle. Tómese el té, respire hondo y deje de reírse. ¡Por desgracia, bajo este techo y en el estado en que usted se encuentra, la risa está fuera de lugar!

—Una gran verdad —repuso ella—. ¿No oyes a esa niña? No para de berrear. Llévatela a donde no pueda oírla, aunque no sea más que por una hora; no pienso quedarme aquí más tiempo.

Toqué la campanilla y confié la niña al cuidado de una sirvienta. Luego pregunté a Isabella qué la había impulsado a escapar de Cumbres Borrascosas en un estado tan lamentable, y adónde pensaba dirigirse puesto que se negaba a quedarse con nosotros.

—Debería quedarme —contestó—, y me gustaría hacerlo, aunque fuera para animar a Edgar y ocuparme del bebé; de entrada por esas dos cosas. Pero también porque la granja es mi verdadero hogar. ¡Pero, como te digo, él no lo permitiría! ¿Crees que iba a poder soportar que yo engordase de nuevo y estuviera alegre, y que soportaría la idea de sabernos tranquilos aquí, sin empeñarse en emponzoñar nuestro bienestar? Ahora bien, tengo la satisfacción de haber comprendido que me detesta tanto que solo con verme u oírme se irrita muchísimo. Noto que cuando estoy delante de él los músculos de la cara se le contraen involuntariamente en un rictus de odio, en parte porque sabe que tengo buenos motivos para albergar hacia él ese mismo sentimiento y en parte por la aversión que me tiene desde el principio. Su aversión es tan fuerte que estoy casi segura de que si logro escapar no se tomará la molestia de perseguirme por toda Inglaterra. Por eso tengo que marcharme muy lejos. Me he curado de mi primer deseo de que me mate. ¡Ahora prefiero que se mate él! Ha conseguido aniquilar mi amor, así que estoy tranquila. Aún recuerdo cuánto le amaba, y soy capaz de imaginar vagamente que podría volver a amarle si… ¡No, no! Aunque estuviese loco por mí, su naturaleza diabólica acabaría resurgiendo de una manera u otra. Catherine debía de tener un gusto horrible y pervertido para apreciarlo tanto, conociéndole como le conocía. ¡Monstruo! ¡Ojalá se borrase de la existencia y de mi memoria!

—¡Tranquila, tranquila! —dije—. Es un ser humano. Sea usted un poco más caritativa. ¡Aún hay hombres peores que él!

—Él no es un ser humano —replicó—, y no tiene derecho a mi caridad. Le di mi corazón, él lo cogió y lo aguijoneó hasta dejarlo sin vida; luego me lo arrojó. Ellen, las personas sienten con el corazón, y como me lo ha destrozado ya no soy capaz de compadecerme de él, ¡ni aunque gimiera hasta el día de su muerte, y derramase lágrimas de sangre por Catherine! ¡No, no me compadecería de él en absoluto!

Al llegar a este punto, Isabella se echó a llorar. Pero, casi enseguida, enjugándose las lágrimas de las pestañas, continuó:

—¿Me has preguntado qué me ha impulsado a fugarme al final? Me vi obligada a intentarlo, porque había logrado inflamar su ira un poquito por encima de su maldad. Requiere más sangre fría ir arrancando los nervios con unas pinzas al rojo vivo que asestar un golpe en la cabeza. Estaba él tan encendido que olvidó la prudencia diabólica de que tanto alardeaba y pasó a una violencia asesina. Me causó mucho placer comprobar que era capaz de exasperarle hasta tal punto. Fue la sensación de placer lo que me despertó el instinto de conservación. Así que me fugué, y si alguna vez vuelvo a caer en sus manos es capaz de una notable venganza.

»Ayer, como sabes, el señor Earnshaw tenía que haber asistido al entierro. Con tal propósito procuró mantenerse sobrio, tolerablemente sobrio, es decir, no se entregó al desenfreno hasta las seis de la madrugada para levantarse aún borracho a mediodía. De ahí que despertara en un estado de ánimo suicida y con las mismas ganas de ir a la iglesia que a un baile. Así que, en lugar de asistir al entierro, se sentó junto a la lumbre y se puso a beber ginebra y coñac, vaso tras vaso.

»Heathcliff, ¡me estremezco al nombrarle!, ha sido un extraño en casa desde el pasado domingo hasta el día de hoy. No sé si le han alimentado los ángeles o sus parientes de allá abajo, pero hace casi una semana que no ha ingerido ningún alimento con nosotros. Llegaba a casa al alba, subía a su aposento y se encerraba con llave, ¡como si alguien anhelara su compañía! Y allí se quedaba rezando como un metodista. ¡Solo que la deidad a la que imploraba ya no es más que polvo y ceniza inconsciente, y que cuando se dirigía a Dios lo confundía con su propio padre negro! Después de concluir sus preciadas oraciones, que solía prolongar hasta quedarse ronco y con la voz estrangulada en la garganta, volvía a salir. ¡Siempre iba directo a la granja! ¡No entiendo cómo Edgar no ha mandado a un guardia para que le detengan! En lo que a mí respecta, por apenada que me tuviera la suerte de Catherine, me resultaba imposible no tomarme como unas vacaciones aquellos ratos en que me veía libre de su degradante opresión.

»Recobré el ánimo suficiente para aguantar los eternos sermones de Joseph sin echarme a llorar y para deambular por la casa sin el paso de ladrón asustado de antes. No vayas a creer que lloraba por todo lo que decía Joseph, pero es que él y Hareton son una compañía detestable, así que prefería sentarme con Hindley y prestar oídos a sus espantosas palabras que junto con el "amito" y su firme aliado, ¡aquel viejo odioso!

»Cuando Heathcliff está en casa, me veo muchas veces en la necesidad de buscar su compañía en la cocina, si no quiero morirme de frío en las húmedas habitaciones vacías. Pero cuando no está, como ha sido el caso esta semana, pongo una mesa y una silla en un rincón del hogar y no me preocupo de lo que pueda estar haciendo el señor Earnshaw, y él tampoco interfiere con lo que yo hago. Le encuentro más callado que antes, con tal de que nadie le provoque; está más taciturno y deprimido, y menos irascible. Joseph afirma que es otra persona, que el Señor le ha tocado en el corazón y que le ha salvado "así como por el fuego". Yo no consigo ver ese cambio tan favorable, pero no es asunto mío.

»Anoche me quedé sentada en mi rincón, leyendo unos viejos libros casi hasta las doce. ¡Se me hacía muy tétrico subir a mi aposento con aquella nieve huracanada que soplaba fuera, y con el pensamiento fijo en el camposanto y la tumba recién cavada! Casi no me atrevía a levantar los ojos de la página que tenía delante, porque en cuanto lo hacía aquella melancólica imagen usurpaba su lugar.

»Hindley estaba sentado frente a mí; tenía la cabeza apoyada en las manos, quizá meditara sobre el mismo tema que yo. Había dejado de beber justo antes de perder la facultad de raciocinio, y durante dos o tres horas no se había movido ni había dicho una palabra. No se oía en toda la casa más que el gemido del viento que azotaba de vez en cuando las ventanas, el tenue crepitar de los rescoldos y, a ratos, el golpecito de las despabiladeras, cada vez que yo cortaba la mecha de la vela. Hareton y Joseph debían de hallarse ya en la cama, profundamente dormidos. Todo estaba muy triste, muchísimo, y yo suspiraba al leer porque me parecía que la felicidad había desaparecido para siempre de la faz de la tierra.

»El ruido del pestillo de la cocina rompió al fin aquel silencio angustioso. Heathcliff había regresado de su puesto de vigilancia antes que de costumbre, tal vez a causa de la inesperada tormenta.

»Aquella puerta estaba cerrada con llave y le oímos dar la vuelta para entrar por la otra. Me levanté, y tal debió de ser la expresión irreprimible de mis labios que mi compañero, que había estado mirando hacia la puerta sin pestañear, se volvió para observarme.

»—Voy a dejarle fuera cinco minutos —exclamó—. ¿No objetará nada usted?

»—No, no, por mí puede dejarlo fuera toda la noche —contesté—. ¡Hágalo! Eche la llave a la puerta y corra los cerrojos.

»Earnshaw terminó de hacerlo antes de que su huésped llegase a la puerta principal. Luego acercó su silla al otro lado de mi mesa, se inclinó y buscó en mis ojos cierta simpatía por el odio abrasador que destellaba en los suyos. No halló simpatía exactamente, porque tanto su aspecto como sus sentimientos eran los de un asesino, pero algo vio en ellos que le alentó a hablar:

»—¡Usted y yo —dijo— tenemos una gran cuenta personal que saldar con el hombre que está allá fuera! Si no fuésemos unos cobardes, podríamos ponernos de acuerdo para saldarla. ¿Va a ser usted tan floja como su hermano? ¿Está dispuesta a aguantar hasta el final, sin intentar ni una vez cobrarse la deuda?

»—Estoy harta de aguantar —repuse—, y me encantaría dar con alguna represalia que no se volviera después contra mí. Pero la traición y la violencia son armas de doble filo: hieren mucho más a quienes recurren a ellas que a sus enemigos.

»—¡La traición y la violencia se pagan con traición y violencia! —gritó Hindley—. Señora Heathcliff, no le pediré que haga nada, solo que se quede quieta y muda. Ahora dígame, ¿será usted capaz? Estoy seguro de que le gustará tanto como a mí presenciar el final de la existencia de un demonio. Si usted no le toma la delantera, ya sabemos lo que nos espera: a usted la muerte y a mí la ruina. ¡Maldito sea ese diabólico granuja! ¡Llama a la puerta como si ya fuese el amo de esta casa! Prometa morderse la lengua, y antes de que suene ese reloj, faltan tres minutos para la una, ¡será usted una mujer libre!

»Sacó el instrumento que guardaba en el pecho, la que te describí en mi carta. Luego hizo amago de apagar la vela, pero yo se la arrebaté y le sujeté el brazo.

»—¡No me morderé la lengua! —dije—. No le toque… ¡Deje la puerta cerrada y estese quieto!

»—¡No! ¡Mi decisión está tomada, y por Dios que voy a ejecutarla! —exclamó aquel ser desesperado—. ¡Le haré a usted un favor, mal que le pese, y vengaré a Hareton! Y no es necesario que se moleste en tratar de protegerme. Catherine ya no está. No queda nadie vivo que pueda echarme de menos ni avergonzarse de mí, aunque me cortara el cuello en este mismo instante. ¡Ya es hora de acabar con esto!

»Lo mismo hubiese sido luchar con un oso o razonar con un demente. El único recurso que me quedaba era correr a una ventana y poner en guardia a la presunta víctima contra la suerte que le esperaba.

»—¡Será mejor que busques albergue en otra parte esta noche! —exclamé en un tono más bien triunfal—. El señor Earnshaw tiene intención de dispararte si insistes en entrar.

»—Será mejor que me abras la puerta, maldita... —contestó, dirigiéndose a mí con un elegante término que no me tomaré la molestia de repetir.

»—No me inmiscuiré en este asunto —repliqué—. ¡Por mí, entra y que te peguen un tiro! Yo ya he cumplido con mi deber.

»Con aquellas palabras, cerré la ventana y volví a sentarme junto a la lumbre. Apenas me quedaban reservas de hipocresía para fingir que sentía ansiedad ante el peligro que se cernía sobre él.

»Earnshaw me insultó furioso. Afirmó que yo aún amaba a aquel bribón y me dijo de todo por la cobardía que manifestaba. En mi fuero interno yo pensaba (y mi conciencia nunca me lo ha reprochado) que sería para él una bendición que Heathcliff pusiera fin a su sufrimiento. ¡Como para mí sería una bendición que él mandara a Heathcliff a su justa morada! Mientras yo me entretenía con estas reflexiones, el marco de la ventana cayó al suelo a mis espaldas de un golpe del segundo individuo y apareció en el hueco su negro semblante con la mirada refulgente. Los puntales estaban demasiado cerca para que sus hombros pudieran pasar y yo sonreí feliz porque me consideraba a salvo. Tenía el pelo y la ropa emblanquecidos por la nieve, y en la oscuridad chispeaban sus afilados dientes de caníbal que el frío y la ira dejaban al descubierto.

»—¡Isabella, déjame entrar o te arrepentirás! —"rugió", como dice Joseph.

»—No puedo cometer un asesinato —repuse—. El señor Hindley te espera con una navaja y una pistola cargada.

»—¡Ábreme la puerta de la cocina! —dijo.

»—Hindley llegará allí antes que yo —contesté—. ¡Además, qué amor más pobre es el tuyo si no puede soportar ni una nevada! Nos dejabas descansar tranquilos por la noche mientras la luna de verano resplandecía, ¡pero a la primera ráfaga invernal corres a cobijarte! Yo que tú, Heathcliff, iría a acostarme sobre su tumba y moriría allí como un perro fiel... Seguro que para ti no vale la pena seguir viviendo en este mundo, ¿verdad? Me recalcaste la idea de que Catherine era la única alegría de tu vida. No entiendo cómo crees que serás capaz de sobrevivir a su pérdida.

»—Está ahí, ¿verdad? —exclamó mi compañero, corriendo hacia el hueco—. ¡Si consigo sacar el brazo, podré darle!

»Me temo, Ellen, que me tendrás por una mujer francamente perversa, pero ¡como no lo sabes todo, no me juzgues! Yo no hubiese promovido por nada del mundo un atentado contra su vida, ni hubiese participado en él. Pero que desee verle muerto es inevitable; fue para mí una terrible desilusión cuando se abalanzó sobre el arma de Earnshaw y se la arrebató de las manos, y, aterrada, me acobardé ante las consecuencias que pudiera tener mi insultante perorata.

»La carga explotó y la navaja, al cerrarse de forma automática, vino a clavarse en la muñeca de su propio dueño. Heathcliff tiró de la navaja con fuerza, rajando la carne mientras se la arrancaba, y se la metió goteando en el bolsillo. Luego agarró una piedra, derribó el listón entre las dos ventanas y entró de un salto. Su adversario se había desmayado, tanto por el dolor excesivo como por la sangre que manaba a borbotones de una arteria o una gran vena.

»El muy rufián le dio patadas, le pisoteó y le golpeó la cabeza una y otra vez contra las baldosas, mientras me sujetaba a mí por una mano para evitar que llamase a Joseph.

»Hizo un esfuerzo de abnegación sobrehumana para no acabar con él allí mismo. Pero como se quedó sin aliento, al final desistió y arrastró el cuerpo, al parecer inerte, hasta el escaño de la chimenea.

»Una vez allí, desgarró la manga de la levita de Earnshaw y le vendó la herida con una rudeza brutal, sin dejar de escupir y de renegar durante toda la operación, con la misma energía con que poco antes le había pateado.

»Viéndome libre, no perdí tiempo en salir a buscar al viejo sirviente, que, cuando por fin captó el sentido de mi acelerado relato, se apresuró escaleras abajo, jadeante y salvando los escalones de dos en dos.

»—¿Qué está pasando, eh? ¿Qué está pasando, eh?

»—Está pasando —tronó Heathcliff— que tu amo está loco, y si vive un mes más tendré que llevarle a un asilo. ¿Y cómo demonios, sabueso desdentado, has podido cerrar y dejarme fuera? No te quedes ahí rezongando y refunfuñando. Ven, no seré yo quien le cure. Lávale todo eso y cuidado con la vela, ¡que más de la mitad de su cuerpo es aguardiente!

»—¿De manera que quiso matarlo? —exclamó Joseph, alzando las manos y los ojos horrorizado—. ¡Nunca jamás vi nada semejante! Que el Señor…

»Heathcliff, de un empujón, le obligó a caer de rodillas en medio de la sangre y le tiró una toalla. Pero Joseph, en lugar de ponerse a secar la sangre, juntó las manos e inició una plegaria cuyo extraño fraseo me arrancó la risa. Tenía los nervios tan alterados que ya nada podía escandalizarme. De hecho, me sentía tan temeraria como se muestran algunos malhechores al pie de la horca.

»—Ah, me había olvidado de ti —dijo el tirano—. Serás tú quien haga eso. ¡Al suelo! Porque estabais conspirando los dos contra mí, ¿no es así, víbora? ¡Vamos, es un trabajo muy apropiado para ti!

»Me zarandeó hasta que me rechinaron los dientes y me lanzó junto a Joseph, que terminó sus rezos sin inmutarse. Después, el viejo se levantó y aseguró que acudiría de inmediato a la granja. El señor Linton era magistrado y, aunque hubiese perdido a cincuenta esposas, investigaría el asunto.

»Se obstinó tanto en su resolución que Heathcliff consideró conveniente forzarme a narrar lo ocurrido; se quedó delante de mí respirando con malevolencia mientras yo iba reconstruyendo el relato a regañadientes en contestación a sus preguntas.

»Fue una ardua labor convencer al viejo de que el agresor no había sido Heathcliff, sobre todo porque costaba mucho arrancarme las respuestas. Pero el señor Earnshaw no tardó en convencerle de que seguía vivo, y el viejo se apresuró a administrarle una dosis de aguardiente; gracias a eso su amo recobró en el acto la movilidad y la conciencia.

»Heathcliff, que sabía que el herido ignoraba el trato que había recibido mientras estaba sin sentido, le acusó de borracho delirante y le dijo que no iba a tenerle en cuenta su atroz conducta, pero le aconsejó que fuera a acostarse. Para mi gran alegría, nos dejó tras ofrecer aquel sensato consejo, y Hindley se tumbó junto a la chimenea. Yo me retiré a mi cuarto, maravillada de haber salido tan bien parada.

»Esta mañana, cuando bajé una media hora antes del mediodía, el señor Earnshaw estaba sentado junto a la lumbre, mortalmente enfermo; su ángel malvado, casi tan demacrado y cadavérico como él, se apoyaba contra la chimenea. Ninguno de los dos parecía querer comer, así que yo, después de esperar un buen rato hasta que todo se quedó frío en la mesa, empecé sola.

»Nada me impidió comer con apetito. Hasta experimenté cierta satisfacción y superioridad, porque cada vez que dirigía la mirada hacia mis silenciosos compañeros sentía el alivio de saberme con la conciencia tranquila.

»Cuando hube terminado, me tomé la inusitada libertad de acercarme a la lumbre, pasando por detrás del asiento de Earnshaw. Me arrodillé en el rincón, a su lado.

»Heathcliff no miraba en mi dirección, así que levanté los ojos y contemplé sus facciones casi con la misma confianza que si hubiesen sido de piedra. Un nubarrón oscurecía su frente (que tiempo atrás me había parecido tan varonil y que ahora se me hace tan diabólica), tenía los ojos de basilisco casi cerrados por la falta de sueño, y quizá el llanto, porque las pestañas estaban húmedas. Sus labios, exentos de aquella feroz mueca de desprecio que les es habitual, estaban sellados con una expresión de indecible tristeza. De haber sido otra persona, me habría cubierto el rostro en presencia de tal congoja. Pero en su caso me alegraba y, por innoble que sea insultar a un enemigo vencido, no pude desaprovechar la oportunidad de zaherirle. Aquellos momentos suyos de debilidad eran los únicos en que yo podía saborear el placer de pagarle con su propia moneda.

—¡Vamos, vamos, señorita! —interrumpí—. Cualquiera que la oyera pensaría que no ha abierto usted una Biblia en su vida. Debería bastarle con que Dios aflija a sus enemigos. ¡Encuentro a la vez malvado y presuntuoso que quiera añadir su propio tormento al de él!

—Reconozco, Ellen —prosiguió—, que eso suele ser verdad. Pero ¿qué pena que padeciera Heathcliff podría satisfacerme si no hubiese contribuido yo? Prefiero que sufra menos con tal de ser yo la causante de su sufrimiento y que él sepa que lo soy. Ay, no sabes cuánto le odio. Solo podré perdonarle con una condición. Es la siguiente: haciéndole pagar ojo por ojo y diente por diente, y causándole por cada una de mis tribulaciones otra igual hasta verle reducido a mi nivel. Y que sea el primero en implorar perdón, ya que ha sido el primero en herir. Solo entonces, Ellen, podría mostrar alguna generosidad. Pero es del todo imposible que algún día pueda resarcirme, así que no puedo perdonarle.

»Hindley quería un poco de agua. Le di un vaso y le pregunté qué tal estaba.

»—No tan mal como quisiera —repuso—. Aunque, aparte del brazo, me duele cada milímetro del cuerpo como si hubiese estado luchando con una legión de diablillos.

»—Sí, no me extraña —fue mi observación siguiente—. Catherine solía jactarse de que ella se interponía entre usted y el daño físico que pudieran ocasionarle: aludía a que ciertas personas nunca se atreverían a hacerle daño por no ofenderla a ella. ¡Menos mal que los muertos no se levantan, porque de lo contrario anoche Catherine habría presenciado una escena repulsiva! ¿No tiene usted cortes y magulladuras por el pecho y los hombros?

»—No sabría decirlo —contestó—. Pero ¿qué insinúa? ¿Es que se atrevió a golpearme cuando estaba sin sentido?

»—Le pisoteó, le propinó patadas y le golpeó contra el suelo —susurré—. Y hasta le caía la baba de las ganas que tenía de despedazarle a dentelladas. Porque de hombre solo tiene la mitad, y ni siquiera.

»El señor Earnshaw alzó, como yo, los ojos hacia el semblante de nuestro mutuo enemigo, que, enfrascado en su congoja, parecía insensible a cuanto sucedía en torno a él. Cuanto más permanecía allí de pie, más claramente revelaban sus rasgos la negrura de sus pensamientos.

»—Ay, si por lo menos Dios me diera fuerzas para estrangularle en mi última agonía, iría al infierno de buen grado —gruñó aquel hombre impaciente, luchando por ponerse en pie y dejándose caer desesperado, convencido de su ineptitud para la lucha.

»—No, ya es suficiente con que haya asesinado a uno de ustedes —observé en voz alta—. En la granja todo el mundo sabe que su hermana seguiría con vida si no fuera por el señor Heathcliff. Después de todo, es preferible ser objeto de su odio que de su amor. Cada vez que recuerdo lo felices que éramos, lo feliz que era Catherine, antes de que llegase él, no puedo por menos de maldecir aquel día.

»Lo más probable es que a Heathcliff le impresionara más la veracidad de aquellas palabras que el tono de quien las pronunció. Vi que aquello había cautivado su atención porque los suspiros le cortaban la respiración y una lluvia de lágrimas cayó de sus ojos sobre las cenizas.

»Le miré a la cara fijamente y me eché a reír con desprecio. Por un momento aquellas turbias ventanas del infierno me lanzaron un chispazo. Pero el diablo que antes solía montar guardia detrás de ellas estaba tan apagado y hundido que no temí emitir otro sonido de burla.

»—Levántate y quítate de mi vista —dijo el doliente.

»O eso me figuré que había dicho, porque su voz apenas era inteligible.

»—Disculpe usted —repuse—, pero yo también quería a Catherine, y su hermano precisa ahora unos cuidados que le pienso prodigar en su memoria. Ahora que ha muerto, la veo en Hindley. Tiene exactamente sus mismos ojos, si tú no hubieses tratado de arrancárselos ni se los hubieras puesto de todos los colores, y su...

»—¡Levántate, miserable idiota, si no quieres que te mate a patadas! —gritó, haciendo un movimiento que me obligó a hacer otro a mí.

»—Claro que —continué, lista para escapar— si la pobre Catherine te hubiese hecho caso y hubiese adoptado el ridículo, despreciable y degradante título de señora Heathcliff, ¡pronto hubiese tenido los ojos igual que su hermano! Ella no hubiese soportado tu abominable conducta sin chistar. Su aversión y su asco hubiesen encontrado una voz.

»El respaldo del escaño y la persona de Earnshaw se interponían entre Heathcliff y yo; así que, en vez de intentar alcanzarme, agarró un cuchillo de la mesa y me lo tiró a la cabeza. Se me clavó debajo de la oreja e interrumpió la frase que iba a pronunciar. Pero mientras me desclavaba el cuchillo corrí hacia la puerta y desde allí le lancé otra frase que espero que se le clavara un poco más adentro de lo que a mí se me había clavado su proyectil.

»Lo último que percibí fue que se precipitaba con furia sobre su anfitrión y que este le paraba usando los brazos. Luego ambos cayeron entrelazados sobre el hogar.

»En mi huida a través de la cocina, pedí a Joseph que corriera a socorrer al amo. En la entrada derribé a Hareton, que estaba colgando a una camada de cachorros del respaldo de una silla, y dichosa como un alma que escapa del purgatorio, boté, salté y volé por la empinada cuesta. Luego, para evitar las curvas, fui directamente campo a través, rodando por las lomas y vadeando las turberas. En realidad, me precipitaba de cabeza hacia ese faro de luz que es la granja. Prefería verme condenada a vivir eternamente en las regiones infernales que volver a residir, ni siquiera por una noche, bajo el techo de Cumbres Borrascosas.

Isabella dejó de hablar y bebió un sorbo de té. Luego se levantó y me pidió que le pusiera el sombrero y un gran chal que yo le había traído, y, haciendo oídos sordos a mis súplicas de que se quedara una hora más, se subió a una silla para besar los retratos de Edgar y Catherine, se despidió de mí de la misma forma, y bajó a tomar el coche, acompañada de Fanny, que chillaba de alegría porque había recuperado a su ama. Se la llevaron y nunca más volvió a visitar esta vecindad. Pero cuando las aguas volvieron a su cauce, mi amo y ella establecieron una correspondencia regular.

Me parece que fijó su nueva residencia en el sur, cerca de Londres. Allí, pocos meses después de su fuga, dio a luz a un hijo. Le bautizó con el nombre de Linton, y desde el principio dijo a su hermano que era una criatura enfermiza y arisca.

Un día que me crucé con el señor Heathcliff en el pueblo, me preguntó dónde vivía Isabella, pero me negué a decírselo. Me advirtió que eso le tenía sin cuidado, pero que se guardara mucho de volver a casa de su hermano, porque antes de permitir que lo hiciera la obligaría a regresar con él.

Aunque yo no le había proporcionado ninguna información, acabó enterándose por otros sirvientes tanto de las señas de Isabella como de la existencia del niño. Sin embargo, no la molestó, y creo que ella pudo agradecérselo a la aversión que le causaba.

Solía preguntar por su hijo cuando me veía, y cuando supo su nombre, forzó una sonrisa y observó:

—Por lo visto, además quieren que odie al niño, ¿no?

—No creo que quieran que usted sepa nada de él —contesté.

—Pero será mío —dijo— en cuanto yo lo decida. ¡Pueden estar bien seguros!

Por fortuna, la madre murió antes de que llegase aquel momento, unos trece años después del fallecimiento de Catherine, cuando Linton tenía doce años, o un poco más.

Al día siguiente de la inesperada visita de Isabella no hallé ocasión de hablar con mi amo. Esquivaba toda conversación y no estaba de humor para hablar de nada. Cuando al fin logré que me escuchase, vi que se alegraba de saber que su hermana había abandonado a su esposo, al que aborrecía con una intensidad insólita, teniendo en cuenta la dulzura de su carácter. Tan profunda y evidente era su aversión hacia Heathcliff que evitaba ir a cualquier parte donde pudiese verle u oír hablar de él. Esto, añadido a su congoja, le convirtió en un verdadero ermitaño. Renunció a su puesto de magistrado y hasta dejó de ir a la iglesia. Evitaba cualquier ocasión de aparecer por el pueblo y vivía en total reclusión dentro de los límites del parque y de sus tierras. La única excepción eran sus solitarios paseos por los altos páramos para visitar la tumba de su esposa, sobre todo al anochecer o por la mañana muy temprano, antes de que salieran los paseantes.

Pero era demasiado bueno para seguir siendo infeliz mucho tiempo. Él, desde luego, no rezó para que le persiguiera el alma de Catherine. El tiempo le trajo resignación y una melancolía más dulce que la dicha. Guardaba su memoria con un amor ardiente y tierno, y, esperanzado, aspiraba a alcanzar aquel mundo mejor, donde no le cabía la menor duda de que se encontraba ella.

Aunque también tenía algunos consuelos y afectos terrenales. Ya he dicho que durante unos días no hizo el menor caso a la delicada descendiente de la difunta, pero aquella frialdad se fundió como nieve de abril y, ya antes de que aquel diminuto ser pudiese balbucear una palabra o tambalearse para dar el primer paso, gobernaba su corazón con cetro de déspota.

Le pusieron el nombre de Catherine, pero su padre, así como nunca había usado el diminutivo con su esposa, seguramente porque Heathcliff solía emplearlo, nunca la llamó por su nombre completo. Para él la pequeña fue siempre Cathy, nombre que, por un lado, la distinguía de su madre pero que, por otro, la vinculaba con ella, y de ahí nació su cariño por la pequeña, porque la relacionaba con ella, y no por ser su propia hija.

Yo solía compararle con Hindley Earnshaw y me desconcertaba no poder encontrar una explicación satisfactoria a la diferencia de comportamiento entre ellos, siendo sus circunstancias muy parecidas. Ambos habían sido maridos afectuosos y ambos estaban encariñados con sus hijos, y no lograba entender por qué no habían tomado el mismo camino, para bien o para mal. Pero pensaba, sin decirlo, que, por triste que fuese, Hindley, aunque diera la impresión de ser más pertinaz, por desgracia había demostrado ser muy inferior a Linton y mucho más débil. Cuando el barco se estrelló, el capitán abandonó su puesto, y la tripulación, en vez de intentar hacer algo por la nave, se dedicó a armar disturbios y a crear confusión, cerrando toda esperanza de salvamento para el desafortunado navío. Linton, por el contrario, desplegó el verdadero coraje de un alma fiel y leal. Tuvo confianza en Dios, y Dios le dio consuelo. Esperanzado el uno y desesperado el otro, cada cual eligió su suerte y ambos fueron merecidamente condenados a atenerse a ella.

Pero no tendrá usted ganas, señor Lockwood, de oírme moralizar. Usted es tan capaz como yo de juzgar todo esto por sí mismo, o por lo menos se creerá usted capaz de hacerlo, que viene a ser lo mismo.

El final de Earnshaw fue el que era de esperar. No tardó ni seis meses en seguir a su hermana a la tumba. Nadie vino a la granja a informarnos, ni siquiera de forma sucinta, de cómo transcurrió la etapa previa a su muerte. Lo poco que sé lo averigüé cuando fui a echar una mano para los preparativos del funeral. Fue el señor Kenneth quien trajo la noticia a mi amo.

—Bueno, Nelly —dijo, entrando una mañana a caballo en el patio, demasiado de madrugada como para que no me alarmase con el presentimiento instantáneo de que traía malas noticias—. Ahora nos ha llegado a usted y a mí el turno del duelo. ¿Quién cree usted que nos ha dado el esquinazo esta vez?

—¿Quién? —pregunté nerviosa.

—¡Adivine! —repuso, desmontando y sujetando las bridas a la aldaba que hay junto a la puerta—. Agarre la punta de su delantal, porque estoy seguro de que lo va a necesitar.

—¡No puede ser el señor Heathcliff! —exclamé.

—¿Cómo? ¿Sería usted capaz de llorar por él? —dijo el doctor—. No, Heathcliff es un joven robusto, y además hoy tiene un aspecto radiante. Acabo de verle. Está entrando en carnes a ojos vista ahora que ha perdido a su media naranja.

—Entonces, ¿de quién se trata, señor Kenneth? —repetí impaciente.

—¡De Hindley Earnshaw! De su viejo amigo Hindley —repuso—, que también era mi malicioso confidente, aunque en los últimos tiempos su vida era demasiado disoluta para mi gusto. ¡Ahí lo tiene! Ya le dije que habría lágrimas. ¡Pero alegre esa cara! Murió fiel a sí mismo, borracho como una cuba. Pobre muchacho, yo también lo siento. No puede uno evitar echar de menos a un viejo camarada, aunque fuese capaz de las peores tretas que quepa imaginar y a mí me hiciera muchas perrerías. Al parecer, solo tenía veintisiete años, es decir, la edad de usted. ¡Nadie diría que nacieron el mismo año!

Confieso que aquel golpe fue para mí más duro que la impresión que me causó la muerte de la señora Linton, y es que tenía el corazón henchido de viejos recuerdos. Me senté en el zaguán y le lloré como a un pariente de sangre. Hasta pedí a Kenneth que buscara a otro sirviente para anunciar su visita al amo.

No podía evitar plantearme la siguiente cuestión: ¿habían provocado su muerte? Aquella idea, por mucho que intentase evitarla, se apoderó de mí de forma tan agotadoramente pertinaz que al final resolví pedir permiso para ir a Cumbres Borrascosas a ayudar con las últimas obligaciones hacia el difunto. El señor Linton se mostró en extremo reacio a dar su consentimiento. Pero le pinté con elocuencia el desamparo en que había debido de morir, sin un amigo, y le dije que mi antiguo amo, que además había sido mi hermano de leche, tenía tanto derecho como él a mis servicios. Le recordé también que el niño, Hareton, era sobrino de su esposa y que, a falta de un pariente más próximo, él debía convertirse en su protector, que tenía que informarse del estado de la herencia y velar por los intereses de su cuñado.

En aquel momento Linton no estaba en condiciones de atender a esos asuntos, pero me pidió que hablase yo con su abogado, y acabó por darme permiso para ir. Su abogado había sido también el de Earnshaw. Fui al pueblo a buscarle y le pedí que me acompañase a casa. Meneó la cabeza y me sugirió que dejara en paz a Heathcliff porque, según afirmó, si algún día llegaba a saberse la verdad, quedaría de manifiesto que Hareton se había convertido en un mendigo.

—Su padre ha muerto endeudado hasta las cejas —dijo—. La propiedad entera está hipotecada, y la única opción que le queda al heredero natural es tratar de granjearse algún afecto en el corazón de su acreedor para que este tenga a bien tratarle con benevolencia.

Cuando llegué a Cumbres Borrascosas, expliqué que había ido a cerciorarme de que todo se llevase a cabo con dignidad, y Joseph, que parecía estar muy acongojado, se alegró de mi presencia. El señor Heathcliff dijo que en su opinión yo no hacía ninguna falta allí, pero que podía quedarme si quería y ayudar con los detalles del entierro.

—En rigor —observó—, habría que enterrar el cuerpo de ese necio en una encrucijada sin ceremonia alguna. Ayer por la tarde tuve que dejarle solo diez minutos. ¡Pues aprovechó para echar llave a las dos puertas de la casa, dejándome a mí fuera, y se ha pasado la noche bebiendo con la clara intención de acabar con su vida! Esta mañana forzamos la cerradura porque le oíamos resoplar como un caballo, y le encontramos tirado en el escaño en un estado tal que no habríamos logrado despertarle ni aunque le hubiésemos despellejado vivo o arrancado la cabellera. Mandé llamar a

Kenneth y el doctor vino, pero cuando llegó aquel animal ya se había convertido en carroña. Lo encontró muerto, frío y rígido. ¡Tendrás que convenir conmigo en que ya no podíamos hacer nada por él!

El viejo sirviente confirmó sus palabras, pero murmuró:

—¡Yo habría preferido que fuese él mismo a buscar al médico! Estoy convencido de que yo hubiese cuidado al amo mejor que él. ¡Y no estaba muerto cuando fui, nada de eso!

Insistí para que el funeral fuese lo más respetable posible. El señor Heathcliff dijo que en eso también me daba carta blanca, pero que solo quería recordarme que el dinero para pagar todo aquello iba a salir de su bolsillo.

Mantuvo una actitud fría e indiferente que no revelaba ni alegría ni tristeza. Si algo dejaba traslucir era una pétrea satisfacción por un trabajo difícil ejecutado con éxito. Es más, hubo un momento en que su semblante denotó algo parecido al alborozo. Fue justo cuando sacaban el féretro de la casa. Había tenido la hipocresía de vestirse de luto, y antes de salir para acompañar el duelo con Hareton, aupó al desdichado niño, le sentó en una mesa y le susurró con peculiar regodeo:

—¡Ahora, mi precioso niño, eres *mío*! ¡Ya veremos si este árbol no crece tan torcido como el otro si es el mismo viento el que lo tuerce!

Al pobre inocente parecieron complacerle aquellas palabras. Jugaba con las patillas de Heathcliff y le acariciaba la mejilla. Pero yo, que había adivinado el significado de sus palabras, comenté con aspereza:

—Este niño, señor, tiene que volver conmigo a la Granja de los Tordos. ¡No hay nada en el mundo que le pertenezca a usted menos que él!

—¿Es eso lo que dice Linton? —preguntó.

—Por supuesto —repuse—. Me ha mandado que me lo lleve conmigo.

—Está bien —dijo el sinvergüenza—. No vamos a discutir eso ahora. Pero tengo ganas de probar si puedo educar a un jovenzuelo, así que informa a tu amo de que si intenta quitármelo tendré que reemplazarlo con el mío. No me comprometo a soltar a Hareton así como así. ¡Lo que sí haré es hacer venir al otro! No olvides decírselo.

Aquella amenaza bastó para que nos sintiésemos atados de pies y manos. Cuando volví a casa, di cuenta de lo esencial al amo. Pero Edgar Linton, que ya había mostrado poco interés desde el principio, no volvió a hablar de intervenir en aquel asunto. En mi opinión, aunque lo hubiese intentado, su esfuerzo no habría servido de nada.

El huésped se convirtió en el amo de Cumbres Borrascosas. Tomó firme posesión de la casa y demostró a su apoderado, quien a su vez demostró al señor Linton, que Earnshaw había hipotecado hasta la última hectárea de sus tierras para sufragar su obsesión con el juego, y que él, Heathcliff, había sido el fiador.

Así fue como Hareton, que debería ser el señor principal de la vecindad, se vio reducido a un estado de total dependencia del más encarnizado enemigo de su padre. Y vive en su propia casa como un sirviente, privado además de la compensación de un salario e incapaz de hacer valer sus derechos, ya que no tiene ningún amigo y vive en la ignorancia del agravio que le han hecho.

4

Los doce años que siguieron a aquella época tan lúgubre —prosiguió la señora Dean— fueron los más felices de mi vida. Mis mayores preocupaciones durante todo ese tiempo giraban en torno a las insignificantes enfermedades que aquejaban a nuestra pequeña señorita y que todos los niños, ricos o pobres, tienen que pasar.

Por lo demás, pasados los primeros seis meses, se puso a crecer como un alerce y, antes de que los brezos florecieran por segunda vez sobre el polvo de la señora Linton, ya había aprendido a caminar, e incluso a hablar, a su manera.

Era la cosa más encantadora que jamás alegró aquella vivienda desolada. De cara era una verdadera belleza. Tenía los bellos y oscuros ojos de Earnshaw, pero había heredado la tez clara, los rasgos finos y el cabello rubio y rizado de los Linton. Era muy vivaracha, pero no brusca, y se distinguía por tener un corazón demasiado sensible y alegre en sus afectos. Por aquella capacidad de intenso apego me recordaba a su madre, pero en realidad no se le parecía nada. Podía ser tierna y mansa como una paloma; su voz era dulce y su expresión pensativa. Sus enfados nunca eran rabiosos y su amor nunca violento, sino profundo y tierno.

No obstante, todo hay que decirlo, tenía algunos defectos que contrastaban con sus muchas cualidades. Uno de ellos era la propensión a la insolencia, y otro, esa terquedad caprichosa que sin excepción adquieren todos los niños mimados, ya sean de temperamento apacible o airado. Si alguna sirvienta acertaba a contrariarla, su respuesta era siempre la misma: «¡Se lo diré a papá!». Y si él la reprendía, aunque fuese con la mirada, era para ella como si le partiera el corazón. Pero no creo que su padre le dirigiera jamás una palabra severa.

Linton tomó enteramente a su cargo la educación de su hija e hizo de ella su mayor diversión. Por fortuna, la curiosidad y el intelecto avispado de la niña la llevaron a convertirse en una alumna muy capaz que honraba las enseñanzas de su padre asimilándolas con rapidez y entusiasmo.

Hasta que cumplió los trece años nunca había salido sola de los límites del parque. En contadas ocasiones el señor Linton se la había llevado de paseo a poco más de un kilómetro de la propiedad, pero fuera de sus terrenos no la dejaba en manos de nadie. Para los oídos de Cathy, Gimmerton era un nombre sin sentido, y el único edificio al que se había acercado o en el que había entrado, a excepción de su propia casa, era la iglesia. Ni Cumbres Borrascosas ni el señor Heathcliff existían para ella. Era una perfecta reclusa, pero al parecer estaba muy contenta de serlo. Sin embargo, algunas veces, cuando se ponía a contemplar el campo desde la ventana de su cuarto, preguntaba:

—Ellen, ¿falta mucho todavía para que pueda caminar hasta la cima de esos montes? Me pregunto qué hay detrás… ¿el mar?

—No, señorita Cathy —respondía yo—, hay otros montes como esos.

—¿Y cómo son esas rocas doradas —preguntó en una ocasión— cuando estás debajo de ellas?

La abrupta pendiente de los riscos de Penistone le llamaba particularmente la atención, sobre todo cuando el sol poniente encendía las peñas y las montañas más altas, y toda la extensión del paisaje que había alrededor estaba ya sumida en la sombra.

Le expliqué que eran unas masas de piedra pelada, entre cuyas grietas apenas si había tierra para alimentar a un árbol enano.

—¿Y por qué siguen brillando tanto cuando aquí ya es de noche? —insistía.

—Porque están mucho más altas que nosotras —repuse—. No podría usted escalarlas, son demasiado altas y escarpadas. En invierno siempre hiela allí antes que aquí, ¡y hasta en pleno verano he llegado a encontrar nieve en aquella negra hondonada que hay al nordeste!

—¡Ah, tú has subido allí arriba! —exclamó con júbilo—. Así que yo también podré ir cuando sea mayor. ¿Papá ha estado, Ellen?

—Su papá le dirá, señorita —me apresuré a contestar—, que no vale la pena ir allí. Los páramos por donde la lleva a usted de paseo son mucho más bonitos, y el parque de Los Tordos es el lugar más hermoso del mundo.

—Pero el parque ya lo conozco y los riscos no —murmuró como para sí—. Y me encantaría mirar a mi alrededor desde la cumbre de aquel pico más alto. Algún día me llevará allí mi jaquita Minny.

A una de las doncellas se le ocurrió hablarle de la cueva de las Hadas, y aquello le llamó tanto la atención que quiso a toda costa visitarla. Incordiaba al señor Linton con aquello día y noche hasta que él acabó prometiéndole que haría esa excursión cuando fuese un poco mayor. Pero la señorita Catherine contaba su edad por meses…

—¿Tengo ya edad suficiente para ir a los riscos de Penistone? —era la pregunta que siempre afloraba a sus labios.

Pero el camino que conducía allí pasaba muy cerca de Cumbres Borrascosas, y Edgar no tenía valor para aventurarse por él, así que su hija recibía siempre la misma respuesta:

—Aún no, mi amor, aún no.

Ya he dicho que la señora Heathcliff vivió unos doce años más después de abandonar a su esposo. Todos los miembros de su familia habían tenido una salud precaria y ni Edgar ni ella poseían la robusta constitución que, por lo general, encontrará usted en esta zona. No estoy segura de cuál fue su postrera enfermedad, pero conjeturo que los dos hermanos murieron de lo mismo, de una especie de calentura que, aunque se manifiesta muy poco a poco, resulta incurable: se acelera al final y provoca la muerte.

Escribió a su hermano para informarle del probable desenlace de aquella indisposición que la aquejaba desde hacía cuatro meses. Le rogaba que, de ser posible, fuera a visitarla, porque debía arreglar muchas cosas, y quería despedirse de él y dejar al pequeño Linton a salvo en sus manos. Esperaba que siguiera llevando junto a él la misma vida que había llevado con ella, y se empeñaba en convencerse de que el padre del chico no tenía la menor intención de asumir la responsabilidad de mantenerle ni de educarle.

Mi amo no dudó ni un instante en satisfacer su deseo. Aunque era muy reacio a salir de casa por llamadas comunes, corrió inmediatamente a atender aquella. Encomendó a Catherine durante su ausencia a mi vigilancia particular y me reiteró la prohibición de que saliera de los límites del parque, aun conmigo. No se le ocurrió que podía salir sola.

Estuvo fuera tres semanas. Mi custodia pasó el primero o los primeros dos días sentada en un rincón de la biblioteca, demasiado triste para leer o jugar, y mientras estuvo en aquel estado tranquilo me causó pocas inquietudes. Pero enseguida sobrevino un período de hastío, cargado de impaciencia y desasosiego. Y como yo estaba muy ocupada y era ya demasiado vieja para corretear de un lado a otro divirtiéndola, encontré un método para que la niña se entretuviese ella sola.

Empecé a mandarla de paseo por la propiedad, unas veces a pie y otras a lomos de su jaca, y luego cuando regresaba la consentía escuchando pacientemente el recuento de todas sus aventuras, reales o imaginarias.

El sol brillaba con todo el esplendor del verano, y la niña le tomó tal gusto a aquellas excursiones solitarias que solía procurar quedarse fuera de casa desde el desayuno hasta la hora del té; luego se pasaba las veladas refiriéndome sus relatos fantásticos. Yo no temía que traspusiera los límites del parque porque las verjas estaban casi siempre cerradas con llave, y aunque hubieran quedado abiertas, no pensaba que se aventuraría a franquearlas ella sola.

Por desgracia, me confié erróneamente. Una día Catherine se me presentó a las ocho de la mañana y me dijo que en aquella ocasión era un mercader árabe que se disponía a atravesar el desierto con su caravana, que le proporcionase abundantes provisiones y animales: un caballo y tres camellos, representados estos últimos por un gran perro de caza y dos de muestra.

Preparé un buen acopio de golosinas y se las puse en una cesta que colgué a un lado de la silla de montar. Ella se subió a la jaca de un salto, feliz como un hada, protegida del sol de julio por un sombrero de ala ancha y un velo de gasa, y salió trotando con una risa alegre, mofándose de mi cauteloso consejo de que evitase el galope y regresase pronto.

La muy traviesa no apareció a la hora del té. Uno de los viajeros, el perro de caza, que era viejo y amante de la comodidad, sí regresó, pero ni a Cathy, ni a la jaca, ni a ninguno de los dos perros de muestra se les veía por ninguna parte. Mandé emisarios por todos los caminos, y al final salí yo misma en su busca.

Vi a un jornalero que reparaba la cerca de una plantación en las lindes de la propiedad y le pregunté si había visto a la señorita.

—La he visto esta mañana —repuso—. Me pidió que le cortase una fusta de avellano, luego hizo saltar a su jaca por encima de aquel seto de allí, por la parte más baja, y salió al galope hasta perderse de vista.

Podrá usted imaginar cómo me sentí cuando oí aquello. Lo primero que pensé es que seguramente había ido en dirección a los riscos de Penistone.

—¿Qué será de ella? —exclamé mientras pasaba por el boquete que aquel hombre estaba reparando y me dirigía hacia la carretera principal.

Corrí kilómetro tras kilómetro como si me fuera en ello la vida hasta la curva desde donde se divisa Cumbres Borrascosas, pero no vi rastro de Catherine, ni cerca ni lejos de la finca.

Los riscos de Penistone quedan a dos kilómetros de la casa del señor Heathcliff, es decir, a seis de la granja, por lo que empecé a temer que me sorprendiera la noche de camino hacia allí.

«¿Y si ha resbalado al intentar trepar por las peñas —me preguntaba— y se ha matado o roto algún hueso?»

La incertidumbre me resultaba tan dolorosa que cuando pasé corriendo junto a la finca y vi allí a Charlie, el perro de muestra más feroz, echado al pie de una ventana con la cabeza tumefacta y una oreja sangrante, sentí un placentero alivio.

Abrí la cancela, corrí hacia la puerta y la golpeé con vehemencia para que me abrieran. Lo hizo una mujer que yo ya conocía porque había vivido en Gimmerton. Resultó que estaba de sirvienta allí desde la muerte del señor Earnshaw.

—¡Ah, es usted! —dijo—. ¿Viene a buscar a su señorita? No se preocupe, aquí la tiene sana y salva. Pero me alegro de que no haya sido el amo.

—¿No está en casa? —balbuceé jadeante por el susto y la larga carrera.

—No, no —contestó—. Tanto él como Joseph están fuera y creo que tardarán más de una hora en volver. Pase y descanse un rato.

Entré y vi a mi oveja descarriada sentada en el hogar. Se mecía en una sillita que había pertenecido a su madre cuando era niña. Su sombrero estaba colgado de la pared y ella parecía estar muy a gusto y del mejor humor imaginable. Reía y cotorreaba con Hareton, que se había convertido en un muchachote de dieciocho años alto y fuerte, y que le clavaba la mirada con una curiosidad y una estupefacción considerables, sin entender casi nada de la fluida sucesión de comentarios y preguntas que ella no cesaba de dispararle.

—¡Muy bien, señorita! —exclamé, ocultando mi dicha bajo un semblante severo—. Se acabaron las excursiones hasta que papá regrese. No pienso volver a dejarla traspasar el umbral. Es usted una niña muy mala, pero que muy mala.

—¡Ellen! —gritó ella feliz, al tiempo que se ponía en pie de un salto y corría a mi lado—. Esta noche podré contarte un cuento muy bonito. Así que me has encontrado… ¿Habías estado aquí alguna vez en tu vida?

—Póngase el sombrero y vayámonos a casa enseguida —dije—. ¡Estoy muy indignada con usted, señorita Cathy, se ha portado usted muy, pero que muy mal! No sirve de nada hacer pucheros y llorar, con eso no va a quitarme el disgusto y el trabajo que me ha dado buscándola por todas partes. Y pensar que el señor Linton me encomendó que no la dejase salir, para que luego vaya usted y se marche a escondidas. Con eso demuestra que es usted una criatura taimada y ya nadie volverá a confiar en usted.

—Pero ¿qué he hecho? —lloriqueó dolida—. A mí papá no me encomendó nada, Ellen, y no me regañará. ¡Él nunca se enfada como tú!

—¡Vamos, vamos! —repetí—. Deje que le ate el lazo del sombrero. Y nada de berrinches. ¡Vergüenza debería darle! ¡Tiene ya trece años y se comporta como un bebé!

Le dije aquello porque se había quitado el sombrero y había retrocedido hasta la chimenea, fuera de mi alcance.

—No, señora Dean, no sea usted tan dura con la preciosa niña —dijo la sirvienta—. Hemos sido nosotros quienes la hemos entretenido. Ella tenía miedo de afligirla a usted y quería marcharse enseguida, pero Hareton se ofreció a acompañarla y yo pensé que era mejor así porque por esos montes el camino es muy agreste.

Mientras discutíamos, Hareton permaneció con las manos en los bolsillos, demasiado incómodo para poder hablar, aunque era evidente que mi intrusión no le había hecho ni pizca de gracia.

—¿Cuánto tiempo tengo que esperar? —proseguí, obviando la intervención de la mujer—. Dentro de diez minutos se habrá hecho de noche. ¿Dónde está su jaca, señorita Cathy? ¿Y dónde está Fénix? Si no se da prisa, me voy sin usted, así que ya sabe.

—La jaca está en el patio —repuso— y Fénix encerrado allí dentro. Le han mordido, y a Charlie también. Iba a contártelo todo, pero estás de tan mal humor que no mereces que te cuente nada.

Recogí su sombrero y me acerqué a ella para ponérselo, pero como ella vio que tenía de su parte a la gente de aquella casa, le dio por brincar de un lado a otro de la habitación. Intenté perseguirla, pero entonces se puso a corretear como un ratón, pasando por encima, por debajo y por detrás de los muebles, y haciéndome quedar en ridículo.

Hareton y la mujer se echaron a reír; ella se unió a ellos y se puso aún más impertinente.

—Está bien, señorita Cathy, si usted supiera de quién es esta casa estaría muy contenta de salir de ella.

—Es de tu padre, ¿verdad? —dijo ella, dirigiéndose a Hareton.

—No —repuso él, bajando la vista y poniéndose colorado de vergüenza.

No podía resistir la mirada penetrante de aquellos ojos, aunque eran clavados a los suyos.

—¿De quién es entonces? ¿De tu amo? —preguntó.

Él se ruborizó aún más, pero movido por otro sentimiento. Masculló una maldición y nos volvió la espalda.

—¿Quién es su amo? —insistió la agotadora niña, apelando a mí—. Antes ha hablado de «nuestra casa» y de «nuestra gente», así que pensé que era el hijo del dueño. Además, no me ha llamado «señorita» en ningún momento. Si fuera un sirviente, tendría que haberlo hecho, ¿no?

Al oír aquellas pueriles palabras el semblante de Hareton se ensombreció como un nubarrón. Yo zarandeé en silencio a mi inquisidora y por fin logré prepararla para salir.

—Y ahora, ve a por mi caballo —dijo dirigiéndose a aquel pariente desconocido como si se tratara de un mozo de cuadra de la granja—. Y te doy licencia para que me acompañes. Quiero ver dónde aparece el cazador de los duendes en la ciénaga y oír contar cosas de las «fadas», como llamas tú a las hadas. ¡Pero date prisa! ¿Qué pasa? ¡Que vayas a por mi caballo te digo!

—Antes te veré yo condenada, que tú a mí sirviéndote —gruñó el muchacho.

—¿Que me verás cómo? —preguntó Catherine sorprendida.

—¡Condenada, bruja insolente! —repuso.

—¡Ahí lo tiene, señorita Cathy! Ya ve con qué clase de gente se ha juntado usted —intervine—. ¡Bonita manera de hablar a una señorita! Por favor, no se ponga a discutir con él. Ea, vayamos nosotras a por Minny y marchémonos de aquí.

—Pero, Ellen —exclamó ella boquiabierta—, ¿cómo se atreve a hablarme así? ¿Es que nadie va a obligarle a obedecer? ¡Malvado, le contaré a papá lo que me has dicho y ya verás!

Hareton no pareció inmutarse por aquella amenaza, y a Cathy se le llenaron los ojos de lágrimas de indignación.

—¡Vaya usted a por la jaca —gritó, dirigiéndose a la mujer—, y ponga en libertad a mi perro inmediatamente!

—Con amabilidad, señorita —contestó la aludida—. No se pierde nada con ser educado. Porque, aunque el señor Hareton no sea hijo del amo, es primo de usted, y a mí nadie me ha empleado para servirla a usted.

—¡Que él es mi primo! —exclamó Cathy con una risa burlona.

—Así es —contestó su amonestadora.

—¡Oh, Ellen! No permitas que digan esas cosas —continuó Cathy muy alterada—. Papá ha ido a Londres a buscar a mi primo, que es hijo de un caballero. Que mi…

Se calló y rompió a llorar, disgustada e incapaz de soportar ni tan siquiera la idea de estar emparentada con semejante patán.

—¡Calma, calma! —dije en un susurro—. Se pueden tener primos de muchas clases, señorita Cathy, sin que por eso salga uno peor parado, solo que no hay por qué tratarles si son gente desagradable y mala.

—¡Él no, Ellen, él no es mi primo! —insistía ella con un dolor que iba en aumento cuanto más pensaba en ello y echándose en mis brazos para refugiarse de aquella idea.

Yo estaba muy enfadada tanto con ella como con la sirvienta por sus revelaciones mutuas. No me cabía duda de que la inminente llegada del pequeño Linton, que había anunciado la primera, sería comunicada al señor Heathcliff; y sabía también a ciencia cierta que lo primero que iba a hacer Catherine en cuanto su padre volviese sería pedirle explicaciones de la afirmación de la segunda sobre aquel supuesto pariente tan maleducado.

A Hareton, que se había recuperado del disgusto de que le tomasen por un sirviente, pareció conmoverle la aflicción de la niña; salió en busca de la jaca, la dejó junto a la puerta y para apaciguar a su prima le trajo de la perrera un precioso cachorro de terrier, con las patas torcidas, que le puso en los brazos, al tiempo que le pedía que se callase porque no había sido su intención ofenderla.

Ella dejó de lamentarse, le miró de arriba abajo con una mezcla de pavor y recelo, y luego volvió a estallar en sollozos.

Yo casi no pude contener una sonrisa ante aquella demostración de antipatía hacia el pobre muchacho. Era un joven atlético, bien formado y de bellas facciones, sano y robusto, pero sus ropas delataban sus ocupaciones diarias de trabajar en la granja y holgazanear por los páramos persiguiendo conejos y caza menor. Sin embargo, me pareció que su fisonomía correspondía a una mente dotada de mejores cualidades que las que nunca tuviera su padre. Cualidades que no habían podido crecer porque nadie las había cuidado y se habían echado a perder entre una maraña de malas hierbas. Pero allí quedaba la evidencia de una tierra fértil capaz de dar exuberantes cosechas bajo unas condiciones más favorables. No creo que el señor Heathcliff lo maltratase físicamente, porque la naturaleza intrépida del chico no daba pie a ese género de opresión; carecía por completo de la susceptibilidad timorata que, a juicio de Heathcliff, hacía ameno el maltrato. Este parecía más bien haber aplicado su maldad en convertirle en un bruto. Nadie le había enseñado a leer ni a escribir, nunca le habían corregido ninguna mala costumbre que no molestara a su guardián, nunca le habían animado a dar un paso hacia la virtud ni le habían protegido del vicio con ningún precepto. Y, por lo que he oído, Joseph había participado en gran medida en su empeoramiento con su parcialidad y su estrechez de miras: le había adulado y mimado de niño porque era el cabeza de la vieja familia. Y, del mismo modo que cuando Catherine Earnshaw y Heathcliff eran pequeños solía acusarles de sacar de quicio a su amo y de empujarle a buscar consuelo en la bebida por lo que él llamaba sus costumbres «malvadas», también ahora culpaba de todos los defectos de Hareton al usurpador de su propiedad.

Ya podía el muchacho decir palabrotas y portarse de la forma más censurable que Joseph nunca le reprendía. Parecía encantado de verle llegar a los peores extremos. Reconocía que no tenía remedio y que su alma había sido abandonada a la perdición, pero pensaba que era Heathcliff quien tendría que rendir cuentas por ello, que se le exigiría responder por la sangre de Hareton. Y aquel pensamiento le consolaba mucho.

Joseph le había inculcado el orgullo de su apellido y de su linaje. De haberse atrevido, hasta hubiese instigado el odio entre él y el actual propietario de Cumbres Borrascosas, pero el pavor que le tenía a este último rayaba en lo supersticioso, así que se limitaba a rezongar maldiciones contra Heathcliff y a desearle el mal en privado.

No puedo decir que esté íntimamente familiarizada con la forma en que transcurrían los días por aquella época en Cumbres Borrascosas. Hablo solo de oídas, ya que vi muy poco. Los lugareños decían que el señor Heathcliff era muy «agarrado», además de ser duro y cruel con sus arrendatarios. Pero que bajo el gobierno femenino el interior de la casa había recuperado su antiguo ambiente confortable y que entre sus paredes ya no tenían lugar los escándalos que eran habituales en vida de Hindley. El amo era demasiado taciturno como para buscar la compañía de nadie, ya fuera esta buena o mala. Y sigue siéndolo…

Pero esto no hace avanzar mi historia. La señorita Cathy rechazó el terrier que el muchacho le ofrecía para hacer las paces y exigió que le trajesen sus propios perros, Charlie y Fénix, que llegaron cojeando y con la cabeza gacha. Así que emprendimos el camino a casa tristes y de mal humor.

No pude sonsacar a mi señorita ninguna información de cómo había pasado el día. Solo me dijo que el destino de su peregrinación, como yo ya suponía, habían sido los riscos de Penistone y que había llegado sin sobresaltos a la verja de aquella finca en el momento preciso en que Hareton se disponía a salir, acompañado por unos seguidores caninos que atacaron al séquito de la niña.

Antes de que sus dueños lograsen separarlos los perros se habían enzarzado en una encarnizada pelea. Así fue como se conocieron. Catherine dijo a Hareton quién era y adónde iba, le pidió que le indicase el camino y terminó engatusándolo para que la acompañara.

Él le desveló los misterios de la cueva de las Hadas y de veinte lugares no menos extraños. Pero, como yo había caído en desgracia, no me honró con una descripción de los interesantes objetos que había visto.

Sin embargo, pude sacar en consecuencia que había mirado a su guía con buenos ojos hasta que ella hirió sus sentimientos tratándole como a un sirviente y el ama de llaves hirió los de ella al decirle que aquel muchacho era su primo.

Además, los insultos de Hareton le habían dolido en el alma. ¡Ella, a la que todos en la granja trataban siempre de «amor», «cariño», «reina» y «ángel», no iba a consentir que un extraño la ofendiese de aquella manera espantosa! No podía entenderlo, y me costó mucho arrancarle la promesa de que no iría a quejarse a su padre.

Le expliqué que su padre no tenía aprecio a ningún miembro de la familia de Cumbres Borrascosas y que se llevaría un enorme disgusto si llegaba a saber que su hija había estado allí. Pero insistí sobre todo en el hecho de que si ella revelaba a su padre mi negligencia en cumplir sus órdenes, este podría encolerizarse tanto que yo me vería obligada a abandonar la casa. Cathy no pudo soportar aquella posibilidad: me dio su palabra y, por amor a mí, la cumplió. En el fondo era una niña muy dulce.

5

Una carta ribeteada de negro anunció el regreso del amo. Isabella había muerto, y él me escribía para pedirme que vistiera de luto a su hija y preparase una habitación con todo lo necesario para albergar a su joven sobrino.

Catherine se puso loca de alegría ante la idea de volver a ver a su padre, y se entregó a las más optimistas expectativas, previendo innumerables virtudes en su «verdadero» primo.

Por fin llegó la tarde de su esperado regreso. Desde primera hora de la mañana Cathy había andado muy ocupada poniendo en orden sus pequeños asuntos. Ahora, ataviada con su nuevo vestido negro (¡pobrecita, la muerte de su tía no le había causado en realidad ningún dolor!), estaba tan inquieta que me obligó a acompañarla hasta la verja del jardín para salir al encuentro de quienes llegaban.

—Linton es solo seis meses menor que yo —cotorreaba mientras caminábamos tranquilamente por los montículos y hondonadas del césped cubierto de musgo bajo la sombra de los árboles—. ¡Será fabuloso tenerle de compañero de juegos! La tía Isabella mandó a papá un hermoso mechón de su pelo. Es más claro y lacio que el mío, pero igual de fino. Lo tengo cuidadosamente guardado en una cajita de cristal, y muchas veces he pensado que me encantaría conocer a su dueño. ¡Ay, estoy tan contenta…! ¡Mi papá, mi queridísimo papá! ¡Vamos, Ellen, corramos! ¡Corre!

Corría, regresaba y volvía a correr, así muchas veces hasta que mis mesurados pasos alcanzaron la verja. Luego se sentó en un ribazo de hierba junto al camino y trató de esperar pacientemente. Pero le resultaba imposible, no podía estarse quieta ni un segundo.

—¡Cuánto tardan! —exclamaba—. ¡Ah, veo polvo en la carretera, ya están aquí! ¡No! ¿Cuándo llegarán? ¿No podríamos caminar un poquito? Un kilómetro, Ellen, solo un kilómetro. ¡Anda, di que sí, hasta aquel bosquecillo de abedules que hay en la curva!

Yo me negué en redondo. Por fin cesó su expectación: el carruaje se hizo visible.

En cuanto la señorita Cathy percibió la cara de su padre a través de la ventanilla lanzó un grito y extendió los brazos. Él se apeó casi tan impaciente como su hija y transcurrió un tiempo considerable antes de que se parasen a pensar en otra persona que no fuesen ellos mismos.

Mientras intercambiaban caricias, yo eché un vistazo al interior del coche para hacerme cargo de Linton. Estaba dormido en un rincón, envuelto en un cálido manto forrado de piel, como si estuviésemos en invierno. Era un niño pálido, endeble y afeminado, tan parecido a mi amo que hubiese podido pasar por su hermano menor, pero había en su aspecto una irritabilidad enfermiza que Edgar Linton nunca había tenido.

El amo vio que yo miraba dentro del coche y, después de estrecharme la mano, me sugirió que cerrase la portezuela y que dejase dormir tranquilo al chico, porque venía muy cansado del viaje.

A Cathy le hubiera encantado dar una ojeada, pero su padre le pidió que le siguiera y echaron a andar juntos por el parque mientras yo me adelantaba corriendo para avisar a los sirvientes.

—Vamos a ver, mi cielo —dijo el señor Linton dirigiéndose a su hija cuando se detuvieron al pie de las escaleras de la entrada—, tu primo no es tan fuerte ni tan alegre como tú; no olvides que acaba de perder a su madre, así que no esperes que se vaya a poner a jugar y a corretear contigo enseguida. Y no le marees mucho hablando. Por lo menos esta noche déjale tranquilo, ¿lo harás?

—Sí, sí, papá —contestó Catherine—. Pero quiero verle, y no ha sacado la cabeza ni una vez.

El carruaje se detuvo, y el durmiente, al que ya habían despertado, salió de allí en brazos de su tío.

—Linton, esta es tu prima Cathy —dijo, juntándoles las manitas—. Te tiene ya mucho cariño, así que cuidado con ponerla triste esta noche con tus lloros. Tienes que intentar estar alegre. El viaje ya terminó, así que ahora puedes descansar y divertirte como gustes.

—Entonces deja que me vaya a dormir —contestó el niño, retrocediendo, soltando la mano de Cathy y llevándose los dedos a los ojos para enjugarse las incipientes lágrimas.

—Vamos, vamos, pórtese bien —le susurré yo, llevándole adentro—. Va a hacerla llorar también a ella. ¡Mire la lástima que le tiene!

No sé si le daba pena o no, pero lo cierto es que su prima adoptó una expresión de idéntica tristeza a la de él y volvió con su padre. Entraron los tres y subieron a la biblioteca, donde el té ya estaba servido.

Le quité a Linton la capa y el gorro, y le acomodé en una silla junto a la mesa. Pero en cuanto estuvo sentado se echó a llorar otra vez. Mi amo le preguntó qué le pasaba.

—No puedo sentarme en una silla —sollozó el niño.

—Pues ve al sofá y Ellen te traerá un poco de té —contestó su tío pacientemente.

Yo estaba convencida de que la carga de aquel niño melindroso y enfermizo tenía que haber fatigado mucho a mi amo durante el viaje.

Linton se fue arrastrando hasta el sofá y se tumbó. Cathy se le acercó con un taburete y su propia taza de té.

Al principio Cathy guardó silencio, pero aquello no podía durar. Había resuelto hacer de su primito lo que ella quería que fuese.

Se puso a acariciarle los rizos, a besarle la mejilla y a darle el té con su cuchara, como si fuera un bebé. Y como él era bastante bebé, aquello le gustó. Se secó los ojos y se le dibujó en el rostro una leve sonrisa.

—Ah, todo irá de maravilla —me dijo el amo tras observarles durante unos momentos—. De maravilla, Ellen, si conseguimos que se quede con nosotros. La compañía de una niña de su misma edad pronto le insuflará nuevos ánimos; se pondrá fuerte solo por desearlo.

«¡Sí, si conseguimos que se quede!», dije para mis adentros, pero me asaltaron fuertes dudas de que lo consiguiéramos. Y me preguntaba cómo diantre iba a poder vivir aquel niño enclenque en Cumbres Borrascosas con su padre y Hareton. ¿Qué compañía y qué ejemplo le darían?

Nuestras dudas se desvanecieron enseguida, antes incluso de lo que yo pensaba. Acababa de llevarme a los niños a sus habitaciones, después de tomar el té, y de dejar a Linton dormido (porque antes no me permitió separarme de él), y había bajado. Estaba junto a la mesa del vestíbulo encendiendo una vela para llevársela al señor Edgar cuando una criada salió de la cocina y me informó de que Joseph, el sirviente del señor Heathcliff, se hallaba a la puerta y quería hablar con el amo.

—Antes voy a preguntarle qué quiere —contesté muy turbada—. No son horas de venir a molestar a la gente, y menos cuando acaba de regresar de un largo viaje. No creo que el amo pueda recibirle.

Joseph había entrado en la cocina mientras yo pronunciaba aquellas palabras y apareció de pronto en el vestíbulo. Iba vestido de domingo y traía una cara de lo más santurrona y amarga. Se puso a limpiarse los zapatos en el felpudo, sosteniendo el sombrero en una mano y el bastón en la otra.

—Buenas noches, Joseph —dije con frialdad—. ¿Qué le trae por aquí esta noche?

—Es con el amo Linton con quien quiero hablar —dijo, rechazándome con un ademán.

—El señor Linton ya está acostado. Si no tiene usted algo concreto que comunicarle, estoy segura de que no le recibirá a estas horas —continué—. Lo mejor que puede hacer es sentarse allí y confiarme su recado.

—¿Cuál es su cuarto? —prosiguió el tipo, inspeccionando la hilera de puertas cerradas.

Me di cuenta de que estaba resuelto a rechazar mi mediación, así que, muy a mi pesar, subí a la biblioteca y anuncié aquella intempestiva visita, no sin aconsejar al amo que le mandase volver al día siguiente.

El señor Linton no tuvo tiempo de darme su autorización porque Joseph, que había subido pisándome los talones, ya había irrumpido en la estancia. Se plantó al otro lado de la mesa y, con las dos manos apoyadas en el puño de su bastón, empezó a hablar alzando mucho la voz, como si anticipara una resistencia.

—Heathcliff me ha mandado a por su chico y tengo que volver con él.

Edgar Linton guardó silencio durante unos minutos. Se le nubló el rostro con una expresión de gran congoja. Ya de por sí le daba pena el niño, pero al recordar las esperanzas y los temores de Isabella, y sus angustiados deseos de que el pequeño Linton estuviera encomendado a su cuidado, Edgar sufría amargamente ante la idea de tener que desprenderse de él y se debatía buscando alguna manera de evitarlo. Pero no se le ocurría nada. La mera manifestación de cualquier deseo de retenerle habría hecho que el solicitante se mostrase aún más perentorio. No le quedaba otro remedio que renunciar a él. Pero no estaba dispuesto a despertarle.

—Dígale al señor Heathcliff —contestó con parsimonia— que su hijo estará en Cumbres Borrascosas mañana mismo. Ahora está en la cama y demasiado cansado para recorrer esa distancia. Puede decirle también que la voluntad de su madre era que el niño permaneciese bajo mi tutela y que actualmente su salud es muy precaria.

—¡No! —dijo Joseph, dando un golpe en el suelo con la contera de su bastón y asumiendo un aire autoritario—. ¡No! Eso no significa nada. A Heathcliff no le importa lo que diga la madre, ni tampoco lo que diga usted. Solo quiere a su hijo de vuelta. Y yo tengo que llevármelo, ¡así que ya lo sabe!

—¡No será esta noche! —respondió Linton terminantemente—. Baje las escaleras ahora mismo y repítale a su amo lo que acabo de decirle. Ellen, acompáñale. Váyase.

Y, cogiendo del brazo al indignado anciano, lo sacó de la habitación y cerró la puerta.

—¡Muy bien! —chilló Joseph, mientras se alejaba poco a poco—. Mañana va a venir él mismo… ¡échele usted a él si se atreve!

6

Para evitar el riesgo de que se cumpliera aquella amenaza, el señor Linton me encargó que a la mañana siguiente muy temprano montara al muchacho en la jaca de Catherine y lo llevase a su nueva casa.

—Como ya no vamos a poder influir en su destino —me dijo—, ni para bien ni para mal, no quiero que digas nada a mi hija sobre su paradero. En lo sucesivo no podrá relacionarse con él, así que vale más que ignore que le tiene cerca, porque de lo contrario se pondría muy inquieta y ansiaría ir a verle a Cumbres Borrascosas. Dile solo que de repente su padre ha mandado a buscarle y que ha tenido que dejarnos.

Linton se mostró muy reacio a levantarse de la cama a las cinco de la madrugada y se quedó atónito cuando le dije que tenía que prepararse para hacer otro pequeño viaje. Pero dulcifiqué un poco el asunto explicándole que iba a pasar una temporada con su padre, el señor Heathcliff, que tenía tales deseos de verle que no podía demorar ese placer en espera de que él se repusiera de su viaje reciente.

—¿Mi padre? —exclamó perplejo—. Mamá nunca me dijo que yo tuviese un padre. ¿Dónde vive? Preferiría quedarme con el tío.

—Vive a poca distancia de la granja —repuse—, justo detrás de esos montes. Lo bastante cerca como para que venga usted caminando hasta aquí cuando se ponga bueno. Debería alegrarse de volver a casa y conocer a su padre. Tiene que procurar quererle tanto como quería a su madre, y así él también le querrá a usted.

—Pero ¿por qué no he oído hablar nunca de él? —preguntó Linton—. ¿Por qué no vivían juntos mamá y él como los demás padres?

—Él tenía que ocuparse de unos asuntos en el norte —contesté—, y su madre, en cambio, tenía que vivir en el sur por motivos de salud.

—Pero ¿por qué mamá no me habló nunca de él? —insistía el niño—. Me hablaba muchas veces del tío, así que aprendí a quererle hace mucho tiempo. ¿Cómo puedo querer a papá? No le conozco.

—Bueno, todos los niños quieren a sus padres —dije—. Quizá su mamá pensara que, si le hablaba mucho de él, usted querría irse a vivir con su padre. Vamos, dese prisa. Un paseo a caballo en una mañana tan hermosa como esta es mucho mejor que una hora más de sueño.

—¿Y la niña que conocí ayer? —preguntó—. ¿Vendrá ella con nosotros?

—Ahora no —repuse.

—¿Y el tío? —continuó él.

—No. Yo le acompañaré hasta allí —dije.

Linton se dejó caer sobre la almohada y se quedó absorto en sus pensamientos.

—No iré sin el tío —exclamó por fin—. No sé adónde quiere llevarme.

Intenté convencerle de que era una maldad no querer conocer a su propio padre. Pero él se resistía tercamente a vestirse, así que tuve que apelar a mi amo para que me ayudara a sacarle de la cama.

Al final, después de hacerle varias promesas ilusorias, diciéndole que su ausencia sería breve y que el señor Edgar y Cathy irían a visitarle, el pobrecito se puso en marcha. Y a lo largo del camino yo fui inventando y repitiendo cada cierta distancia otras afirmaciones igualmente carentes de fundamento.

Al cabo de un rato, el aire puro y fragrante de los brezos, el brillo del sol y el suave galope de Minny terminaron por aliviar su desaliento. Se puso a hacerme preguntas acerca de su nuevo hogar y sus habitantes con mayor interés e ilusión que antes.

—¿Es Cumbres Borrascosas un lugar tan agradable como la Granja de los Tordos? —preguntó, volviéndose para echar un último vistazo al valle, del que se alzaba una tenue bruma que al unirse con el azul formaba una nube aborregada.

—No está tan lleno de árboles —repuse—, y no es tan grande. Pero desde allí se domina toda la comarca, y el aire es más fresco y seco, más saludable para usted. Quizá al principio le parezca que el edificio es viejo y oscuro, pero se trata de una casa muy respetable, la mejor de la vecindad, después de la nuestra. ¡Y se dará usted unos paseos estupendos por allí arriba! Hareton Earnshaw, que es el otro primo de la señorita Cathy, y por eso también el de usted en cierto modo, le enseñará los rincones más maravillosos. Cuando haga bueno, podrá llevarse un libro y hacer de una verde hondonada su lugar de estudio. Y puede que de vez en cuando su tío vaya a caminar con usted. Da frecuentes paseos por esos montes.

—¿Y cómo es mi padre? —preguntó—. ¿Es tan joven y guapo como el tío?

—Es igual de joven —dije—, pero tiene el pelo y los ojos negros, y un aspecto más severo. Además, es más alto y corpulento. Quizá no le encuentre usted tan cariñoso y bueno, porque esa no es su manera de ser. Pero procure ser franco y cordial con él y acabará queriéndole, como es natural, más que ningún tío, porque al fin y al cabo usted es su hijo.

—¡El pelo y los ojos negros! —dijo Linton pensativo—. No me lo imagino. Entonces no me parezco a él, ¿verdad?

—No mucho —contesté.

«Ni lo más mínimo», pensé. Y me puse a contemplar con lástima la tez blanca y el cuerpecito de mi compañero, con aquellos grandes ojos lánguidos, iguales a los de su madre, pero sin asomo de su espíritu chispeante, salvo cuando una susceptibilidad malsana los encendía un instante.

—Qué raro que nunca viniese a vernos a mamá y a mí —murmuró—. ¿Me ha visto alguna vez? Si lo ha hecho, yo tenía que ser un bebé. ¡No recuerdo absolutamente nada de él!

—Bueno, señorito Linton —dije—, quinientos kilómetros es una gran distancia y diez años no se le hacen tan largos a un adulto como a usted. Es muy probable que el señor Heathcliff se propusiera ir a verles y que lo fuera dejando de un verano para otro porque no encontraba el momento oportuno, y ahora ya es demasiado tarde. Más vale que no le moleste con preguntas sobre ese tema; se alteraría y eso sería peor.

El muchacho se sumió en sus propias cavilaciones durante el resto del viaje, hasta que nos detuvimos ante la verja del jardín de la finca. Yo estaba atenta a su rostro para intentar adivinar sus impresiones. Examinó con solemne atención la fachada esculpida, las sencillas celosías, las dispersas grosellas espinosas y los torcidos abetos con solemne atención. Luego sacudió la cabeza. En su fuero interno debía de desaprobar por completo el exterior de su nueva morada, pero tuvo la sensatez de aplazar las quejas, por si el interior le deparaba alguna compensación.

Antes de que desmontara, me adelanté a abrirle la puerta. Eran las seis y media, y la familia acababa de terminar su desayuno. La sirvienta estaba despejando y limpiando la mesa. Joseph, de pie junto a la silla de su amo le contaba algo relacionado con la cojera de un caballo. Hareton estaba preparándose para salir al campo de heno.

—¡Vaya, pero si es Nelly! —exclamó el señor Heathcliff en cuanto me vio—. Ya empezaba a temer que tendría que bajar yo mismo a buscar lo que es mío. Lo has traído, ¿no? Veamos cómo es.

Se levantó y avanzó a grandes zancadas hacia la puerta. Hareton y Joseph le siguieron boquiabiertos por la curiosidad. El pobre Linton se quedó mirando las caras de los tres, asustado.

—No cabe ninguna duda, amo —dijo Joseph tras inspeccionarlo con gravedad—, de que las brujas lo han cambiado, ¡y de que esta es su hija!

Heathcliff, después de clavar en su hijo una mirada que denotaba una profunda confusión, soltó una carcajada desdeñosa.

—¡Dios! ¡Qué belleza! ¡Qué cosa más bonita y encantadora! —exclamó—. ¿No le habrán criado a base de caracoles y leche agria, Nelly? ¡Ay, maldita sea mi alma! Esto es mucho peor de lo que esperaba, ¡y bien sabe el diablo que no era optimista!

Le dije al tembloroso y pasmado niño que desmontase y entrara. No había entendido bien el discurso de su padre, ni si iba o no dirigido a él. En realidad, ni siquiera estaba seguro de que aquel extraño adusto y displicente fuese su padre, pero se me agarraba con creciente zozobra. Y cuando el señor Heathcliff tomó asiento y le dijo «Ven aquí», escondió la cara en mi hombro y se echó a llorar.

—¡Vaya, vaya! —dijo Heathcliff, al tiempo que alargaba una mano y tiraba de él con rudeza hasta tenerle entre sus rodillas. Luego, cogiéndole por la barbilla, le levantó la cabeza—. ¡Nada de tonterías! No vamos a hacerte daño, Linton. ¿Es así como te llamas? ¡Eres el vivo retrato de tu madre, hijo! ¿Qué habrás heredado de mí, gallina llorica?

Le quitó el gorro, le echó para atrás los gruesos y rubísimos rizos, le palpó los endebles brazos y los deditos. Durante aquel examen Linton dejó de llorar y levantó sus grandes ojos azules para inspeccionar él a su vez a su inspector.

—¿Me conoces? —preguntó Heathcliff, habiendo comprobado la debilidad y fragilidad de todos los miembros de su hijo.

—¡No! —dijo Linton con una mirada de vago temor.

—Pero habrás oído hablar de mí, ¿verdad?

—No —volvió a contestar el muchacho.

—¿No? ¡Pues es una vergüenza que tu madre nunca haya despertado en ti sentimientos filiales para conmigo! Bueno, pues te digo que eres mi hijo. Y tu madre ha sido una guarra y una arpía al dejarte en la ignorancia de la clase de padre que tienes. ¡Vamos, no hagas muecas ni te pongas colorado! Aunque por lo menos así veo que no tienes la sangre de horchata. Sé un niño bueno y todo irá bien. Nelly, si estás cansada, puedes sentarte, y si no vuelve a tu casa. Supongo que transmitirás cuanto oigas y veas al cero a la izquierda de la granja. Además, este niño no se apaciguará del todo mientras sigas a su lado.

—Está bien —repuse—. Espero que sea usted amable con el niño, señor Heathcliff, o no le tendrá mucho tiempo con usted. Es el único pariente consanguíneo que tiene usted en todo el mundo, y el único que tendrá nunca. No lo olvide.

—¡Seré amabilísimo con él, no temas! —dijo riéndose—. Solo que nadie más será amable con él. Estoy celoso de su afecto y quiero monopolizarlo. Y para empezar siendo amable: ¡Joseph, tráele el desayuno al muchacho! Y tú, Hareton, becerro infernal, lárgate a trabajar. —Cuando los dos se hubieron marchado, añadió—: Pues sí, Nell, mi hijo es el presunto heredero de vuestra casa y no quisiera que muriese antes de haberme cerciorado de que seré su sucesor. Además, es mío, y quiero gozar del triunfo de ver a mi descendiente dueño y señor de las propiedades de los Linton. Quiero verle pagar un sueldo a los hijos de estos para que labren las tierras de su padre. Esa es la única consideración que puede hacerme soportar a este crío. ¡Ya le desprecio por sí mismo, pero además le odio por los recuerdos que me trae! Pero esa consideración me basta. Conmigo estará a salvo y me ocuparé de él con el mismo cuidado con que tu amo se ocupa de los suyos. He preparado un cuarto arriba para él y lo he hecho amueblar por todo lo alto. También he contratado a un preceptor que recorrerá treinta kilómetros tres veces por semana para venir a enseñarle lo que él quiera aprender. He dado órdenes a Hareton de que le obedezca en todo.

Es más, lo he dispuesto todo con la idea de preservar su condición superior y de caballero para que se mantenga por encima de los demás. Lo único que siento es que merezca tan poco la pena. Si alguna bendición esperaba de este mundo, era la de encontrar en él un objeto digno de mi orgullo, ¡y estoy amargamente decepcionado con este quejica pálido y miserable!

Mientras él hablaba, Joseph volvió con un cuenco de gachas con leche, que colocó delante de Linton. Pero él removió aquel mejunje casero con cara de asco y aseguró que no pensaba comérselas.

Vi que el viejo sirviente compartía en gran medida el desprecio de su amo por el niño, aunque tuviera que guardarse para sí aquel sentimiento, porque era evidente que Heathcliff quería que sus subordinados le trataran con respeto.

—¿No puede comerlas? —repitió, escudriñando el rostro de Linton.

Y luego, bajando la voz por miedo a que le oyeran, dijo en un susurro:

—Pero el señorito Hareton nunca comió otra cosa cuando era pequeño, y lo que era bueno para él va a tener que ser bueno para ti, ¡maldita sea!

—¡No pienso comerme esto! —contestó Linton secamente—. Lléveselo.

Joseph agarró indignado el cuenco y nos lo trajo a nosotros.

—¿Qué les pasa a las gachas? —preguntó, poniéndole a Heathcliff la bandeja debajo de la nariz.

—¿Qué habría de pasarles? —dijo él.

—¡Bah! —contestó Joseph—. Su delicado niño dice que no puede comerlas. ¡Pero supongo que es natural! Su madre era calcada: éramos demasiado roñosos para sembrar el trigo con que hacíamos su pan.

—No me mentes a su madre —dijo el amo, furioso—. Tráele algo que le guste, eso es todo. ¿Qué suele comer, Nelly?

Sugerí leche hervida o té, y el ama de llaves recibió la orden de preparárselo.

«Bueno —reflexioné—, puede que el egoísmo de su padre incluso contribuya al bienestar del muchacho. Se ha dado cuenta de que tiene una constitución delicada y de que hay que tratarle bien. Consolaré al señor Edgar hablándole del cambio que se ha operado en los humores de Heathcliff.»

No teniendo ninguna excusa para demorarme más allí, salí a hurtadillas mientras Linton estaba ocupado en rechazar con timidez los avances de un amistoso perro pastor. Pero el niño estaba demasiado alerta como para dejarse engañar. Cuando cerré la puerta le oí gritar y repetir frenéticamente:

—¡No me deje! ¡No quiero quedarme aquí! ¡No quiero quedarme aquí!

Luego se alzó el picaporte y volvió a caer. No le dejaron salir. Monté en Minny y salimos al trote. Con aquello terminó mi breve custodia.

7

Aquel día la pequeña Cathy nos dio mucho trabajo. Se había levantado llena de júbilo y estaba ansiosa por reunirse con su primo, por lo que la noticia de su marcha provocó en ella lamentos y lágrimas tan apasionados que el propio Edgar tuvo que consolarla asegurándole que Linton regresaría pronto. Aunque añadió «Si puedo traerlo», y eso no iba a ser posible.

Aquella promesa no apaciguó mucho a Cathy. Pero como el tiempo todo lo puede, aunque ella siguiese preguntando a su padre cuándo regresaría Linton, los rasgos de su primo se le fueron desdibujando en la memoria hasta tal punto que cuando volvió a verle no le reconoció.

Siempre que yo iba a Gimmerton a hacer algunas gestiones y me encontraba por casualidad con el ama de llaves de Cumbres Borrascosas, le preguntaba cómo le iba al señorito, porque vivía casi tan recluido como la propia Catherine y nunca se dejaba ver. Pude colegir por lo que ella me decía que su salud seguía siendo delicada y que era un enfermo muy pesado. Me dijo que el señor Heathcliff parecía haberle cobrado mayor aversión que antes, aunque se tomaba molestias en ocultarla. Le irritaba hasta el sonido de su voz, y estar con él en la misma habitación más de unos pocos minutos se le hacía del todo insoportable.

Rara vez se dirigían la palabra el uno al otro. Linton aprendía sus lecciones y se pasaba las tardes en un pequeño cuarto que llamaban «el gabinete», o se quedaba en la cama todo el día, porque siempre tenía tos, resfriados, achaques y dolencias de algún tipo.

—Nunca he visto a una criatura más pusilánime —añadió la mujer—, ni a nadie más pendiente de su salud. Se pone pesadísimo si dejo la ventana abierta cuando ya ha oscurecido. ¡Oh, una bocanada de aire nocturno puede matarle! Y la chimenea debe estar encendida en pleno verano; y la pipa de Joseph es veneno; y siempre está pidiendo dulces y golosinas, y sobre todo leche, siempre está con la leche, le da igual que en invierno los demás tengamos que quedarnos a media ración. Y se queda sentado en su silla junto a la lumbre, envuelto en su manto de pieles, con unas tostadas y un poco de agua, o algún brebaje caliente para sorber. Y si Hareton siente lástima de él y viene a entretenerle, porque Hareton no tiene mal carácter, aunque sea rudo, siempre acaban separándose, el uno renegando y el otro llorando. Creo que al amo le encantaría que Earnshaw le moliese a palos, si no fuera porque es su hijo. Y estoy segura de que le echaría de casa de buen grado si fuese consciente de la mitad de los cuidados que exige cada dos por tres. Pero lo cierto es que evita por todos los medios caer en esa tentación. Nunca pone los pies en el gabinete, y si Linton hace gala de esta actitud en su presencia, le manda para arriba en el acto.

Adiviné por aquel informe que la absoluta falta de cariño había convertido al joven Heathcliff en alguien egoísta y desagradable, si es que no lo era ya antes. Así que fui perdiendo interés en él, aunque seguía compadeciéndome de su suerte y lamentando que no hubiese podido quedarse con nosotros.

El señor Edgar me alentaba a reunir información sobre él, supongo que porque le tenía siempre en sus pensamientos, y hasta creo que hubiese sido capaz de correr algún riesgo para verle. Un día me pidió que preguntase al ama de llaves si el niño iba al pueblo alguna vez.

Ella dijo que solo había ido un par de veces a caballo con su padre, y que en ambas ocasiones se había quejado luego durante tres o cuatro días de que estaba exhausto.

Si mal no recuerdo, aquella ama de llaves se marchó dos años después de que llegara Linton. Le sucedió otra a quien yo no conocía y que sigue viviendo allí.

Los años se fueron sucediendo en la granja al mismo dulce ritmo de siempre, hasta que la señorita Cathy cumplió los dieciséis. Nunca dábamos muestras del menor regocijo el día de su cumpleaños, porque coincidía con el aniversario de la muerte de mi antigua señora. Su padre se encerraba en la biblioteca y se pasaba el día allí solo. Al anochecer se daba un paseo hasta el camposanto de Gimmerton y muchas veces se quedaba allí hasta pasada la medianoche, así que Catherine tenía que echar mano de sus propios recursos para divertirse.

Aquel 20 de marzo hizo un hermoso día de primavera, y mi señorita, en cuanto su padre se hubo retirado, bajó vestida para salir y me dijo que había pedido permiso para dar un paseo conmigo por las lindes de los páramos, y que el señor Linton había dado su consentimiento, con tal de que no nos alejáramos mucho y estuviéramos de vuelta al cabo de una hora.

—¡Así que date prisa, Ellen! —exclamó—. Ya sé adónde quiero ir: al lugar en que se ha instalado una colonia de perdices escocesas. Quiero ver si ya han hecho los nidos.

—Tiene que ser muy arriba —contesté—. Esas aves no crían en las lindes del páramo.

—No, no lo es —dijo ella—. He estado con papá muy cerca de allí.

Me puse el sombrero y salí sin darle más vueltas al asunto. Ella brincaba delante de mí, regresaba a mi lado y volvía a irse como un cachorro de galgo. Al principio iba yo muy entretenida escuchando el canto de las alondras de cerca y de lejos, al tiempo que gozaba de los dulces y cálidos rayos del sol y la miraba a ella, la niña de mis ojos y el sol de mi vida. Sus dorados tirabuzones flotaban sueltos por detrás, sus encendidas mejillas eran tan suaves y puras en su rubor como una rosa silvestre, y sus ojos irradiaban un placer que no oscurecía nube alguna. En aquella época era una criatura feliz y angelical. Es una lástima que no se contentara con su suerte.

—Bueno —dije—, ¿dónde están sus perdices escocesas, señorita Cathy? Ya deberíamos haber llegado. La verja del parque queda ahora a una distancia considerable.

—Ah, un poco más arriba, muy poquito más, Ellen —me respondía cada vez—. Subes hasta ese otero, pasas esa loma, y en cuanto llegues al otro lado yo ya habré espantado a los pájaros.

Pero había tantos oteros y tantas lomas que subir y pasar que al final empecé a estar cansada y le dije que teníamos que detenernos y volver sobre nuestros pasos.

Se lo dije a voz en grito, porque me había dejado muy atrás, pero no me oyó o no quiso oírme; continuó avanzando y no me quedó otro remedio que seguirla. Por fin se metió en una hondonada y cuando volví a avistarla estaba tres kilómetros más cerca de Cumbres Borrascosas que de su hogar. Pude observar que dos personas la detenían y supe a ciencia cierta que una de ellas era el propio señor Heathcliff.

Había sorprendido a Cathy en el acto de hurtar, o por lo menos, de buscar los nidos de las perdices.

Las Cumbres eran propiedad de Heathcliff, y él estaba reprendiendo a la cazadora furtiva.

—No he cogido ninguno, ni siquiera los he encontrado —decía ella abriendo las manos para corroborar su afirmación, en tanto que yo me acercaba con dificultad—. No tenía intención de cogerlos, pero papá me ha dicho que hay muchos por esta zona, y yo solo quería ver los huevos.

Heathcliff me miró un momento con una sonrisa maligna, dando a entender que conocía a la intrusa y que, por lo tanto, no sentía hacia ella sino aversión. Quiso saber quién era «papá».

—El señor Linton, de la Granja de los Tordos —repuso ella—. Ya me figuraba que no me conocía usted, porque de lo contrario no me hubiese hablado de esa forma.

—Así que usted debe de pensar que su papá es muy querido y respetado —dijo él con sarcasmo.

—¿Y usted quién es? —preguntó Catherine, clavando unos ojos llenos de curiosidad en su interlocutor—. A este hombre ya le conozco, ¿es su hijo?

Señalaba al otro individuo, Hareton, que no había ganado más que en robustez y fuerza en aquellos dos años, porque se le veía más torpe y tosco que nunca.

—Señorita Cathy —les interrumpí—, pronto hará tres horas, y no una, que estamos fuera. Tenemos que volver enseguida.

—No, este hombre no es mi hijo —contestó Heathcliff, apartándome a un lado—. Pero tengo uno, a quien usted también conoce. Aunque su doncella tenga prisa, creo que tanto a ella como a usted les vendría bien descansar un poco. ¿No quieren rodear ese saliente cubierto de brezos y entrar en mi casa? Serán muy bien recibidas y después de descansar llegarán más rápido a casa.

Susurré a Catherine que no debía aceptar aquella propuesta bajo ningún concepto, que ni se le pasara por la cabeza.

—¿Por qué? —preguntó en voz alta—. Estoy cansada de correr y no puedo sentarme aquí porque el suelo está mojado. ¡Vamos, Ellen! Además, dice que conozco a su hijo. Creo que se equivoca, pero me imagino dónde vive: en la finca que visité cuando volvía de los riscos de Penistone. ¿No crees?

—Yo sí —dijo el señor Heathcliff—. Vamos, Nelly, cierra la boca. Será para ella un placer hacernos una visita. Hareton, adelántate con la muchacha. Y tú, Nelly, ven conmigo.

—No, no irá a ninguna parte —exclamé, luchando por liberar el brazo que Heathcliff me había agarrado.

Pero ella se había puesto a correr a toda velocidad y ya casi estaba llegando al umbral. El acompañante que le habían asignado no tenía la menor intención de escoltarla. Se desvió del camino y desapareció.

—Hace usted muy mal, señor Heathcliff —continué—, y lo sabe de sobra. Ella verá a Linton allí y en cuanto regresemos todo saldrá a la luz, y me echarán la culpa a mí.

—Es que quiero que vea a Linton —contestó—. Últimamente tiene mucho mejor aspecto, y no siempre está presentable. No tardaremos en convencerla de que guarde el secreto de esta visita. ¿Qué mal hay en ello?

—El mal —repuse— está en que su padre me detestaría si descubriese que le he permitido entrar en casa de usted. Además estoy convencida de que, al incitarla a hacerlo, esconde usted malas intenciones.

—Mis intenciones son de lo más honestas. Voy a explicarte cuáles son mis planes —dijo—. Me gustaría que los dos primos se enamorasen y se casasen. Es un acto de generosidad para con tu amo. Su muchachita no tiene demasiadas perspectivas, y si secunda mis deseos, en el acto se convertiría en coheredera junto con Linton.

—Y si Linton muriese —contesté—, porque su vida pende de un hilo, Catherine sería la heredera.

—No, no lo sería —dijo él—. No hay ninguna cláusula en el testamento que afirme tal cosa. La propiedad de mi hijo pasaría a ser mía. Pero para evitar discusiones, quiero que se produzca esta unión y estoy dispuesto a provocarla.

—Y yo estoy dispuesta a que ella no vuelva a acercarse por aquí conmigo nunca más —repliqué cuando ya estábamos llegando a la verja, donde la señorita Cathy nos esperaba.

Heathcliff me pidió que guardase silencio y, precediéndonos por el empinado camino, se apresuró a abrir la puerta. Mi señorita le dirigía frecuentes miradas, como si no supiera qué pensar de él. Pero Heathcliff le sonreía cuando se cruzaba con su mirada y dulcificaba la voz cuando se dirigía a ella; y yo fui tan necia que pensé y esperé que el recuerdo de la madre le disuadiera de desearle ningún mal a la hija.

Linton se hallaba de pie junto al fuego. Había estado paseando por el campo, porque aún llevaba el gorro puesto y llamaba a Joseph para que le trajera zapatos secos.

Aún le faltaban unos meses para cumplir los dieciséis años y estaba muy alto para su edad. Sus facciones seguían siendo bonitas, y tenía los ojos y la tez más brillantes de lo que yo recordaba. Pero se trataba de un brillo pasajero debido al aire puro y al sol.

—Vamos a ver, ¿quién es él? —preguntó el señor Heathcliff, volviéndose hacia Cathy—. ¿Lo adivina?

—¿Su hijo? —dijo ella, después de mirar dubitativamente, primero a uno y luego al otro.

—Sí, sí —contestó Heathcliff—. Pero ¿es esta la primera vez que lo ve? ¡Piénselo! ¡Ah, tiene usted muy mala memoria! Linton, ¿no recuerdas a tu prima, con lo mucho que nos fastidiaste porque querías verla?

—¿Cómo? ¡Linton! —exclamó Cathy, iluminándosele el rostro por la alegre sorpresa de oír aquel nombre—. ¿Ese es el pequeño Linton? ¡Pero si es más alto que yo! ¿Eres Linton?

El joven se adelantó un paso y se dio a conocer. Ella le besó con fervor y los dos se quedaron mirándose, pasmados por el cambio que el tiempo había operado en el aspecto de cada uno.

Catherine había alcanzado su estatura definitiva. Su cuerpo era a la vez rollizo y esbelto, y elástico como el acero. Toda ella rebosaba salud y vitalidad. El aspecto de Linton era tan lánguido como sus movimientos, y su cuerpo era muy delgado, pero sus modales tenían una gracia que mitigaba esos defectos y le hacían atractivo.

Después de intercambiar varias muestras de afecto con su primo, Cathy se dirigió al señor Heathcliff, que se había quedado junto a la puerta y repartía su atención entre los objetos de dentro y los de fuera, pero fingiendo que observaba a los segundos cuando en realidad solo veía los primeros.

—¡Entonces usted es mi tío! —exclamó, poniéndose de puntillas para darle un beso—. Ya decía yo que me caía usted simpático, aunque al principio estuviese enfadado conmigo. ¿Por qué no viene a vernos a la granja con Linton? Es muy raro que vivamos tan cerca desde hace tantos años y que no nos veamos nunca. ¿Por qué no ha venido usted nunca?

—Estuve allí una o dos veces de más antes de que tú nacieras —respondió—. ¡Ya lo sabes, maldita sea! Si tienes más besos que prodigar, dáselos a Linton, en lugar de desperdiciarlos conmigo.

—¡Qué mala eres, Ellen! —exclamó Catherine, precipitándose a atacarme a mí acto seguido con sus abundantes caricias—. ¡Malvada, mira que intentar impedir que entrase! Pero de ahora en adelante me daré este paseo todas las mañanas. ¿Puedo hacerlo, tío, y traer a papá en alguna ocasión? ¿No se alegrará usted de vernos?

—¡Por supuesto! —repuso el tío, tratando de disimular una mueca de profunda aversión ante la idea de recibir a aquellos dos visitantes—. Pero espera —prosiguió, volviéndose hacia la joven—. Ahora que lo pienso, será mejor que te lo diga. El señor Linton no me ve con buenos ojos. En cierto momento de nuestra vida discutimos con una ferocidad poco cristiana, y si le cuentas que has estado aquí, te prohibirá terminantemente que vuelvas a visitarnos. Así que no debes mencionarlo, a no ser que quieras no ver a tu primo nunca más. Puedes venir si quieres, pero no debes mencionárselo a tu padre.

—¿Por qué discutieron? —preguntó Catherine, cariacontecida.

—Me consideraba demasiado pobre para que me casase con su hermana —contestó Heathcliff—, y le dolió mucho que ella consintiera. Se sintió herido en su orgullo y nunca me lo perdonará.

—¡Eso está mal! —dijo la señorita—. Algún día se lo diré a papá. Pero ni Linton ni yo tenemos nada que ver en vuestra disputa. Así que no seré yo quien venga aquí, sino que él vendrá a la granja.

—Está demasiado lejos para mí —murmuró su primo—. Caminar siete kilómetros me mataría. No, será mejor que venga usted aquí, señorita Catherine, no digo todas las mañanas, pero sí de vez en cuando, una o dos veces por semana.

El padre lanzó a su hijo una mirada de amargo desprecio.

—Me temo, Nelly, que este va a frustrar todos mis planes —masculló dirigiéndose a mí—. La señorita Catherine, como la llama este majadero, acabará por descubrir lo poco que vale y le mandará al diablo. Ahora bien, de haberse tratado de Hareton… ¿Sabes que, a pesar de toda su degradación, pienso cariñosamente en Hareton veinte veces al día? Le habría querido mucho si fuera otro. Creo que está a salvo del amor de «ella», pero procuraré convertirle en rival de esa miserable criatura, a ver si así mi verdadero hijo se espabila un poco. No calculamos que llegue a cumplir más de dieciocho años. ¡Maldita sea, mira a ese ser insípido! Está absorto en secarse los pies y ni siquiera la mira a ella. ¡Linton!

—Sí, padre —contestó el muchacho.

—¿No tienes nada que enseñar a tu prima en alguna parte? ¿Ni siquiera algún conejo o alguna hura de comadreja? Llévatela al jardín, antes de cambiarte los zapatos, y a la cuadra a que vea tu caballo.

—¿No prefieres quedarte aquí? —preguntó Linton, dirigiéndose a Cathy en un tono que indicaba su reticencia a moverse otra vez.

—No sé —repuso ella, dirigiendo una mirada de anhelo a la puerta, que ponía en evidencia su deseo de actividad.

Él se quedó sentado y arrimó su asiento un poco más a la lumbre.

Heathcliff se levantó, se dirigió a la cocina y desde allí salió al patio llamando a Hareton.

Hareton contestó y al cabo de poco volvieron a entrar los dos juntos. El joven había estado lavándose, como delataba el brillo de sus mejillas y su pelo mojado.

—Ah, se lo preguntaré a usted, tío —exclamó la señorita Cathy, recordando la afirmación del ama de llaves—. Este no es mi primo, ¿verdad?

—Sí —repuso él—, es sobrino de tu madre. ¿No te cae en gracia?

Catherine puso una cara extraña.

—¿No te parece guapo? —insistió Heathcliff.

Aquella pequeña insolente se puso de puntillas y susurró una frase al oído de Heathcliff.

Él se echó a reír y Hareton se ensombreció. Percibí que era muy sensible a la menor sospecha de desprecio y que tenía una evidente, aunque confusa, noción de su inferioridad. Pero su amo o guardián le desfrunció el ceño exclamando:

—¡Verás como te prefiere a todos nosotros, Hareton! Ha dicho que eras un… ¿Cómo ha dicho? Bueno, no sé, algo muy halagador. ¿Sabes qué? Irás tú a enseñarle la finca. ¡Y pórtate como un caballero! No digas palabrotas, no te quedes mirando a la joven cuando ella no te mire a ti, y si lo hace, baja los ojos. Y cuando hables, pronuncia las palabras despacio. Y sácate las manos de los bolsillos. Ahora marchaos. Procura ocuparte de ella lo mejor que puedas.

Se quedó mirando a la pareja cuando pasaba por delante de la ventana. Earnshaw tenía la cara vuelta en dirección opuesta a su acompañante. Parecía escudriñar el paisaje que conocía tan bien con el interés de un forastero o un artista.

Catherine le dirigió una mirada tímida que no expresaba gran admiración. Luego se puso a buscar objetos de diversión para ella misma y siguió paseando jovialmente, mientras canturreaba una alegre tonada para suplir la falta de conversación.

—Le he atado la lengua —observó Heathcliff—. ¡No se atreverá a pronunciar ni una sílaba en todo el paseo! Nelly, tú recordarás cómo era yo a esa edad; no, era algunos años menor… ¿Alguna vez fui tan estúpido, tan «sandio», como dice Joseph?

—Era aun peor —repuse—, porque encima era usted más huraño.

—¡Hareton hace mis delicias! —continuó él, como si reflexionase en voz alta—. Ha colmado mis expectativas. Si fuera tonto de nacimiento, no me haría disfrutar ni la mitad de lo que disfruto. Pero de tonto no tiene un pelo, y además me identifico con todos sus sentimientos, porque yo mismo los he experimentado. Por ejemplo, ahora mismo sé exactamente lo que está sufriendo, pero es solo el principio de lo que le queda por sufrir. Y nunca será capaz de salir de la tosquedad y la ignorancia a las que se ha visto reducido. Le tengo atado más de cerca de lo que me tenía a mí el granuja de su padre, y le he hecho caer más bajo, porque se enorgullece de su brutalidad. Le he enseñado a mofarse de todo lo que no sea estrictamente animal, diciéndole que es pura tontería y debilidad. ¿No crees que Hindley estaría orgulloso de su hijo si pudiese verlo? Casi tan orgulloso como lo estoy yo del mío. Pero existe una diferencia: el uno es oro utilizado para hacer adoquines y el otro hojalata pulida para imitar una vajilla de plata. El mío no vale nada, pero mi mérito consistirá en lograr que llegue tan lejos como pueda con semejante material. El de Hindley tenía cualidades de primer orden, pero se han echado a perder y son ahora peor que inútiles. No me arrepiento de nada; él hubiese podido tener más que la mayoría, pero me doy cuenta de que… ¡Y lo mejor de todo es que Hareton me quiere condenadamente! Tendrás que admitir que en esto he superado a Hindley. ¡Si ese bellaco se levantara de la tumba para reprocharme el daño que he hecho a su retoño, me proporcionaría la diversión de ver cómo dicho retoño le atacaba a él, indignado de que se atreviera a recriminar algo al único amigo que tiene en el mundo!

Heathcliff soltó una risita diabólica al imaginarse la escena. Yo di la callada por respuesta, porque vi que no la esperaba.

A todo esto, nuestro joven compañero, que estaba sentado demasiado lejos para oír lo que decíamos, empezó a dar muestras de incomodidad, arrepentido seguramente de haberse privado del placer de acompañar a Catherine por miedo a cansarse un poco.

Su padre se percató de las inquietas miradas que dirigía hacia la ventana y de que su mano vacilaba en coger el gorro.

—¡Levántate, niño perezoso! —exclamó con fingida efusividad—. Ve tras ellos… Están ahí mismo en la esquina, junto a las colmenas.

Linton hizo acopio de energías y abandonó la chimenea. La ventana de celosía estaba abierta, y en el momento en que Linton salía oí que Cathy preguntaba a su huraño acompañante qué era aquella inscripción que había encima de la puerta.

Hareton levantó la vista y se rascó la cabeza como un auténtico patán.

—Es un maldito letrero —contestó—. No sé leerlo.

—¿No sabes leerlo? —exclamó Catherine—. Yo sí… Está en inglés. Pero quiero saber por qué está ahí.

Linton soltó una risita tonta. Era la primera muestra de alegría que daba.

—No sabe leer —le dijo a su prima—. ¿Te puedes creer que exista alguien tan absolutamente zopenco?

—¿Está bien de la cabeza? —preguntó la señorita Cathy muy seria—. ¿O es que es simple, algo corto? Hasta ahora solo le he hecho un par de preguntas y las dos veces me ha puesto una cara tan estúpida que creo que no me entiende. ¡Lo que está claro es que a mí me cuesta mucho entenderle a él!

Linton repitió la risita y miró despectivamente a Hareton, que desde luego no parecía tener la cabeza muy clara en aquel momento.

—No le pasa nada, es pura holgazanería, ¿verdad, Earnshaw? —dijo—. Mi prima piensa que eres idiota. Ya ves lo que te pasa por despreciar los «libros», como dirías tú… ¿Te has fijado, Catherine, en el horrible acento que tiene?

—Bueno, ¿y para qué diablos sirven? —gruñó Hareton, mucho más avispado a la hora de contestar a su compañero de todos los días.

Iba a decir algo más, pero a los otros dos jóvenes les dio un ataque de risa. Mi señorita, mareada aún por la hilaridad, estaba feliz de haber descubierto que su primo era capaz de convertir aquella extraña manera de hablar en motivo de diversión.

—¿Por qué has metido al diablo en esa frase? —dijo Linton con otra risilla—. Papá te ha pedido que no digas palabrotas, pero no eres capaz de abrir la boca sin soltar una. ¡Haz el favor de intentar portarte como un caballero!

—Si no tuvieras más de niña que de niño, te tiraba al suelo ahora mismo. ¡No eres más que un mequetrefe y un inútil! —replicó aquel furioso palurdo, retrocediendo.

Le ardía la cara con una mezcla de rabia y humillación, porque era consciente de que le estaban insultando, pero no sabía qué hacer para devolver la afrenta.

El señor Heathcliff, que había oído, igual que yo, toda la conversación, sonrió cuando le vio marcharse; pero inmediatamente después lanzó una mirada de singular aversión a la frívola pareja que se había quedado cotorreando en la entrada. El muchacho fue animándose mientras hablaba de los defectos y deficiencias de Hareton, y contaba anécdotas de sus meteduras de pata; y la muchacha se reía con los descarados y maliciosos comentarios del otro, sin pararse a considerar lo malintencionados que eran. Pero en lo que a mí respecta, empecé a sentir más antipatía que compasión hacia Linton y a disculpar en cierta medida a su padre por tacharle de rastrero.

Nos quedamos allí hasta pasado el mediodía: me fue imposible llevarme a Cathy antes. Pero por fortuna mi amo no había salido aún de su aposento y nuestra prolongada ausencia le pasó inadvertida.

De camino a casa, me hubiese gustado iluminar a mi señorita acerca del carácter de aquella gente que acabábamos de dejar, pero se le había metido en la cabeza que yo estaba predispuesta en contra de ellos.

—¿Lo ves, Ellen? —exclamó—. ¡Te pones de parte de papá! Sé que no eres objetiva, porque de lo contrario no me hubieses engañado todos estos años haciéndome creer que Linton vivía muy lejos de aquí. ¡Estoy muy enfadada, pero como también estoy muy contenta, no se me nota el enfado! Pero deberás morderte la lengua en lo tocante a mi tío… Es mi tío, no lo olvides. Y tendré que reñir a papá por haber discutido con él.

Y siguió hablando de esta forma hasta que tuve que cejar en mi empeño de convencerla de su error.

Aquella noche no mencionó la visita, porque no vio al señor Linton. Pero por desgracia, y para mi gran consternación, todo se supo al día siguiente. Sin embargo, no me pareció que tuviera que arrepentirme. Me dije que su padre se ocuparía de dirigirla y de ponerla sobre aviso con más eficacia que yo, pero se mostró demasiado pusilánime a la hora de darle razones convincentes para justificar su deseo de que evitara todo contacto con los habitantes de Cumbres Borrascosas, y a Catherine le gustaba recibir razones de peso para todo cuanto impidiera o pusiese freno a sus caprichos.

—¡Papá! —exclamó tras darle los buenos días—. Adivina a quién vi ayer durante mi paseo por los páramos… ¡Ay, papá, te has puesto nervioso! No te has portado bien, ¿verdad que no? Pues vi… pero escucha y sabrás cómo os he desenmascarado. ¡Y Ellen, que está aliada contigo, fingía tenerme lástima cuando yo seguía esperando que Linton regresase y siempre me decepcionaba porque no lo hacía!

Trazó un relato fidedigno de su excursión y de las consecuencias que había tenido; y mi amo, aunque me dirigiera más de una mirada de reproche, no dijo nada hasta que su hija hubo terminado. Luego la atrajo hacia sí y le preguntó si sabía por qué le había ocultado la vecindad de Linton. ¿Cómo iba ella a pensar que él le hubiese negado un placer inofensivo?

—Porque no aprecias al señor Heathcliff —contestó ella.

—¿Acaso crees que me importan más mis sentimientos que los tuyos? —dijo él—. No, no ha sido porque no aprecie al señor Heathcliff, sino porque el señor Heathcliff no me aprecia a mí. Y porque es un hombre muy diabólico, que goza agraviando y arruinando a quienes odia en cuanto se le brinda la menor oportunidad. Yo sabía que no podías tratar a tu primo sin relacionarte con su padre, y sabía que él iba a detestarte por mi causa; así que por tu propio bien, y nada más que por eso, tomé precauciones para que no volvieses a ver a Linton. Tenía intención de explicártelo algún día cuando fueras mayor, ¡y ahora me pesa haber aplazado el momento de hacerlo!

—Pero el señor Heathcliff fue muy atento, papá —observó Catherine, nada convencida—, y, a diferencia de ti, no se opuso a que nos veamos. Me dijo que puedo ir a su casa cuando quiera, pero que no debía decírtelo porque te habías peleado con él y no le perdonabas que se hubiera casado con la tía Isabella. Y tú no quieres… Tú eres el único culpable… Por lo menos él está dispuesto a permitir que nosotros, Linton y yo, seamos amigos, pero tú no.

Mi amo, dándose cuenta de que Cathy no quería aceptar que su tío político fuera un hombre malvado, le hizo un rápido esbozo de su conducta con Isabella y de cómo se había apropiado de Cumbres Borrascosas. No podía soportar explayarse mucho sobre aquel tema porque, aunque rara vez hablaba de él, conservaba el mismo sentimiento de horror y aversión hacia su antiguo enemigo que había invadido su corazón desde la muerte de la señora Linton. «¡De no haber sido por él, quizá seguiría aún con vida!», se decía siempre con amargura. A sus ojos Heathcliff era poco más que un asesino.

La señorita Cathy, que no conocía más maldad que la de sus desobediencias, injusticias y berrinches debidos al mal genio y a la irreflexión, y de los que se arrepentía siempre el mismo día que los cometía, estaba pasmada ante la negrura de un espíritu capaz de cavilar y ocultar la venganza durante tantos años y de llevar adelante sus planes de forma premeditada y sin una sombra de remordimiento. Parecía estar tan profundamente impresionada y escandalizada por aquella nueva percepción de la naturaleza humana, excluida hasta entonces de sus pensamientos y de todos sus estudios, que el señor Edgar juzgó innecesario seguir hablando del tema. Se limitó a añadir:

—Ahora, cariño, ya sabes por qué quiero que evites su casa y su familia. ¡No pienses más en ellos y vuelve a tus antiguas tareas y diversiones!

Catherine dio un beso a su padre y se sentó tranquilamente a estudiar durante un par de horas, como tenía por costumbre. Luego le acompañó a dar un paseo por la propiedad y el resto del día transcurrió normalmente. Pero por la noche, cuando ya se había retirado a su cuarto y yo entré para ayudarla a desvestirse, me la encontré arrodillada junto a la cama llorando.

—¡Ay, qué niña más tonta! —exclamé—. Si tuviese usted alguna pena auténtica, le daría vergüenza malgastar una sola lágrima por esta pequeña contrariedad. Usted no tiene la menor idea de lo que es un disgusto serio, señorita Catherine. Imagine por un instante que el amo y yo hubiéramos muerto y se encontrase usted sola en el mundo, ¿cómo se sentiría entonces? Compare la ocasión presente con una aflicción semejante y dé gracias por los amigos que tiene en lugar de querer tener más.

—No lloro por mí, Ellen —contestó—, sino por él. Esperaba verme otra vez mañana y, ya ves, se quedará muy decepcionado. ¡Estará esperándome y yo no iré!

—¡Qué tontería! —dije—. ¿Cree que ha estado pensando tanto en usted como usted en él? ¿Acaso no tiene a Hareton de compañero? Ni una sola persona de cada cien lloraría por perder a un conocido al que solo ha visto dos tardes. Linton se imaginará lo ocurrido y no volverá a inquietarse por usted.

—Pero ¿no puedo escribirle una nota para decirle por qué no voy a ir? —preguntó, poniéndose en pie—. Solo quiero mandarle esos libros que le prometí. Sus libros no son tan bonitos como los míos, y le hizo muchísima ilusión que se los prestara cuando le conté lo interesantes que eran. ¿No puedo, Ellen?

—¡Desde luego que no! —repuse yo terminantemente—. Luego él le escribiría a usted de vuelta y sería el cuento de nunca acabar. No, señorita Catherine, debe cortar la relación por completo. Su papá así lo quiere, ¡y yo haré que así sea!

—Pero ¿qué hay de malo en una notita? —suplicó.

—¡Basta! —interrumpí—. No insista con eso. ¡Acuéstese!

Me lanzó una mirada muy maliciosa, tan maliciosa que no quise darle un beso de buenas noches. La arropé y cerré la puerta muy disgustada. Pero a medio camino me arrepentí y volví sin hacer ruido. ¿Y qué fue lo que vi? La señorita estaba de pie junto a la mesa con una hoja en blanco y un lápiz en la mano, que ocultó con aire culpable en cuanto me vio entrar.

—Aunque escriba algo en ese papel —dije—, no encontrará usted a nadie que se lo lleve. Y ahora voy a apagar la vela.

Coloqué el apagavelas sobre la llama y en aquel momento recibí un golpe en la mano, acompañado de un malhumorado «¡Cascarrabias!». Volví a dejarla y ella echó el cerrojo con uno de sus peores y más antipáticos humores.

Terminó la carta y un lechero que venía del pueblo la hizo llegar a su destino, pero de eso no me enteré hasta pasado algún tiempo. Fueron transcurriendo las semanas y Cathy recuperó su buen humor, aunque cogió la extraña afición de esconderse por los rincones, y muchas veces, si me acercaba a ella y la sorprendía leyendo, se sobresaltaba y se inclinaba sobre el libro, deseosa, a todas luces, de ocultarlo. Además, vi que entre las páginas siempre sobresalía la punta de unas hojas sueltas.

También se aficionó a bajar por la mañana muy temprano y a rondar por la cocina como si esperase algo. Además, pasaba horas entretenida con un cajoncito que su padre le había asignado en un mueble de la biblioteca y tenía mucho cuidado de llevarse la llave cuando se iba.

Un día me puse a inspeccionar aquel cajón y observé que los juguetes y las baratijas que solía haber allí dentro se habían transmutado en hojas de papel dobladas.

Aquello despertó mi curiosidad y mis sospechas, y resolví echar un vistazo a aquellos misteriosos tesoros. Así que cuando llegó la noche, en cuanto ella y mi amo hubieron subido a sus respectivas habitaciones, busqué entre mis llaves de la casa una que encajase en la cerradura. Una vez abierto el cajón, vacié todo su contenido en mi delantal y me lo llevé a mi aposento para examinarlo a mis anchas.

Aunque no podía por menos de sospechar algo, me sorprendió descubrir una copiosa correspondencia, que debía de ser casi diaria, enviada por Linton Heathcliff en respuesta a las cartas que ella le había hecho llegar. Las de fecha más antigua eran breves y cohibidas; pero poco a poco iban alargándose hasta convertirse en voluminosas cartas de amor, tan necias como cabía esperar de un escritor tan joven, aunque estuvieran salpicadas de frases que parecían proceder de alguien con más experiencia.

Algunas de ellas me llamaron la atención por su extraña y peculiar mezcla de ardor e insulsez. Empezaban respondiendo a un sentimiento apasionado y terminaban en ese estilo afectado y verboso propio del colegial que se dirige a un amor ficticio e incorpóreo.

No sé si convencían a Cathy, pero a mí me parecieron palabrería barata.

Después de repasar cuantas cartas estimé conveniente, las envolví en un pañuelo y las guardé, y cerré con llave el cajón vacío.

A la mañana siguiente, mi señorita bajó temprano como de costumbre y entró en la cocina. Observé que se dirigía a la puerta y salía al encuentro de un niño, y que mientras la lechera le llenaba la lata que traía, Cathy le metía algo en el bolsillo de la chaqueta y sacaba de él otra cosa.

Di la vuelta al jardín y me quedé esperando al mensajero, que luchó valientemente por defender lo que le habían confiado. Entre los dos derramamos la leche, pero logré sustraerle la misiva. Luego le amenacé con graves consecuencias si no se iba directo a casa, y me quedé detrás de la tapia para leer con detenimiento la afectuosa redacción de la señorita Cathy. Era más sencilla y elocuente que las de su primo, muy bonita y muy ingenua. Meneé la cabeza y me dirigí pensativa hacia la casa.

Como llovía, Catherine no pudo distraerse paseando por el parque, así que cuando terminó sus estudios matutinos recurrió al solaz del cajón. Su padre estaba sentado a la mesa leyendo y yo fingía estar ocupada remendando los flecos de una cortina, que no estaban rotos, y no le quitaba el ojo de encima.

Ningún pájaro que dejase un nido atestado de crías gorjeantes y volviese para encontrar que lo habían saqueado habría expresado mayor desesperación con sus angustiados reclamos y aleteos que ella con su único «¡Ay!», y con el cambio que transfiguró su semblante poco antes feliz.

El señor Linton levantó la vista.

—¿Qué pasa, mi amor? ¿Te has hecho daño? —dijo.

Por su tono de voz y su mirada Cathy supo que no había sido él quien había descubierto su tesoro.

—No, papá… —dijo con voz sofocada—. ¡Ellen! ¡Ellen! Ven arriba conmigo. ¡Me encuentro muy mal!

Obedecí sus órdenes y la acompañé afuera.

—¡Ay, Ellen! Las tienes tú —dijo cayendo de rodillas en cuanto estuvimos encerradas en su cuarto—. ¡Dámelas y te prometo que nunca jamás volveré a hacerlo! No se lo digas a papá… No se lo habrás dicho a papá, ¿verdad, Ellen? ¡Ay, di que no! Me he portado fatal, ¡pero no volveré a hacerlo nunca más!

Puse una cara seria y rígida, y le mandé levantarse.

—¡Señorita Catherine —exclamé—, por lo que he visto, se han escrito ustedes bastantes cartas y hace usted bien en avergonzarse de ellas! Ya veo que dedica sus horas de recreo a estudiar un montón de palabrería barata. ¡Hasta merecerían ser publicadas! ¿Y qué cree que pensará el amo cuando se las muestre? Aún no se las he enseñado, pero no crea que voy a guardar sus ridículos secretos. ¡Vergüenza debería darle! Y estoy segura de que fue usted la primera en escribir semejantes disparates, porque a él no se le hubiese ocurrido iniciar la correspondencia.

—¡No fui yo! ¡No fui yo! —sollozó Cathy, como si se le partiera el corazón—. No se me había ocurrido que pudiese enamorarme de él hasta que…

—¿Enamorarse? —exclamé en el tono más despectivo que pude—. ¿Enamorarse? ¡Habrase oído cosa semejante! Lo mismo sería que yo dijese que me he enamorado del molinero que viene una vez al año a comprarnos el trigo. Valiente manera de enamorarse. ¡Las dos veces que han estado juntos han sido tan breves que habrá usted visto a Linton cuatro horas en toda su vida! Mire, aquí está su infantiloide palabrería. Me la llevo a la biblioteca y ya veremos qué opina su padre de semejante enamoramiento.

Cathy se abalanzó sobre sus preciadas misivas, pero yo las levanté por encima de mi cabeza. Entonces ella siguió profiriendo súplicas frenéticas, implorándome que las quemase o hiciese con ellas lo que quisiera con tal de que no se las enseñase a su padre. Y como en realidad tanto me daba echarme a reír como seguir regañándola, porque en el fondo todo aquello me parecía una niñería, acabé cediendo un poco y le dije:

—Si accedo a quemarlas, ¿me prometerá usted sinceramente que no volverá a mandar ni a recibir cartas, ni tampoco libros (porque he visto que le ha mandado usted libros), ni mechones de pelo, ni anillos, ni juguetes?

—¡No nos hemos mandado juguetes! —exclamó Catherine, cuyo orgullo se había sobrepuesto a su vergüenza.

—¡Está bien, no mandará nada de nada, señorita! —dije—. Si no me lo promete, ya sabe adónde iré.

—¡Lo prometo, Ellen! —exclamó, agarrándome del vestido—. ¡Ay, por favor, échalas al fuego, por favor!

Pero cuando me dispuse a abrir un hueco en el fuego con el atizador, el sacrificio le resultó demasiado doloroso. Me suplicó de todo corazón que salvase de la quema una o dos cartas.

—¡Una o dos, Ellen, para que las conserve por amor a Linton!

Desaté el pañuelo y por uno de sus extremos fueron cayendo al fuego las cartas, mientras la llama iba subiendo en espiral por la chimenea.

—¡Dame una, malvada! —gritó, echando la mano al fuego y sacando algunos fragmentos a medio consumir a costa de sus dedos.

—¡Está bien, así yo también tendré alguna para enseñársela a su papá! —contesté mientras volvía a meter el resto en el pañuelo y me dirigía una vez más hacia la puerta.

Dejó caer sobre las llamas los fragmentos chamuscados y me hizo un gesto para que terminase la inmolación. Así lo hice. Luego removí las cenizas y las sepulté bajo una paletada de brasas. Catherine se retiró a su aposento sin mediar palabra y sintiéndose intensamente agraviada. Bajé para decir a mi amo que la indisposición de la joven había sido pasajera, pero que me había parecido conveniente que se tumbara un rato.

No quiso comer, pero reapareció a la hora del té, pálida, con los ojos enrojecidos y una maravillosa serenidad exterior.

A la mañana siguiente, yo misma respondí a la carta con un papelito en el que escribí: «Se ruega al señorito Heathcliff que se abstenga de mandar más notas a la señorita Linton, porque no llegarán a sus manos». Y a partir de aquel momento el niño de la leche vino con los bolsillos vacíos.

8

El verano terminó y ya estábamos a mediados de otoño. Había pasado la fiesta de San Miguel, pero aquel año la cosecha se retrasó y aún nos quedaban algunos campos por segar.

El señor Linton y mi señorita solían dar un paseo entre los segadores. El día que acarreaban las últimas gavillas padre e hija se quedaron allí hasta el anochecer, y como la tarde se había puesto fría y húmeda, mi amo agarró un catarro que se le instaló tenazmente en los pulmones y lo tuvo enclaustrado en casa durante casi todo el invierno.

La pobre Cathy, que había renunciado a su pequeño romance por miedo a las represalias, estaba desde entonces bastante más triste y apagada. Su padre insistía en que leyera menos e hiciese más ejercicio. Como no podía gozar de la compañía de su progenitor, estimé que era mi deber suplir aquella carencia en la medida de lo posible. Pero no resulté una sustituta muy eficaz, porque mis numerosas tareas diurnas no me dejaban más que dos o tres horas libres para seguir sus pasos, y además mi compañía era a todas luces menos deseable que la de su padre.

Una tarde fresca y lluviosa de octubre o de principios de noviembre, cuando las hojas marchitas y mojadas crujían en la hierba y los caminos, y el cielo frío y azul estaba medio cubierto por unas nubes alargadas de color gris oscuro que subían deprisa por el oeste y presagiaban abundante lluvia, pedí a mi señorita que renunciase a su paseo porque estaba segura de que iba a llover. Ella no quiso escucharme, así que me puse a regañadientes un chal sobre los hombros y me armé de un paraguas a fin de acompañarla en su caminata hasta las lindes del parque. Aquel era el paseo que solía dar cuando estaba alicaída, lo que siempre sucedía cuando se agravaba la salud del señor Edgar. Pero nunca lo sabíamos por el amo, sino que las dos lo adivinábamos porque su silencio y la melancolía de su semblante se hacían más patentes.

Cathy caminaba con languidez; no corría ni saltaba como antes, a pesar de que el viento frío podría haberla incitado a emprender una carrera. Y vi varias veces con el rabillo del ojo que levantaba la mano y se enjugaba la mejilla.

Yo miraba alrededor en busca de algo que pudiese distraerla. A un lado del camino se elevaba una loma alta y desigual donde algunos avellanos y robles enanos, cuyas raíces quedaban semidescubiertas, se aguantaban en pie a duras penas. La tierra estaba demasiado suelta para sostener a los robles y los fuertes vientos los habían doblado hasta una posición casi horizontal. En verano, a la señorita Catherine le encantaba trepar por aquellos troncos, sentarse en sus ramas y columpiarse a unos seis metros del suelo. Yo gozaba con su agilidad y su alegre y tierno corazón, pero consideraba oportuno regañarla cada vez que la sorprendía allí arriba, aunque lo hiciera de tal forma que ella sabía que no era necesario que bajara. Se quedaba en aquella cuna mecida por la brisa desde el almuerzo hasta la hora del té sin hacer nada más que cantar para sí viejas canciones populares que yo le había enseñado, o viendo cómo los pájaros, que ocupaban la misma rama, alimentaban a sus crías y les enseñaban a volar, o bien permanecía acurrucada con los párpados entornados, entre pensativa y soñadora, con una felicidad indescriptible.

—¡Mire, señorita! —exclamé señalando un escondrijo que había debajo de las raíces de un árbol torcido—. El invierno aún no ha llegado aquí. Y allí arriba hay una florecilla, el último capullo del montón de campánulas azules que en el mes de julio cubrían esos escalones de césped con un velo de color malva. ¿No quiere trepar y cogerla para que la vea su papá?

Cathy se quedó mirando aquella flor solitaria que temblaba en su albergue terrestre y al cabo de mucho rato contestó:

—No, no pienso tocarla. Pero parece muy melancólica, ¿verdad, Ellen?

—Sí —observé—, está casi tan congelada y abatida como usted. Tiene las mejillas muy pálidas. ¿Por qué no me da la mano y echamos una carrera? Está usted en tan baja forma que creo que podré ir a su ritmo.

—No —repitió.

Y siguió caminando muy despacio, deteniéndose cada cierto tiempo para mirar pensativa un poco de musgo, una mata de hierba amarillenta o una seta que desplegaba su naranja chillón entre montones de hojas marrones. Y de vez en cuando volvía la cara y se llevaba la mano a la mejilla.

—Catherine, cielo, ¿por qué llora? —pregunté, acercándome y poniéndole la mano en el hombro—. Que su papá esté resfriado no es motivo para llorar. Dé gracias de que no tenga algo más grave.

No pudo seguir conteniendo las lágrimas y se puso a sollozar de tal forma que se ahogaba.

—Ya verás como al final tendrá algo mucho más grave —dijo—. ¿Y qué será de mí cuando papá y tú me dejéis y me quede sola? No puedo olvidar tus palabras, Ellen, resuenan constantemente en mis oídos. Cómo cambiará la vida y qué inhóspito será el mundo cuando papá y tú hayáis muerto.

—Nunca se sabe, tal vez muera usted antes que nosotros —repuse—. No es bueno anticipar las desgracias. Esperemos que pasen muchos años antes de que muera ninguno de nosotros. El amo es joven, y yo solo tengo cuarenta y cinco años, y estoy sana y fuerte. Mi madre vivió hasta los ochenta y fue una mujer muy enérgica hasta el final. Vamos a suponer que el señor Linton vive hasta los sesenta, eso serían más años de los que ha cumplido usted, señorita. ¿Y no le parece una tontería ponerse a llorar por una calamidad que aún tardará más de veinte años en suceder?

—Pero la tía Isabella era más joven que papá —observó levantando la vista con la tenue esperanza de que yo siguiera dándole consuelo.

—Su tía Isabella no nos tenía a usted y a mí para cuidarla —repuse—. No era tan feliz como el amo, ni tenía tantas razones para vivir. Lo que debe hacer usted es ocuparse bien de su padre, mostrarse alegre para animarle a él y evitar darle disgustos. ¡Ojo con eso, Cathy! No quiero ocultarle que puede acabar con su vida si usted se vuelve loca y temeraria, si alimenta un amor descabellado y fantasioso por el hijo de una persona que desearía verle a él bajo tierra, y le permite descubrir que usted sufre por una separación que él ha estimado oportuno imponer.

—No sufro por nada más que por la enfermedad de papá —contestó mi acompañante—. Papá me importa más que nada en el mundo. Y nunca, nunca, nunca, mientras esté en mis cabales, haré nada ni diré una sola palabra que pueda afligirle. Le quiero más que a mí misma, Ellen. Lo sé por esto: rezo todas las noches para que pueda sobrevivirle, porque prefiero ser yo desgraciada a que lo sea él. Eso me demuestra que le quiero más que a mí misma.

—Bien dicho —repuse—. Pero obras son amores y no buenas razones. Y cuando él recobre la salud, procure no olvidar las decisiones que ha tomado usted en momentos de angustia.

Mientras hablábamos, nos acercamos a una puerta que daba al camino, y mi señorita, a quien se le iluminó el rostro de nuevo, trepó a la tapia, se sentó y alargó la mano para recoger unos escaramujos que salpicaban de escarlata las ramas más altas de los rosales silvestres, cuya sombra caía sobre la carretera. Los frutos más bajos habían desaparecido y, a menos que uno se colocase en la posición de Catherine en aquel momento, solo los pájaros podían alcanzar los más altos.

Al estirarse para cogerlos se le cayó el sombrero, y como la puerta estaba cerrada con llave, propuso descolgarse por la tapia para recuperarlo. Le pedí que tuviese cuidado de no caerse y desapareció con gran agilidad.

Pero no fue tan fácil volver a subir; las piedras eran lisas y estaban cuidadosamente encementadas, y ni los rosales ni las zarzas desparramadas por la tapia podían ayudarla en su ascensión. Yo, tonta de mí, no me acordé de que aquello era así hasta que la oí reír y exclamar:

—¡Ellen, tendrás que ir a por la llave, de lo contrario habré de correr a casa del vigilante para que me abra! ¡No puedo escalar el muro por este lado!

—Quédese donde está —contesté—. Tengo un manojo de llaves en el bolsillo y puede que encuentre una que sirva; si no, iré a buscarla.

Catherine se divertía danzando de acá para allá delante de la puerta, mientras yo iba probando todas las llaves grandes, una tras otra. Cuando vi que la última tampoco servía y me disponía a correr a casa lo más rápido posible, reiterando mi deseo de que no se moviese de allí, me detuvo un ruido que se acercaba. Era el trote de un caballo; Cathy dejó de bailar, y un minuto después, el caballo también se detuvo.

—¿Quién es? —susurré.

—Ellen, ojalá pudieses abrir la puerta —susurró a su vez mi compañera, angustiada.

—¡Pero si es la señorita Linton! —exclamó una voz ronca (la del jinete)—. Me alegro de verla. No tenga tanta prisa en entrar, porque quiero pedirle una explicación y no quiero volverme sin ella.

—¡No pienso hablar con usted, señor Heathcliff! —contestó Catherine—. Papá dice que es usted un hombre malvado y que nos odia a él y a mí; y lo mismo dice Ellen.

—Eso no viene a cuento —dijo Heathcliff (pues era él)—. Supongo que no odiaré a mi hijo, y es por él por quien exijo la atención de usted. ¡Sí, ya puede ruborizarse! ¿No tenía usted la costumbre, hace dos o tres meses, de escribir a Linton? ¿Así que le hacía usted la corte en broma, eh? ¡Los dos se merecerían unos azotes por eso! Sobre todo usted, por ser la mayor y, por lo que parece, la más insensible. Tengo todas sus cartas, y si se pone descarada conmigo las haré llegar a su padre. Supongo que se cansó usted de la diversión y la abandonó, ¿no es así? Bien, pues de paso abandonó a Linton en un cenagal de desesperanza. Él se había enamorado de verdad. Tan cierto como que respiro, está muriendo por usted; usted le ha partido el corazón con su inconstancia, pero no de forma figurada, sino muy real. Por mucho que Hareton haya estado seis semanas mofándose de él y que yo haya intentado sacarle de su tontería echando mano de procedimientos más severos, su salud empeora día tras día, ¡y antes de que llegue el verano la hierba cubrirá su cadáver si usted no lo remedia!

—¿Cómo puede usted mentirle con semejante descaro a la pobre niña? —grité desde dentro—. ¡Le ruego que siga su camino! ¿Cómo puede usted decir unas mentiras tan miserables? Señorita Cathy, romperé el candado con una piedra. No haga caso de esos viles disparates. Piénselo bien, es imposible que nadie muera de amor por un extraño.

—No sabía yo que hubiera fisgones por aquí —murmuró el canalla al verse sorprendido—. Querida señora Dean, te aprecio, pero no me gusta tu doble juego —añadió en voz alta—. ¿Cómo puedes mentir con tanto descaro y decir que yo odio a la «pobre niña»? ¿Cómo puedes inventar semejantes cuentos de ogros que la tienen tan aterrada que no se atreve a acercarse a mi casa? Catherine Linton (el puro nombre me reconforta), bonita, estaré fuera de casa toda la semana, ve a comprobar si lo que he dicho es verdad o no; ¡vamos, sé un ángel! Solo tienes que imaginar a tu padre en mi lugar y a Linton en el tuyo: ¿qué opinión crees que te merecería tu displicente amante si se negara a dar un paso para consolarte después de habérselo rogado tu propio padre? No caigas en ese mismo error por pura estupidez. ¡Te juro por la salvación de mi alma que Linton tiene un pie en la tumba y que nadie más que tú puede salvarle!

El cerrojo cedió y salí.

—Juro que Linton se está muriendo —repitió Heathcliff mirándome fijamente—. La congoja y la desilusión están acelerando su muerte. Nelly, si no consientes que ella vaya, puedes acercarte tú misma. Yo no estaré de vuelta hasta dentro de una semana, ¡aunque creo que ni siquiera tu amo pondría objeciones a que ella hiciese una visita a su primo!

—Entre —dije, agarrando a Cathy del brazo y casi empujándola, porque se había quedado escudriñando muy turbada los rasgos de nuestro interlocutor, que mantenía una fachada tan imperturbable que no traicionaba su falsedad.

Acercó su caballo mucho a ella, e inclinándose comentó:

—Señorita Catherine, le confieso que tengo poca paciencia con Linton, y que Hareton y Joseph tienen aún menos paciencia que yo. He de reconocer que vive en un ambiente bastante hostil. Anhela amabilidad y amor, y una palabra amable salida de sus labios sería la mejor medicina para él. No haga caso de las crueles advertencias de la señora Dean, sea generosa y procure ir a verle. Mi hijo sueña con usted día y noche, y como usted no le escribe ni va a verle, no hay quien le convenza de que no le odia.

Cerré la puerta e hice rodar una piedra para apuntalar el cerrojo cedido. Luego abrí el paraguas y guarecí debajo de él a mi señorita, porque la lluvia, que empezaba a abrirse paso entre las quejumbrosas ramas de los árboles, nos instaba a no rezagarnos.

La prisa que llevábamos impidió que de camino a casa hiciésemos ningún comentario sobre nuestro encuentro con Heathcliff; pero mi instinto me hacía adivinar que ahora Catherine tenía el corazón aturdido por una doble desazón. Su rostro denotaba tal tristeza que no parecía el suyo. Era evidente que había creído palabra por palabra lo que Heathcliff había dicho.

El amo se había retirado a descansar antes de nuestro regreso. Cathy subió sigilosamente a su cuarto para preguntarle cómo se encontraba, pero le halló dormido. Al volver me pidió que me sentase con ella un rato en la biblioteca. Tomamos el té juntas y luego ella se tumbó en la alfombra y me pidió que no hablase porque estaba muy cansada.

Cogí un libro y fingí que leía. En cuanto me creyó absorta en la lectura, volvió a sollozar en silencio: aquella parecía ser su diversión favorita entonces. La dejé desahogarse un rato, pero luego protesté. Empecé a mofarme y a reírme de todo lo que el señor Heathcliff había afirmado sobre su hijo, como si diera por sentado que ella me daría la razón. Pero por desgracia no tuve maña suficiente para contrarrestar el efecto que le habían producido sus palabras. Heathcliff se había salido con la suya.

—Puede que tengas razón, Ellen —respondió—, pero no me quedaré tranquila hasta que lo compruebe por mí misma. Y quiero que Linton sepa que si he dejado de escribirle no ha sido por mi culpa, y convencerle de que no cambiaré.

¿De qué podían servir mi enojo y mis protestas frente a su ingenua credulidad? Aquella noche nos separamos enfadadas, pero al día siguiente me vi caminando al lado de la jaca de mi terca señorita en dirección a Cumbres Borrascosas. No podía soportar ver tanto dolor en aquella cara pálida y triste, y aquellos ojos hinchados. Di mi brazo a torcer con la tenue esperanza de que el propio Linton ratificara con su forma de recibirnos el poco fundamento que tenía aquella fábula.

9

La noche de lluvia trajo una mañana brumosa, mitad escarcha, mitad llovizna, y algunos arroyos que bajaban borboteantes desde los altos páramos atravesaban de vez en cuando nuestro camino. Yo tenía los pies empapados. Estaba enfadada y abatida, el humor perfecto para sacar el mejor partido de unas circunstancias tan desagradables.

Entramos en la finca por la cocina para asegurarnos de que la ausencia del señor Heathcliff era verdad, porque no tenía yo mucha fe en sus afirmaciones.

Joseph estaba sentado junto a un fuego crepitante y parecía sumido en una suerte de elíseo particular. Sobre una mesita situada a su lado había una jarra de cerveza, y un montón de grandes pedazos de torta de avena, y tenía en los labios la pipa corta y negra.

Catherine se precipitó a la chimenea para calentarse y yo pregunté si el amo estaba en casa.

El anciano tardó tanto en contestar a mi pregunta que pensé que se había vuelto sordo y la repetí más alto.

—¡No! —gruñó, o mejor dicho, gritó por la nariz—. ¡No! ¡Váyanse por donde han venido!

—¡Joseph! —llamó en aquel momento una voz irritada desde el cuarto de al lado—. ¿Cuántas veces tengo que llamarte? Ya no quedan más que rescoldos. ¡Joseph, ven ahora mismo!

Unas enérgicas chupadas a la pipa y una resuelta mirada al fuego declararon que Joseph no tenía oídos para aquella orden. Al ama de llaves y a Hareton no se les veía por ninguna parte. Seguramente ella había salido a hacer algún recado y el otro estaría trabajando. Reconocimos la voz de Linton y entramos.

—¡Ay, ojalá te mueras de inanición en un desván! —dijo el muchacho, pensando que quien se acercaba era su despreocupado sirviente.

Al percatarse de su error, calló. Su prima corrió a su encuentro.

—¿Es usted, señorita Linton? —dijo levantando la cabeza del sillón donde estaba reclinado—. ¡No, no me bese! ¡Me cortaría la respiración, pobre de mí!

Luego, tras recuperarse un poco del abrazo de Catherine, que se apartaba de él con aire contrito, añadió:

—Papá dijo que vendría usted. ¿Puede cerrar la puerta, por favor? La ha dejado abierta y esas bestias, esas abominables criaturas, no quieren traer carbón. ¡Hace tanto frío…!

Removí los rescoldos y fui a por un cubo de carbón. El enfermo se quejó de que le había llenado de ceniza, pero decidí no regañarle porque tenía mucha tos y aspecto de estar febril y enfermo.

—Bueno, Linton —murmuró Catherine cuando el muchacho hubo desfruncido el ceño—, ¿estás contento de verme? ¿Puedo hacer algo por ti?

—¿Por qué no ha venido usted antes? —dijo—. Tenía que haber venido en lugar de escribirme. Me cansaba muchísimo escribir aquellas cartas tan largas. Hubiese preferido mil veces hablar, y ahora ya no soy capaz ni de eso. ¡Me pregunto dónde estará Zillah! ¿Podría ir a ver si está en la cocina?

Esto último lo dijo mirándome a mí. Ni siquiera me había dado las gracias por mi otro servicio, y como no estaba dispuesta a ir de un lado a otro a sus órdenes, repuse:

—Allí no hay nadie aparte de Joseph.

—Quiero beber —exclamó inquieto, volviendo la cabeza—. Desde que papá se marchó, Zillah se pasa el día en Gimmerton. ¡Es terrible! Y no me queda más remedio que bajar aquí, porque los demás han decidido hacer oídos sordos a mis llamadas cuando estoy arriba.

—¿Le cuida bien su padre, señorito Heathcliff? —pregunté, percibiendo que Catherine había dejado de intentar ser amable.

—¿Cuidarme? Por lo menos les obliga a ellos a cuidarme un poco —exclamó—. ¡Los muy granujas! ¿Sabe, señorita Linton, que ese animal de Hareton se ríe de mí? Le odio; es más, les odio a todos. Son unas criaturas odiosas.

Cathy se puso a buscar agua para darle. Encontró una jarra en el aparador, llenó un vaso y se lo trajo. Él le pidió que le añadiera una cucharada de vino de una botella que había en la mesa. Después de beber unos sorbos, pareció tranquilizarse y le agradeció su amabilidad.

—¿Estás contento de verme? —inquirió ella, reiterando su pregunta inicial y contenta de detectar el tenue albor de una sonrisa.

—Sí, lo estoy. ¡Es una novedad oír una voz como la suya! —repuso—. Pero es verdad que me ha dolido que no quisiera usted venir. Y papá me ha echado a mí la culpa de todo; me tachó de lamentable, de rastrero y de inútil. Dijo que usted me despreciaba y que, de haber estado él en mi lugar, a estas alturas ya sería más dueño de la granja que mi propio tío. Pero usted no me desprecia, ¿verdad que no, señorita?

—¡Me gustaría que me tuteases y me llamases Catherine o Cathy! —interrumpió ella—. ¿Despreciarte? ¡No! Después de papá y de Ellen, te quiero más que a nadie en el mundo. Pero no quiero al señor Heathcliff. No me atrevo a venir cuando él regrese. ¿Estará fuera muchos días?

—No muchos —contestó Linton—, pero desde que ha empezado la temporada de caza pasa mucho tiempo en los páramos. Podrías aprovechar su ausencia para hacerme compañía durante una o dos horas. ¡Di que sí! Creo que contigo nunca me pondría antipático, porque no vas a provocarme y siempre estarás dispuesta a ayudarme, ¿verdad?

—Sí —dijo Catherine, acariciándole el suave cabello—. Si papá me diese su consentimiento, pasaría la mitad de mi tiempo contigo. ¡Mi hermoso Linton! ¡Ojalá fueses mi hermano!

—Y si lo fuera, ¿me querrías tanto como a tu padre? —preguntó él más alegre—. Pero papá dice que si fueses mi esposa me querrías más que a él y que a todo el mundo. ¡Preferiría que fueses eso!

—¡No! Nunca querré a nadie más que a papá —replicó ella con gravedad—. Y algunos hombres odian a sus esposas, pero no a sus hermanas y a sus hermanos, así que si fueses mi hermano, vivirías con nosotros y papá te tendría tanto cariño como a mí.

Linton negó que hubiese hombres que odiasen a sus esposas, pero Cathy le aseguró que sí y, dando muestras de sabiduría, puso como ejemplo la aversión que Heathcliff había tenido a la tía de ella.

Yo intenté frenar su lengua insensata, pero no lo conseguí hasta que hubo soltado cuanto sabía. El señorito Heathcliff, muy molesto, insistió en que todo aquello era falso.

—¡Me lo contó papá, y papá no dice mentiras! —respondió ella con insolencia.

—¡Mi papá se mofa del tuyo! —exclamó Linton—. ¡Dice que es un necio y un fisgón!

—Y el tuyo es un hombre malvado —replicó Catherine—. Y tú también eres malo porque te atreves a repetir lo que dice tu padre. ¡Tiene que haber sido muy malvado para que la tía Isabella se viese obligada a abandonarle!

—No lo hizo —dijo el muchacho—. ¡Y no me contradigas!

—¡Sí que le abandonó! —gritó mi señorita.

—¡Está bien, pero yo te diré algo a ti! —dijo Linton—. Tu madre, para que te enteres, odiaba a tu padre.

—¡Oh! —exclamó Catherine, demasiado furiosa para seguir.

—¡Y amaba al mío! —añadió él.

—¡Eres un embustero! Ahora sí que te odio —dijo Cathy, casi sin aliento y con el rostro encendido de rabia.

—¡Le amaba! ¡Le amaba! —canturreó Linton, arrellanándose en el hueco del sillón y reclinando la cabeza para regodearse de la agitación que observaba en su contrincante, que estaba detrás de él.

—¡Silencio, señorito Heathcliff! —dije—. Supongo que eso se lo ha dicho su padre.

—Pues no, ¡y tú cállate la boca! —respondió él—. ¡Le amaba, le amaba, Catherine, le amaba, le amaba!

Cathy, fuera de sí, dio un violento empujón a la butaca e hizo caer a Linton al suelo. Aquello le causó al muchacho un inmediato acceso de tos que puso fin a su triunfo.

Tosió tanto tiempo que hasta yo me asusté. En cuanto a su prima, horrorizada por su travesura, se echó a llorar con todas sus fuerzas, pero no dijo nada.

Sostuve a Linton en mis brazos hasta que se le pasó el ataque. Luego él me apartó y agachó la cabeza sin mediar palabra. Catherine también dejó de sollozar, tomó asiento frente a él y se quedó mirando el fuego muy seria.

—¿Cómo se encuentra, señorito Heathcliff? —pregunté, transcurridos diez minutos.

—Ojalá ella sintiera lo que yo —repuso él—. ¡Qué ser más cruel y malicioso! Hareton nunca me ha tocado. No me ha pegado jamás en la vida. Hoy me encontraba mejor, y ahora…

La voz se le estranguló.

—¡No te he pegado! —masculló Cathy, mordiéndose el labio para evitar otro acceso de emoción.

Linton suspiraba y gemía como si fuese presa de un dolor terrible, y continuó de aquella guisa durante un buen cuarto de hora. Daba la impresión de que lo hacía adrede para afligir a su prima, porque cada vez que la oía contener un sollozo, infundía más dolor y patetismo a las inflexiones de su voz.

—¡Siento haberte hecho daño, Linton! —acabó por decir ella, atormentada más allá de lo soportable—. Pero a mí no me hubiese hecho tanto daño un pequeño empujón, y no tenía la menor idea de que a ti sí. No ha sido para tanto, ¿verdad que no, Linton? ¡No dejes que me vaya a casa pensando que te he hecho daño! Contesta, dime algo.

—No puedo decirte nada —murmuró él—. ¡Me has hecho tanto daño que me pasaré la noche despierto, ahogado por la tos! Si tú tuvieses mi tos, sabrías lo que significa, pero tú te dormirás tranquilamente, ¡mientras que yo estaré sufriendo horrores y sin tener a nadie a mi lado! ¡Ya me gustaría verte pasar noches tan espantosas como las que paso yo!

Y se echó a llorar, sintiendo verdadera lástima de sí mismo.

—Como usted ya está acostumbrado a pasar noches horribles —dije—, no será la señorita la responsable; estaría usted igual de mal si ella no hubiese venido. En cualquier caso, no volveremos a molestarle. Seguramente se sentirá usted más tranquilo en cuanto nos vayamos.

—¿Tenemos que irnos? —preguntó Catherine compungida, inclinándose sobre él—. ¿Quieres que me vaya, Linton?

—No puedes deshacer el mal que me has hecho —repuso él malhumorado, apartándose de ella—. ¡Pero harás que me encuentre aún peor si sigues fastidiándome hasta que me suba la fiebre!

—¿Quieres, entonces, que me vaya? —repitió ella.

—Por lo menos déjame en paz —dijo él—. ¡No soporto que me hables!

Catherine no quería irse y se resistió mucho tiempo a mi insistencia para que nos marcháramos, pero al final, como él no levantaba la vista ni nos hablaba, se dirigió hacia la puerta y yo la seguí.

Un chillido nos hizo regresar. Linton se había dejado caer del sillón sobre el suelo de piedra del hogar y estaba allí tirado, retorciéndose, por pura perversión. Su actitud era la de un niño consentido que había resuelto ser lo más monstruoso y agobiante posible.

Su comportamiento me hizo calibrar profundamente su carácter y en el acto comprendí que sería una locura tratar de complacerle. No así mi acompañante. Corrió a su lado, se arrodilló, lloró, le apaciguó y le rogó hasta que él acabó callándose, pero por haberse quedado sin aliento, no porque estuviera pesaroso por haber afligido a su prima.

—Voy a tenderle en el banco —dije—, así podrá revolcarse cuanto quiera. Nosotras no vamos a quedarnos aquí mirándole. Espero, señorita Cathy, que esto la haya convencido de que usted no es la persona adecuada para ayudarle, y de que su precario estado de salud no se debe al cariño que le tiene a usted. ¡Ea, ya está! Venga conmigo. ¡En cuanto se dé cuenta de que no hay nadie que haga caso de sus tonterías, se alegrará de estarse ahí quietecito!

Mi señorita le colocó un almohadón debajo de la cabeza y le ofreció un poco de agua. Él rechazó lo segundo y se puso a mover la cabeza de lado a lado como si la tuviese apoyada en una piedra o un zoquete.

Ella intentó acomodárselo.

—Así no me sirve —dijo él—. ¡Está demasiado bajo!

Catherine trajo otro para ponerlo encima de aquel.

—¡Ahora está demasiado alto! —rezongó el muy provocador.

—Entonces, ¿cómo quieres que te los ponga? —preguntó ella desesperada.

Él se enderezó abrazándose a ella, que estaba de rodillas a su lado, y apoyó la cabeza en su hombro.

—¡No, eso sí que no! —dije—. ¡Se contentará usted con el cojín, señorito Heathcliff! La señorita ya ha perdido bastante tiempo con usted y no podemos quedarnos ni cinco minutos más.

—¡Sí, sí que podemos! —repuso Cathy—. Ya está más tranquilo y se portará bien. Empieza a darse cuenta de que esta noche seré mucho más desgraciada que él si me voy pensando que mi visita le ha hecho empeorar. De ser así, no me atrevería a volver. Dime la verdad, Linton, porque si te he hecho daño no volveré.

—Tienes que venir a cuidarme —contestó él—. Tienes que hacerlo precisamente porque me has hecho daño. ¡Me has hecho muchísimo daño, y tú lo sabes! ¿Verdad que no estaba tan enfermo cuando entraste?

—Pero te has puesto así de enfermo tú solo de tanto llorar y tanta rabieta. Yo no tengo toda la culpa —dijo su prima—. En cualquier caso, seamos amigos a partir de ahora. Tú quieres que venga... ¿De verdad te gustaría verme por aquí alguna vez?

—¡Ya te he dicho que sí! —repuso él con impaciencia—. Siéntate en el banco y deja que apoye la cabeza en tus rodillas. Eso hacía mamá durante las tardes que pasábamos juntos. No te muevas y no hables, pero puedes cantar una canción si sabes cantar o recitar una balada larga e interesante, una de las que prometiste enseñarme, o si no, cuéntame un cuento. Aunque preferiría una balada. Vamos, empieza.

Catherine le recitó la balada más larga que sabía. Aquel entretenimiento les encantó a los dos. Linton quería oír otra, y luego otra, y así siguieron a pesar de mis enérgicas protestas hasta que el reloj dio las doce y oímos a Hareton en el patio que volvía para comer.

—¿Y mañana, Catherine? ¿Volverás mañana? —preguntó el joven Heathcliff agarrándose a su vestido mientras ella se levantaba a regañadientes.

—¡No! —contesté yo—. Y tampoco volverá pasado mañana.

Pero ella se inclinó para decirle algo al oído, y debió de darle una respuesta distinta de la mía porque a Linton se le alisó la frente.

—¡No piense que vayamos a volver mañana, señorita! —la regañé cuando ya estábamos fuera—. ¡Ni lo sueñe! No estará pensando en regresar, ¿verdad?

Ella sonrió.

—¡Ya me encargaré yo de que no vuelva! —continué—. Mandaré reparar el candado y no podrá usted escapar por ninguna otra parte.

—Puedo saltar la tapia —dijo ella riéndose—. La granja no es ninguna cárcel, Ellen, ni tú eres mi carcelera. Además, ya casi tengo diecisiete años. Soy una mujer hecha y derecha, y estoy segura de que Linton se pondría bueno enseguida si me tuviese a mí para cuidarle. Sabes que soy mayor que él, más sensata y menos infantil, ¿a que sí? Y si le mimo un poco, no tardará en hacer lo que yo le diga. Es un encanto cuando se porta bien. Si fuese mío haría de él un pequeño tesoro. ¿Verdad que cuando nos acostumbrásemos el uno al otro no volveríamos a discutir nunca más? ¿No te gusta, Ellen?

—¡Que si me gusta! —exclamé—. ¡Es el chiquillo más malhumorado y enfermizo mayor de diez años que he conocido en la vida! ¡Menos mal que, como auguró el señor Heathcliff, no llegará a los veinte! Es más, dudo que llegue a la primavera que viene. Y será una pérdida insignificante para la familia cuando les deje. Tenemos mucha suerte de que su padre se haya hecho cargo de él. ¡Cuanta más amabilidad se le prodigara, más egoísta e insoportable sería! ¡Me alegro de que no exista la menor posibilidad de que usted llegue a tenerle por esposo, señorita Catherine!

Mi acompañante se puso muy seria cuando me oyó decir aquello. Debió de herirla que yo hablara de su muerte tan a la ligera.

—Es más joven que yo —contestó tras reflexionar un buen rato—, así que debería sobrevivirnos a todos, y lo hará. Por lo menos tiene que vivir tanto como yo. Posee las mismas fuerzas ahora que cuando se vino a vivir al norte, ¡estoy convencida de ello! No tiene más que un catarro, el mismo que papá. Tú me has dicho que papá se curará. En ese caso, ¿por qué no iba a curarse Linton?

—Está bien, está bien —exclamé—. Después de todo, no tenemos por qué preocuparnos por eso. Porque, escuche bien lo que voy a decirle, señorita, y váyase con cuidado porque mantendré mi palabra: si usted intenta volver a Cumbres Borrascosas, ya sea conmigo o sin mí, informaré de ello al señor Linton. Y a menos que él le dé permiso, olvídese de reanudar las relaciones con su primo.

—¡Ya las he reanudado! —masculló Cathy enfurruñada.

—¡Pues tendrá que interrumpirlas! —dije yo.

—¡Eso ya lo veremos! —me contestó, y salió al galope, dejando que yo me las apañara como pudiera.

Las dos llegamos a casa antes de la hora de comer. El amo se figuró que habíamos estado paseando por el parque, así que no nos pidió explicaciones por nuestra ausencia. En cuanto entré, corrí a cambiarme de medias y de zapatos porque tenía los pies calados. Pero aquella prolongada estancia en Cumbres Borrascosas ya había hecho su efecto. A la mañana siguiente tuve que guardar cama, y estuve tres semanas sin poder cumplir con mis obligaciones, una desgracia que no me había ocurrido nunca y que, gracias a Dios, no ha vuelto a ocurrirme.

Mi amita se portó como un ángel. Venía a cuidarme y a aliviar mi soledad. Aquel encierro me había dejado muy abatida. Para un cuerpo inquieto y activo, estar inmóvil resulta agotador, pero pocas personas hubieran tenido menos motivos para quejarse que yo. En cuanto Catherine salía del cuarto del señor Linton se venía a la cabecera de mi cama. Repartía su día entre los dos sin concederse un minuto de esparcimiento. Descuidaba sus comidas, sus estudios y sus juegos, y era la enfermera más cariñosa que jamás haya velado a un enfermo. ¡Sabiendo que quería a su padre con locura, tiene que haber tenido muy buen corazón para darme tanto a mí!

He dicho que repartía su día entre nosotros dos, pero el amo se acostaba pronto y yo casi nunca necesitaba nada después de las seis, así que la noche era suya.

Pobrecita, nunca me paré a pensar qué hacía después de la hora del té. Y aunque muchas veces, cuando entraba a desearme las buenas noches, le notaba nuevos colores en las mejillas y los finos dedos un tanto rosáceos, en lugar de suponer que aquello se debía a una cabalgada hasta los altos y fríos páramos, lo atribuía al calor del fuego en la biblioteca.

10

Transcurridas tres semanas pude abandonar mi dormitorio y deambular por la casa. Y la primera vez que me quedé levantada por la tarde, pedí a Catherine que me leyese algo, porque tenía la vista demasiado cansada para leer. Estábamos en la biblioteca y el amo ya había ido a acostarse. Me pareció que ella accedía bastante a regañadientes y, pensando que era porque no le agradaba el mismo tipo de libros que a mí, le pedí que eligiese uno de acuerdo con sus propios gustos.

Escogió uno de sus libros favoritos, y me leyó sin parar durante una hora, más o menos. Luego empezó a dispararme un sinfín de preguntas, una tras otra.

—Ellen, ¿no estás cansada? ¿No sería mejor que te acostases ya? Te sentará mal, Ellen, quedarte levantada tanto tiempo.

—No, no, querida, no estoy cansada —contestaba yo invariablemente.

Viendo que no me movía, probó otro método para demostrarme que aquella actividad la aburría. Bostezó, se desperezó y dijo:

—Ellen, yo sí estoy cansada.

—Entonces déjalo y hablemos un rato —contesté.

Pero aquello no hizo sino empeorar las cosas. Se puso a suspirar, a moverse de un lado a otro, y a mirar una y otra vez su reloj hasta que dieron las ocho. Al final se fue a su cuarto, muerta de sueño, a juzgar por su mirada malhumorada, sus párpados caídos y su continuo frotarse los ojos.

La tarde siguiente se mostró aún más impaciente, y la tercera desde que yo había vuelto a hacerle compañía se quejó de tener dolor de cabeza y subió a su habitación.

Aquella conducta me pareció muy extraña, así que después de quedarme sola mucho rato decidí subir a ver si se encontraba mejor y pedirle que viniese a tumbarse en el sofá, en lugar de estarse allí arriba a oscuras.

No hallé rastro de Catherine ni arriba ni abajo. Los sirvientes aseguraron que no la habían visto. Agucé el oído ante la puerta del señor Edgar, pero todo estaba en silencio. Volví a su aposento, apagué mi vela y me senté junto a la ventana.

Había una luna muy brillante y una fina capa de nieve cubría el suelo. Se me ocurrió que quizá se le había metido en la cabeza dar un paseo por el jardín para despabilarse. Percibí una silueta que se deslizaba a lo largo de la tapia, pero no era mi señorita. Cuando le dio la luz reconocí a uno de los mozos de cuadra.

Permaneció allí mucho tiempo contemplando el camino que atravesaba la propiedad. Luego salió disparado como si hubiese avistado algo y poco después reapareció con la jaca de la señorita. Y ahí estaba ella, recién desmontada, caminando al lado.

El hombre llevó sigilosamente al animal por el césped hacia la cuadra. Cathy entró por la ventana del salón y subió sin hacer ruido hasta donde yo la esperaba.

Cerró suavemente la puerta, se descalzó los zapatos cubiertos de nieve, se desató el sombrero y se disponía a quitarse la capa, sin reparar en que yo estaba espiándola, cuando me levanté de repente revelándole mi presencia. La sorpresa la dejó petrificada durante unos momentos: exclamó algo incomprensible y se quedó inmóvil.

—Mi querida señorita Catherine —empecé a decir, demasiado conmovida aún por su reciente amabilidad como para ponerme a regañarla—, ¿de dónde viene usted a caballo a estas horas? ¿Y por qué ha tratado de engañarme con ese cuento de la jaqueca? ¿Dónde ha estado? ¡Hable!

—He ido hasta las lindes del parque —balbuceó—. No te he contado ningún cuento.

—¿No ha ido a ninguna otra parte? —inquirí.

—No —murmuró ella.

—Ay, Catherine —exclamé apenada—. Usted sabe que ha obrado mal, porque de lo contrario no se vería obligada a contarme una fábula. Y eso me duele. Hubiera preferido seguir enferma tres meses a verla urdir una mentira.

Se me acercó de un salto y, rompiendo a llorar, me echó los brazos al cuello.

—Es que tengo mucho miedo de que te enfades, Ellen —dijo—. Prométeme que no vas a enfadarte y te contaré la verdad. Odio tener que ocultártela.

Nos sentamos junto a la ventana. Prometí no regañarla, fuera cual fuese su secreto, aunque, por supuesto, ya me figuraba dónde había estado, así que ella empezó a contarme:

—He ido a Cumbres Borrascosas, Ellen, y no he dejado de ir ni un solo día desde que caíste enferma, quitando tres antes de que te levantases de la cama y dos después. Regalaba a Michael libros y cuadros para que todas las tardes me ensillase a Minny y luego volviese a meterla en la cuadra. Pero a él tampoco le riñas, ¿eh? Llegaba a Cumbres Borrascosas hacia las seis y media de la tarde, y casi siempre me quedaba allí hasta las ocho y media, y luego galopaba hasta casa. No iba a divertirme, casi siempre me he sentido muy desgraciada estando allí. En contadas ocasiones me sentía contenta, quizá una vez por semana. Al principio imaginaba que me costaría mucho trabajo persuadirte de que me dejases cumplir la palabra que di a Linton, porque cuando le dejamos le prometí que iría a verle al día siguiente. Pero como ese día te quedaste arriba en tu cuarto, me libré del problema. Por la tarde, aprovechando que Michael estaba reparando el candado de la verja, me hice con la llave y le dije que mi primo me había pedido que fuera a verle porque estaba enfermo y él no podía venir a la granja, y le conté que papá no iba a consentir que yo fuera. Luego hice un pacto con él para lo de la jaca. A él le gusta mucho leer y tiene pensado dejarnos pronto porque va a casarse, así que accedió a satisfacer mis deseos a cambio de que le prestase libros de la biblioteca. Pero preferí regalarle los míos, y eso le gustó aún más.

»Durante mi segunda visita, Linton parecía muy animado. Zillah, el ama de llaves, nos limpió la habitación, nos encendió un buen fuego y nos dijo que podíamos hacer lo que quisiésemos porque Joseph había ido a una reunión de feligreses y Hareton estaba fuera con sus perros, matando faisanes en nuestros bosques, según supe después.

»Zillah me trajo vino caliente y pan de jengibre, y se mostró amabilísima conmigo. Linton se sentó en el sillón y yo en la pequeña mecedora que hay junto a la chimenea. Estuvimos riendo y hablando muy animadamente, contándonos muchas cosas. Planeamos adónde iríamos y las cosas que haríamos cuando llegase el verano. Eso no hace falta que te lo repita, porque te parecerán tonterías.

»Pero hubo un momento en que estuvimos a punto de pelearnos. Él decía que la manera más grata de pasar un caluroso día de julio sería tumbarnos de la mañana a la noche en un ribazo cubierto de brezos en pleno páramo, escuchando el somnoliento zumbido de las abejas entre las flores y el canto de las alondras sobre nuestra cabeza, con un cielo azul y un sol que brillara sin que lo cubriese ninguna nube. Esa era su idea de la más perfecta y celestial felicidad. La mía, en cambio, era que nos columpiásemos en un árbol verde y rumoroso, con un viento del oeste que hiciera pasar a toda velocidad unas nubes blancas y brillantes muy arriba, y estar escuchando música por doquier, no solo el canto de las alondras, sino también el de los zorzales, los mirlos, los pardillos y los cucos, y viendo a lo lejos el páramo, interrumpido aquí y allá por unos vallecitos frescos y oscuros, pero teniendo cerca unos grandes montículos de hierba alta que la brisa ondulara como si fuesen olas. Y los bosques y el sonido del agua, y el mundo entero despierto y loco de felicidad. Él quería que estuviese todo quieto en un éxtasis de paz, mientras que yo quería que todo centelleara en una danza gloriosa y exultante.

»Yo le dije que su paraíso solo estaría vivo a medias y él dijo que el mío sería un paraíso ebrio. Le contesté que en el suyo me dormiría, y él repuso que en el mío no podría respirar. Fue poniéndose cada vez más arisco, hasta que al final acordamos que intentaríamos hacer las dos cosas en cuanto llegase el buen tiempo. Después nos dimos un beso e hicimos las paces. Al cabo de una hora de estar sentados sin hacer nada, me quedé mirando la gran habitación con su suelo liso y sin alfombras, y pensé que sería estupendo jugar allí si apartábamos la mesa. Pedí a Linton que llamase a Zillah para que nos ayudase. Podíamos jugar a la gallina ciega y ella trataría de pillarnos, como hacías tú, Ellen, ¿te acuerdas? Él no quiso. Dijo que no le encontraba la gracia a aquel juego, pero accedió a jugar a la pelota. Encontramos dos en un aparador, entre un montón de viejos juguetes, peonzas, aros, volantes y raquetas. Una estaba marcada con una C y la otra con una H. Yo quería jugar con la que llevaba la C, porque era la C de Catherine, y la de la H debía de corresponder a Heathcliff, su nombre. Pero esta última estaba descascarillada y Linton no la quiso.

»Le gané una y otra vez, hasta que él volvió a enfadarse. Se puso a toser y regresó a su asiento. Pero aquella tarde recuperó el buen humor muy rápido. Le encantaron dos o tres canciones preciosas, las que tú me enseñaste, Ellen. Cuando ya tenía que irme, me rogó con todo tipo de súplicas que volviese a la tarde siguiente, y yo se lo prometí.

»Minny y yo volamos a casa raudas como el viento. Estuve soñando con Cumbres Borrascosas y con mi dulce y querido primo hasta el amanecer.

»A la mañana siguiente desperté muy triste, en parte porque tú seguías enferma y en parte porque me habría gustado contarle a mi padre mis excursiones y que él me diese su beneplácito. Pero había una hermosa luz de luna después de tomar el té, y mientras cabalgaba hacia allí se me fue disipando el abatimiento.

»"Pasaré otra tarde feliz —pensaba—, y mi lindo primo también, que es lo que más me alegra."

»Entré al trote en su jardín, e iba a dar la vuelta por detrás cuando aquel tipo, Earnshaw, me vino al encuentro, agarró las riendas de mi montura y me invitó a entrar por la puerta principal. Dio unas palmaditas a Minny en el cuello y dijo que era un animal precioso; parecía querer que le diese conversación. Me limité a decirle que dejase en paz a mi caballo si no quería que le soltara una coz.

»—¡Bah! No iba a hacerme mucho daño —contestó él, con su vulgar forma de expresarse, mientras miraba las patas de Minny y esbozaba una sonrisa.

»Casi me dieron ganas de hacerle probar la coz. Pero él ya se había adelantado para abrir la puerta, y al levantar el picaporte miró hacia la inscripción que hay en la entrada y dijo con una estúpida mezcla de entusiasmo y torpeza:

»—Señorita Catherine, ya sé leer eso de ahí.

»—¡Fantástico! —exclamé—. ¡Enséñame lo listo que te has vuelto!

»Él deletreó el nombre deteniéndose en cada sílaba:

»—Ha-re-ton Earn-shaw.

»—¿Y los números? —pregunté animándole a leer el resto, al ver que se había parado en seco.

»—Aún no me los sé —contestó.

»—¡Ah, menudo zopenco estás hecho! —dije riéndome a carcajadas de su fracaso.

»El muy necio se me quedó mirando con un asomo de sonrisa en los labios y el ceño fruncido como si no estuviese seguro de si debía compartir mi regocijo, si debía considerarlo como una muestra de familiaridad o como lo que realmente era: una muestra de desprecio.

»Zanjé sus dudas volviéndome a poner muy seria y diciéndole que se marchara, porque yo no había venido a verle a él, sino a Linton.

»Él se sonrojó (lo advertí gracias a la luz de la luna), soltó el picaporte y se escabulló abochornado y con la vanidad muy herida. Supongo que creía que solo por haber aprendido a deletrear su propio nombre era ya tan diestro como Linton, y se quedó muy desconcertado al ver que yo no opinaba lo mismo.

—¡Un momento, mi querida señorita Catherine! —interrumpí—. No la reñiré, pero no me gusta nada lo que acaba de contarme. Tendría que haberse acordado de que Hareton es tan primo suyo como el señorito Heathcliff y haberse dado cuenta de que se ha portado usted con él de una forma sumamente indecorosa. Después de todo, que él deseara ser tan diestro como Linton es una ambición digna de encomio, y no creo que él aprendiera a leer solo para vanagloriarse de ello. Después de todo, usted ya le había hecho avergonzarse de su ignorancia, así que lo más probable es que él haya querido repararla para darle gusto a usted. Mofarse de su tentativa, aunque fuese imperfecta, es una prueba de pésima educación. ¿Cree usted que sería menos tosca que él si se hubiese criado en sus mismas circunstancias? De niño era tan sagaz e inteligente como haya podido serlo usted misma, y me duele que ahora tenga que verse humillado por culpa del injusto trato que ha recibido de ese rufián de Heathcliff.

—Está bien, Ellen, pero no vas a echarte a llorar por eso, ¿verdad? —exclamó sorprendida por mi seriedad—. Espera a que siga y sabrás si repasó el abecedario solo para complacerme y si valía o no la pena ser educada con aquel animal. Entré, y Linton, que estaba tumbado en el banco, se medio incorporó para saludarme.

»—Esta tarde no me encuentro bien, Catherine querida —dijo—, así que tendrás que hablar tú y dejar que yo me limite a escucharte. Ven, siéntate a mi lado. Estaba seguro de que no faltarías a tu palabra, pero antes de que te vayas te pediré que vuelvas a prometerme que seguirás viniendo.

»Ahora que ya sabía que no debía importunarle, porque estaba enfermo, le hablé con dulzura, me abstuve de hacerle preguntas y extremé las medidas para evitar irritarle. Le había traído algunos de mis libros más bonitos. Me pidió que le leyera uno de ellos, y cuando me disponía a hacerlo, Earnshaw abrió la puerta de golpe. Había estado cavilando sobre lo ocurrido y se le había envenenado la sangre. Avanzó derecho hacia nosotros, agarró a Linton por un brazo y le hizo tambalearse en su asiento.

»—¡Vete a tu propia habitación! —dijo con una voz casi incomprensible de pura rabia, y el rostro hinchado y furioso—. Llévatela allí si es a ti a quien viene a ver. A mí no vas a impedirme que me quede en esta. ¡Fuera de aquí los dos!

»Se puso a insultarnos y Linton no tuvo tiempo de responder, porque Hareton prácticamente lo arrojó a la cocina. Al ver que yo iba detrás de ellos, cerró el puño como si quisiera derribarme de un golpe. Por un momento tuve miedo y se me cayó un libro. Hareton me lo acercó de una patada y echó la llave a la puerta, dejándonos fuera.

»Oí una risa maligna y cascada junto a la lumbre y al volverme vi al odioso Joseph, que estaba de pie frotándose las manos huesudas y tiritando.

»—¡Estaba seguro de que se iba a vengar! ¡Es un gran chico! ¡Tiene lo que hay que tener! Él sabe, sí, sabe tan bien como yo quién tendría que ser el amo aquí. ¡Ech, ech, ech! Bien que ha hecho en echaros. ¡Ech, ech, ech!

»—¿Adónde podemos ir? —le dije a mi primo, obviando las burlas de aquel miserable viejo.

»Linton se había puesto muy pálido y temblaba. En aquel momento, Ellen, no me pareció nada guapo. ¡Oh, no! ¡Tenía un aspecto espantoso! Su cara chupada y sus grandes ojos expresaban una furia colérica e impotente. Agarró el pomo de la puerta y lo sacudió. El cerrojo estaba echado por dentro.

»—¡Si no me dejas entrar, te mataré! ¡Si no me dejas entrar, te mataré! —berreaba, más que decía—. ¡Demonio! ¡Demonio! ¡Te mataré, te mataré!

»Joseph volvió a soltar aquella risa cascada.

»—¡Ahí lo tiene, ahí está el padre! ¡Ahí está el padre! Siempre heredamos de uno o de otro lado. No te preocupes, Hareton, chico, no tengas miedo, ¡no puede ponerte las manos encima!

»Cogí a Linton de las manos y traté de apartarle de la puerta, pero se puso a chillar de forma tan espantosa que no me atreví a insistir. Al final se le estrangularon los gritos en un terrible acceso de tos. Empezó a salirle sangre a borbotones por la boca y cayó al suelo.

»Salí corriendo al patio, muerta de miedo, y llamé a Zillah con toda la fuerza de mis pulmones. No tardó en oírme; estaba ordeñando las vacas en el cobertizo que hay detrás del establo y, tras dejar la faena, vino a preguntar qué pasaba.

»Me faltaba el aliento para explicárselo. La arrastré adentro y me puse a buscar a Linton. Earnshaw había salido para examinar el mal que había causado y en aquel momento se estaba llevando al pobre muchacho al piso de arriba. Zillah y yo subimos las escaleras detrás de ellos, pero al llegar al rellano Hareton me detuvo y me dijo que yo no podía entrar, que me marchase a casa.

»Yo le grité que había matado a Linton y que pensaba entrar.

»Joseph atrancó la puerta y me mandó abstenerme de "hacer cosas repugnantes", y me preguntó si "quería estar tan tocada como él"».

»Me quedé allí llorando hasta que reapareció el ama de llaves. Zillah me aseguró que Linton se pondría bien enseguida, pero que no le convenían los gritos y esa bulla. Me agarró y me llevó casi a rastras a la sala de estar.

»¡Ellen, yo estaba a punto de arrancarme mechones de pelo! Sollocé y gemí hasta que se me cegaron los ojos. Y todo ese rato aquel tunante por el que muestras tanta simpatía estaba allí delante, atreviéndose de vez en cuando a mandarme callar y negando que aquello fuese culpa suya. Hasta que le entró miedo, porque le aseguré que iba a contárselo todo a papá y que le meterían en la cárcel y le colgarían. Se puso a lloriquear y salió a toda prisa para ocultar su cobarde agitación.

»Pero aún no me había librado de él. Cuando al final me exigieron que me marchase y cuando ya me había alejado algunos metros de la casa, Hareton surgió de repente de la oscuridad, detuvo a Minny y me cogió.

»—Señorita Catherine, lo siento mucho —empezó a decir—, pero no sé cómo hacer…

»Le di un latigazo, pensando que quería asesinarme. Me soltó, gritando una de sus horribles imprecaciones, y yo galopé hasta casa más muerta que viva.

»Ese día no entré a darte las buenas noches. Y al siguiente no fui a Cumbres Borrascosas, aunque lo deseaba sobremanera. Pero se había apoderado de mí una extraña excitación: por un lado tenía pavor de que me dijeran que Linton había muerto, y por otro me estremecía ante la idea de volver a cruzarme con Hareton.

»Al tercer día, no pudiendo soportar ya más aquella incertidumbre, me armé de valor y volví a escaparme. Me marché de aquí a las cinco y me dirigí allí a pie, creyendo que así lograría deslizarme en la casa y subir al cuarto de Linton sin ser vista. Pero los perros anunciaron mi llegada. Zillah salió a mi encuentro, me dijo que "el chaval estaba casi repuesto" y me llevó a una pequeña habitación, limpia y alfombrada, donde, para mi indecible dicha, hallé a Linton tumbado en un pequeño sofá, leyendo uno de mis libros. Pero, Ellen, durante toda una hora se negó a hablarme y a mirarme. Tiene un carácter lamentable. Y lo que más me desconcertó fue que, cuando al fin abrió la boca, ¡fue para calumniarme diciendo que yo había ocasionado todo aquel alboroto y que Hareton no tenía culpa de nada!

»Viéndome incapaz de contestarle sin perder los estribos, me levanté y salí de la habitación. Entonces me lanzó un tenue: "¡Catherine!". Seguramente no contaba con que yo reaccionase de la forma en que lo hice, pero no quise volver sobre mis pasos. Al día siguiente volví a quedarme en casa, porque casi había resuelto no volver a visitarle nunca más.

»Pero me entristecía tanto meterme en la cama y levantarme al otro día sin saber nada de él que mi resolución se desvaneció antes de haberla tomado del todo. Si antes me había parecido mal hacer aquel trayecto, ahora me parecía mal no hacerlo. Michael vino a preguntarme si debía ensillar la jaca y yo le dije que sí. Y mientras Minny me llevaba hasta el otro lado de las montañas, yo sentía que estaba cumpliendo con mi deber.

»No tenía otro remedio que pasar por delante de las ventanas de la fachada principal para llegar al patio. Era inútil tratar de ocultar mi presencia allí.

»—El señorito está dentro —dijo Zillah cuando vio que me dirigía al gabinete.

»Entré. Earnshaw también estaba allí, pero salió de la habitación enseguida. Encontré a Linton sentado en una gran butaca, medio dormido. Mientras me acercaba a la lumbre, me puse a hablar en un tono muy serio, en parte porque quería que fuera verdad lo que iba a decir:

»—Como no me aprecias, Linton, y crees que vengo con la única intención de hacerte daño, y sostienes que te lo hago siempre, este es nuestro último encuentro. Digámonos adiós. Explicarás al señor Heathcliff que no sientes el menor deseo de verme y que no tiene por qué inventar más patrañas a este respecto.

»—Siéntate y quítate el sombrero, Catherine —contestó—. Eres más feliz que yo, así que deberías ser más buena. Papá ya se encarga de recordarme mis defectos y de manifestarme su desprecio cada dos por tres, así que no es de extrañar que dude de mí mismo. Hasta me pregunto si no seré tan inútil como él dice, ¡y entonces siento una furia y una amargura tales que odio a todo el mundo! Es cierto que soy un inútil, que tengo mal carácter y que casi siempre estoy malhumorado, así que eres libre de decirme adiós. Te quitarás de encima un estorbo. Pero, Catherine, te pido que por favor me concedas lo siguiente: piensa que, si pudiese, antes que ser tan feliz y estar tan sano como tú, me encantaría por lo menos ser tan dulce, bondadoso y bueno, si no más. Y tu bondad, créeme, me ha hecho quererte más profundamente que si mereciera tu amor. Y piensa que, aunque no he podido ni puedo evitar mostrarte mi verdadera naturaleza, me pesa ser así y me arrepiento de ello. ¡Me pesará ser así y me arrepentiré de ello hasta que me muera!

»Sentí que decía la verdad y que tenía que perdonarle, y que aunque discutiera conmigo un minuto después, tendría que volver a perdonarle. Nos reconciliamos, pero no hicimos otra cosa que llorar durante todo el rato que estuve allí. Yo no solo lloraba por pena; también me apenaba que Linton tuviese un carácter tan retorcido. ¡Nunca permite que sus amigos estén a gusto y nunca está a gusto él mismo!

»Desde aquella noche siempre nos hemos visto en su pequeño gabinete, porque su padre regresó al día siguiente. Creo que solo unas tres veces nos hemos sentido tan felices y esperanzados como la primera tarde. Todas mis demás visitas han sido tristes y turbulentas, unas veces por culpa de su egoísmo y su mala fe, y otras a causa de sus achaques; pero he aprendido a tolerar sus defectos sin guardarle rencor.

»El señor Heathcliff hace cuanto puede por evitarme. Casi no le he visto. Es más, el último domingo, porque llegué más temprano que de costumbre, oí que estaba insultando cruelmente al pobre Linton por cómo se había portado conmigo la víspera. No sé cómo se enteró, a menos que estuviera escuchando tras la puerta. Es cierto que Linton se había puesto muy provocador, pero después de todo aquello no le incumbía a nadie salvo a mí. Así que interrumpí el sermón del señor Heathcliff irrumpiendo en la habitación y diciéndole que no se metiera en mis asuntos. Él se echó a reír y se marchó alegando que se alegraba de que me tomase las cosas de aquella manera. Aquel día sugerí a Linton que, en lo sucesivo, cuando tenga algo desagradable que decir me lo diga al oído.

»Bueno, Ellen, ya lo sabes todo. Si me acabáis prohibiendo que vaya a Cumbres Borrascosas, haréis desgraciadas a dos personas, mientras que si no le dices nada a papá, mis visitas no molestarán a nadie. ¿Verdad que no se lo contarás? No tendrías corazón si lo hicieras.

—Lo decidiré mañana, señorita Catherine —contesté—, porque es algo que hay que meditar. Así que la dejo para que descanse y yo voy a reflexionar sobre el asunto.

Y reflexioné, pero en voz alta y en presencia de mi amo. Me fui directa del cuarto de ella al de su padre, y le conté toda la historia, salvo las conversaciones de Cathy con su primo; tampoco mencioné a Hareton en ningún momento.

El señor Linton se alarmó y se afligió mucho más de lo que me dio a entender. A la mañana siguiente Catherine supo que yo había traicionado su confianza y también que debía poner fin a sus visitas clandestinas.

De nada le sirvió llorar ni rebelarse contra aquella prohibición. Imploró a su padre que se apiadara de Linton, pero el único consuelo que recibió fue la promesa de que él mismo se encargaría de escribirle, que le daría permiso para venir a la granja siempre que quisiera, aunque no sin advertirle que no volvería a ver a Catherine por Cumbres Borrascosas. Es posible que, de haber sido más consciente del carácter de su sobrino y de su delicada salud, habría considerado oportuno no ofrecerle ni siquiera aquella pequeña compensación.

11

—Eso ocurrió el invierno pasado, señor —dijo la señora Dean—, hace poco más de un año. ¡Quién iba a decirme que doce meses después estaría yo contándole estas cosas a una persona extraña a la familia para entretenerla! Pero quién sabe si seguirá usted siendo un extraño por mucho tiempo. Es demasiado joven para que, viviendo solo, no busque la compañía de otras personas. Además, tengo la impresión de que nadie que vea a Catherine Linton puede dejar de enamorarse de ella. Sí, sí, sonríe usted, pero ¿por qué se le nota tan interesado y animado cuando le hablo de ella? ¿Y por qué me ha pedido que cuelgue su retrato encima de la chimenea? ¿Y por qué…?

—¡Un momento, querida amiga! —exclamé—. Es muy posible que me haya enamorado de ella, pero ¿podría ella enamorarse de mí? Tengo demasiadas dudas al respecto como para arriesgar mi sosiego dejándome caer en la tentación. Aparte de que mi sitio no es este: mi mundo es el del trajín constante y a sus brazos he de volver. Pero continúe con su relato. ¿Obedeció Catherine las órdenes de su padre?

—Sí —prosiguió el ama de llaves—. El cariño que le profesaba seguía siendo el sentimiento predominante en su corazón. Además, él le había hablado sin acritud, con la profunda ternura de quien se dispone a abandonar a su único tesoro entre peligros y enemigos, sabiendo que sus palabras son la única ayuda que puede ofrecer a su hija para que le sirvan de guía cuando él ya no esté.

Pocos días después, él me dijo:

—Ojalá mi sobrino me escribiese, Ellen, o nos hiciera una visita. Dime sinceramente qué opinión te merece. ¿Ha cambiado para mejor, o existe al menos alguna esperanza de que mejore cuando se haga un hombre?

—Está muy delicado, señor —repuse—, y es bastante improbable que llegue a hacerse un hombre. Pero lo que sí puedo decir es que no se parece a su padre, y que si la señorita Catherine tuviese la desgracia de casarse con él, Linton no escaparía a su control a no ser que ella lo tratase con una estúpida y excesiva indulgencia. De todas formas, señor, tendrá usted tiempo de sobra para llegar a conocerle bien y ver si le conviene a su hija; aún le quedan más de cuatro años para ser mayor de edad.

Edgar suspiró y, acercándose a la ventana, miró hacia la iglesia de Gimmerton. Era una tarde de niebla, pero el sol de febrero brillaba débilmente y se alcanzaban a distinguir los dos abetos del cementerio y las escasas lápidas dispersas.

—He rezado muchas veces —dijo casi para sí— para que me llegase lo que se avecina; pero ahora empiezo a temerlo y a temblar. ¡Creía que el recuerdo de aquel momento en que recién casado bajé por la cañada no sería tan dulce como el presentimiento de que pronto, dentro de pocos meses o tal vez semanas, me llevarían allí arriba y me depositarían en su hueco solitario! Ellen, he sido muy feliz con mi pequeña Cathy. Tanto en las noches de invierno como en los días de verano, mi hija ha sido una fuente de vida y esperanza para mí. Pero he sido igual de feliz al meditar a solas entre aquellas tumbas al abrigo de la vieja iglesia, y al pasarme las largas tardes de junio tumbado sobre el verde montículo de la sepultura de su madre, deseando y anhelando que llegase el momento en que yo también yaciera allí. ¿Qué puedo hacer por Cathy antes de abandonarla? Si estuviese seguro de que Linton la consolaría de mi pérdida, no me importaría nada que me la arrebatase ahora, aunque sea hijo de Heathcliff. ¡Ni siquiera me importaría que Heathcliff lograra su propósito y triunfase despojándome de mi última bendición! ¡Pero si Linton no es digno de ella, si no es más que un pelele en manos de su padre, no puedo abandonarla a su suerte! Y por duro que sea quebrantar su exuberante espíritu, tendré que seguir apenándola mientras viva y dejarla sola en el mundo tras mi muerte. ¡Pobrecita! Mejor sería encomendarla a Dios y enterrarla a ella antes de que me entierren a mí.

—Encomiéndela a Dios, sin más, señor —contesté—, y si le perdemos a usted, Dios no lo quiera, yo seguiré siendo amiga y consejera de su hija hasta el final, si la Divina Providencia no lo impide. La señorita Catherine es una buena chica, así que no temo que se obstine en tomar el mal camino. Y quienes cumplen con su deber al final siempre acaban siendo recompensados.

La primavera iba avanzando, pero mi amo, aunque hubiera reanudado los paseos por la finca con su hija, no terminaba de recobrar las fuerzas. Ella, en su inexperiencia, tomó los paseos por un síntoma de convalecencia. Y como muchas veces su padre tenía las mejillas arreboladas y los ojos brillantes, estaba segura de que se curaría.

El día en que ella cumplió diecisiete años, su padre no fue al cementerio. Llovía, así que comenté:

—No irá a salir esta tarde, ¿verdad, señor?

—No, este año dejaré la visita para un poco más adelante —contestó.

El amo volvió a escribir a Linton, manifestándole su gran deseo de verle. Y no me cabe duda de que si el enfermo hubiese estado en condiciones de venir, su padre se lo habría permitido. Lo que sucedió fue que Linton contestó siguiendo las instrucciones, y en la carta insinuaba que su padre se oponía a que viniese a la granja, pero decía alegrarse de que su tío hubiese tenido la amabilidad de recordarle y que esperaba encontrarse con él alguna vez en sus paseos para pedirle en persona que su prima y él no siguieran tanto tiempo sin verse.

Aquella parte de la carta era sencilla y, seguramente, de su cosecha. Heathcliff sabía que su hijo era capaz de suplicar con elocuencia que se le permitiese conservar la compañía de Catherine.

No pido que venga a visitarme aquí, pero ¿es que no voy a volver a verla solo porque mi padre me prohíbe ir a su casa y usted le prohíbe a ella que venga a la mía? ¡Por favor, acceda a acercarse de vez en cuando con ella hasta Cumbres Borrascosas para que podamos intercambiar algunas palabras estando usted presente! No hemos hecho nada para merecer esta separación y, como ha reconocido usted mismo, no está usted enfadado conmigo ni tiene ningún motivo para no apreciarme. ¡Querido tío, mándeme una nota amable mañana y acceda a que nos veamos donde usted decida, excepto en la Granja de los Tordos! Pienso que un breve encuentro le convencería a usted de que no tengo el mismo carácter que mi padre; él mismo asegura que soy más sobrino de usted que hijo suyo, y aunque tengo algunos defectos que me hacen indigno de Catherine, ella me los ha perdonado y, por consideración a ella, usted también debería perdonármelos. Pregunta usted por mi salud. Me encuentro mejor, pero mientras siga aquí aislado y sin ninguna esperanza, condenado a la soledad o a la compañía de quienes nunca me han querido ni me querrán, ¿cómo voy a estar alegre y bien?

Edgar, aunque lo sintió por el muchacho, no pudo acceder a su petición, porque no estaba en condiciones de acompañar a Catherine.

Contestó diciendo que tal vez podrían reunirse en el verano y que en el ínterin le gustaría seguir recibiendo noticias suyas de vez en cuando. Y prometía mandarle por vía epistolar todos los consejos y el consuelo posibles, porque bien sabía lo dura que era su situación familiar.

Linton se mostró de acuerdo, pero si no le hubiesen puesto trabas, seguramente lo habría estropeado todo atiborrando sus misivas con quejas y lamentos. Por eso su padre le vigilaba de cerca y sin duda obligaba a su hijo a mostrarle cada renglón que remitía mi amo. Así que, en lugar de escribir acerca de sus peculiares angustias y tribulaciones personales, que siempre acaparaban sus pensamientos, insistía machaconamente en lo cruel que era obligarle a vivir separado de la que era su amiga y su amor, e insinuaba veladamente que si el señor Linton no le permitía pronto una entrevista, empezaría a sospechar que le engañaba adrede con vanas promesas.

En nuestra casa, Cathy era una poderosa aliada. Así que entre ambos acabaron persuadiendo a mi amo para que les consintiera dar un paseo juntos una vez por semana, ya fuera a caballo o a pie, por los páramos más próximos a la granja, bajo mi tutela. Porque en el mes de junio el amo seguía empeorando y, aunque cada año había apartado una porción de sus ingresos para incrementar la fortuna de mi señorita, tenía el natural deseo de que su hija conservase la casa de sus antepasados, o al menos que pudiese volver a ella en breve. Y pensaba que la única forma de conseguirlo sería mediante un enlace con su futuro heredero. No tenía la menor idea de que la vida de este se estaba apagando casi tan deprisa como la suya, y creo que nadie se lo imaginaba, porque ningún médico visitó Cumbres Borrascosas y ninguno de nosotros volvió a ver al señorito Heathcliff, así que no supimos de la gravedad de su estado y no pudimos avisar a nadie.

Yo, por mi parte, empecé a pensar que me había equivocado en mis vaticinios y que en realidad Linton iba cobrando fuerzas, porque hablaba de montar a caballo y de caminar por los páramos, y parecía ansioso por casarse con Cathy.

No podía llegar a imaginar que un padre pudiera tratar de forma tan tiránica y cruel a un niño moribundo como supe después que Heathcliff había tratado a su hijo para obligarle a aparentar entusiasmo. Redoblaba sus esfuerzos cuanto más inminente era la amenaza de que la muerte viniera a truncar sus avariciosos e insensibles planes.

12

Ya casi habíamos dejado atrás el apogeo del verano cuando Edgar accedió, aunque a regañadientes, a los ruegos de los jóvenes, y Catherine y yo hicimos nuestra primera cabalgada para ir a reunirnos con su primo.

Era un día bochornoso y sofocante. No brillaba el sol, pero el cielo estaba demasiado aborregado y calinoso como para amenazar lluvia. El lugar fijado para nuestra cita era el mojón que había en el cruce de caminos. Pero al llegar allí nos encontramos con un pastorcillo que había sido enviado como mensajero, y que nos dijo:

—El señorito Linton está justo de este lado de Cumbres Borrascosas y les agradecería mucho que avanzasen un poco más.

—Por lo visto el señorito Linton ha olvidado la condición más importante que le puso su tío —observé—. El amo nos ha ordenado no salir de sus terrenos, y aquí ya estamos fuera de ellos.

—Pues volveremos grupas en cuanto le encontremos —contestó mi señorita—, y daremos el paseo en dirección a casa.

Pero cuando llegamos a donde estaba Linton, que era a cuatrocientos metros escasos de su propia casa, nos encontramos con que no tenía caballo, y no tuvimos más remedio que desmontar y dejar que los nuestros pastasen por allí.

Estaba tumbado en el brezal esperando nuestra llegada, y no se levantó hasta que estuvimos a pocos metros de él. Cuando lo hizo, le vimos caminar con tal dificultad y estaba tan pálido que enseguida exclamé:

—¡Pero, señorito Heathcliff, usted no está esta mañana en condiciones de dar un paseo! ¡Qué mal aspecto tiene!

Catherine le miraba afligida y atónita. La exclamación de júbilo que traía a flor de labios se le mudó en una de alarma, y el regocijo por el encuentro tanto tiempo postergado en ansiosa pregunta: ¿es que se encontraba peor que de costumbre?

—¡No, mejor, mejor! —jadeó él, temblando.

Retenía la mano de Catherine entre las suyas, como si necesitase su apoyo, mientras sus grandes ojos azules se posaban tímidos y errabundos sobre ella. Las ojeras que los rodeaban habían transformado su lánguida expresión de antes en macilenta ferocidad.

—Pero ahora estás peor —insistió su prima—, peor que la última vez que te vi. Estás más delgado y…

—Estoy cansado —interrumpió él rápidamente—. Hace demasiado calor para caminar; sentémonos aquí a descansar. Casi siempre me encuentro mal por las mañanas… Papá dice que es porque estoy creciendo muy deprisa.

Cathy, aunque no se dio por satisfecha con aquella respuesta, se sentó y él se reclinó a su lado.

—Esto se parece mucho a tu paraíso —dijo ella, haciendo un esfuerzo por estar alegre—. ¿Te acuerdas que acordamos pasar dos días juntos en el lugar y de la forma que a cada uno le pareciese más agradable? Pues este sería el tuyo si no hubiera nubes, aunque son tan tenues y doradas que resultan más bonitas que el sol. La semana que viene, si puedes, bajaremos a caballo hasta el parque de la granja y probaremos el mío.

Linton no parecía saber de qué le hablaba su prima: era evidente que le suponía un enorme esfuerzo mantener cualquier tipo de conversación. Su falta de interés por los temas que ella iniciaba y su incapacidad para contribuir a su diversión eran tan flagrantes que Catherine no pudo ocultar su decepción. Una mudanza indefinible se había operado en la persona de Linton y en su comportamiento. Aquella irritabilidad que antaño las caricias solían convertir en ternura había dado paso a una lánguida apatía. Poco quedaba de aquel niño difícil que se quejaba y molestaba a los demás adrede para que le mimasen; ahora destacaba en él una hosquedad ensimismada de enfermo crónico, que rechazaba todo consuelo y tendía a tomarse como un insulto el regocijo y el buen humor de los demás.

Catherine veía, igual que yo, que para él soportar nuestra compañía era más un castigo que un placer y no tuvo escrúpulos para proponer que nos fuéramos cuanto antes.

Aquella proposición sacó a Linton de su letargo de forma inesperada, y le causó una extraña agitación. Dirigió una temerosa mirada hacia Cumbres Borrascosas y rogó a su prima que se quedara con él por lo menos otra media hora.

—Pero yo creo —dijo Cathy— que estarías mejor en casa que aquí sentado; además, veo que hoy no consigo divertirte con mis cuentos, mis canciones y mi charla. Por lo visto te has convertido en una persona más madura que yo en estos cinco meses, y ya no te divierten las mismas cosas que a mí. Te aseguro que si viera que soy capaz de distraerte, me quedaría de buen grado.

—Quédate un poco más y descansa —repuso él—. Y sobre todo, Catherine, no pienses ni digas que estoy muy mal. Lo que me embota es este bochorno y este calor. He estado caminando tanto que antes de que llegaras ya estaba agotado. Di al tío que estoy bastante bien de salud, ¿lo harás?

—Le diré que lo has dicho, Linton, aunque no sea cierto —observó mi señorita, extrañada por su pertinaz afirmación de algo que era a todas luces falso.

—Y vuelve el jueves que viene —continuó él esquivando la mirada perpleja de su prima—. Y dale a tu padre las gracias por dejarte venir, dile que se lo agradezco mucho, Catherine. Y… y si ves a mi padre y te pregunta qué tal ha ido, no le dejes entrever que he estado muy callado y tontorrón… no pongas esa cara triste y abatida que pones ahora… se enfadaría.

—Me tiene sin cuidado que se enfade —exclamó Cathy pensando que ella iba a ser el objeto de su furia.

—Pero a mí no —dijo su primo estremeciéndose—. No le hagas montar en cólera contra mí, Catherine, porque es muy duro.

—¿Es severo con usted, señorito Heathcliff? —pregunté yo—. ¿Es que se ha cansado de ser indulgente y ha pasado del odio pasivo al odio activo?

Linton me miró, pero no contestó. Y Cathy, después de permanecer sentada junto a él otros diez minutos, durante los cuales su primo dejó caer la cabeza soñolienta sobre su pecho sin emitir más que ahogados gemidos de agotamiento o dolor, se puso a buscar arándanos para consolarse y a compartir conmigo el producto de sus indagaciones. No se los ofreció a él, porque vio que prestarle más atención solo serviría para cansarle e irritarle más.

—¿Ya ha pasado media hora, Ellen? —me susurró al final—. No veo por qué tenemos que quedarnos aquí. Él se ha dormido y papá estará esperando que volvamos.

—Bueno, pero no vamos a dejarle dormido —contesté—. Tenga paciencia y espere a que despierte. ¡Con la impaciencia que tenía por venir, qué pronto se le han evaporado las ansias de ver al pobre Linton!

—¿Por qué quería él verme a mí? —replicó Catherine—. Me caía mejor en sus momentos de mayor irritación que ahora que está tan raro. Este encuentro es como una tarea que se ha visto obligado a realizar por temor a que su padre le regañe. Pero no estoy dispuesta a venir solo para darle satisfacción al señor Heathcliff, sean cuales sean sus motivos para imponer a Linton semejante penitencia. Y aunque me alegro de que esté mejor de salud, siento que se muestre mucho menos simpático y cariñoso conmigo.

—¿De verdad cree usted que está mejor de salud? —pregunté.

—Sí —contestó ella—, porque, como sabes, solía dar muchísima importancia a sus achaques. Aunque no está «bastante bien de salud», como me ha pedido que le diga a papá, seguramente está mejor que antes.

—En eso diferimos, señorita Cathy —comenté—. Yo diría que está mucho peor.

En aquel momento Linton despertó sobresaltado, perplejo y aterrorizado, y preguntó si alguien le había llamado por su nombre.

—No —dijo Catherine—, a no ser que haya sido en sueños. No entiendo cómo puedes quedarte dormido al aire libre y en plena mañana.

—Me pareció haber oído a mi padre —dijo él con voz entrecortada, echando una mirada a la cima que se elevaba amenazadoramente sobre nosotros—. ¿Estás segura de que nadie me ha llamado?

—Muy segura —repuso su prima—. Ellen y yo hablábamos acerca de tu salud. ¿De verdad estás más fuerte, Linton, que cuando nos despedimos el invierno pasado? Si es así, hay una cosa que se ha debilitado seguro, y es tu cariño por mí. Dime, ¿estás más fuerte?

Las lágrimas salieron a borbotones de los ojos de Linton cuando contestó:

—¡Sí, sí, lo estoy!

Pero seguía hechizado por la voz imaginaria que había oído y su mirada vagaba de un lado a otro para detectar a su dueño.

Cathy se levantó.

—Por hoy ya es suficiente; tenemos que despedirnos —dijo—. Y no te ocultaré que nuestro encuentro me ha decepcionado mucho, aunque no pienso comentarlo con nadie más que contigo. ¡Y no porque tenga miedo del señor Heathcliff!

—¡Calla —murmuró Linton—, por el amor de Dios, cállate! Viene hacia aquí.

Y se agarró del brazo de Catherine, tratando de detenerla. Pero ella, ante aquel anuncio, se liberó a toda prisa y silbó a Minny, que le obedeció como si fuese un perro.

—El jueves que viene estaré aquí —gritó, saltando a la silla—. Adiós. ¡Date prisa, Ellen!

Y así le dejamos. Él casi ni se dio cuenta de que nos íbamos de tan absorto que estaba en anticipar la llegada de su padre.

Ya antes de que llegáramos a casa, el disgusto de Catherine se había dulcificado para convertirse en una perpleja sensación de lástima y remordimiento, entremezclada con vagas e inquietas dudas acerca de la condición física y social de Linton. Yo compartía sus dudas, pero le aconsejé que no le diera muchas vueltas, porque podríamos juzgar mejor después de una segunda visita.

Mi amo nos pidió que le diéramos parte de nuestra visita. La señorita Cathy le transmitió el agradecimiento de su sobrino, pero casi no mencionó lo demás. Yo tampoco pude esclarecerle gran cosa, porque no sabía muy bien qué ocultar ni qué revelar.

13

Los siete días pasaron volando, aunque cada uno trajo consigo un progresivo y rápido deterioro en la salud de Edgar Linton. Los estragos que hasta entonces habían causado los meses eran ahora emulados por el atropello de las horas.

De haber podido, hubiésemos engañado a Catherine, pero su espíritu avispado se negaba a aceptar engaños. Adivinaba en secreto la horrible probabilidad que poco a poco iba convirtiéndose en certeza, y pensaba en ella día y noche.

Cuando llegó el jueves, mi señorita no tuvo valor de mencionar a su padre el paseo a caballo; lo hice yo en su lugar y obtuve permiso para mandarla salir un rato, porque para ella ya no existía otro mundo que no fuera la biblioteca, donde su padre pasaba el poco tiempo que conseguía estar levantado al día, y el aposento del señor Linton. Si no estaba inclinada sobre la almohada de su padre o sentada a su lado, se sentía a disgusto. Tenía el rostro cada día más pálido de tanto velar y sufrir, así que mi amo se alegró de darle licencia para salir, con la ilusión de que para ella aquello supondría un alegre cambio de escenario y de compañía, y consolándose con la esperanza de que su hija ya no habría de encontrarse tan sola cuando él muriera.

Basándome en varias observaciones que el señor Linton había dejado caer, deduje que se había empeñado en que si su sobrino se le parecía físicamente, también se le parecería en espíritu. Porque las cartas del joven Linton casi no dejaban traslucir los defectos de su carácter, o no los traslucían en absoluto. Y yo, por una debilidad perdonable, me abstuve de sacarle de su error; me decía que no serviría de nada amargarle los últimos momentos de su existencia con una información de la que él ya no podía sacar ningún provecho.

Aplazamos nuestra excursión hasta la tarde, una dorada tarde de agosto en que cada soplo llegado de las colinas venía tan cargado de vida que daba la impresión de que podría reanimar a cualquiera, incluso a un moribundo.

El rostro de Catherine era como el paisaje, pues se sucedían en él las sombras y los rayos de sol en rápida alternancia; solo que los rayos de sol eran más fugaces que las sombras, y su pobre corazoncito se reprochaba hasta el olvido pasajero de sus cuitas.

Divisamos a Linton, que nos esperaba en el mismo lugar que había elegido la vez anterior. Mi señorita se apeó y me dijo que, como había resuelto quedarse allí muy poco tiempo, lo mejor que podía hacer yo era no desmontar y sujetar las riendas de su jaca. Pero yo me negué: no iba a correr el riesgo de perder de vista ni un instante a la persona encomendada a mi cargo. Así que subimos juntas la pendiente cubierta de brezos.

Esta vez el señorito Heathcliff nos recibió mucho más animado. Pero no era aquella una vivacidad debida al buen humor, ni tampoco a la dicha; más bien parecía motivada por el miedo.

—¡Es tarde! —dijo secamente y con dificultad—. ¿No está tu padre muy enfermo? Pensaba que no vendrías.

—¿Por qué no eres sincero? —exclamó Catherine tragándose el saludo—. ¿Por qué no confiesas que no me quieres? ¡Linton, es muy raro que por segunda vez me hayas hecho venir hasta aquí con el único propósito de hacernos pasar un mal rato a los dos, porque no parece que sea por ninguna otra razón!

Linton se estremeció y le dirigió una mirada entre avergonzada y suplicante, pero su prima no tenía paciencia para seguir soportando aquel enigmático comportamiento.

—Sí, mi padre está muy enfermo —dijo—. ¿Por qué me has apartado de su cabecera? ¿Por qué no has mandado decir que me liberabas de mi promesa, si deseabas que no la cumpliese? ¡Vamos! Exijo una explicación. ¡No tengo espacio mental para los juegos y las tonterías, así que ahora mismo no pienso hacer caso de tus dengues!

—¡Mis dengues! —murmuró él—. ¿Qué dengues? ¡Por el amor de Dios, Catherine, no pongas esa cara de rabia! ¡Puedes despreciarme cuanto quieras, porque soy un miserable, un inútil y un cobarde, y merezco tu desprecio! Pero soy demasiado poca cosa para merecer tu cólera. ¡Odia a mi padre y a mí conténtate con menospreciarme!

—¡Qué tontería! —gritó Catherine furiosa—. ¡Eres un niño ridículo y necio! ¡Pero si estás temblando como si fuese a ponerte las manos encima! No hace falta que reclames mi menosprecio, Linton, cualquiera que te viera te lo profesaría espontáneamente. ¡Márchate! Yo me vuelvo a casa. Es una locura arrancarte del calor de la chimenea y fingir… ¿Qué estamos fingiendo? Suéltame el vestido… ¡Si me apiadara de ti por tus lágrimas y porque pareces estar aterrado, desdeñarías mi compasión! Ellen, dile que su comportamiento es vergonzoso. Levántate y no te degrades convirtiéndote en un abyecto reptil, no lo hagas.

Linton, a quien le corrían las lágrimas por la cara y en cuya expresión se leía un profundo dolor, había arrojado su enervado cuerpo al suelo. Parecía convulsionarse con un terror intenso.

—¡Ay! —sollozaba—. ¡No lo soporto! ¡Catherine, Catherine! ¡Además soy un traidor y no me atrevo a decírtelo! ¡Pero si me abandonas será mi muerte! Catherine, querida, mi vida está en tus manos. Dijiste que me querías… y no te haría ningún mal quererme. ¿Si es así, no te irás? ¡Amable, dulce y bondadosa Catherine! Tal vez quieras acceder… ¡Y entonces él me dejaría morir a tu lado!

Mi señorita, al presenciar aquella intensa angustia, se inclinó para levantarle del suelo. El antiguo sentimiento de ternura e indulgencia pudo más que su irritación y fue sintiéndose cada vez más conmovida y alarmada.

—¿Acceder a qué? —preguntó—. ¿A quedarme? Si me explicas qué significan tus extrañas palabras, haré lo que me pides. ¡Te contradices tanto que me despistas! Cálmate, sé sincero y confiesa de una vez en qué consiste el peso que abruma tu corazón. No irás a hacerme daño, ¿verdad, Linton? Y tampoco ibas a permitir que ningún enemigo me hiciese daño si pudieses evitarlo, ¿verdad? Estoy dispuesta a creer que eres un cobarde para contigo mismo, pero no que seas un cobarde capaz de traicionar a tu mejor amiga.

—Pero mi padre me ha amenazado —balbuceó él mientras entrelazaba sus endebles dedos—, y le tengo pavor. ¡Le tengo pavor! ¡No me atrevo a hablar!

—¡Está bien! —dijo Catherine con displicente compasión—. ¡Guarda tu secreto, yo no soy una cobarde…! ¡Sálvate a ti mismo, porque yo no tengo miedo!

Aquella magnanimidad provocó el llanto de Linton. Se puso a llorar sin control y a besar las manos que le sustentaban, pero no lograba reunir el valor necesario para hablar.

Estaba yo devanándome los sesos para intentar desentrañar aquel misterio, y decidida a no tolerar bajo ningún concepto que Catherine sufriese por él o por nadie con mi mudo consentimiento, cuando en esto oí un crujido entre los brezos. Levanté la vista y vi ya casi a nuestro lado al señor Heathcliff, que bajaba por la montaña. No dirigió ni una mirada a mis acompañantes, pese a que estaban bastante cerca como para que llegasen a sus oídos los sollozos de Linton. En cambio, me saludó a mí en un tono casi cordial que no empleaba con nadie más y de cuya sinceridad no podía yo evitar tener mis dudas.

—¡Nelly, qué sorpresa verte tan cerca de mi casa! ¿Cómo van las cosas por la granja? Cuéntame. Corren rumores —añadió, bajando un poco la voz— de que Edgar Linton está agonizando. ¿No estarán exagerando su gravedad?

—Me temo que no —repuse—; mi amo se muere. Será una desgracia para todos nosotros, ¡pero una bendición para él!

—¿Cuánto crees que vivirá? —preguntó.

—No lo sé —dije.

—Porque… —prosiguió, mirando a los dos jóvenes, que se habían quedado inmóviles. Daba la impresión de que Linton no se atrevía a moverse ni a levantar la cabeza, por lo que Catherine tampoco podía cambiar de postura—. Porque ese mozalbete de ahí parece decidido a ganarme la partida, y yo agradecería a su tío que se apresurase y se muriera antes que él. ¡Vaya! ¿Hace mucho que el cachorrito está con este juego? Y eso que ya le he aleccionado unas cuantas veces acerca de sus lloriqueos. ¿No suele mostrarse bastante animado cuando está con la señorita Linton?

—¿Animado? En absoluto. Ha dado muestras del mayor abatimiento —respondí—. Cualquiera que le viese pensaría que, en lugar de salir de paseo con su novia por los montes, tendría que estar en la cama y en manos de un médico.

—Lo estará, dentro de un día o dos —murmuró Heathcliff—. Pero antes… ¡Linton, levántate! ¡Levántate! —gritó—. ¡No te arrastres por el suelo de esa manera, levántate ahora mismo!

Linton había vuelto a caer postrado, presa de otro paroxismo de miedo invencible, provocado, creo yo, por la mirada de su padre, porque nada más podía haberle causado semejante humillación. Hizo varios esfuerzos por obedecer, pero ya se le habían agotado las pocas fuerzas que tenía y volvió a desplomarse con un gemido.

El señor Heathcliff se le acercó y le incorporó, apoyándole luego contra un ribazo cubierto de musgo.

—Vamos a ver —dijo con reprimida brutalidad—, estás haciéndome enfadar, y como no controles ese miserable ánimo… ¡Maldito seas! ¡Levántate ahora mismo!

—¡Sí, padre! —jadeó Linton—. ¡Pero suéltame si no quieres que me desmaye! He hecho lo que tú querías, te lo aseguro. Catherine te puede decir que yo… que he estado alegre. ¡Ay! Quédate conmigo, Catherine, dame la mano.

—Toma la mía —dijo su padre—. ¡Ponte de pie! Muy bien, y ahora ella te dará el brazo… Eso es, mírala a ella. Cualquiera diría que soy el diablo en persona, señorita Linton, para inspirar tanto terror. Tenga la amabilidad de acompañarle a casa, ¿quiere? Se pone a temblar en cuanto le toco.

—¡Querido Linton! —susurró Catherine—. Yo no puedo ir a Cumbres Borrascosas… Papá me lo tiene prohibido… No te hará daño, ¿por qué le tienes tanto miedo?

—No pienso volver a entrar en esa casa nunca más —contestó—. ¡No volveré a entrar sin ti!

—¡Basta! —gritó su padre—. Respetaremos los escrúpulos filiales de Catherine. Nelly, acompáñale tú y yo seguiré tu consejo sin dilación en lo tocante al médico.

—Haría usted bien —repuse—, pero yo tengo que quedarme con mi señorita. No me corresponde a mí cuidar de su hijo.

—¡Qué rígida eres! —dijo Heathcliff—. Eso ya lo sabía, pero vas a obligarme a pellizcar al niño para que grite y te mueva a compasión. Ven aquí, mi héroe. ¿Estás dispuesto a volver si yo te acompaño?

Volvió a acercarse a aquella frágil criatura e hizo ademán de tocarle, pero Linton se echó hacia atrás, se agarró a su prima y le imploró que le acompañase con una insistencia tan frenética que no admitía negativa.

Por mucho que me pareciese mal, no pude impedírselo. Es más: ¿cómo iba ella a negarse? No podíamos saber qué era lo que le causaba tanto terror, pero le veíamos tan impotente bajo las garras de su padre que daba la impresión de que no soportaría otra amenaza sin enloquecer de miedo.

Llegamos hasta el umbral. Catherine entró, y yo, pensando que saldría enseguida, me quedé fuera esperando que llevase al enfermo hasta una silla. Pero el señor Heathcliff me empujó hacia dentro y dijo:

—Mi casa no está infestada por la peste, Nelly. Además, hoy he decidido ser hospitalario. Siéntate y, con tu permiso, voy a cerrar la puerta.

La cerró con llave. Me asusté.

—Antes de iros a casa tomaréis un poco de té —añadió—. Estoy solo. Hareton ha ido con el ganado a Lees, y Zillah y Joseph tenían unos días libres y han salido de viaje. Y aunque estoy acostumbrado a la soledad, prefiero disfrutar de una compañía interesante si se me ofrece la oportunidad. Señorita Linton, tome asiento junto a él. Le ofrezco lo que tengo; no se trata de un regalo que merezca mucho la pena, pero no tengo nada más que ofrecer. Me refiero a Linton. ¡Cómo me mira esta mujer! Es curioso, ¡todo lo que parece tenerme miedo me despierta unos sentimientos muy salvajes! De haber nacido en un lugar donde las leyes fueran menos estrictas y los gustos menos remilgados, me daría el gusto de hacer una lenta vivisección de esos dos para amenizar la velada.

Respiró profundamente, dio un golpe en la mesa y maldijo para sus adentros.

—¡Demonios, cuánto les odio!

—¡Pues yo a usted no le tengo ningún miedo! —exclamó Catherine, que no había captado la segunda parte de su discurso.

Se le acercó cargada de resolución y con los ojos centelleantes de cólera.

—Deme esa llave. ¡Démela! No comería ni bebería nada aquí aunque estuviera muriéndome de hambre y de sed.

Heathcliff tenía la llave en la mano, que seguía apoyada sobre la mesa. Levantó la vista, un poco sorprendido por el atrevimiento de Catherine, o tal vez impresionado por su voz y su mirada, que le recordaban a aquella de quien las había heredado.

Ella agarró la llave y casi logró arrancársela de entre los dedos. Pero aquel acto hizo que Heathcliff despertase al presente y recuperase rápidamente la llave.

—Y ahora, Catherine Linton —dijo—, apártese o la tiraré al suelo de un bofetón, y eso haría enfadar a la señora Dean.

Sin hacer caso de aquella advertencia, Catherine volvió a agarrarle el puño y su contenido.

—¡Queremos irnos! —exclamó, haciendo supremos esfuerzos para vencer la resistencia de aquellos músculos de acero.

Y al comprobar que con las uñas no lograba nada, le hincó los dientes hasta el fondo.

Heathcliff me dirigió una mirada tal que durante unos instantes fui incapaz de intervenir. Catherine estaba demasiado pendiente de sus dedos para reparar en su rostro. De repente, él abrió el puño y soltó el objeto de la discordia, pero antes de que ella hubiese podido hacerse con él, Heathcliff la agarró a ella con la mano libre y, atrayéndola hacia sus rodillas, le administró con la otra una lluvia de terribles bofetadas a ambos lados de la cara, cuando con una ya habría bastado para cumplir su amenaza de derribarla si no la hubiese tenido sujeta.

Al presenciar aquella violencia diabólica, me abalancé sobre él, loca de furia.

—¡Miserable! —me puse a gritar—. ¡Es usted un miserable!

Un golpe en el pecho me hizo callar. Soy corpulenta y me quedo sin aliento enseguida. Así que aquello, junto con la rabia que sentía, me hizo retroceder tambaleándome y con una sensación de mareo. Sentía que me ahogaba y que iba a estallarme alguna vena.

Aquella escena no había durado más de dos minutos. Catherine, una vez que se vio libre, se llevó las manos a las sienes y se las palpó como dudando de tener las orejas en su sitio. Temblaba como un junco, la pobrecita, y se apoyó contra la mesa completamente estupefacta.

—Ya ves que sé castigar a los niños —dijo el muy sinvergüenza en un tono macabro, al tiempo que se agachaba para recuperar la llave que se había caído al suelo—. ¡Ahora vete con Linton, como te he dicho, y llora a tus anchas! Mañana voy a hacerte de padre, el único que tendrás dentro de poco, y recibirás más de lo mismo; aguantarás bastante, porque no eres debilucha. ¡Como vuelva a sorprender ese endemoniado genio en tus ojos, te daré a probar mis bofetadas a diario!

Cathy corrió hacia mí en lugar de hacia Linton, se arrodilló, posó la ardiente mejilla en mi regazo y se echó a llorar ruidosamente. Su primo se había acurrucado en un rincón del escaño y estaba callado como un ratón; supongo que estaría contento de que el castigo hubiera recaído en otra persona.

El señor Heathcliff, percibiendo nuestro desconcierto, se levantó y se puso a preparar el té él mismo. Las tazas y los platos ya estaban sobre la mesa. Lo sirvió y me tendió una taza.

—Enjuágate la inquina con un poco de té —dijo—, y ocúpate de ayudar a tu traviesa prenda y a la mía. No está envenenado, aunque lo haya preparado yo mismo. Voy a buscar vuestros caballos.

Lo primero que pensamos cuando se marchó fue que teníamos que forzar una salida por algún lado. Lo intentamos por la puerta de la cocina, pero estaba cerrada por fuera; examinamos las ventanas, pero eran demasiado estrechas incluso para el pequeño cuerpo de Cathy.

—Señorito Linton —exclamé, viendo que estábamos realmente prisioneras—, usted sabe qué se propone el demonio de su padre y nos lo va a decir, de lo contrario le abofetearé como ha hecho él con su prima.

—Sí, Linton, tienes que decírnoslo —dijo Catherine—. He venido hasta aquí por ti, y serías un malvado y un desagradecido si te negaras.

—Tengo sed, dame un poco de té y luego te lo diré —contestó—. Señora Dean, usted váyase. No me gusta tenerla tan cerca. ¡Mira, Catherine, se te están cayendo las lágrimas dentro de mi taza! No voy a bebérmela. Dame otra.

Catherine le acercó otra taza y se secó la cara. Me indignó la serenidad que manifestaba aquel desgraciado desde que había visto que ya no tenía nada que temer. La angustia que había exhibido en el páramo se había aplacado en cuanto entró en Cumbres Borrascosas, así que supuse que su padre le había amenazado con descargar sobre él su terrible ira si no lograba atraernos hasta allí y que, habiéndolo conseguido, no tenía más temores inmediatos.

—Papá quiere que nos casemos —continuó él, sorbiendo parte del líquido—. Sabe que tu padre no permitirá que nos casemos ahora, y teme que yo me muera si esperamos. Así que te quedarás aquí toda la noche y nos casaremos mañana por la mañana. Si haces lo que él quiere, regresarás a tu casa al día siguiente y me llevarás contigo.

—¿Que le llevará consigo, lamentable cretino? —exclamé—. ¿Que ustedes van a casarse? O ese hombre está loco, o nos toma a todos por tontos. ¿Es que cree usted que esta hermosa joven rebosante de salud va a atarse a un mono agonizante como usted? ¿No ve usted que nadie, y mucho menos la señorita Linton, querrá tenerle a usted por esposo? Merecería que le molieran a palos por habernos hecho entrar aquí con sus groseros trucos y gemidos. ¡No ponga usted esa cara de inocente! Me dan verdaderas ganas de darle su merecido por su despreciable traición y su estúpida vanidad.

Le zarandeé ligeramente, pero aquello bastó para que le volviera la tos y se agarrase a su recurso habitual de proferir quejidos y lloriqueos, lo que me valió una reprimenda de Catherine.

—¿Quedarme aquí toda la noche? ¡Eso sí que no! —dijo ella, mirando lentamente alrededor—. Ellen, saldré de aquí aunque tenga que pegar fuego a esa puerta.

Y se hubiera puesto manos a la obra en el acto, pero Linton, que había vuelto a alarmarse temiendo por su valiosa persona, la rodeó con sus débiles brazos y sollozó:

—¿No vas a salvarme tomándome por esposo? ¿No quieres que vaya contigo a la granja? ¡Ay! ¡Querida Catherine! Después de todo no puedes irte y abandonarme. ¡Debes obedecer a mi padre, tienes que hacerlo!

—Tengo que obedecer al mío —repuso ella—, y librarle de esta cruel incertidumbre. ¡Toda la noche! ¿Qué pensará? A estas horas ya estará muy afligido. Saldré de esta casa aunque tenga que quemar o derribar lo que sea. ¡Cállate! Tú no correrás peligro, pero si tratas de impedírmelo… ¡Linton, quiero a papá más que a ti!

El terror mortal que el señor Heathcliff inspiraba al muchacho le devolvió su cobarde elocuencia. Catherine estaba casi trastornada, pero a pesar de todo insistía en que tenía que volver a casa y procuraba, a su vez, persuadir a Linton con sus súplicas para que dominase su congoja y su egoísmo.

En esto volvió a entrar nuestro carcelero.

—Vuestros caballos se han marchado al trote —dijo— y… ¡Pero bueno, Linton! ¿Ya estás lloriqueando otra vez? ¿Qué te ha hecho tu prima? Vamos, vamos, termina ya y vete a la cama. Dentro de uno o dos meses, muchacho, estarás en condiciones de devolverle con creces y mano dura su tiranía actual. Te consumes de puro amor, ¿no es así? No hay nada en el mundo más… ¡Pero te aceptará! ¡Vamos, vete a la cama! Zillah no vendrá esta noche, tendrás que desvestirte tú solo. ¡Silencio! ¡Deja de hacer ruido! Estarás a salvo de mí en cuanto te hayas metido en tu cuarto, así que no temas. Por cierto, te las has arreglado bastante bien. Ya me encargaré yo del resto.

Esto último lo dijo sosteniendo la puerta para que su hijo saliera, y Linton obedeció como un perrito que sospechara que la persona que le cuida abriga intenciones de golpearle.

Heathcliff volvió a cerrar con llave y se acercó a la lumbre, ante la cual permanecíamos en silencio mi señorita y yo. Catherine levantó la vista y se llevó instintivamente la mano a la mejilla, porque la proximidad de Heathcliff le había despertado una sensación dolorosa. Cualquier otro hubiese sido incapaz de juzgar con dureza aquel gesto, pero él le frunció el ceño y masculló:

—¿No decías que no me tenías miedo? Pues escondes muy bien tu valentía. ¡Te veo muerta de miedo!

—Ahora sí que tengo miedo —repuso ella—, porque si me quedo aquí, papá se angustiará mucho, ¿y cómo voy a soportar que se angustie ahora que… ahora que…? ¡Señor Heathcliff, déjeme volver a casa! Le prometo que me casaré con Linton. A papá le gustaría que lo hiciese, y además yo le quiero. ¿Por qué quiere forzarme a hacer algo que haré con gusto y sin que nadie me obligue?

—¡Que se atreva a forzarte y verá lo que es bueno! —grité yo—. ¡En esta tierra tenemos leyes, gracias a Dios, aunque vivamos en un rincón apartado del mundo! ¡Y le denunciaría aunque fuese mi propio hijo, porque sería un delito tan grave que ni el clero podría cometerlo sin que se hiciera justicia!

—¡Silencio! —dijo el rufián—. ¡Al infierno con sus gritos! A ti no te he pedido tu opinión. Señorita Linton, me divertirá muchísimo pensar que su padre está angustiado; es más, la satisfacción será tal que me quitará el sueño. No podía usted haber dado con una manera más segura de fijar su residencia bajo mi techo durante las próximas veinticuatro horas que informándome de las consecuencias que tendrá tal acontecimiento. Y en cuanto a su promesa de casarse con Linton, ya me encargaré yo de que la cumpla, porque no saldrá de aquí hasta que se haya celebrado la boda.

—¡Entonces mande a Ellen para que diga a papá que estoy sana y salva! —exclamó Catherine llorando amargamente—. O cáseme ahora. ¡Pobre papá! Ellen, pensará que nos hemos perdido. ¿Qué podemos hacer?

—¡Nada de eso! —contestó Heathcliff—. Pensará que se ha cansado usted de cuidarle y que se ha escapado para divertirse un poco. No puede negar que entró en mi casa por su propio pie, desobedeciendo sus órdenes. Y además es muy natural que, a su edad, quiera divertirse, y que se haya cansado de velar a un enfermo, que encima no es más que su padre. Catherine, los días más felices de su vida terminaron cuando usted vino al mundo. Es más, seguramente maldijo el día en que usted nació, al menos yo lo hice. Pero bastaría con que la maldijese cuando abandone el mundo. Y yo también lo haría. ¡Yo a usted no la aprecio! ¿Cómo podría hacerlo? Llore todo lo que quiera. Por lo que veo, de ahora en adelante será su principal entretenimiento, a no ser que Linton la compense de otras pérdidas, según parece imaginar su previsor padre. Las cartas de consejo y consuelo que escribió a Linton me han divertido mucho. En la última aconsejaba a mi tesoro que cuidara del suyo y que fuese bondadoso con ella cuando fuera su esposa. Cuidado y bondad… ¡Qué paternal! Pero Linton requiere para sí mismo toda su provisión de cuidado y bondad. Linton sabe hacer muy bien el papel de pequeño tirano. Es capaz de torturar a todos los gatos que le pongan delante, con tal de que previamente les hayan arrancado los dientes y cortado las uñas. Le aseguro que cuando vuelva a su casa podrá usted contar al tío muchas cosas sobre la bondad de su sobrino.

—¡En eso tiene usted toda la razón! —dije yo—. Explíquele cómo es su hijo. Demuéstrele lo mucho que se parece a usted. ¡Y entonces espero que la señorita Cathy se lo piense dos veces antes de dar el sí a semejante basilisco!

—Ahora mismo no tengo mucho interés en hablar de sus magníficas cualidades —contestó—, porque o le acepta o seguirá prisionera, y tú con ella, hasta que muera tu amo. Puedo reteneros aquí a las dos sin que nadie sepa dónde estáis. ¡Si lo dudas, anímala a retractarse de su promesa y tendrás la oportunidad de juzgar por ti misma!

—No me retractaré de mi promesa —dijo Catherine—. Me casaré con él ahora mismo, con tal de que después me deje volver a la Granja de los Tordos. Es usted un hombre muy cruel, señor Heathcliff, pero no un demonio, y no creo que vaya usted a destruir irrevocablemente toda mi felicidad por pura maldad. Si papá llegase a pensar que le he abandonado adrede y muriera antes de que yo volviese, ¿cómo iba a ser yo capaz de seguir viviendo? He terminado de llorar, pero voy a postrarme aquí a sus pies, ¡y no me levantaré, ni le quitaré los ojos de encima hasta que me devuelva la mirada! ¡No, no mire hacia otro lado, míreme a mí! No verá nada que suscite su ira. Yo no le odio. No estoy enfadada porque me ha pegado. ¿Es que no ha querido usted a nadie en toda su vida, tío? ¿Nunca? ¡Ay, míreme siquiera una vez! Soy tan desgraciada que no puede por menos de compadecerme y apiadarse de mí.

—Quítame de encima esos dedos de tritón. ¡Y apártate o te daré una patada! —gritó Heathcliff, rechazándola con brutalidad—. Antes preferiría que se me enroscara una serpiente. ¿Cómo demonios te atreves a adularme? ¡Te detesto!

Se encogió de hombros y se estremeció como si realmente se le pusiera la carne de gallina por la aversión. Luego echó hacia atrás su silla, al tiempo que yo me levantaba y abría la boca para arrojarle un torrente de insultos. Pero a mitad de la primera frase Heathcliff me hizo enmudecer, amenazando con encerrarme a solas en otro cuarto si pronunciaba una sílaba más.

Estaba anocheciendo. Oímos un rumor de voces en la verja del jardín. Nuestro anfitrión salió a toda prisa; por lo visto no había perdido la cabeza como nosotras. Mantuvo una conversación de dos o tres minutos y después volvió a entrar solo.

—Creí que era tu primo Hareton —dije a Catherine—. ¡Ojalá viniese ahora! Quién sabe, a lo mejor se pondría de nuestra parte.

—Eran tres sirvientes que venían de la granja a buscaros —dijo Heathcliff, que me había oído—. Podrías haber abierto una ventana y gritar. Pero juraría que esa chiquilla se alegra de que no lo hayas hecho. Estoy seguro de que se alegra de no tener más remedio que quedarse aquí.

Al enterarnos de la oportunidad que habíamos perdido, las dos dimos rienda suelta a nuestro dolor, sin poder controlarnos. Heathcliff nos dejó llorar hasta las nueve; luego nos mandó que subiésemos al cuarto de Zillah, pasando por la cocina, y yo susurré a mi compañera que obedeciese, porque pensaba que a lo mejor podríamos saltar por alguna ventana, o llegar hasta el desván y salir por el tragaluz.

Pero la ventana de arriba era tan estrecha como las de abajo, y la trampilla del desván estaba asegurada contra nuestras tentativas, así que seguíamos estando tan prisioneras como antes.

Ninguna de las dos se acostó. Catherine se puso junto a la ventana y esperó ansiosamente a que se hiciese de día. Algún que otro profundo suspiro fue la única respuesta que obtuve a mis insistentes ruegos para que tratase de descansar.

Yo me senté en una silla y me quedé allí meciéndome de un lado a otro, mientras me reprendía severamente por todas mis negligencias en el cumplimiento de mi deber. En aquel momento me parecía que yo había sido la causante de todas las desgracias de mis amos. Soy consciente de que, en realidad, no era así, pero aquella espantosa noche pensaba que sí. Incluso consideraba que Heathcliff era menos culpable que yo.

A las siete de la mañana entró él, y preguntó si la señorita Linton se había levantado.

Ella se precipitó de inmediato hacia la puerta y contestó que sí.

—Entonces, ven aquí —dijo él, abriendo y sacándola a ella afuera.

Yo me levanté para seguirles, pero él volvió a cerrar con llave. Yo exigí que me dejase salir.

—Ten un poco de paciencia —repuso—. Dentro de un rato te haré llegar el desayuno.

Me puse a golpear la puerta y a sacudir el pestillo airadamente. Catherine preguntó por qué no me dejaban salir. Él contestó que tenía que aguantar una hora más y luego se alejaron.

Aguanté dos o tres horas, hasta que por fin oí unos pasos. Pero no eran los de Heathcliff.

—Le traigo comida —dijo una voz—. ¡Abra la puerta!

Obedecí presurosa y me encontré con Hareton, que venía cargado con comida suficiente para todo un día.

—¡Cójala! —añadió poniéndome la bandeja en las manos.

—Quédate un minuto —empecé a decir.

—¡No! —exclamó él, y se retiró haciendo caso omiso de mis ruegos para que no se marchara.

Y me quedé allí encerrada todo el día y toda la noche, y al día siguiente, y al otro. Permanecí allí cinco noches y cuatro días en total, sin ver a nadie más que a Hareton una vez al día, por las mañanas. Era un carcelero modélico: adusto, mudo y sordo a cualquier intento de despertar en él el menor sentimiento de justicia o compasión.

14

A la mañana, o mejor dicho a la tarde, del quinto día oí que se acercaban unos pasos distintos, más ligeros y cortos, y esta vez la persona entró en el cuarto. Era Zillah, que venía ataviada con su chal de color grana y un sombrero de seda negra en la cabeza. Traía una cesta de mimbre colgada del brazo.

—¡Ay, por Dios, señora Dean! —exclamó—. ¡Qué horror! Todo el mundo habla de usted en Gimmerton. ¡No creí ni por un instante que se hubiese hundido usted en la ciénaga del Caballo Negro, y la señorita con usted, hasta que el amo me dijo que las había encontrado allí y las había traído a casa! Se subirían ustedes a un islote, ¿verdad? ¿Cuánto tiempo estuvieron en ese agujero? ¿Las salvó el amo, señora Dean? Pero no está usted muy delgada que digamos… No lo han pasado tan mal, ¿verdad?

—¡Su amo es un auténtico sinvergüenza! —repuse—. Pero me las pagará. No le va a servir de nada haber inventado ese cuento. ¡Todo saldrá a la luz!

—¿A qué se refiere? —preguntó Zillah—. No es un cuento inventado por él. Todo el pueblo dice que se extraviaron ustedes en la ciénaga. En cuanto he entrado le he dicho a Earnshaw: «Qué cosas más extrañas han pasado, señor Hareton, desde que me marché. Lo siento mucho por esa encantadora joven y por la simpática señora Dean». Como se me quedó mirando, pensé que no sabía nada, así que le conté los rumores que corrían por el pueblo. El amo, que estaba escuchando, se limitó a sonreír y dijo: «Si se cayeron a la ciénaga, Zillah, ya están fuera. En estos precisos momentos, encontrará a Nelly Dean alojada en su cuarto. Cuando suba puede decirle que se marche a la francesa; aquí tiene la llave. El agua del pantano se le subió a la cabeza y se hubiese ido corriendo a su casa, bastante trastornada, si no la hubiese retenido yo aquí hasta que recobrara el juicio. Dígale que puede marcharse ahora mismo a la granja, si tiene fuerzas para hacerlo, y que lleve el siguiente recado de mi parte: que su señorita llegará a tiempo para asistir al funeral del señor».

—¿No habrá muerto el señor Edgar? —balbuceé—. ¡Oh, Zillah, Zillah!

—No, no. Siéntese, mi querida señora —repuso ella—, sigue usted muy débil. No ha muerto. El doctor Kenneth cree que a lo mejor vivirá un día más. Me lo encontré por el camino y eso me dijo.

En lugar de sentarme, agarré mis cosas y bajé a toda prisa, porque la vía estaba libre.

Entré en la casa y miré alrededor buscando a alguien que pudiese darme noticias de Catherine.

El sol entraba a raudales por la puerta abierta de par en par, pero no parecía haber nadie por allí cerca.

Mientras vacilaba entre marcharme de una vez o volver a por mi señorita, me llamó la atención una tos débil que venía del hogar.

Linton estaba tumbado en el escaño, completamente solo, chupando una barrita de azúcar cande, y seguía mis movimientos con mirada apática.

—¿Dónde está la señorita Catherine? —exigí saber, pensando que al encontrarme a solas con él podría intimidarle y obligarle a que me diera alguna información.

Pero él siguió chupando su barrita con aire inocente.

—¿Se ha ido? —pregunté.

—No —contestó—; está arriba. No se irá, no vamos a permitírselo.

—¿Que no van a permitírselo, pequeño imbécil? —exclamé—. Indíqueme ahora mismo cuál es su habitación o le haré chillar.

—Papá es quien la hará chillar a usted si intenta llegar hasta ella —contestó—. Dice que no debo ser blando con Catherine. ¡Es mi esposa y sería deshonroso que intentase abandonarme! Dice que ella me odia y está deseando que me muera para quedarse con mi dinero, pero no lo conseguirá. ¡Y nunca volverá a su casa, nunca! ¡Ya puede llorar y ponerse enferma, que no lo conseguirá!

Con esto volvió a su anterior ocupación, y cerró los párpados como si tuviese intención de dormir.

—Señorito Heathcliff —insistí—, ¿es que ha olvidado usted las mil atenciones que tuvo Catherine con usted el invierno pasado, cuando usted afirmaba que la quería y ella le traía libros y le cantaba canciones, y vino a verle muchas veces, pese al viento y la nieve? Si alguna tarde no podía venir, se echaba a llorar porque pensaba que le daría a usted un disgusto. Usted decía entonces que ella era demasiado buena con usted, ¡y ahora se cree las mentiras que le cuenta su padre, sabiendo como sabe que les detesta a los dos! ¡Y es usted capaz de aliarse con él contra ella! Vaya una prueba de agradecimiento, ¿no le parece?

Linton contrajo las comisuras de los labios y se sacó de la boca la barrita de azúcar cande.

—¿Cree usted que ella vino a Cumbres Borrascosas movida únicamente por el odio? —proseguí—. ¡Piénselo un poco! Y en cuanto a su dinero, ella ni siquiera sabe que usted lo tendrá. ¡Dice usted que ella se encuentra mal, pero la deja sola allí arriba, en una casa extraña! ¡Usted, que sabe bien lo que es sentirse abandonado y enfermo! ¡No piensa más que en sus propios sufrimientos, y aunque ella se haya apiadado de usted, es incapaz de compadecerla a ella! Vierto lágrimas, señorito Heathcliff, ya lo ve, yo que soy una mujer mayor y una simple criada, y en cambio usted, después de fingir tanto amor por ella y teniendo motivos de sobra para prácticamente adorarla, se reserva para sí mismo las lágrimas y se queda ahí tumbado como si nada. ¡Ah! ¡Es usted un muchacho egoísta y sin corazón!

—No resisto estar con ella a solas —contestó enfadado—. No quiero. No soporto verla llorar de esa manera. Y no quiere parar, ni diciéndole que llamaré a mi padre. De hecho, una vez le llamé y él amenazó con estrangularla si no se callaba. Pero en cuanto salió de la habitación volvió a las andadas, y se pasó la noche entera gimiendo y llorando a pesar de que yo le gritaba irritado porque no me dejaba dormir.

—¿Ha salido el señor Heathcliff? —pregunté, percibiendo que aquel desgraciado era incapaz de apiadarse de las torturas mentales a que estaba sometida su prima.

—Está en el patio —repuso—, hablando con el doctor Kenneth. Dice el médico que el tío se muere de verdad. ¡Por fin! Me alegro, porque después de él yo seré el amo de la granja. Catherine siempre habla como si fuera su casa, ¡pero no es suya, sino mía! Papá dice que todo lo suyo es mío. Todos los bonitos libros que tiene son míos. Ofreció regalármelos, junto con sus lindos pájaros y su jaca Minny, si yo me hacía con la llave de nuestro cuarto y la dejaba marchar, pero le dije que no hacía falta que me regalase nada porque todo lo suyo, absolutamente todo, era mío. Entonces se echó a llorar, se quitó del cuello un colgante y dijo que me lo daba. Es un medallón de oro con dos retratos en miniatura: de un lado está su madre y del otro el tío cuando eran jóvenes. Eso fue ayer. Le dije que aquello también era mío e intenté quitárselo, pero la muy perversa no me dejó; me apartó de un empujón y me hizo daño. Yo me puse a chillar porque eso siempre la asusta, y cuando oyó que venía papá, rompió las bisagras del medallón y me dio el retrato de su madre. Trató de esconder el otro, pero papá preguntó qué pasaba y yo se lo conté. Papá me quitó el retrato que yo tenía y le ordenó a ella que me diese el suyo. Ella se negó, así que le dio una bofetada que la tiró al suelo, arrancó el medallón de la cadena y lo aplastó con el pie.

—¿Y le pareció bien que su padre le pegara? —pregunté, pues tenía mis motivos para alentarle a hablar.

—Cerré los ojos —contestó—. Siempre que mi padre pega a un perro o a un caballo cierro los ojos porque pega muy fuerte. Pero al principio me alegré, se lo merecía por haberme hecho daño. Pero luego, cuando papá se fue, me llevó hasta la ventana y me enseñó el corte que se había hecho con los dientes en la parte interna del carrillo; vi cómo se le llenaba la boca de sangre. Luego recogió los restos del retrato y fue a sentarse de cara a la pared, y desde entonces no ha vuelto a dirigirme la palabra. A veces pienso que el dolor le impide hablar, ¡y no me gusta pensarlo! ¡Pero es que no deja de llorar, y está tan pálida y tiene una mirada de loca que me da miedo!

—¿Puede usted hacerse con la llave cuando quiera? —pregunté.

—Sí, cuando estoy arriba —contestó—; pero ahora no puedo subir las escaleras.

—¿En qué habitación está? —pregunté.

—¡Ay —exclamó—, no se lo digo! Es nuestro secreto. No tiene que saberlo nadie, ni Hareton, ni Zillah, ni nadie. ¡Pero ya está bien! Me ha cansado usted mucho… ¡Váyase, váyase!

Volvió la cara, la apoyó en el brazo y cerró los ojos de nuevo.

Me pareció que era mejor marcharme sin ver al señor Heathcliff, y avisar en la granja para que viniesen a rescatar a mi señorita.

La perplejidad y la dicha de mis compañeros de servicio cuando me vieron llegar fueron muy intensos. Cuando supieron que su señorita estaba sana y salva, dos o tres de ellos estuvieron a punto de subir corriendo para gritar la noticia ante la puerta del señor Edgar, pero yo quería que la supiera de mis propios labios.

¡Qué cambiado estaba en tan pocos días! Era el vivo retrato de la tristeza y la resignación, allí tendido en espera de la muerte. Aunque ya tenía treinta y nueve años, parecía muy joven; yo le habría quitado por lo menos diez años. Pensaba en Catherine porque murmuraba su nombre. Le toqué la mano y le hablé:

—¡Catherine ya viene, mi querido amo! —le dije en un susurro—. Está sana y salva, y espero que la tengamos aquí esta misma noche.

Yo temblaba por ver los primeros efectos que iba a tener en él aquella información. Se incorporó a medias, paseó una mirada ansiosa por la estancia y luego se desvaneció.

En cuanto recobró el conocimiento le relaté nuestra visita forzada a Cumbres Borrascosas y nuestro secuestro. Le dije que Heathcliff me había obligado a entrar, lo que no era del todo cierto, eché la menor culpa posible a Linton y le ahorré los detalles del brutal comportamiento de su padre, porque me había propuesto evitar en la medida de lo posible añadir más amargura a su cáliz ya rebosante.

Adivinó que uno de los propósitos de su enemigo era garantizar que su hijo heredase, o mejor dicho que él mismo heredase, sus bienes personales y su hacienda. Pero, como ignoraba que su sobrino y él habían de dejar este mundo casi al mismo tiempo, no conseguía entender por qué Heathcliff no esperaba a que él muriera.

Sin embargo, sintió que debía modificar su testamento y, en lugar de dejarle a Catherine todos sus bienes para que dispusiese de ellos a su antojo, decidió ponerlos en manos de unos administradores que le hiciesen percibir el usufructo de por vida y entregasen luego dichos bienes a sus hijos, si los tenía. De aquella forma, si Linton moría, Heathcliff no heredaría su hacienda.

Cuando hube recibido sus órdenes, despaché a un hombre en busca del apoderado, y a otros cuatro, convenientemente armados, para que fuesen a reclamar al carcelero la liberación de mi señorita. Tanto unos como otros tardaron mucho en regresar. El sirviente que había ido solo fue el primero en aparecer.

Dijo que el señor Green, el notario, no estaba en casa cuando él llegó y tuvo que esperar dos horas a que volviera; luego el señor

Green le había dicho que tenía que ocuparse de un pequeño asunto en el pueblo, que no podía aplazar, pero que procuraría estar en la Granja de los Tordos antes de la mañana siguiente.

Los otros cuatro enviados también regresaron con las manos vacías. Trajeron razón de que Catherine estaba enferma, demasiado enferma para salir de su cuarto, y que Heathcliff no les había permitido verla.

Di una buena reprimenda a aquellos estúpidos por creerse semejante patraña, pero no dije nada al amo. Resolví subir con toda una tropa a Cumbres Borrascosas al amanecer y tomar la casa literalmente al asalto, a no ser que accedieran a entregarnos pacíficamente a la prisionera.

«¡Su padre la verá —me juré a mí misma—, aunque tengamos que matar a ese demonio en su propio umbral, si intenta impedírnoslo!»

Gracias a Dios, pude ahorrarme el viaje y la molestia.

Había bajado a eso de las tres a por agua, y estaba cruzando el vestíbulo con la jarra en la mano cuando me sobresaltó un aldabonazo en la puerta de casa.

«¡Ah! Será Green —me dije serenándome—. No puede ser otro que Green.»

Y empecé a subir las escaleras con la intención de mandar a otra persona a que le abriera. Pero el aldabonazo se repitió, no muy fuerte, pero sí de forma apremiante.

Coloqué la jarra sobre el balaústre y corrí a recibirle yo misma.

Fuera, la luna de la cosecha brillaba diáfana. No era el notario. Mi dulce señorita en persona se me colgó del cuello sollozando.

—¡Ellen! ¡Ellen! ¿Está vivo papá?

—¡Sí! —exclamé—. ¡Sí, corazón, lo está! ¡Bendito sea el Señor! ¡Ha vuelto usted sana y salva con nosotros!

Venía falta de aliento, y quería precipitarse escaleras arriba hasta el cuarto del señor Linton. Pero yo la obligué a que se sentara un momento, le di de beber, le lavé el pálido rostro y lo froté con mi delantal hasta conseguir que se arrebolara un poco. Luego le dije que iba a subir yo primero para anunciar su llegada, y le imploré que dijese a su padre que iba a ser muy feliz con el joven Heathcliff. Ella se me quedó mirando un momento extrañada, pero enseguida entendió por qué le aconsejaba decir una falsedad y me aseguró que no se quejaría.

No tuve el valor de presenciar aquel encuentro entre padre e hija. Me quedé fuera del aposento un cuarto de hora, y cuando entré casi no me atrevía a acercarme al lecho.

Sin embargo, reinaba la calma. La desesperación de Catherine era tan silenciosa como la dicha de su padre. Ella, tranquila en apariencia, le sostenía entre sus brazos, y él clavaba los ojos dilatados en las facciones de su hija con una mirada extática.

Murió muy dichoso y en paz, señor Lockwood. Murió después de besarle la mejilla y murmurar:

—Voy a reunirme con ella, y tú, querida niña, vendrás con nosotros.

No volvió a moverse ni a hablar; siguió mirándola con aquellos ojos embelesados y radiantes, hasta que se le paró el pulso de forma imperceptible y su alma abandonó el cuerpo. El tránsito fue tan plácido que nadie hubiese podido determinar el minuto exacto de su muerte.

Catherine, ya fuese porque había agotado las lágrimas o porque su dolor era demasiado grande para verterlas, permaneció allí sentada con los ojos secos hasta que salió el sol, y luego hasta el mediodía, y así hubiera seguido, sumida en sus cavilaciones sobre aquel lecho de muerte, de no haberle yo insistido para que saliera de allí y descansara un poco.

Menos mal que logré convencerla, porque a la hora de comer apareció el notario. Venía de Cumbres Borrascosas, donde había recibido instrucciones sobre lo que tenía que hacer. Se había vendido al señor Heathcliff, y aquella era la razón de su tardanza en acudir a la llamada de mi amo. Por fortuna, este último no había vuelto a pensar en asuntos mundanos después de la llegada de su hija, y pudo morir en paz.

El señor Green se otorgó el derecho a dictaminar lo que había que hacer y quién debía hacer qué. Despidió a todos los sirvientes menos a mí. Incluso hubiese llevado la autoridad que le habían conferido hasta el extremo de insistir en que Edgar Linton no fuera enterrado junto a su esposa, sino en el panteón familiar, pero ahí estaba su testamento para impedirlo, y yo protesté enérgicamente para que se respetasen sus disposiciones.

El funeral se celebró a toda prisa. A Catherine, que ya era la señora de Linton Heathcliff, se le permitió permanecer en la granja hasta que el cadáver de su padre saliese de la casa.

Me contó que por fin su angustia había incitado a Linton a correr el riesgo de liberarla. Había oído a mis hombres discutir en la puerta y se había figurado el significado de la respuesta de Heathcliff. Aquello la había hecho enloquecer. Linton, que desde mi partida se hallaba confinado al pequeño gabinete de arriba, se había asustado tanto que fue a por la llave antes de que su padre volviese a subir.

Al parecer, Linton tuvo la astucia de abrir la puerta con la llave, y de volver a echarla, pero sin cerrar la puerta. Cuando llegó la hora de irse a la cama, rogó que se le permitiera dormir con Hareton y, por una vez, se le concedió la petición.

Catherine salió a hurtadillas antes del amanecer. No se atrevió a probar las puertas por miedo a que los perros dieran la señal de alarma; recorrió los aposentos vacíos y examinó las ventanas. Por fortuna, dio con el cuarto de su madre, y pudo salir sin problemas por la ventana de celosía y saltar al suelo descolgándose por el abeto que hay allí. Su cómplice, a pesar de sus medrosas estratagemas, pagó cara su participación en aquella fuga.

15

Después del funeral, mi señorita y yo pasamos la tarde sentadas en la biblioteca, unas veces reflexionando sobre nuestra pérdida con tristeza (y una de nosotras con desesperación) y otras aventurando conjeturas acerca de nuestro sombrío futuro.

Acabábamos de convenir en que lo mejor para Catherine sería que le permitieran continuar residiendo en la granja, por lo menos mientras Linton siguiese con vida; que a él le dejasen reunirse aquí con ella y a mí quedarme como ama de llaves. Esta solución nos parecía demasiado favorable para que se hiciese realidad, pero yo tenía esa esperanza y empecé a animarme ante la idea de poder conservar mi hogar y mi empleo, y, por encima de todo, a mi querida señorita, cuando uno de los sirvientes, que, aunque había sido despedido, aún no se había marchado, entró precipitadamente y dijo: «Ese demonio de Heathcliff está atravesando el patio. ¿Quieren que le cierre la puerta en las narices?».

Aunque hubiésemos estado tan locas como para ordenar tal cosa, no nos habría dado tiempo. No se tomó la molestia de llamar a la puerta ni de pedir que le anunciaran. Era el amo, y como tal se arrogó el privilegio de entrar directamente sin decir una palabra.

Oímos la voz del sirviente, que le guiaba hacia la biblioteca. Heathcliff entró, le hizo señas para que saliera y cerró la puerta.

Aquella era la misma estancia en la que le habían recibido dieciocho años antes en calidad de invitado; a través de la ventana resplandecía la misma luna, y fuera se extendía el mismo paisaje otoñal. Aún no habíamos encendido ninguna vela, pero toda la habitación era visible, incluso los retratos que colgaban de la pared: la espléndida cabeza de la señora Linton y la grácil de su esposo.

Heathcliff se acercó a la chimenea. Tampoco en él había hecho mucha mella el tiempo. Era el mismo hombre, con la única diferencia de que tenía la cara, oscura de por sí, bastante más amarillenta y rígida, y el cuerpo un poco más robusto.

Catherine, al verle, se levantó con ganas de salir corriendo.

—¡Quieta! —dijo él agarrándola por el brazo—. ¡Se acabaron las escapadas! ¿Adónde irías? He venido para llevarte a casa, y espero que seas una hija obediente y no incites a mi hijo a que vuelva a desobedecerme. Cuando descubrí su intervención en este asunto, no sabía cómo castigarle; es tan enclenque que un pellizco puede acabar con su vida. ¡Pero ya verás por su mirada que le he dado su merecido! Anteanoche le llevé abajo, le senté en una silla, y no he vuelto a tocarle desde entonces. Mandé salir a Hareton para que tuviésemos la habitación para nosotros y al cabo de dos horas llamé a Joseph para que lo llevase arriba de nuevo. Desde entonces mi presencia le ataca los nervios como si viese un fantasma. Creo que muchas veces, aun cuando no me tiene cerca, piensa que estoy delante de él. Hareton dice que se despierta por las noches sobresaltado y que se pasa horas chillando y llamándote para que le protejas de mí. Tanto si te gusta tu querido esposo como si no, tienes que venir, porque él ya es asunto tuyo. Delego en ti todo mi interés por él.

—¿Por qué no deja que Catherine siga viviendo aquí? —intercedí—. El señorito Linton podría reunirse con ella aquí. Usted les odia a los dos, no les echaría en falta. No serían más que un tormento diario para su corazón contranatural.

—Estoy buscando un inquilino para la granja —contestó— y, por supuesto, quiero tener a mis hijos conmigo. Además, esta jovencita tiene que ganarse el pan prestándome algún servicio; no pienso malcriarla con lujos y holgazanerías cuando Linton ya no esté. Quiero que se prepare para salir ahora mismo. No me obligue a usar la fuerza.

—Iré —dijo Catherine—. Ya no me queda nadie a quien amar, salvo Linton, y pese a que usted ha hecho cuanto ha podido para que él me resulte odioso, y él me odie a mí, ¡no puede obligarnos a que nos odiemos! Le desafío a que se atreva a hacerle daño cuando yo esté delante; y también a que se atreva a atemorizarme.

—¡Eres la reina de la arrogancia! —repuso Heathcliff—. Pero no te tengo suficiente aprecio como para hacerle daño a él. Tú serás la beneficiaria del tormento, dure lo que dure. Y no seré yo quien te haga odiarle, lo conseguirá su propio espíritu encantador. Está lleno de bilis por tu deserción y sus consecuencias, así que no esperes que te agradezca la noble devoción que le tienes. Le oí describir a Zillah un hermoso cuadro de lo que te haría si fuese tan fuerte como yo. Ganas no le faltan, y su misma debilidad le aguzará el ingenio para encontrar algún sustituto de la fuerza.

—Sé que tiene mal carácter —dijo Catherine—, al fin y al cabo es su hijo. Pero me alegro de que el mío sea mejor para poder perdonarle. Sé que me quiere, y por eso le quiero yo a él. Es usted, señor Heathcliff, quien no tiene a nadie que le quiera. ¡Y por desgraciados que consiga hacernos, siempre tendremos el desquite de pensar que su crueldad procede de su desgracia, que es mayor que la nuestra! ¿No es cierto que es usted desgraciado? ¿No es cierto que está solo como el demonio y es envidioso como él? ¡A usted no le quiere nadie, y nadie le llorará cuando se muera! ¡Yo no me cambiaría por usted!

Catherine hablaba con un tono de lúgubre triunfo: parecía decidida a compartir el espíritu de su futura familia y a encontrar placer en el sufrimiento de sus enemigos.

—Pues ahora mismo vas a arrepentirte de ser tú —dijo su suegro— si te quedas ahí parada un minuto más. Sal de aquí, bruja, y ve a por tus cosas.

Ella se retiró con desdén.

Aproveché su ausencia para suplicar a Heathcliff que me diese el puesto de Zillah en Cumbres Borrascosas, a cambio de cederle yo el mío, pero dijo que no lo consentiría bajo ningún concepto. Me mandó callar, y luego, por primera vez desde que había entrado, echó una mirada a la habitación y se detuvo en los retratos. Después de contemplar el de la señora Linton, dijo:

—Este lo colgaré en mi casa. No es que me haga mucha falta, pero...

Se volvió abruptamente hacia la lumbre y prosiguió con lo que, a falta de otra palabra, calificaré de sonrisa.

—¡Te voy a contar lo que hice ayer! Mandé al sacristán que estaba cavando la tumba de Linton que quitara la tierra que cubre el ataúd de ella, y lo abrí. Cuando volví a verle la cara creí que me quedaría allí para siempre... Sigue siendo su cara... Al sacristán le costó mucho arrancarme de allí, pero como me dijo que si le daba el aire se alteraría, golpeé un lateral hasta que la tabla se soltó y volví a tapar el ataúd, ¡pero no del lado de Linton, maldito sea! ¡Ojalá el suyo estuviese soldado con plomo! Luego soborné al sepulturero para que, cuando me metan allí a mí, retire la tabla y haga lo mismo con el mío. ¡De este modo, para cuando Linton llegue a donde estamos nosotros, no sabrá quién es quién!

—¡Ha hecho usted muy mal, señor Heathcliff! —exclamé—. ¿No le da vergüenza perturbar a los muertos?

—No he perturbado a nadie, Nelly —repuso—, y en cambio, me siento un poco más aliviado. A partir de ahora estaré mucho más a gusto; y tú tendrás muchas más posibilidades de que quiera quedarme bajo tierra cuando me toque el turno a mí. ¿Perturbarla yo a ella? ¡No! Ella es la que ha estado perturbándome, día y noche, durante dieciocho años, sin tregua y sin el menor remordimiento, hasta anoche, cuando por fin me quedé tranquilo. Soñé que dormía el último sueño al lado de esa durmiente, habiéndoseme parado el corazón y con la mejilla helada contra la suya.

—Y si ella se hubiese convertido en polvo o en algo peor, ¿con qué hubiese soñado entonces? —dije.

—¡Con convertirme en polvo con ella y ser aún más feliz! —contestó—. ¿Crees que me asusta esta clase de cambios? Cuando levanté la tapa esperaba ver una transformación, pero prefiero que no empiece a producirse hasta que yo la comparta. Además, si sus impasibles facciones no me hubiesen producido una impresión muy clara, no creo que se me hubiese quitado aquel extraño sentimiento. Todo empezó de una forma muy rara. Tú ya sabes que cuando ella murió yo enloquecí y que rezaba día y noche para que volviese conmigo. Me refiero a su espíritu, porque tengo una fe muy arraigada en los fantasmas. ¡Creo firmemente que no solo pueden existir, sino que de hecho existen entre nosotros!

»El día que la enterraron cayó una gran nevada. Por la noche fui al cementerio. Soplaba un crudo viento invernal y a mi alrededor reinaba la soledad. No había peligro de que al necio de su esposo se le ocurriese subir a aquella guarida por la noche, y a nadie más se le había perdido nada por allí arriba.

»Como estaba solo y sabía que lo único que nos separaba eran unos escasos dos metros de tierra removida, me dije: "¡He de volver a tenerla entre mis brazos! Si está fría, me diré que es el viento del norte el que me hiela, y si está inmóvil pensaré que duerme".

»Agarré una pala del cobertizo de las herramientas y me puse a cavar con todas mis fuerzas hasta que la pala arañó el ataúd. Caí de rodillas y seguí escarbando con las manos, hasta que la madera empezó a crujir alrededor de los tornillos. Estaba a punto de lograr mi objetivo cuando me pareció oír un suspiro de alguien que se inclinaba sobre mí al borde de la tumba. "¡Si pudiera levantar esto! —murmuré—. ¡Ojalá nos cubrieran de tierra a los dos!" Y tiré de la tapa con aún mayor desesperación. Oí otro suspiro casi junto a la oreja y me pareció sentir un cálido aliento que se abría paso entre el viento cargado de aguanieve. Yo sabía que no podía haber allí ningún ser de carne y hueso, pero, con la misma certeza con que percibimos que se acerca un cuerpo sólido en la oscuridad, aunque no sepamos qué es, sentí que Cathy estaba allí, no bajo la tierra, sino a mi lado.

»Una repentina sensación de alivio que me brotaba del corazón inundó todo mi cuerpo. Fue abandonar aquel dolorosísimo trabajo y sentirme consolado en el acto, inefablemente consolado. Su presencia me acompañaba; siguió acompañándome todo el tiempo que tardé en volver a llenar la fosa, y volvió a casa conmigo. Ríete si quieres, pero estaba convencido de que la iba a ver allí; estaba seguro de que venía a mi lado y, sin poder evitarlo, le hablaba.

»Al llegar a Cumbres Borrascosas me precipité ansiosamente hacia la puerta. Estaba cerrada con llave. Recuerdo que mi esposa y aquel maldito de Earnshaw no querían dejarme entrar. Recuerdo que me paré a dar patadas a este último hasta dejarle sin respiración y que luego corrí escaleras arriba hasta mi cuarto, y luego hasta el de ella. Miraba ansiosamente alrededor; la sentía a mi lado, ¡casi llegaba a verla, pero no la veía! ¡Tenía que haber sudado sangre en aquel momento, tal era la angustia que me producía mi anhelo y tal el fervor de mis súplicas para que me dejase verla un instante! Pero no me dejó. ¡Se portó conmigo como un demonio, como tantas veces en vida! ¡Y, desde entonces, unas veces más y otras menos, he sido víctima de esta intolerable tortura! Es infernal, mantiene mis nervios en tal tensión que, si no los tuviera como cuerdas de tripa de gato, hace tiempo que se habrían destemplado hasta ser tan frágiles como los de Linton.

»Cuando me sentaba en la casa junto a Hareton, me parecía que en cuanto saliera iba a encontrármela, y cuando daba un paseo por los páramos, que me toparía con ella en cuanto volviera. Cuando salía a tomar el aire me apresuraba a regresar, porque estaba seguro de que andaría por algún rincón de Cumbres Borrascosas. ¡Estaba convencido! Y cuando iba a su aposento a dormir, no podía quedarme, ella conseguía que al final me fuese. En cuanto cerraba los ojos la tenía allí, o al otro lado de la ventana, o entrando en la habitación, o descorriendo los paneles de la cama o incluso llegando a reclinar su adorable cabeza en la misma almohada en que la apoyaba cuando era niña. Y no tenía más remedio que abrir los ojos y mirar. ¡Los abría y los cerraba cien veces cada noche, para quedar siempre desilusionado! ¡Qué tormento! Muchas veces he gemido en voz alta, hasta el punto de que ese viejo granuja de Joseph ha debido de pensar que mi conciencia estaba poseída por el demonio.

»Pero ahora, desde que la he visto, me he tranquilizado… algo. ¡Ha sido una extraña manera de matarme, no lentamente, sino muy poco a poco, engatusándome durante dieciocho años con el espectro de una esperanza!

El señor Heathcliff calló y se secó la frente, donde se le habían quedado pegados unos cabellos sudorosos. Tenía la mirada fija en las rojas ascuas del fuego; y no fruncía las cejas, sino que las levantaba junto a las sienes, lo que disminuía la adustez de su semblante, pero le confería un aspecto peculiar que revelaba una dolorosa tensión mental causada por un tema muy absorbente. No se había dirigido a mí más que a medias, así que guardé silencio. ¡No me gustaba oírle hablar!

Al cabo de poco, reanudó sus reflexiones sobre el retrato, lo descolgó y lo apoyó contra el sofá para contemplarlo mejor. Cuando se hallaba ocupado en esto, entró Catherine para anunciar que estaba lista y que ya podían ensillar su jaca.

—Mándame eso mañana —me dijo Heathcliff. Luego, volviéndose hacia la joven, añadió—: Puedes olvidarte de la jaca. Hace una noche estupenda, y en Cumbres Borrascosas, para los viajes que vas a hacer, no te hará falta ningún caballo. Te bastarán tus propios pies. Vamos.

—¡Adiós, Ellen! —dijo en un susurro mi adorada señorita. Cuando me besó sus labios parecían de hielo—. Ven a verme, Ellen, no te olvides.

—¡No se le ocurra hacer semejante cosa, señora Dean! —dijo el nuevo padre de mi señorita—. Cuando tenga que decirle algo ya vendré yo por aquí. ¡No quiero que ande metiendo las narices en mi casa!

Hizo un gesto a Cathy para que le precediera, y ella, después de mirarme de una forma que me rompió el corazón, obedeció.

Les observé por la ventana cuando bajaban por el jardín. Heathcliff tenía atrapado el brazo de Catherine bajo el suyo, a pesar de la evidente resistencia que ella debió de oponer en un principio, y se la llevaba a toda prisa, dando grandes zancadas por la avenida. Luego los árboles los ocultaron.

16

He ido una vez a Cumbres Borrascosas, pero a ella no la he visto desde que se marchó. Cuando fui a preguntar por ella, Joseph sostuvo la puerta y no quiso dejarme pasar. Dijo que la señora Linton estaba «afanada» y que el amo había salido. Zillah me ha ido contando algo de la vida que llevan, porque de lo contrario ni siquiera sabría quién ha muerto y quién sigue vivo.

Zillah piensa que Catherine es altanera y, por cómo habla de ella, sospecho que no le tiene mucha simpatía. Mi señorita requirió su ayuda al principio, cuando llegó a su nuevo hogar, pero el señor Heathcliff dijo a Zillah que se ocupase de sus propios asuntos y dejase que su nuera cuidara de sí misma, a lo que Zillah consintió de buen grado porque es una mujer bastante egoísta y corta de miras. Aquella falta de atención provocó en Catherine una rabieta infantil, y se vengó despreciando al ama de llaves, con lo que se convirtió para mi informadora en una enemiga acérrima, como si realmente le hubiese jugado alguna mala pasada.

Hará unas seis semanas, poco antes de que llegase usted, me encontré con Zillah en los páramos, y hablé largo y tendido con ella; me dijo lo siguiente:

—Lo primero que hizo la señora Linton cuando llegó a Cumbres Borrascosas —dijo— fue subir corriendo las escaleras sin darnos tan siquiera las buenas noches, ni a mí ni a Joseph. Se encerró en el cuarto de Linton y permaneció allí hasta la mañana siguiente.

Luego, cuando el amo y Earnshaw estaban desayunando, entró en la casa y preguntó toda temblorosa si alguien podía avisar al médico porque su primo se encontraba muy mal.

»—¡Eso ya lo sabemos! —contestó Heathcliff—. Pero su vida no vale ni un penique, y no pienso gastarme ni eso en él.

»—¡Pero es que no sé qué hacer —dijo ella—, y si nadie me ayuda morirá!

»—¡Largo de aquí! —gritó el amo—. ¡No quiero volver a oír una palabra al respecto! A nadie le importa en esta casa lo que sea de él. Si te importa a ti, haz de enfermera, y si no, enciérrale en su cuarto y déjale allí.

»Entonces empezó a incordiarme a mí; yo le decía que ya bastante guerra me había dado aquel ser insoportable, que todos teníamos nuestras tareas que atender y que la suya era cuidar de Linton, que el señor Heathcliff me había ordenado que ese trabajo se lo dejara a ella.

»No sé cómo se las arreglarían. Imagino que él estaría muy agitado y se pasaría los días y las noches quejándose, y que ella debía de dormir bastante poco, cosa que se adivinaba por la palidez de su rostro y sus párpados pesados. A veces entraba en la cocina toda desorientada, como si quisiera pedir ayuda. Pero yo no estaba por desobedecer al amo, señora Dean, nunca me he atrevido a hacerlo. Y aunque me parecía mal que no avisásemos a Kenneth, aquel no era asunto mío, yo no podía ni dar consejos ni quejarme. Nunca he querido meterme donde no me llaman.

»En una o dos ocasiones, después de habernos acostado, he abierto la puerta de mi cuarto y la he visto sentada llorando en el rellano de las escaleras, y enseguida he vuelto a encerrarme por miedo a que la compasión me mueva a intervenir. ¡En esos momentos me daba lástima, créame, pero entienda también que yo no quería perder mi puesto!

»Acabó por entrar una noche en mi aposento y me dio un susto de muerte cuando me dijo:

»—Avise al señor Heathcliff de que su hijo se muere. Esta vez estoy segura de que es así. ¡Levántese ahora mismo y dígaselo!

»Y después de pronunciar aquellas palabras desapareció. Yo me quedé en la cama un cuarto de hora más, aguzando el oído y temblando. No se oía nada, la casa estaba en silencio.

»"Estará equivocada —me dije—. Linton debe de estar mejor. No hace falta que moleste a nadie." Y empecé a dar cabezadas. Pero el persistente sonido de la campanilla volvió a despertarme por segunda vez. Es la única campanilla que tenemos y la instalamos allí adrede para Linton. El amo me llamó para que fuese a ver qué pasaba y les hiciera saber que no quería volver a oír aquel ruido.

»Le transmití el mensaje de Catherine. Soltó una blasfemia y a los pocos minutos salió con una vela encendida y se dirigió a la habitación de los jóvenes. Yo le seguí. La señora Heathcliff estaba sentada junto a la cama y se abrazaba las rodillas. Su suegro entró, acercó la vela a la cara de Linton, le miró y le palpó; luego se volvió hacia ella.

»—¿Cómo te sientes ahora, Catherine? —dijo.

»Ella permanecía muda.

»—¿Cómo te sientes, Catherine? —repitió.

»—Él ya está a salvo, y yo soy libre —contestó ella—. Debería sentirme bien, pero —prosiguió con una amargura que no podía ocultar— ¡me ha dejado usted luchar tanto tiempo yo sola contra la muerte que no siento y no veo más que muerte! ¡Me siento como muerta!

»¡Y es que tenía cara de muerta! Le di un poco de vino. En esto entraron Hareton y Joseph, que se habían despertado con la campanilla y el sonido de nuestros pasos, y habían oído nuestra conversación desde fuera. Para Joseph la muerte de aquel muchacho fue un alivio; Hareton se mostraba un poco alterado, aunque más que pensar en Linton parecía estar pendiente de Catherine, porque no le quitaba el ojo de encima. Pero el amo le mandó que volviera a la cama, no se necesitaba su ayuda. Luego pidió a Joseph que trasladase el cuerpo a su aposento y a mí me ordenó que volviese al mío, así que la señora Heathcliff se quedó sola.

»A la mañana siguiente me mandó a decirle que bajase a desayunar. Ella se había desvestido y parecía estar a punto de irse a dormir. Me dijo que se encontraba mal, lo que no me sorprendió nada. Informé de ello al señor Heathcliff, y él contestó:

»—Está bien, la dejaremos en paz hasta después del entierro. Suba a verla de vez en cuando para ver si necesita algo, y en cuanto le parezca que está mejor, me avisa.

Según Zillah, Cathy permaneció encerrada en su aposento dos semanas. El ama de llaves subía a verla dos veces al día y le hubiese gustado ser mucho más cordial con la paciente, pero la señora Heathcliff rechazó en el acto y con altanería sus crecientes demostraciones de buena voluntad.

El señor Heathcliff subió en una ocasión para enseñarle el testamento de Linton. Legaba a su padre todo, incluidos los bienes muebles de ella. El señor Heathcliff había coaccionado y amenazado al pobre infeliz para que firmara aquello, durante la semana en que su prima estuvo ausente con ocasión de la muerte de Edgar Linton. En cuanto a las tierras, como el difunto era menor de edad, no había podido disponer de ellas. Pero el señor Heathcliff las ha reclamado en nombre de su difunta esposa y en el suyo propio, supongo que legalmente. En cualquier caso, Catherine, desprovista de dinero y de amigos, no puede disputarle esa propiedad.

—Excepto en aquella ocasión —dijo Zillah—, nadie salvo yo se acercó a la puerta de la señora, y nadie preguntó por ella. La primera vez que bajó a la casa fue el domingo por la tarde.

»Me había gritado, cuando le subí la cena, que no podía seguir soportando aquel frío. Yo le dije que el amo se iba a la Granja de los Tordos, y que ni Earnshaw ni yo íbamos a impedirle que bajara. Así que en cuanto oyó que el caballo de Heathcliff se alejaba al trote, hizo su aparición con un aspecto tan sencillo como el de una cuáquera, ataviada de negro y con los rubios rizos peinados por detrás de las orejas, creo yo que porque no podía alisárselos.

»Joseph y yo solemos ir al templo los domingos (la iglesia, sabe usted, se ha quedado sin pastor —aclaró la señora Dean—, y en Gimmerton se llama templo al lugar donde se reúnen los metodistas o los baptistas, no sé bien si unos u otros). Pero Joseph ya se había ido —prosiguió Zillah—, y a mí me pareció mejor quedarme en casa. Siempre es mejor que una persona mayor vigile a los jóvenes, y Hareton, a pesar de su timidez, no es ningún modelo de buena conducta. Le hice saber que muy probablemente su prima bajaría a estar un rato con nosotros y que siempre había respetado el domingo, así que mientras ella estuviese abajo tenía que dejar sus escopetas y sus tareas domésticas.

»Cuando oyó aquello se le subieron los colores al rostro, y se miró las manos y la ropa. En un segundo quitó de mi vista el aceite de ballena y la pólvora. Comprendí que tenía intención de hacer compañía a su prima, y por su comportamiento me figuré que quería estar presentable. Así que, echándome a reír, cosa que no me atrevo a hacer cuando el amo está por allí, me ofrecí a ayudarle y bromeé acerca de su turbación. Él se enfurruñó y se puso a renegar.

»Está bien, señora Dean —prosiguió la mujer al darse cuenta de que no me gustaban sus maneras—, tal vez encuentre usted que su señorita es demasiado fina para Hareton, y puede que no se equivoque, pero tengo que admitir que me encantaría bajarle un poquito los humos. ¿De qué le valen ahora todos los estudios y refinamientos que tiene? Es tan pobre como usted o como yo, e incluso más, porque supongo que usted estará ahorrando algo y yo también voy haciendo lo que puedo.

Hareton consintió que Zillah le ayudase, y ella consiguió con sus halagos ponerle de buen humor. Así que cuando Catherine bajó, Hareton ya casi había olvidado los insultos que su prima le había dirigido en el pasado e intentó ser agradable con ella. Le digo lo que me contó el ama de llaves.

—La señorita entró —dijo—, fría como un témpano y altiva como una princesa. Yo me levanté y le ofrecí mi sillón. Pero nada, me volvió la cara indiferente a mi cortesía. Earnshaw también se levantó y le dijo que fuera a sentarse en el escaño junto a la lumbre porque seguramente debía de estar muerta de frío.

»—Hace más de un mes que me muero de frío —contestó ella, subrayando las palabras con el mayor desprecio que pudo.

»Agarró una silla y fue a sentarse lejos de los dos.

»Cuando se hubo calentado un poco allí sentada, se puso a mirar por la habitación y descubrió que había un gran número de libros en el aparador. Se levantó enseguida y trató de alcanzarlos poniéndose de puntillas, pero estaban demasiado altos.

»Su primo, después de observarla un rato, acabó armándose de valor y se levantó para ayudarla. Ella extendió el vestido y él fue echando allí los primeros libros que tenía a mano.

»Aquello fue un gran paso para el joven. Aunque ella no le dio las gracias, se sintió pagado con que hubiese aceptado su ayuda, y se atrevió a quedarse de pie detrás de ella mientras los hojeaba, e incluso a inclinarse y a señalar cosas que le llamaban la atención en las viejas imágenes que traían. Y no se intimidaba por el descaro con que ella le apartaba el dedo de la página. Se conformaba con retroceder un poco y mirarla a ella en lugar de al libro.

»Ella siguió leyendo o buscando algo que leer. Hareton, en cambio, como no podía verle la cara a su prima y ella tampoco podía verle a él, poco a poco fue concentrando su atención en aquellos espesos y sedosos bucles. Y quizá no fuera muy consciente de lo que hacía, pero, atraído como un niño por la luz de una vela, acabó pasando de la mirada al tacto. Alargó la mano y acarició uno de los bucles con tanta delicadeza como si se tratase de un pájaro. Ella se estremeció ante aquella osadía como si le hubiesen clavado un cuchillo en la nuca y se dio la vuelta.

»—¡Largo de aquí ahora mismo! ¿Cómo te atreves a tocarme? ¿Por qué estás ahí parado detrás de mí? —exclamó con tono de repugnancia—. ¡No te soporto! Si vuelves a acercarte me voy arriba.

»El señor Hareton retrocedió con una expresión en el rostro de lo más estúpida. Se sentó en el escaño sin hacer ruido y ella siguió hojeando aquellos libros una media hora más. Al final Earnshaw cruzó la habitación y me susurró al oído:

»—¿Por qué no le pides que nos lea, Zillah? Estoy cansado de no hacer nada y me gustaría… ¡quizá me guste oírla! No le digas que quiero yo, pídelo como para ti.

»—El señor Hareton desearía que nos leyera usted algo, señora —dije en el acto—. Sería usted muy amable y él se lo agradecería mucho.

»Ella frunció el ceño y, levantando la vista, contestó:

»—¡El señor Hareton y todos ustedes serán tan amables de entender que rechazo toda pretensión de amabilidad que tengan la hipocresía de brindarme! ¡Les desprecio y no tengo nada que decir a ninguno de ustedes! Cuando hubiese dado mi vida por una palabra cariñosa, o simplemente por verles la cara, se apartaron de mí. ¡Pero no pienso quejarme! He tenido que bajar a causa del frío, pero no estoy aquí para entretenerles ni para gozar de su compañía.

»—¿Y qué podía hacer yo? —empezó a decir Earnshaw—. ¿Qué me reprocha?

»—¡Ay! Tú eres una excepción —contestó la señora Heathcliff—. Nunca he echado de menos tus atenciones precisamente.

»—Pues yo me ofrecí más de una vez —dijo él, sulfurándose por su impertinencia—. Pedí al señor Heathcliff que me permitiese relevarla a usted en el cuidado del enfermo…

»—¡Cállate! ¡Saldré afuera o me iré a donde sea, con tal de no tener que oír tu desagradable voz! —dijo mi señora.

»Hareton masculló que por él podía irse al infierno. Luego descolgó la escopeta y ya no se privó más de continuar con sus quehaceres dominicales.

»Después de aquello, Hareton se puso a hablar con bastante libertad y al cabo de poco ella halló conveniente volver a retirarse a su soledad. Pero como ya se ha asentado el frío, no ha tenido más remedio que tragarse el orgullo y condescender a soportar nuestra compañía cada vez más. Sin embargo, me cuido de que no vuelva a desairar mis buenas intenciones, y desde entonces me he mostrado tan tiesa como ella. Nadie la quiere en la casa, y a nadie le es simpática. ¡Y lo tiene bien merecido, porque a la menor cosa que se le dice vuelve la espalda sin consideración hacia nadie! Ha llegado a responder al propio amo y a desafiarle a que le pegue; y cuanto peor se la trata más venenosa se pone.

Lo primero que pensé cuando oí el relato de Zillah era que tenía que dejar mi puesto, alquilar una casita y llevarme a Catherine a vivir conmigo. Pero pensar que el señor Heathcliff iba a permitir eso sería como soñar con que iba a ponerle una casa a Hareton para que viviera por su cuenta. Así que por ahora no le veo remedio a la situación, como no sea que vuelva a casarse. Pero eso es algo que no depende de mí.

Así terminó el relato de la señora Dean. A pesar de las predicciones del médico, estoy recobrando las fuerzas rápidamente y, aunque no estamos sino a mediados de enero, tengo previsto salir a caballo dentro de un día o dos y hacer una visita a Cumbres Borrascosas para informar a mi casero de que pasaré los próximos seis meses en Londres y que, si quiere, puede buscar a otro inquilino para la casa a partir de octubre. No pienso pasar otro invierno aquí.

17

Ayer hizo un día luminoso, apacible y muy frío. Fui a Cumbres Borrascosas, como tenía previsto. Mi ama de llaves me rogó que llevase una nota de su parte a su señorita, y no me negué, porque la buena mujer no veía que su petición tuviese nada de raro.

La puerta de la entrada estaba abierta, pero la recelosa verja tenía puesta la cadena, como en mi última visita. Llamé a voces a Earnshaw, que andaba entre los macizos del jardín. Quitó la cadena y entré. El muchacho es el campesino más guapo que quepa imaginar. Esta vez me fijé particularmente en él. Pero da la impresión de que se empeña en sacar el menor partido posible de sus cualidades.

Pregunté si el señor Heathcliff estaba en casa. Contestó que no, pero que vendría a la hora de comer. Eran las once. Le anuncié mi intención de entrar a esperarle, y él tiró enseguida sus herramientas al suelo y me acompañó más como un perro guardián que como el sustituto del amo.

Entramos juntos. Catherine estaba dentro, ocupada en preparar algunas verduras para la comida. Me pareció más huraña y menos briosa que la primera vez que la vi. Casi ni levantó la vista ante mi presencia, sino que siguió con su tarea con el mismo desprecio a las formas y a la cordialidad que la otra vez. No contestó ni a mi inclinación ni a mis buenos días con el menor movimiento.

«No parece tan afable como la señora Dean me quiere hacer creer —pensé—. ¡Es cierto que es una preciosidad, pero no un ángel!»

Earnshaw le mandó en un tono malhumorado que se llevase sus trastos a la cocina.

—Llévalos tú —dijo ella.

Los apartó en cuanto hubo terminado de usarlos y fue a sentarse en una banqueta junto a la ventana, donde se puso a recortar figuras de pájaros y animales en las mondas de nabo que tenía en el regazo.

Me acerqué a ella, fingiendo que quería contemplar el jardín, y se me ocurrió dejar caer la nota muy hábilmente sobre sus rodillas, sin que Hareton lo viera. Pero ella preguntó en voz alta:

—¿Qué es esto?

Y tiró el papel al suelo.

—Una carta de una vieja conocida, el ama de llaves de la granja —contesté, molesto de que pusiese en evidencia mi delicada cautela y temiendo que pensase que la misiva era mía.

Al oír aquella aclaración, Cathy habría recogido la nota con mucho gusto, pero Hareton se le adelantó. La cogió y se la metió en el bolsillo del chaleco, diciendo que antes tenía que verla el señor Heathcliff.

Ante aquello, Catherine volvió silenciosamente el rostro, sacó muy a hurtadillas un pañuelo y se lo llevó a los ojos. Su primo, tras luchar un momento consigo mismo para dominar unos sentimientos más tiernos, sacó la carta y la tiró al suelo junto a ella, de la forma más descortés que pudo.

Catherine la recogió y la examinó con avidez. Luego me hizo algunas preguntas acerca de los ocupantes, racionales e irracionales, de su antiguo hogar y, tras clavar la vista en las montañas, murmuró para sí:

—¡Me gustaría bajar allí montada en Minny! Me gustaría trepar por allí… Ay, estoy harta… ¡Estoy en un callejón sin salida, Hareton!

Luego apoyó la hermosa cabeza contra el alféizar, medio suspirando y bostezando, y se sumió en una suerte de melancolía ensimismada, sin preocuparse de nosotros ni de si la mirábamos o no.

—Señora Heathcliff —dije yo, después de guardar silencio un buen rato—. ¿Sabe usted hasta qué punto la conozco? Tan íntimamente que me extraña que no se me acerque para contarme sus cosas. Mi ama de llaves no se cansa de hablar de usted ni de cantar sus alabanzas. ¡Sufrirá una gran decepción si vuelvo sin noticias de usted ni un recado de su parte, si le digo que le entregué su carta y que usted no dijo nada!

Mis palabras parecieron sorprenderla, y preguntó:

—¿Ellen le tiene a usted simpatía?

—Sí, mucha —repuse sin vacilar.

—Entonces dígale que me gustaría mucho contestar a su carta —prosiguió—, pero es que no tengo nada para escribir, ni siquiera un libro del que arrancar una hoja.

—¿Que no tiene libros? —exclamé—. ¿Cómo puede usted vivir aquí sin libros? Disculpe que me haya tomado la libertad de hacerle esa pregunta, pero es que yo tengo una gran biblioteca, y aun así suelo aburrirme bastante en la granja. ¡Si me quitasen los libros caería en la desesperación!

—Cuando tenía libros, me pasaba el día leyendo —dijo Catherine—. Pero el señor Heathcliff no lee nunca, así que se le metió en la cabeza que tenía que destrozar mis libros. Hace semanas que no veo ni un libro. Una vez me atreví a hurgar entre las provisiones teológicas de Joseph, lo que le irritó muchísimo. Y en otra ocasión, Hareton, descubrí un repertorio secreto en tu habitación: había algunos en griego y latín, y otros de cuentos y poesía, todos ellos viejos amigos míos. Yo me los había traído de casa y tú los cogiste como coge una urraca las cucharillas de plata, ¡por el mero placer de robar! A ti no te sirven de nada, así que seguramente los escondiste con la mala idea de que, como tú no puedes disfrutar de ellos, nadie más lo hará. ¿Será que el señor Heathcliff me robó mis tesoros aconsejado por tu envidia? ¡Pero la mayoría están escritos en mi mente e impresos en mi corazón, y esos no podréis quitármelos!

Earnshaw se puso rojo como un tomate cuando su prima reveló que había estado acumulando libros a escondidas, y negó indignado y de forma balbuciente sus acusaciones.

—El señor Hareton desea ampliar sus conocimientos —dije yo, acudiendo en su ayuda—. No lo ha hecho movido por la envidia, sino por el deseo de emular los logros de usted. ¡Dentro de unos años será un hombre inteligente e instruido!

—Mientras que yo me voy idiotizando —contestó Catherine—. Sí, ya le oigo cuando intenta deletrear las palabras y leer en voz alta. ¡Menudos errores comete! Me encantaría que volvieras a leer *Chevy Chase* como ayer, Hareton. ¡Fue divertidísimo! Te oí… ¡Y también oí que consultabas las palabras difíciles en el diccionario y que luego te ponías a renegar porque no eras capaz de leer las explicaciones!

Era evidente que el joven hallaba vergonzoso que se burlasen no solo de su ignorancia, sino también de que intentase remediarla. Yo opinaba lo mismo y, recordando la anécdota de la señora Dean sobre las primeras tentativas del muchacho para iluminar la oscuridad en que le habían criado, observé:

—Pero, señora Heathcliff, todos hemos tenido que empezar desde cero y al principio todos nos hemos tambaleado y tropezado. Si nuestros profesores se hubiesen mofado de nosotros, en lugar de ayudarnos, seguiríamos tambaleándonos y tropezándonos.

—¡Oh! —repuso ella—. Yo no deseo limitar sus conocimientos… ¡Pero no tiene derecho a apropiarse de lo mío y volverlo ridículo con sus groseras equivocaciones y su mala pronunciación! Esos libros, tanto los de prosa como los de verso, son sagrados para mí por los recuerdos que me traen, ¡y odio verlos rebajados y profanados en su boca! ¡Además, entre todos los que había, ha elegido mis obras preferidas, las que más me gusta recitar, como por pura malicia!

El pecho de Hareton palpitó en silencio durante unos minutos. Parecía estar combatiendo una mortificación y una ira intensas, que no eran fáciles de dominar.

Me levanté por cortesía, movido por el deseo de aliviar su turbación, y me acerqué a la puerta abierta, donde permanecí de pie mirando el paisaje.

Él siguió mi ejemplo y salió de la habitación, pero enseguida reapareció trayendo media docena de libros, que arrojó al regazo de Catherine, exclamando:

—¡Tómalos! ¡No quiero oír hablar de ellos, ni leerlos ni pensar en ellos nunca más!

—¡Ahora ya no los quiero! —contestó ella—. ¡Los asociaría contigo y los aborrecería!

Abrió uno, que parecía estar muy manoseado, y se puso a leer imitando la torpe entonación de un principiante. Luego se echó a reír y arrojó el libro lejos de sí.

—¡Y escucha esto! —continuó para provocar.

Y empezó a leer, de la misma forma, la primera estrofa de una vieja balada.

Pero el amor propio de Hareton no pudo seguir aguantando aquel tormento. Oí que frenaba la descarada lengua de su prima con la mano, y no me pareció del todo mal. Aquella desgraciada había hecho todo lo posible para herir los delicados aunque incultos sentimientos de su primo, y un enfrentamiento físico era la única forma en que Hareton podía equilibrar la balanza y dar su merecido a su torturadora.

Después recogió los libros y los lanzó al fuego. Leí en su semblante el profundo dolor que le causaba ofrecer aquel sacrificio a su ira. Me figuré que, mientras los veía consumirse, pensaba en el placer que ya le habían proporcionado, y en el triunfo y la creciente satisfacción que hubieran podido granjearle. Y también creí adivinar qué era lo que le había incitado a ponerse a estudiar a escondidas. Hasta que Catherine se cruzó en su camino, se había contentado con sus tareas cotidianas y sus toscas diversiones animales. Se avergonzaba del desprecio de ella y esperaba obtener algún día su aprobación: esos habían sido sus primeros acicates para buscar actividades más elevadas. Pero sus esfuerzos por instruirse, en lugar de protegerle de lo primero y de hacerle merecer lo segundo, habían tenido precisamente el efecto contrario.

—¡Sí, ese es todo el provecho que un animal como tú puede sacar de los libros! —gritó Catherine, chupándose el labio herido y contemplando el incendio con ojos indignados.

—¡Y ahora será mejor que te calles! —contestó él fuera de sí.

Como la agitación le impedía seguir hablando, se precipitó hacia la entrada, y yo me hice a un lado para dejarle pasar. Pero antes de que llegase a cruzar el umbral, tropezó con el señor Heathcliff, que llegaba de fuera y que, poniéndole la mano en el hombro, le preguntó:

—¿Qué te pasa, hijo?

—¡Nada! ¡Nada! —contestó Hareton.

Y escapó para dar rienda suelta a su dolor y su ira a solas.

Heathcliff le siguió con la vista y suspiró.

—¡Tendría gracia que me saliese el tiro por la culata! —murmuró, sin darse cuenta de que yo estaba detrás de él—. ¡Pero es que cuando me pongo a buscar a su padre en su rostro, cada día la veo más a ella! ¿Cómo demonios se le podrá parecer tanto? Casi no aguanto mirarle.

Bajó los ojos al suelo y entró malhumorado. Tenía la cara más enjuta, y traía una expresión de inquietud y desasosiego que nunca le había visto.

Su nuera, que lo había atisbado por la ventana, huyó enseguida a la cocina, y me quedé solo.

—Me alegro de que vuelva a salir de casa, señor Lockwood —dijo contestando a mi saludo—. Y en parte por motivos egoístas. No creo que me fuera fácil sustituirle en esta desolación. Más de una vez me he preguntado qué le trajo aquí.

—Me temo, señor, que me dio una ventolera —contesté—, o tal vez me haya dado la ventolera de marcharme. La semana que viene salgo para Londres, y he venido a avisarle de que no entra en mis cálculos conservar la Granja de los Tordos más allá de los doce meses pactados. No creo que siga viviendo allí.

—¿Ah, no? Se ha cansado usted de vivir desterrado del mundo, ¿verdad? —dijo él—. Pero si ha venido a suplicar que no siga cobrándole el alquiler de una casa que no va a ocupar, ha hecho usted el viaje en balde. No lo hago con nadie, siempre exijo que se me pague lo que se me debe.

—¡No he venido a solicitar nada semejante! —exclamé bastante irritado—. Puedo pagarle ahora mismo, si quiere.

Diciendo esto, saqué la billetera.

—No, no —contestó él fríamente—, ya dejará usted lo suficiente para saldar la deuda cuando se vaya, si es que no piensa regresar… No me corre tanta prisa. Siéntese y quédese a comer con nosotros. Un invitado que estamos seguros de que no ha de volver, siempre es bienvenido. ¡Catherine, pon la mesa! ¿Dónde te has metido?

Catherine reapareció con una bandeja de cuchillos y tenedores.

—Tú comerás en la cocina con Joseph —masculló Heathcliff aparte— y te quedarás allí hasta que el señor Lockwood se haya marchado.

Ella obedeció al instante sus órdenes, quizá porque no tenía el menor interés en discutirlas. Como vive entre patanes y misántropos, seguramente no es capaz de apreciar a personas de una categoría superior cuando las tiene delante.

Con un señor Heathcliff adusto y saturnino a un lado, y un Hareton completamente mudo al otro, la comida no resultó precisamente alegre, y no tardé en despedirme. Me hubiese gustado salir por la puerta de la cocina para volver a ver a Catherine y fastidiar un poco al viejo Joseph, pero no pude ver satisfechos mis deseos porque Hareton recibió órdenes de traerme el caballo y mi propio anfitrión me acompañó a la puerta.

«¡Qué vida más lúgubre llevan en esa casa! —iba pensando mientras bajaba por el camino—. ¡La señora de Linton Heathcliff habría podido vivir un romántico cuento de hadas si nos hubiésemos prendado el uno del otro, como deseaba su buena aya, y hubiésemos emigrado juntos al bullicioso ambiente de la ciudad!»

18

1802. Este mes de septiembre me invitaron a una partida de caza en los páramos de un amigo en el norte, y de camino a su vivienda pasé inesperadamente muy cerca de Gimmerton. El mozo de cuadra de una venta donde me detuve venía con un cubo de agua para abrevar a mis caballos, cuando pasó una carreta cargada de avena silvestre recién cortada.

—¡Eso viene de Gimmerton, seguro! Siempre siegan tres semanas más tarde que el resto —comentó el joven.

—¿Gimmerton? —repetí.

Tenía un recuerdo borroso de mi estancia en aquella localidad, como si hubiese sido un sueño.

—¡Ah, ya me acuerdo! ¿Queda muy lejos de aquí?

—A unos veintidós kilómetros, al otro lado del monte y por el camino malo —contestó.

Sentí un deseo repentino de visitar la Granja de los Tordos. Era antes del mediodía, y se me ocurrió que, en lugar de ir a una posada, podría pasar la noche bajo mi propio techo. Además, tenía tiempo de sobra para dedicar un día a ajustar cuentas con mi casero, y así me ahorraría la molestia de volver a traspasar los límites de sus tierras.

Después de descansar un rato, mandé a mi criado que averiguase cómo se iba al pueblo, y para gran fatiga de nuestras monturas, logramos cubrir aquella distancia en poco más de tres horas.

Dejé al mozo en Gimmerton y emprendí yo solo el descenso del valle. La iglesia gris me pareció aún más gris, y el solitario cementerio aún más solitario. Vi a una oveja de los páramos paciendo la hierba que cubría las tumbas. Hacía un tiempo apacible y cálido, demasiado para viajar, pero el calor no me impidió disfrutar del paisaje encantador que se extendía por encima y por debajo de mí. Si lo hubiese visto más cerca del mes de agosto, seguro que hubiese vuelto a sentir la tentación de perder un mes entre sus soledades. No hay nada más inhóspito en invierno ni más divino en verano que esas cañadas encajonadas entre los cerros y esos escarpados y abruptos collados cubiertos de brezo.

Llegué a la granja antes de ponerse el sol, y llamé a la puerta. Pero, a juzgar por la fina espiral de humo que salía de la chimenea de la cocina, la familia se había retirado a la parte trasera de la casa y no me oyeron llamar.

Volví a subirme al caballo y entré en el patio. En el porche encontré a una niña de unos nueve o diez años tejiendo, y junto a ella, reclinada en las gradas de la caballeriza, había una vieja fumando en pipa con aire meditabundo.

—¿Está la señora Dean? —pregunté a la señora.

—¿La ama Dean? ¡No! No vive aquí —contestó—. Está arriba, en las Cumbres.

—Entonces, ¿es usted el ama de llaves? —proseguí.

—Así es. Yo me encargo de la casa —repuso.

—Pues yo soy el señor Lockwood, el amo. ¿Tendrá alguna habitación preparada para mí? Quiero pasar aquí la noche.

—¡El amo! —exclamó atónita—. ¿Quién iba a pensar que se presentaría usted? ¡Debería haber avisado! Ahora mismo no hay ni un rincón seco ni decente en la casa, ¡ni uno!

Arrojó la pipa al suelo y entró apresuradamente. La niña la siguió y yo también. No tardé en constatar la veracidad de sus palabras y, lo que es más, que mi inesperada aparición casi le había hecho perder la cabeza.

Le pedí que se tranquilizara. Yo me iría a dar un paseo y ella aprovecharía mi ausencia para prepararme un rincón en la sala donde cenar, y un cuarto en que dormir. No era necesario que barriera ni que quitase el polvo; bastaba con un buen fuego y unas sábanas secas.

Se mostró dispuesta a hacer cuanto estuviera en su mano, aunque metió la escobilla en el fuego, en lugar del atizador, y se puso a usar los demás utensilios propios de su oficio con la misma incoherencia. Me fui, de todas formas, confiando en que desplegaría suficiente energía para tenerme dispuesto a mi vuelta un sitio donde descansar.

La meta del paseo que tenía en mente no era otra que Cumbres Borrascosas. Pero en cuanto hube salido del patio tuve una ocurrencia que me hizo volver sobre mis pasos.

—¿Cómo va todo en Cumbres Borrascosas? —pregunté a la mujer.

—Bien, que nosotros sepamos —contestó, escabulléndose con una olla llena de rescoldos.

Me habría gustado preguntarle por las razones que había tenido la señora Dean para dejar la granja, pero vi que no podía entretenerla en aquel trance, así que di media vuelta y salí a paso lento. Tenía a mis espaldas el resplandor del sol poniente y frente a mí el suave brillo de la luna, que ya estaba saliendo. Un astro iba apagándose y el otro ganando luminosidad en el momento en que yo salía del parque y subía por el pedregoso sendero que se bifurca en dirección a la morada del señor Heathcliff.

Cuando aún no alcanzaba a divisar la casa no quedaba del día más que una claridad difusa y ambarina por el oeste, pero gracias a aquella espléndida luna podía distinguir cada guijarro del camino y cada brizna de hierba.

No tuve que saltar la verja, ni dar voces: cedió a mi mano.

«¡Vaya, esto es una mejora!», pensé. Y mi nariz me llevó a descubrir otra: una fragancia de alhelíes que provenía de entre los frutales de la casa.

Las puertas y las ventanas estaban abiertas. Sin embargo, como suele ocurrir en las regiones carboníferas, un fantástico fuego rojo alumbraba la chimenea. El placer que encuentra el ojo en las llamas hace soportable el calor añadido, aunque en Cumbres Borrascosas la casa es tan grande que sus habitantes tienen mucho espacio para poder alejarse de sus efluvios. De ahí que las pocas personas que había allí en aquel momento se hubiesen instalado cerca de una de las ventanas. Las vi y oí antes de entrar. Por consiguiente, me quedé mirándolas y escuchándolas, con una mezcla de curiosidad y una envidia que iba en aumento cuanto más tiempo permanecía.

—¡Con-tra-rio! —decía una voz melodiosa como una campanilla de plata—. ¡Es la tercera vez que te lo digo, burro! No volveré a repetírtelo. ¡Haz memoria o te tiro del pelo!

—Está bien: contrario —contestó otra voz más grave, pero dulce—. Y ahora dame un beso por haber prestado tanta atención.

—No, primero tienes que leerlo todo como es debido, sin equivocarte ni una vez.

El interlocutor masculino inició la lectura. Era un hombre joven y bien vestido, y estaba sentado a una mesa con un libro delante. Sus hermosas facciones resplandecían de goce y los ojos se le iban constantemente de la página del libro a la manita blanca que se apoyaba en su hombro, y que le llamaba al orden con un rápido cachete cada vez que su dueña detectaba en el alumno señales de distracción.

La persona a la que pertenecía aquella mano estaba de pie detrás del joven. Cada vez que se inclinaba para supervisar su trabajo, sus rubios y brillantes tirabuzones se mezclaban con los rizos castaños del muchacho. Aquella cara —por fortuna él no podía vérsela, porque de lo contrario no se hubiese estado tan quieto— yo sí la veía, y me mordí los labios de rabia. Sentía que había dejado escapar la oportunidad de hacer algo más que contemplar con embeleso su cautivadora hermosura.

El alumno, una vez terminada la tarea no sin bastantes meteduras de pata, reclamó su premio y recibió por lo menos cinco besos que, todo hay que decirlo, devolvió con largueza. Luego ambos se dirigieron hacia la puerta, y de su conversación deduje que se disponían a dar un paseo por los páramos. Supuse que Hareton Earnshaw me maldeciría, aunque no lo expresase con palabras, mandándome a lo más profundo de las regiones infernales, si en aquel momento revelaba mi inoportuna presencia. Así que, sintiéndome muy mezquino y malvado, di la vuelta a la casa sin ser visto y fui a buscar refugio en la cocina.

Tampoco en aquella entrada encontré obstáculos. A la puerta estaba sentada mi vieja amiga, Nelly Dean, cosiendo y cantando una canción que constantemente venían a interrumpir unas rudas, despectivas e intolerantes palabras, pronunciadas desde el interior en un tono no precisamente musical.

—¡Antes preferiría que me llenasen los pulmones de blasfemias de la mañana a la noche que tener que oírla a usted, la verdad! —dijo el ocupante de la cocina, en respuesta a una frase de Nelly que no alcancé a oír—. ¡Es una auténtica vergüenza que yo no pueda abrir el Libro Sagrado, pero usted bien que alza esas alabanzas a Satanás y a toda la maldita crueldad que se cría en el mundo! ¡Ah! Es usted un cero a la izquierda y ella también, y entre las dos van a echar a perder a ese pobre chico. ¡Pobre chico! —añadió con un gruñido—. ¡Está embrujado, de eso estoy seguro! ¡Oh, Señor, júzgales Tú, ya que no hay leyes ni justicia entre los que mandan aquí!

—¡Ni hablar! —replicó la cantora—. Porque en ese caso supongo que arderíamos sobre haces de leña. Pero cállese ya, viejo, y lea su Biblia como un buen cristiano, sin preocuparse de mí. Lo que estoy cantando es «La boda de Annie el hada», una canción preciosa que suele ir acompañada de un baile.

La señora Dean iba a seguir cantando, pero cuando me acerqué a ella me reconoció en el acto, se puso en pie de un brinco y exclamó:

—¡Pero si es el señor Lockwood, bendito sea usted! ¿Cómo se le ha ocurrido volver así, sin más? La granja de los Tordos está cerrada a cal y canto. ¡Debería haber avisado!

—He dispuesto que me preparen allí una habitación, porque voy a estar muy poco tiempo —contesté—. Me marcho mañana. ¿Y cómo es que se ha trasladado usted aquí, señora Dean? Cuénteme.

—Poco después de que se marchara usted a Londres, Zillah se fue, y el señor Heathcliff me pidió que viniera aquí y me quedase hasta que usted volviese. ¡Pero, por favor, pase! ¿Ha venido andando desde Gimmerton?

—Desde la granja —repuse—. Y mientras me preparan la habitación allí, quiero arreglar mis cuentas con su amo, porque no creo que se me presente otra oportunidad.

—¿Qué cuentas, señor? —dijo Nelly, haciéndome pasar al interior—. En este momento el amo no está y no regresará pronto.

—Se trata del alquiler —contesté.

—¡Ah! Entonces tendrá que tratar con la señora Heathcliff —observó—, o más bien conmigo. Ella aún no ha aprendido a llevar sus negocios, así que lo hago yo en su nombre. No hay nadie más.

Puse cara de sorpresa.

—¡Ah, bueno! Por lo que veo, no está usted al corriente de que el señor Heathcliff ha muerto —prosiguió.

—¿Que Heathcliff ha muerto? —exclamé atónito—. ¿Cuánto hace?

—Hará tres meses. Pero siéntese y deme su sombrero, que ahora se lo cuento todo. Aunque, un momento, ¿verdad que no ha comido usted nada?

—No quiero nada. He pedido que me preparen algo para cenar en casa. Siéntese usted también. ¡Nunca se me pasó por la cabeza que podía morir! Dígame cómo fue. Ha dicho usted que no cree que vuelvan pronto, ¿se refería a los dos jóvenes?

—Sí. Todas las noches tengo que reñirles porque pasean hasta muy tarde, pero no me hacen ningún caso. Tome al menos un poco de nuestra cerveza añeja, le sentará bien. Tiene usted cara de cansado.

Fue a buscarla antes de que yo tuviese tiempo de rehusar, y oí a Joseph preguntar si «no era un escándalo espantoso que ella tuviese pretendientes a su edad y que además sacase las jarras de la bodega del amo. Era una vergüenza tener que vivir para ver aquello».

La señora Dean no se paró a contestar. Volvió un minuto después con una jarra de plata desbordante de espuma, cuyo contenido ensalcé encarecidamente. Luego me proporcionó el final de la historia de Heathcliff. Tuvo un «extraño» final, según su propia expresión.

A las dos semanas de haberse marchado usted —empezó la señora Dean—, me llamaron a Cumbres Borrascosas, y yo obedecí muy contenta, por Catherine.

Mi primera entrevista con ella me entristeció y me asustó: ¡había cambiado mucho desde nuestra separación! El señor Heathcliff no me explicó los motivos por los que había mudado de opinión sobre mi traslado allí. Me dijo simplemente que me quería allí y que estaba harto de Catherine. Yo me instalaría en el pequeño gabinete y lo compartiría con ella. Para él era suficiente con verla una o dos veces al día.

Catherine se mostró muy contenta con este acuerdo. Poco a poco me fui trayendo a escondidas un buen lote de libros y otros objetos que habían hecho sus delicias en la granja y me hice la ilusión de que podíamos llegar a tener una vida bastante agradable.

Pero aquella ilusión no duró mucho. Catherine, que al principio era feliz, fue poniéndose cada vez más inquieta e irritable en aquel pequeño espacio. Le tenían prohibido salir al jardín y, al ir entrando la primavera, le fastidiaba muchísimo estar confinada en aquellas cuatro paredes. Además, mi trabajo en la casa me obligaba a dejarla sola muy a menudo, y ella se quejaba de su soledad. Prefería discutir con Joseph en la cocina que estar tranquila a solas.

Yo no hacía caso de sus peleas, pero Hareton no tenía otro remedio que meterse también en la cocina cuando el amo quería la casa para él. Y así como al principio Catherine salía en cuanto él entraba, o se ponía a ayudarme en mis tareas, sin decir nada, haciendo caso omiso de su presencia y evitando dirigirle la palabra (aunque él estaba siempre de lo más callado y taciturno), pasado un tiempo cambió de actitud; no le dejaba en paz y le hablaba sin cesar. Hacía comentarios sobre su estupidez y su holgazanería, expresaba su sorpresa ante la insoportable vida que llevaba, no podía entender que se pasara las tardes mirando el fuego y dormitando.

—Es como un perro, ¿verdad, Ellen? —me comentó en una ocasión—. O como un caballo de tiro. ¡No hace más que trabajar, comer y dormir! ¡Tiene que tener el alma vacía y tenebrosa! ¿Sueñas alguna vez, Hareton? Y si lo haces, ¿con qué sueñas? ¡Pero no, tú no puedes hablar conmigo!

Y se quedó mirándolo, pero él no abrió la boca ni volvió a levantar la vista.

—A lo mejor es que ahora mismo está soñando —prosiguió ella—. Acaba de mover el hombro como Juno. Pregúntaselo, Ellen.

—¡Compórtese, que si no el señor Hareton pedirá al amo que la mande a usted arriba! —dije yo.

Hareton no solo había movido el hombro, sino que también había apretado el puño, como si tuviese intención de usarlo.

—Ya sé por qué Hareton no habla nunca cuando yo estoy en la cocina —exclamó en otra ocasión—. Tiene miedo de que me ría de él. Ellen, ¿qué piensas tú? Una vez intentó aprender a leer él solo, y lo dejó y quemó sus libros solo porque yo me había reído de él. ¿No crees que hizo una tontería?

—¿No fue una maldad lo que hizo usted? —dije—. Contésteme.

—Puede que sí —prosiguió ella—, pero es que no pensaba que haría algo tan estúpido. Hareton, si ahora te doy un libro, ¿lo aceptarás? ¡Voy a intentarlo!

Le puse en las manos un libro que ella había estado examinando. Hareton lo lanzó lejos de sí y masculló que si no dejaba de molestarle le retorcería el pescuezo.

—Está bien, lo dejaré aquí —dijo ella—, en el cajón de la mesa. Yo voy a acostarme.

Luego me dijo al oído que vigilase a ver si lo cogía, y se marchó. Pero él se cuidó mucho de acercarse al libro; así se lo dije a ella a la mañana siguiente, con gran decepción por su parte. Vi que la entristecía verle perennemente enfurruñado y ocioso, que le remordía la conciencia porque había intentado coartarle su iniciativa de instruirse, y lo había conseguido.

Pero puso a trabajar su ingenio para remediar el daño. Cada vez que yo planchaba o tenía otros quehaceres que no podían hacerse en el gabinete, me traía algún libro ameno y me lo leía en voz alta. Cuando Hareton estaba presente, casi siempre se detenía en un pasaje interesante y dejaba el libro abierto en esa página. Lo hizo una y otra vez, pero Hareton era terco como una mula, y en lugar de morder el anzuelo, los días de lluvia le dio por irse a fumar con Joseph. Se quedaban allí sentados como dos autómatas, uno a cada lado del fuego, el viejo felizmente demasiado sordo para entender las malvadas tonterías que decía Catherine, como él mismo las habría calificado, y el joven esforzándose por aparentar que no las oía. Las tardes que hacía buen tiempo Hareton salía de caza y Catherine se ponía a bostezar y a suspirar, me incordiaba para que le diese conversación, pero en cuanto lo hacía ella salía corriendo al patio o al jardín. Y, como último recurso, se echaba a llorar y a decir que estaba cansada de vivir, que su vida era inútil.

El señor Heathcliff, que cada día era más insociable, casi no dejaba a Hareton entrar en su aposento. A principios de marzo, este último se convirtió durante unos días en parte del mobiliario de la cocina a causa de un accidente. Se le disparó la escopeta cuando andaba solo por el monte, una astilla le hizo un corte en el brazo y perdió mucha sangre antes de que consiguiera llegar a casa. Así que se vio condenado a permanecer quietecito junto a la lumbre hasta ponerse bueno.

A Catherine le iba bien tenerle allí. En todo caso, le hizo aborrecer más que nunca su cuarto, y siempre me instaba a encontrar algún quehacer para poder bajar conmigo.

El lunes de Pascua, Joseph fue a la feria de Gimmerton con una parte del ganado. Por la tarde yo andaba recogiendo los manteles de la cocina, Earnshaw estaba sentado, intratable como siempre, en un rincón de la chimenea, y entretanto mi señorita mataba el tiempo haciendo dibujos en los cristales de las ventanas. Compaginaba aquella diversión estallando a veces en un canto contenido, profiriendo exclamaciones entre dientes y dirigiendo furtivas miradas de hastío e impaciencia a su primo, que fumaba impertérrito con los ojos clavados en el fuego.

Cuando vio que yo ya no podía con ella, me quitó la vela de las manos y se acercó a la chimenea. No presté mucha atención a sus movimientos, pero enseguida la oí decir:

—Me he dado cuenta, Hareton, de que ahora quiero... de que me alegra... de que si no te hubieras vuelto tan huraño y no te hubieses enfadado tanto conmigo, me gustaría que fueras mi primo.

Hareton no contestó.

—¡Hareton, Hareton, Hareton! ¿Me oyes? —seguía ella.

—¡Fuera de aquí! —gruñó él con tremenda rudeza.

—Dame esa pipa —dijo ella, alargando la mano con cautela y quitándosela de la boca.

Antes de que él pudiese intentar recuperarla, ya estaba la pipa rota detrás del fuego. Él la insultó y cogió otra.

—¡Espera —exclamó ella—, antes tienes que escucharme! No puedo hablar con esas nubes en la cara.

—¿Por qué no te vas al infierno y me dejas en paz? —gritó él fuera de sí.

—No —insistió ella—. No quiero. No sé qué hacer para que me hables, y tú estás empeñado en no entenderlo. Cuando te llamo idiota, no significa nada… no quiere decir que te desprecie. Venga, tienes que hacerme caso, Hareton; soy tu prima y quiero que me tengas por tal.

—¡No quiero tener nada que ver contigo, ni con tu asqueroso orgullo, ni con tus malditos insultos! ¡Prefiero irme al infierno, en cuerpo y alma, antes que volver a mirar por ti! ¡Apártate de mi vista ahora mismo!

Catherine frunció el ceño y fue a sentarse junto a la ventana, mordiéndose los labios, e intentando ocultar las ganas de llorar tarareando una tonadilla excéntrica.

—Tendría que hacer usted las paces con su prima, señor Hareton —intervine—, ¡ya que está arrepentida de su impertinencia! Le haría mucho bien, tenerla por compañera le convertiría en otro hombre.

—¿Compañera? —gritó—. ¿Cuando ella me odia y no me considera digno ni de limpiarle los zapatos? ¡No, ni aunque me convirtiese en un rey, no voy volver a permitir nunca jamás que me haga burla porque busco su simpatía!

—¡Yo no te odio, eres tú quien me odia a mí! —sollozó Cathy, habiendo dejado de ocultar su desazón—. Me odias tanto como el señor Heathcliff o más.

—Eres una maldita embustera —empezó a decir Earnshaw—. Entonces, ¿por qué le he hecho enfadar cientos de veces poniéndome de tu parte? Y eso cuando tú te burlabas de mí y me despreciabas, y… ¡Como sigas molestándome voy y le digo que me estás fastidiando tanto que no puedo estar en la cocina!

—No sabía que te hubieras puesto de mi parte —contestó ella enjugándose las lágrimas—. Me sentía muy desgraciada y estaba resentida con todo el mundo, pero ahora te doy las gracias y te ruego que me perdones. ¿Qué más puedo hacer?

Volvió junto a la chimenea y le tendió la mano de todo corazón.

Hareton torció el gesto y se ensombreció como un nubarrón de tormenta. Tenía los puños fuertemente apretados y la vista clavada en el suelo.

Catherine debió de haber adivinado por instinto que era un obstinado encono y no animadversión lo que motivaba aquel pertinaz comportamiento, porque, tras vacilar unos instantes, se agachó y le dio un beso cariñoso en la mejilla.

La muy pícara creía que yo no la había visto, y dándose la vuelta volvió muy recatadita a su sitio junto a la ventana.

Yo moví la cabeza con reprobación, y ella entonces se ruborizó y me dijo al oído:

—¡Está bien! ¿Y qué querías que hiciese, Ellen? No quería darme la mano ni mirarme. De alguna forma tengo que demostrarle que le tengo simpatía y que quiero que seamos amigos.

No sabría decir si aquel beso convenció a Hareton. Durante algunos minutos se cuidó mucho de que le viéramos la cara, y luego, cuando levantó la cabeza, no sabía adónde dirigir la mirada.

Catherine se puso a envolver con esmero un hermoso libro en un papel blanco y, tras atarlo con un trozo de cinta y escribir en él «Señor Hareton Earnshaw», me pidió que hiciese de mensajera y entregase el presente a su destinatario.

—Dile que si lo acepta, le enseñaré a leer como es debido —dijo—, y que si lo rechaza, subiré a mi cuarto y no volveré a molestarle nunca más.

Se lo llevé y le transmití el recado, vigilada por mi ansiosa patrona. Hareton no quería abrir las manos, así que le dejé el paquete en el regazo, y él no lo rechazó. Yo regresé a mis quehaceres. Catherine tenía la cabeza y los brazos apoyados sobre la mesa, y así se estuvo hasta que oyó el leve crujido del papel de envolver. Entonces se levantó sin hacer ruido y fue a sentarse al lado de su primo. Hareton estaba temblando y tenía la cara radiante: no quedaba en él rastro de la tosquedad y la adusta dureza que le eran características. No conseguía armarse de valor para pronunciar ni una sílaba en respuesta a la mirada inquisidora de ella y a la petición que le hizo en un murmullo.

—¡Di que me perdonas, Hareton, vamos! Me harás muy feliz si pronuncias esa sola palabra.

Él balbució algo ininteligible.

—¿Serás mi amigo? —añadió Catherine.

—¡No! Te avergonzarías de mí todos los días de tu vida —contestó él—. Y cuanto más me fueras conociendo, peor. Y eso no podré soportarlo.

—¿No quieres ser mi amigo, entonces? —dijo ella, dedicándole una melosa sonrisa y acercándosele aún más.

No pude distinguir qué más dijeron, pero cuando volví a mirar vi dos caras tan radiantes, inclinadas sobre una página del libro aceptado, que ya no me cupo duda de que ambas partes habían sellado un trato y de que en adelante los enemigos serían amigos declarados.

La obra que examinaban estaba llena de lujosas ilustraciones, y eso contribuyó, tanto como la postura de ambos, a mantenerles encandilados e inmóviles hasta que llegó Joseph. El pobre hombre se quedó horrorizado cuando vio que Catherine estaba sentada en el mismo banco que Hareton Earnshaw, y que ella tenía la mano apoyada en el hombro de él. Estaba perplejo de que su favorito soportase tan tranquilo aquella proximidad, y la escena le afectó tanto que no fue capaz de hacer el menor comentario. Lo único que dejó traslucir su emoción fueron los enormes suspiros que se le escaparon cuando abrió solemnemente su gruesa Biblia sobre la mesa, y la fue cubriendo con los sucios billetes que llevaba en la cartera, producto de las transacciones de aquel día. Al final acabó llamando a Hareton y haciéndole levantar de su asiento.

—Llévaselos al amo, chico —dijo—, y quédate allí. Yo subo a mi propio cuarto. Este sitio no es de hombres, ni es decente para nosotros. ¡Tenemos que ir a buscar otro!

—Vamos, Catherine —dije yo—, también nosotras tenemos que «irnos». He terminado de planchar. ¿Está usted lista?

—¡Si no son ni las ocho! —contestó levantándose de mala gana—. Hareton, te dejo este libro encima de la chimenea, y mañana te traeré más.

—Cualquier libro que deje usted aquí voy a llevarlo a casa —dijo Joseph—, y va a ser una suerte que vuelva a encontrarlo. ¡Así que haga usted lo que le venga en gana!

Catherine amenazó con hacer lo mismo con la biblioteca de él. Luego pasó sonriendo por delante de Hareton y subió las escaleras cantando, y me atrevería a decir que con el corazón más ligero que nunca bajo aquel techo, salvo, quizá, en el tiempo de sus primeras visitas a Linton.

La intimidad entre ellos empezó de aquella forma y fue creciendo rápidamente, aunque tropezó con algunas interrupciones pasajeras. Para educar a Earnshaw hacía falta más que un simple deseo, y mi señorita no tenía ni un pelo de filósofa ni era ningún dechado de paciencia. Pero como sus almas tendían a lo mismo —la una amorosa y ansiando apreciar, y el otro amoroso y ansiando ser apreciado—, al final lograron alcanzar su objetivo.

Ya ve usted, señor Lockwood, que era bastante fácil ganarse el corazón de la señora Heathcliff. Pero ahora me alegro de que usted no lo intentara, porque la culminación de todos mis deseos será la unión de esos dos. El día de su boda no envidiaré a nadie. ¡No habrá en toda Inglaterra una mujer más dichosa que yo!

19

Al día siguiente de aquel lunes, como Earnshaw seguía sin poder ocuparse de sus tareas cotidianas, tuvo que quedarse por casa, y enseguida me di cuenta de que no iba a conseguir retener a mi señorita a mi lado como hasta entonces.

Bajó antes que yo y salió al jardín, donde había visto que estaba su primo haciendo una tarea sencilla. Cuando fui a decirles que entrasen a desayunar me encontré con que ella le había convencido para que despejase un gran terreno de groselleros negros y espinosos, y que estaban muy entretenidos proyectando entre los dos una importación de plantas de la granja.

Me quedé aterrada cuando vi los estragos que habían hecho en menos de media hora. Los groselleros negros eran las niñas de los ojos de Joseph ¡y Cathy había decidido poner un parterre de flores justo en medio!

—¡Por Dios! ¡En cuanto Joseph descubra esto —exclamé—, irá a contárselo al amo! ¿Y qué pretexto tienen ustedes para haberse tomado semejantes libertades con el jardín? ¡Ya verán como se arma una buena, ya lo verán! ¡Señor Hareton, me sorprende que no haya tenido usted ni dos dedos de frente y que haya hecho este desastre solo porque ella se lo ha pedido!

—Había olvidado que eran de Joseph —contestó Earnshaw bastante turbado—, pero le diré que he sido yo.

Siempre comíamos con el señor Heathcliff. Yo hacía el papel de la señora de la casa, servía el té y trinchaba la carne, así que mi presencia en la mesa era indispensable. Catherine solía sentarse a mi lado, pero aquel día se cambió de sitio para estar más cerca de Hareton, y enseguida me di cuenta de que no iba a ser más discreta en la amistad de lo que había sido en la desavenencia.

—Tenga cuidado de no hablar mucho con su primo ni de hacerle demasiado caso —le sugerí en voz baja cuando entramos en la habitación—. Seguro que el señor Heathcliff se enfada con los dos.

—No pienso hacerlo —contestó.

A los pocos minutos, ya se le había acercado furtivamente y estaba echando prímulas en su plato de gachas.

Hareton no se atrevía a hablarle allí, apenas se atrevía a mirarla, pero ella siguió pinchándole hasta que, en dos ocasiones, estuvo a punto de provocarle una carcajada. Yo fruncí el ceño y entonces ella miró al amo, que, a juzgar por su semblante, tenía la mente ocupada en asuntos completamente ajenos a sus compañeros de mesa. Catherine se puso seria unos instantes, mientras escrutaba el rostro de Heathcliff con profunda gravedad. Luego se volvió y regresó a sus tonterías. Hareton acabó por soltar una risa contenida.

El señor Heathcliff se sobresaltó y nos miró a todos un momento. Catherine le sostuvo la mirada con el habitual nerviosismo, y aun desafío, que él tanto aborrecía.

—Menos mal que no estás al alcance de mi mano —exclamó—. ¿Por qué diablos me clavas siempre la mirada con esos ojos infernales? ¡Bájalos! Y no vuelvas a recordarme tu existencia. ¡Creí que te había curado de la risa!

—He sido yo —murmuró Hareton.

—¿Qué estás diciendo? —preguntó el amo.

Hareton bajó los ojos a su plato y no repitió su confesión.

El señor Heathcliff se le quedó mirando un momento. Luego siguió desayunando en silencio y volvió a sumirse en sus interrumpidas cavilaciones.

Ya casi habíamos terminado, y los dos jóvenes se habían separado prudentemente, así que no creía que fuéramos a tener más altercados durante la comida. En aquel momento apareció Joseph en la puerta; sus labios temblorosos y su mirada iracunda revelaban que había descubierto el ultraje contra sus queridos arbustos.

Seguramente había visto a Catherine y a su primo merodeando por allí antes de acercarse a examinar el lugar, porque, aunque le temblaban las mandíbulas como a una vaca rumiante, lo que dificultaba la comprensión de su reprimenda, se puso a decir:

—¡Quiero mi jornal y quiero marcharme! Calculaba morir aquí, donde llevo sirviendo sesenta años. Pensaba llevar mis libros y todas mis otras cosas al desván, y que ellos tuviesen la cocina para ellos solos, con tal de volver a tener paz. Y era difícil para mí renunciar a mi propia chimenea, ¡pero pensé que podría hacerlo! ¡Pero no, me quitó el jardín y lo hizo por el corazón! ¡Amo, no puedo aguantarlo! Hay que someterse al yugo y usted puede hacerlo, pero yo no estoy avezado y un viejo no se aveza rápido a llevar cargas nuevas. ¡Antes prefiero ganarme el pan y la sopa con una maza en la carretera!

—¡Vamos, vamos, imbécil! —interrumpió Heathcliff—. ¡Ve al grano! ¿De qué te quejas? No pienso mezclarme en tus peleas con Nelly. Ya puede ella arrojarte a la carbonera, que me tiene sin cuidado.

—No se trata de Nelly —contestó Joseph—. No me iría nunca por Nelly. ¡Con todo lo mala e inútil que es, gracias a Dios, no puede robar el alma a nadie! Nunca fue tan guapa como para que se la quedasen mirando embobados. Es su asquerosa y puerca reina la que embrujó al chico con sus ojos atrevidos y su descaro, hasta el punto… ¡No! ¡Se me parte el corazón! ¡Olvidó todo lo que hice por él y lo que hice de él: destrozó toda una hilera de los groselleros negros más grandes del jardín!

Y al llegar a este punto empezó a lamentarse abiertamente, sintiéndose injuriado por amargos agravios, y por la ingratitud de Earnshaw y su peligroso estado.

—¿Estará borracho este estúpido? —preguntó el señor Heathcliff—. Hareton, ¿es a ti a quien acusa?

—He arrancado dos o tres matas —contestó el joven—, pero volveré a plantarlas donde estaban.

—¿Y por qué las has arrancado? —preguntó el amo.

Catherine metió baza oportunamente.

—Porque queríamos plantar flores —dijo—. La única culpable soy yo, porque le incité a hacerlo.

—¿Y quién demonios te ha dado a ti permiso para tocar nada en esta casa? —preguntó su suegro muy sorprendido. Y añadió dirigiéndose a Hareton—: ¿Y a ti quién te ha mandado obedecerla?

El muchacho se había quedado sin habla.

—¡No tiene por qué ponerse así por adornar unos pocos metros de terreno, cuando usted me ha quitado a mí todas mis tierras! —repuso su prima.

—¿Tus tierras, perra insolente? ¡Tú nunca has tenido tierras! —dijo Heathcliff.

—Sí, y mi dinero —insistió ella, devolviéndole una mirada feroz mientras mordisqueaba una corteza de pan que aún le quedaba del almuerzo.

—¡Silencio! —exclamó él—. ¡Termina de una vez y lárgate!

—Y las tierras de Hareton y su dinero —prosiguió la imprudente criatura—. ¡Hareton y yo nos hemos hecho amigos, y pienso contarle unas cuantas cosas sobre usted!

El amo se mostró desconcertado unos momentos. Palideció y se levantó, sin dejar de clavarle una mirada de odio mortal.

—¡Si me pega, Hareton le pegará a usted! —dijo ella—. Así que será mejor que se siente.

—Si Hareton no te echa de la habitación, le daré una paliza de muerte —bramó Heathcliff—. ¡Maldita bruja! ¿Cómo te atreves a incitarle a que se rebele contra mí? ¡Lleváosla! ¿Es que no me oís?

¡Arrojadla a la cocina! ¡Ellen Dean, si vuelves a ponérmela delante, la mato!

Hareton intentó convencerla en voz baja de que se marchara.

—¡Llévatela a rastras! —gritó el amo con brutalidad—. ¿Vas a quedarte ahí hablando?

Y se acercó a ella dispuesto a llevar a cabo sus propias órdenes.

—¡No volverá a obedecerle, malvado! —dijo Catherine—. ¡Y pronto le odiará tanto como yo!

—¡Calla! ¡Calla! —balbució el joven en tono de reproche—. No dejaré que le hables así. ¡Ya basta!

—Pero no permitirás que me pegue, ¿verdad? —dijo ella a voz en grito.

—¡Entonces, vamos! —suplicó Hareton en un susurro.

Era demasiado tarde. Heathcliff ya le había puesto las manos encima.

—¡Ahora vete tú! —dijo a Earnshaw—. ¡Maldita bruja! Esta vez me ha provocado más allá de lo tolerable. ¡Haré que se arrepienta toda su vida!

La tenía agarrada por los pelos. Hareton trató de soltarle el cabello mientras suplicaba a Heathcliff que, por aquella vez, no le hiciera daño. Los ojos negros de Heathcliff lanzaban chispas: parecía dispuesto a hacer papilla a Catherine. Yo estaba tan exaltada que iba a arriesgarme a acudir en su auxilio, pero de pronto el amo aflojó los dedos, soltó la cabeza de Catherine para agarrarle el brazo y se la quedó mirando fijamente. Luego se pasó la mano por los ojos, hizo un esfuerzo por calmarse y, dirigiéndose de nuevo a Catherine, dijo con aparente serenidad:

—¡Tienes que aprender a no encolerizarme, pues de lo contrario un día te asesinaré! Vete con la señora Dean y quédate con ella; reserva tus insolencias para sus oídos. En cuanto a Hareton Earnshaw, ¡como le sorprenda haciéndote caso, le echaré de aquí y tendrá que buscarse el pan como pueda! Tu amor le convertirá en un paria y un mendigo. Nelly, llévatela y dejadme solo. ¡Todos! ¡Dejadme!

Me llevé a mi señorita, y ella, contenta de haberse escapado de las garras de Heathcliff, no opuso resistencia. El otro nos siguió y el señor Heathcliff tuvo la estancia para él hasta la hora de comer.

Yo había aconsejado a Catherine que comiese arriba, pero en cuanto Heathcliff notó su silla vacía, me mandó llamarla. El amo no nos dirigió la palabra, comió muy poco y en cuanto acabó salió, diciendo que no volvería hasta la noche.

Los dos nuevos amigos se instalaron en la casa aprovechando su ausencia. Allí oí que Hareton reprendía severamente a su prima cuando ella ofreció revelarle lo mal que se había portado su suegro con el padre de él.

Dijo que aunque Heathcliff fuera el mismísimo diablo, no toleraría oír una palabra de descrédito relacionada con él. Que él lo defendería siempre, y que antes de que ella atacase al señor Heathcliff prefería que le insultase a él, como solía hacer antes.

Catherine estaba poniéndose furiosa, pero Hareton encontró la forma de hacerla callar, preguntándole si le gustaría que él hablase mal de su padre. Así entendió ella que Earnshaw asumía la responsabilidad de la honra del amo, y que estaba ligado a él por unos lazos más fuertes que la razón; eran cadenas forjadas por la costumbre, que sería muy cruel tratar de debilitar.

A partir de entonces Catherine tuvo el buen corazón de evitar tanto las quejas como las expresiones de antipatía hacia Heathcliff, y me confesó que le pesaba mucho haber intentado meter cizaña entre él y Hareton. Es más, creo que no ha vuelto a pronunciar ni una sílaba contra su opresor en presencia de su primo.

Una vez resuelta aquella pequeña discordia, los dos jóvenes volvieron a estar muy unidos y ocupados en sus diversas tareas de alumno y profesora. Yo fui a sentarme con ellos cuando terminé mi trabajo, y me tranquilizó y consoló tanto verles así que no me di cuenta del paso del tiempo. ¿Sabe usted?, en cierto modo les considero a los dos como mis hijos. Estaba orgullosa de mi señorita desde hacía tiempo, pero ahora no me cabía duda de que Hareton iba a darme iguales motivos de satisfacción. Su espíritu honesto, cálido e inteligente no tardó en desembarazarse de las nubes de ignorancia y envilecimiento con las que se había criado, y los sinceros encomios de Catherine eran un acicate para su laboriosidad. A medida que se le iluminaba la mente se le iluminaban también las facciones, lo que añadía vitalidad y nobleza a su semblante. Me costaba mucho reconocer en él al mismo individuo que viera el día que encontré a mi señorita en Cumbres Borrascosas, recién llegada de su expedición a los riscos.

Mientras yo les observaba admirada y ellos trabajaban, iba cayendo la noche, y con ella regresó el amo. Había irrumpido por la puerta principal y apareció de repente; nos sorprendió allí a los tres antes de que tuviésemos tiempo de levantar la cabeza para verle.

«Bueno —pensé—, es una escena de lo más placentera e inofensiva, y sería una vergüenza que les riñese.»

El rojo fulgor de las llamas encendía sus hermosas cabezas y descubría sus rostros animados por una entusiasta curiosidad infantil. Porque aunque él tuviera ya veintitrés años y ella dieciocho, les quedaba tanto por sentir y aprender que ninguno de los dos dejaba traslucir sentimientos propios de la grave y desencantada madurez.

Levantaron la vista al mismo tiempo y se encontraron con el señor Heathcliff. Tal vez no haya reparado usted nunca en que tienen los ojos idénticos: son los de Catherine Earnshaw. La Catherine actual no se parece a ella más que en eso, y en la frente despejada y cierta curva de las aletas de la nariz que le da, lo quiera ella o no, un aire bastante altanero. Con Hareton el parecido va más allá. Es asombroso, y siempre lo ha sido, pero en aquel momento era particularmente llamativo, porque tenía todos los sentidos alerta y sus facultades mentales habían despertado a una inusitada actividad.

Imagino que la semejanza debió de desarmar al señor Heathcliff. Se acercó a la chimenea con evidente agitación, pero en cuanto miró al joven se le disipó la emoción, o mejor dicho, cambió de signo, pues seguía allí.

Le quitó el libro de las manos, echó un vistazo a la página abierta, y se lo devolvió sin hacer el menor comentario. Se limitó a hacer un gesto a Catherine para que saliera. Su compañero no tardó mucho en seguirla, y yo me disponía a hacer lo mismo, pero él me dijo que no me moviera de donde estaba.

—¿No te parece triste este final? —comentó, después de reflexionar sobre la escena que acababa de ver—. Es un colofón absurdo a los violentos esfuerzos que he hecho. ¡Consigo palancas y azadones para derribar las dos casas, me entreno para ser capaz de trabajar como un Hércules, y cuando lo tengo todo preparado y por la mano, encuentro que se me ha disipado la voluntad de levantar una sola teja de ninguna de las dos casas! Mis antiguos enemigos no me han vencido, ahora sería el momento oportuno para vengarme en sus representantes. Podría hacerlo, nadie me lo impediría, pero ¿de qué serviría? No tengo ganas de pegarle a nadie, ¡ni siquiera soy capaz de tomarme la molestia de levantar la mano! Es como si todo este tiempo hubiese trabajado para terminar mostrando una magnanimidad espléndida. Pero no es en absoluto eso. He perdido la facultad de disfrutar con su aniquilación, y soy demasiado vago para destruir por destruir.

»Nelly, se avecina un cambio extraño, y ahora mismo estoy bajo su sombra. Mi vida cotidiana despierta en mí tan poco interés que apenas me acuerdo de comer ni de beber. Esos dos que acaban de salir de la habitación son los únicos objetos que conservan para mí una clara apariencia material, y esa apariencia me causa un dolor rayano en la agonía. De ella no voy a hablar, ni ocuparme, pero desearía de todo corazón que se volviera invisible. Su presencia no me provoca más que sensaciones desesperantes. Él me conmueve de una forma distinta, ¡pero si pudiera perderle de vista sin parecer un loco no volvería a verle nunca más! Quizá creas que me estoy volviendo loco —añadió esforzándose por sonreír— si intento describirte las miles de formas que toman los recuerdos y pensamientos que me despierta, o que encarna. Pero tú no irás a contarle a nadie esto que te digo, y mi mente está siempre tan encerrada en sí misma que resulta tentador abrírsela por fin a alguien.

»Hace cinco minutos, Hareton no me ha parecido un ser humano, sino una personificación de mi juventud y no un ser humano. Me provocaba tal cantidad de sensaciones que me hubiese resultado imposible abordarle de manera racional.

»En primer lugar, su pasmoso parecido con Catherine me ha llevado a asociarlo con ella de una forma sobrecogedora. Pero esto, que podrá parecerte el detalle más poderoso para acaparar mi imaginación, es en realidad el más nimio, porque ¿hay algo que no asocie con ella? ¿Algo que no me la recuerde? ¡No puedo mirar este suelo sin que en las baldosas aparezcan sus facciones! ¡Estoy rodeado por su imagen: se asoma en cada nube, en cada árbol, colma el aire de noche y de día centellea en cada objeto! Las caras más comunes de hombres y mujeres, y hasta mis propios rasgos, se ríen de mí con su parecido. ¡El mundo entero es una espantosa colección de recordatorios de que existió y de que la he perdido!

»Pues bien, en Hareton he visto ahora al fantasma de mi amor inmortal, de mis brutales esfuerzos por conservar mis derechos, mi envilecimiento, mi orgullo, mi felicidad y mi angustia.

»Pero es una locura que comparta contigo estos pensamientos. Aunque quizá así entiendas por qué, pese a mi reticencia a vivir solo, la compañía de Hareton no me beneficia, sino que más bien agrava el constante tormento que padezco. Y eso contribuye en parte a que me desentienda de sus relaciones con su prima. Me he vuelto incapaz de prestarles atención.

—Pero ¿a qué se refiere cuando habla de un «cambio», señor Heathcliff? —dije.

Me había alarmado su actitud, aunque no me parecía que corriera peligro ni de perder el juicio ni de morir. Yo le veía bastante fuerte y sano; y en cuanto al juicio, ya desde niño le encantaba pensar en cosas oscuras y alimentar fantasías extrañas. Quizá sufriera de monomanía por su ídolo fallecido, pero en todo lo demás estaba tan en sus cabales como pudiera estarlo yo.

—No lo sabré hasta que ocurra —dijo—. Por ahora solo lo intuyo a medias.

—¿No estará usted enfermo? —pregunté.

—No, Nelly.

—¿Y no tiene miedo de la muerte? —proseguí.

—¿Miedo? ¡No! —repuso—. Ni tengo miedo a la muerte, ni la presiento, ni la espero. ¿Por qué habría de tener miedo? Lo más normal, en vista de mi robusta constitución, mi sobrio estilo de vida y mis ocupaciones nada peligrosas, lo más normal sería que continuara sobre la tierra, como seguramente ocurrirá, hasta que no me quede ni un pelo negro en la cabeza. ¡Pero no puedo seguir viviendo así! Debo recordarme a mí mismo que tengo que respirar, ¡casi debo recordarle a mi corazón que lata! Es como doblar hacia atrás un resorte rígido… Es porque me obligo por lo que llevo a cabo el acto más baladí, ya que nunca me mueve ningún pensamiento; y es porque me obligo por lo que presto atención a algo vivo o muerto que no esté asociado con una idea universal… Tengo un único deseo, y todo mi ser y mis facultades anhelan que se cumpla. Lo han anhelado tanto tiempo y de forma tan inquebrantable que estoy convencido de que se cumplirá. Y pronto, porque ha devorado mi existencia. Me consumo anticipando su cumplimiento.

»No creas que estas confesiones me han aliviado, pero quizá expliquen algunas fases por las que pasan mis humores, que de otro modo resultan inexplicables. ¡Ay, Dios, es una lucha muy larga! ¡Ojalá terminase ya!

Se puso a andar de un lado a otro de la estancia, murmurando para sí cosas tan terribles que llegué a pensar que, como decía Joseph, su conciencia había convertido su corazón en un infierno terrenal. Me preguntaba con ansiedad cómo terminaría todo aquello.

Rara vez me había revelado antes su estado de ánimo, ni siquiera en sus miradas, pero no me cabía duda de que aquel era su humor habitual. Lo había afirmado él mismo, aunque es cierto que nadie lo hubiese deducido por su porte. Tampoco usted lo imaginó, señor Lockwood, y eso que en esa época seguía siendo el mismo Heathcliff que usted conoció, solo que más aficionado a pasar muchas horas solo e incluso un poco más lacónico en su trato con la gente.

20

Después de aquello el señor Heathcliff evitó durante unos días co-incidir con nosotros a la hora de las comidas, pero no quiso excluir formalmente a Hareton y a Cathy. Le repugnaba sucumbir por completo a sus sentimientos y prefería ausentarse él mismo. Consideraba que comer una vez cada veinticuatro horas era suficiente para su sustento.

Una noche, cuando la familia ya se había acostado, le oí bajar y salir por la puerta principal. No le oí volver, y a la mañana siguiente me di cuenta de que seguía fuera.

Era el mes de abril, hacía un tiempo apacible y templado; la hierba estaba todo lo verde que podía estar gracias a los chubascos y el sol, y los dos manzanos pequeños que había junto a la tapia sur se hallaban en plena floración.

Después del desayuno, Catherine me insistió para que trajese una silla y me sentase con mi labor bajo los abetos que hay al final de la casa, y engatusó a Hareton, que ya se había restablecido del todo de su accidente, para que cavase y dispusiese allí su pequeño jardín, que habían trasladado a aquel rincón por las quejas de Joseph.

Estaba yo deleitándome placenteramente con la fragancia pri-maveral de mi entorno y con aquel hermoso y delicado cielo azul cuando mi señorita, que había bajado corriendo a buscar prímulas para el arriate, regresó con muy pocas flores y nos informó de que llegaba el señor Heathcliff.

—Y me ha hablado —añadió con semblante perplejo.

—¿Qué te ha dicho? —preguntó Hareton.

—Que me largara lo antes posible —contestó—. Pero tenía un aspecto tan distinto del habitual que me he quedado un rato mirándole.

—¿Qué aspecto tenía? —inquirió Hareton.

—Pues casi animado y contento. No, nada de casi: ¡muy excitado, loco de felicidad! —contestó.

—Se ve que le divierten los paseos nocturnos —observé como quien no quiere la cosa.

En realidad estaba tan sorprendida como ella y ansiosa por confirmar la veracidad de sus palabras, porque ver al amo contento iba a ser todo un espectáculo. Así que me inventé una excusa para entrar.

Heathcliff estaba de pie junto a la puerta abierta. Le encontré pálido y tembloroso, pero era cierto que tenía un extraño brillo de felicidad en los ojos que le transfiguraba el rostro.

—¿Quiere desayunar? —le pregunté—. ¡Tiene que estar hambriento después de andar deambulando por ahí toda la noche!

Quería averiguar dónde había estado, pero no me parecía bien preguntárselo directamente.

—No, no tengo hambre —contestó volviendo la cara y en un tono bastante despectivo, como si adivinase mis intenciones de descubrir el motivo de su buen humor.

Yo estaba perpleja… Me preguntaba si no sería aquella una buena ocasión para regañarle un poco.

—No me parece bien que salga por ahí a vagabundear —observé— en vez de quedarse en la cama. En todo caso, es una imprudencia con esta humedad. ¡Podría agarrar un catarro o unas fiebres, si no tiene algo ya!

—No tengo nada que no pueda soportar —repuso—, y con el mayor placer, con tal de que me dejes en paz. Entra y no vuelvas a molestarme.

Obedecí, y al pasar junto a él me di cuenta de que respiraba con la rapidez de un gato.

«¡Sí —me dije—, vamos a tener a un enfermo en casa! Pero ¿qué habrá estado haciendo?»

Aquel mediodía se sentó a comer con nosotros y aceptó de mis manos un plato muy lleno, como si quisiese compensar el ayuno anterior.

—No estoy resfriado, Nelly, ni tengo fiebre —comentó en alusión a mis palabras de la mañana—. Y estoy dispuesto a hacerle los honores a la comida que me sirves.

Cogió el cuchillo y el tenedor, e iba a empezar a comer cuando de repente pareció perder el apetito. Dejó los cubiertos en la mesa, dirigió una mirada ansiosa hacia la ventana, se levantó y salió.

Mientras nosotros terminábamos de comer, le vimos caminar de un lado a otro por el jardín. Earnshaw anunció que saldría a preguntarle por qué no comía; pensaba que le habíamos ofendido en algo.

—Bueno, ¿viene o no? —exclamó Catherine cuando su primo regresó.

—No —contestó él—, pero no está enfadado. Tiene un aspecto insólito: se le ve contentísimo. Pero se ha impacientado porque le he dirigido la palabra dos veces, y me ha ordenado que volviera contigo; no entiende que busque la compañía de otra persona que no seas tú.

Puse el plato en el guardafuego para que se conservase caliente. Al cabo de una o dos horas, cuando ya no quedaba nadie en la habitación, Heathcliff volvió, pero no se había tranquilizado en absoluto. Conservaba bajo las negras cejas aquella felicidad aparente e irreal —porque era irreal—, la misma palidez y aquella media sonrisa por la que asomaban de vez en cuando los dientes. Le temblaba todo el cuerpo, pero no como si tuviera frío o debilidad, sino como vibra una cuerda muy tensa; más que un temblor era una fuerte vibración.

«Voy a preguntarle qué le pasa —pensé—, porque si no lo hago yo, no lo hará nadie.»

—¿Ha recibido buenas noticias, señor Heathcliff? —exclamé—. Se le ve excepcionalmente animado.

—¿De dónde iban a llegarme a mí buenas noticias? —dijo—. Estoy animado por el hambre; por lo visto, me sienta bien no comer.

—Tiene aquí la comida —repliqué—. ¿Por qué no la quiere?

—Ya no me apetece —balbució apresuradamente—. Esperaré hasta la cena. Y Nelly, de una vez por todas, di a Hareton y a la otra que se mantengan alejados de mí. No quiero que me moleste nadie, quiero tener la casa para mí.

—¿Existe algún nuevo motivo para que les destierre? —pregunté—. Dígame por qué está usted tan raro, señor Heathcliff. ¿Dónde estuvo anoche? No pregunto por vana curiosidad, pero es que…

—Sí que preguntas por vana curiosidad —interrumpió él echándose a reír—. Pero la contestaré. Anoche estuve a las puertas del infierno. ¡Pero hoy ya vislumbro mi cielo, tengo los ojos puestos en él, estoy a poco menos de un metro de distancia! Y ahora será mejor que te vayas. Si te abstienes de andar fisgoneando no verás ni oirás nada que te asuste.

Después de barrer el hogar y de limpiar la mesa, me marché más perpleja que nunca.

El amo no volvió a salir de la casa en toda la tarde y nadie turbó su soledad, hasta que a las ocho estimé conveniente llevarle una vela y la cena, aunque no me hubiese llamado.

Estaba apoyado contra el alféizar de una ventana abierta, pero no miraba hacia fuera; tenía el rostro vuelto hacia la penumbra del interior. El fuego se había reducido a cenizas y la habitación estaba preñada del aire húmedo y templado de aquella noche nublada y tan serena que no solo se distinguía el murmullo del arroyo que discurre por Gimmerton, sino que también se oía el borboteo y el gluglú que emite al pasar sobre los guijarros o entre las grandes piedras que no llega a cubrir.

Al ver aquella chimenea deprimente solté una exclamación de disgusto, y me puse a cerrar las ventanas una tras otra, hasta que llegué a la suya.

—¿Quiere que cierre esta? —pregunté para sacarle de su marasmo, porque no se movía.

Cuando le hablé, la luz de mi vela le iluminó un momento el rostro. ¡Ay, señor Lockwood, no hay palabras para expresar el terrible sobresalto que me produjo aquella visión fugaz! ¡Aquellos profundos ojos negros! ¡Aquella sonrisa! ¡Aquella cadavérica palidez! No me pareció que estuviese mirando al señor Heathcliff, sino a un duende. En aquel momento, presa del terror, la vela se me cayó contra la pared y me quedé a oscuras.

—Sí, ciérrala —repuso él con su voz de siempre—. Pero ¡qué torpe eres! ¿Por qué tenías la vela en posición horizontal? Date prisa y trae otra.

Salí corriendo de la habitación en un estado de ridículo pavor y le dije a Joseph:

—El amo pide que le lleves luz y reavives el fuego.

En aquel momento no me atrevía a volver a entrar.

Joseph recogió unas brasas con la pala y entró. Pero regresó enseguida con la pala en una mano y la bandeja de la cena en la otra, diciendo que el señor Heathcliff iba a acostarse y que no quería comer nada hasta la mañana siguiente.

No tardamos en oírle subir las escaleras. No fue a su aposento, sino que se metió en el de la cama con paneles. La ventana de ese cuarto, como ya le he dicho, tiene anchura suficiente para que se pueda salir por ella, y se me ocurrió que estaba tramando hacer otra excursión a medianoche, y que prefería mantenerla en secreto.

«¿Será un demonio necrófago —pensé—, o un vampiro?» Había leído algo sobre esos infames demonios encarnados. Pero luego me puse a recapacitar: yo le había cuidado cuando era niño, le había visto crecer hasta convertirse en un joven y le había seguido los pasos prácticamente a lo largo de toda su vida. Así que era absurdo y ridículo que me dejase dominar por aquella sensación de terror.

«Pero ¿de dónde habría salido aquella criatura oscura que un buen día recogiera un hombre bondadoso, para su desgracia?», me susurraba la superstición cuando estaba a punto de dormirme y de perder la conciencia.

Medio en sueños me esforzaba por atribuirle unos orígenes que le cuadraran y, volviendo sobre mis meditaciones diurnas, me puse a repasar otra vez su existencia, pero con variaciones siniestras, hasta que al final imaginé su muerte y su entierro. Lo único que recuerdo es que estaba muy irritada porque me habían asignado la tarea de redactar la inscripción para su tumba, e iba a consultarlo con el sacristán. Y como no tenía apellido, ni sabíamos su edad, tuvimos que contentarnos con poner una sola palabra: «Heathcliff». Y así ocurrió en la vida real. Si va usted al cementerio, lo único que encontrará escrito en la lápida es ese nombre y la fecha de su muerte.

Al alba recobré el sentido común. Me levanté, y en cuanto pude ver algo, salí al jardín para comprobar si había huellas de pasos bajo su ventana. No las había.

«¡Se ha quedado en casa —pensé—, así que por hoy puedo estar tranquila!»

Preparé el desayuno para todos, como de costumbre, pero dije a Hareton y a Catherine que tomasen el suyo sin esperar a que bajase el amo, porque seguía acostado. Ellos preferían desayunar fuera, bajo los árboles, así que para complacerles les saqué una mesita.

Cuando volví, me encontré con que el señor Heathcliff había bajado. Hablaba con Joseph sobre algún asunto relativo a una siembra y le daba instrucciones precisas y detalladas sobre el tema en cuestión. Pero hablaba muy deprisa y volvía la cabeza sin cesar hacia un lado con aquella misma excitación en el rostro, que quizá era aún más acusada.

Joseph salió de la habitación, y él se sentó a la mesa en el sitio que solía elegir, y yo le puse un cuenco de café delante. Él se lo acercó un poco, pero luego apoyó los brazos en la mesa y se quedó mirando la pared de enfrente, o al menos eso me pareció. La inspeccionaba de arriba abajo, con unos ojos brillantes e inquietos y un interés tan intenso que se le cortó la respiración durante medio minuto.

—Vamos —exclamé, acercándole a la mano un trozo de pan—, coma y beba mientras está caliente. El desayuno lleva esperando casi una hora.

No me hizo el menor caso, pero esbozó una sonrisa. Yo hubiese preferido verle rechinar los dientes que sonreír de aquella manera.

—¡Señor Heathcliff! ¡Amo! —grité—. Por el amor de Dios, no se quede mirando de esa forma, como si viera una aparición.

—Por el amor de Dios, no chilles tanto —repuso—. Mira detrás y dime si estamos solos.

—¡Claro —contesté—, claro que estamos solos!

Pero me volví involuntariamente, como si no estuviera del todo segura.

Él apartó las cosas del desayuno con la mano, haciéndose un hueco en la mesa, y se inclinó hacia delante para mirar más a sus anchas.

En aquel momento, habiéndole observado mejor, me di cuenta de que no miraba la pared; era como si mirase algo concreto que se encontraba exactamente a dos metros de él. Y lo que veía, fuera lo que fuese, parecía causarle una mezcla de deleite y de dolor sumamente intensos. Esa era al menos la impresión que me sugería la angustia, y al mismo tiempo el éxtasis que expresaba su rostro.

Pero aquel objeto imaginado no se estaba quieto. Sus ojos lo perseguían con infinita atención, y no los apartaba de él ni siquiera cuando me hablaba a mí.

De nada me sirvió recordarle su prolongado ayuno. Si, por

atender a mis ruegos, hacía el menor movimiento para tocar algo, si alargaba por ejemplo la mano para coger un trozo de pan, los dedos se le cerraban antes de alcanzarlo y se le quedaban sobre la mesa, olvidados de su objetivo.

Yo, con una paciencia ejemplar, seguí tratando de distraer su atención de aquellas obsesivas especulaciones en las que estaba absorto, hasta que se puso irritable. Se levantó y me preguntó por qué no le dejaba comer a su ritmo; me dijo que la próxima vez no me molestase en esperar, que me limitase a dejar las cosas encima de la mesa y me largara.

Después de pronunciar aquellas palabras, salió de casa, recorrió lentamente el sendero del jardín y desapareció al otro lado de la verja.

El transcurso de las horas se me hizo eterno a causa de la ansiedad. Una vez más se hizo de noche. No me retiré a mi cuarto hasta muy tarde y cuando lo hice no podía dormir. Él regresó después de la medianoche y, en lugar de irse a la cama, se encerró en la habitación de abajo. Agucé el oído mientras daba vueltas en la cama, hasta que al final me vestí y bajé. Era demasiado angustioso quedarme tumbada allí arriba, atormentándome con mil vanos recelos.

Oí los pasos del señor Heathcliff, que iban y venían sin descanso de un lado a otro de la habitación. Rompía el silencio una y otra vez con profundas inspiraciones que parecían gemidos. Murmuraba también palabras inconexas. La única que logré captar fue Catherine, junto con algún apasionado término de cariño o de sufrimiento. Pronunció aquello como si tuviese a alguien delante, en una voz baja y fervorosa que parecía brotarle de lo más hondo del alma.

No tuve el valor de entrar directamente en el cuarto, pero como quería sacarle de aquella ensoñación, me ensañé con el fuego de la cocina. Lo aticé y me puse a retirar las cenizas. Aquello le incitó a salir antes de lo que yo pensaba. Abrió la puerta enseguida y dijo:

—Nelly, ven aquí. ¿Ya es de día? Entra con la vela.

—Acaban de dar las cuatro —contesté—. Necesitará una vela para subir. Podría usted haber encendido una en el fuego.

—No, no quiero subir —dijo—. Entra, enciéndeme un fuego aquí, y haz lo que tengas que hacer en esta habitación.

—Antes debo reavivar las brasas antes de traer más carbón —repuse, agarrando una silla y el fuelle.

Mientras tanto, él andaba de acá para allá en un estado que rayaba en la enajenación. Aquellos profundos suspiros se sucedían tan seguidos que no le dejaban respirar con normalidad.

—Cuando rompa el día, mandaré llamar a Green —dijo—. Quiero hacerle algunas consultas jurídicas, ahora que aún soy capaz de pensar en esos asuntos y de actuar con serenidad. Todavía no he redactado mi testamento, ¡y no consigo decidir cómo distribuiré mi hacienda! Ojalá pudiese borrarla de la faz de la tierra.

—No hable usted así, señor Heathcliff —interrumpí—. El testamento puede esperar un poco. ¡Le queda tiempo de sobra para arrepentirse de sus muchas injusticias! Nunca pensé que fuera usted a trastornarse, pero ahora mismo está trastornado, y mucho. Aunque casi toda la culpa la tiene usted. La forma en que ha vivido estos tres últimos días haría enfermar a un titán. Coma algo y descanse un poco. No tiene más que mirarse al espejo para darse cuenta de que necesita hacer ambas cosas. Tiene usted las mejillas hundidas y los ojos enrojecidos de quien no solo se muere de hambre, sino que además está quedándose ciego por falta de sueño.

—No es culpa mía que no sea capaz de comer ni descansar —repuso—. Te aseguro que no lo hago adrede. En cuanto me sea posible haré tanto lo uno como lo otro. ¡Pero ahora mismo sería como pedirle a un hombre que está luchando contra la corriente que descanse cuando está a un brazo de distancia de la orilla! Primero tengo que alcanzarla y después descansaré. Está bien, olvidémonos del señor Green; y, en cuanto a arrepentirme de mis injusticias, no he cometido ninguna ni me arrepiento de nada. Soy demasiado feliz, y sin embargo, no lo suficiente. La dicha de mi alma aniquila mi cuerpo, pero no se basta a sí misma.

—¿Feliz, amo? —exclamé—. ¡Extraña felicidad la suya! Si me escucha sin enfadarse, puedo brindarle un consejo que le haría más feliz.

—¿Cuál es? —preguntó—. Bríndamelo.

—Señor Heathcliff —dije—, usted sabe que desde los dieciséis años ha llevado una vida egoísta y muy poco cristiana. En todo este tiempo seguramente han sido muy raras las veces que ha tenido usted una Biblia en las manos. Seguro que ha olvidado su contenido, y quizá no tenga tiempo para estudiarlo ahora. ¿Qué mal habría en que hiciéramos venir a alguien, a algún pastor, de la confesión que fuera, eso da igual, para que se lo explique y le haga ver hasta qué punto se ha alejado usted de sus preceptos y lo indigno que será usted de ir al cielo si no se produce un cambio en su persona antes de morir?

—Más que enfadarme, Nelly, te estoy muy agradecido —dijo—, porque me recuerdas cómo quiero que me entierren. Han de llevarme al cementerio de noche. Tú y Hareton podéis acompañarme, si queréis. ¡Pero sobre todo vigilad que el sacristán obedezca mis instrucciones con relación a los dos ataúdes! No es necesario que venga ningún pastor, ni que nadie diga nada ante mi tumba. ¡Te digo que ya casi estoy en *mi* cielo! El de los demás no vale nada para mí, ni lo envidio.

—Y en el supuesto de que persistiera usted en su obstinado ayuno y llegase a morir por ello, ¿le gustaría que se negaran a enterrarle en el cementerio? —dije escandalizada por su pecaminosa indiferencia.

—No harán eso —repuso—, y si lo hacen, tendrás que trasladarme allí en secreto. ¡De lo contrario obtendrás la prueba fehaciente de que los muertos no son aniquilados!

En cuanto oyó que los otros miembros de la familia empezaban a rebullir, se retiró a su guarida y yo respiré más tranquila. Pero por la tarde, cuando Hareton y Joseph estaban fuera trabajando, volvió a entrar en la cocina y con una mirada de loco me pidió que me sentase con él en la casa, que necesitaba que alguien le hiciera compañía.

Yo me negué. Le dije sin rodeos que sus palabras y su comportamiento eran tan extraños que me habían asustado, por lo que no tenía ni valor ni ganas de quedarme a solas con él.

—¡Me da la impresión de que me tomas por un demonio! —dijo con aquella risa lúgubre—. ¡O por algo demasiado horrible para vivir bajo un techo decente!

Luego, volviéndose hacia Catherine, que también estaba en la cocina y que se había escondido detrás de mí cuando él se acercó, añadió con una media sonrisa:

—¿Quieres venir tú, pollito? No te haré daño. ¡Pero no, para ti yo he sido peor que el diablo! ¡Está bien, sé de *una* que no rehuirá mi compañía! ¡Por Dios, es implacable! ¡Maldita sea! Es muchísimo más de lo que puede soportar un ser de carne y hueso, incluso para mí.

Y no solicitó la compañía de nadie más. Al atardecer se fue a su aposento. Toda la noche y hasta avanzada la mañana siguiente le oímos gemir y murmurar a solas. Hareton estaba ansioso por entrar, pero le mandé que primero fuese a buscar al señor Kenneth y luego podría verle.

Cuando llegó el señor Kenneth, pedí permiso para entrar en su cuarto y traté de abrir la puerta, pero encontré que estaba cerrada con llave. Heathcliff nos mandó al infierno. Se encontraba mejor y quería que le dejásemos solo, así que el doctor se marchó.

La tarde siguiente fue muy lluviosa. Llovió a cántaros hasta el alba, y cuando estaba yo dando mi paseo matutino alrededor de la casa, vi que la ventana del amo estaba abierta de par en par y que la lluvia se colaba dentro.

«¡No puede seguir en la cama —pensé—, porque estaría calado hasta los huesos! Seguro que se ha levantado o ha salido. Pero no voy a andarme con más miramientos. ¡Entraré sin miedo a ver qué pasa!»

Logré entrar con otra llave y me precipité a abrir los paneles, porque el aposento estaba vacío. Rápidamente los descorrí y me asomé: allí estaba el señor Heathcliff, tumbado boca arriba. Me topé con sus ojos, tan penetrantes y feroces que me estremecí; luego me pareció que sonreía.

No podía creer que estuviese muerto, pero las sábanas chorreaban, y él tenía el rostro y la garganta empapados por la lluvia, y estaba absolutamente inmóvil. La ventana, que batía de un lado a otro, le había raspado una mano que tenía apoyada en el alféizar. Pero de la piel rasgada no salía sangre, y cuando puse mis dedos sobre ella ya no me cupo la menor duda: ¡estaba muerto y bien muerto!

Aseguré la ventana con la falleba, le peiné el pelo largo y negro hacia atrás para despejarle la frente, e intenté cerrarle los ojos para apagar, antes de que nadie más la viera, aquella espantosa y exultante mirada en la que parecía haber vida. Pero sus ojos se resistían a cerrarse, como si se burlasen de mis esfuerzos. ¡Y lo mismo sus labios semiabiertos, por los que asomaban aquellos dientes níveos y afilados, que también me hacían burla! Presa de otro ataque de cobardía, llamé a Joseph. El viejo subió arrastrando los pies y se puso a protestar, pero se negó en redondo a tocarlo.

—¡El diablo se llevó su alma —exclamó— y, por la cuenta que me trae, ya puede llevarse su cadáver! ¡Ech! ¡Mira qué pinta más diabólica con esa sonrisa socarrona ante la muerte!

Y el viejo pecador sonrió socarronamente. Pensé que iba a ponerse a hacer cabriolas alrededor de la cama, pero de repente se serenó, cayó de rodillas y, levantando las manos, se puso a dar gracias al cielo porque al legítimo amo y a la antigua estirpe les fueran restituidos sus derechos.

Aquel terrible suceso me dejó anonadada. No podía evitar que mi memoria retrocediera a tiempos pasados con una suerte de tristeza opresiva. Pero el pobre Hareton, el más perjudicado por Heath-cliff, era el único que sufría de verdad. Se pasó la noche sentado junto al cadáver sollozando con auténtica amargura. Le cogía la mano y besaba aquel rostro sarcástico y feroz del que todos los demás apartaban la vista. Le lloraba con la profunda congoja que mana naturalmente de un corazón generoso, aun cuando está endurecido como acero templado.

Kenneth estaba perplejo y no pudo certificar de qué mal había muerto el amo. Yo oculté el hecho de que no hubiese ingerido nada en cuatro días, por miedo a acarrearnos problemas. Además, ahora estoy convencida de que su ayuno no fue deliberado, que había sido la consecuencia y no la causa de su extraña enfermedad.

Escandalizamos a todo el vecindario enterrándole según sus deseos. Earnshaw y yo, junto con el sacristán y los seis hombres que llevaban el ataúd, formábamos toda la comitiva.

Los seis hombres se marcharon una vez depositado el ataúd en la fosa. Nosotros nos quedamos hasta que estuvo cubierto de tierra. Hareton, con el rostro bañado en lágrimas, arrancó terrones verdes y los depositó él mismo sobre el mantillo marrón. Ahora está tan liso y verde como los montículos vecinos, y espero que su ocupante duerma un sueño igual de tranquilo. Pero los aldeanos, si les pregunta usted, le jurarán sobre la Biblia que «se les aparece». Algunos afirman que le han visto cerca de la iglesia, y en los páramos, e incluso dentro de esta casa. Dirá usted que eso son patrañas, y yo digo lo mismo. Pero el viejo que está en la cocina al amor de la lumbre afirma que, desde su muerte, lleva viéndoles a los dos cada vez que en una noche lluviosa se asoma a la ventana de su cuarto. Y a mí también me pasó una cosa extraña hace cosa de un mes.

Una tarde que me dirigía a la granja —era una tarde muy oscura que amenazaba tormenta—, en la curva de Cumbres Borrascosas me encontré con un niño que llevaba una oveja y dos corderos. Lloraba desconsoladamente, y supuse que era porque los corderos estaban asustados y no querían dejarse guiar.

—¿Qué te pasa, hombrecito? —pregunté.

—Allí, debajo del risco, está el señor Heathcliff con una mujer —balbuceó—, y no me atrevo a pasar por delante.

Yo no vi nada, pero ni el ganado ni él querían pasar por allí, así que le aconsejé que fueran por el camino de abajo.

Seguramente aquel niño invocara a los fantasmas, porque al tener que atravesar los páramos él solo se había puesto a pensar en las tonterías que había oído contar a sus padres y compañeros. Pero, a pesar de todo, a mí ya no me gusta estar fuera cuando es de noche, ni quedarme sola en esta casa siniestra. No puedo evitarlo. ¡El día que la dejen y se muden a la granja seré feliz!

—¿Es que piensan mudarse allí? —pregunté.

—Sí —contestó la señora Dean—, en cuanto se casen, que será para Año Nuevo.

—¿Y quién va a vivir aquí? —pregunté.

—Bueno, Joseph, que cuidará de la casa, y quizá venga algún mozo para hacerle compañía. Vivirán en la cocina y el resto de la casa se cerrará.

—Para uso de aquellos espectros que quieran habitarla —comenté.

—No, señor Lockwood —dijo Nelly, moviendo la cabeza—. Yo pienso que los muertos descansan en paz, aunque no me parece bien que se hable de ellos con ligereza.

En aquel momento se cerró la verja del jardín. Los dos paseantes estaban de vuelta.

—Ellos sí que no tienen miedo de nada —rezongué viéndoles venir a través de la ventana—. Juntos son capaces de desafiar a Satanás y a todas sus legiones.

Cuando vi que llegaban al umbral y se detenían para mirar la luna por última vez, o mejor dicho, para mirarse el uno al otro a su luz, sentí el irresistible impulso de evitarlos otra vez. Así que, poniendo en la mano de la señora Dean un pequeño recuerdo y haciendo caso omiso de sus protestas por mi falta de educación, desaparecí por la puerta de la cocina en el preciso momento en que ellos abrían la de la casa. Aquello habría confirmado a Joseph en su opinión sobre las licenciosas indiscreciones en que incurría su compañera de servicio, pero por fortuna el dulce tintineo del soberano que dejé a sus pies hizo que me tuviera por una persona respetable.

Me demoré en mi regreso a casa porque di un rodeo para ir al cementerio. Una vez que estuve entre sus muros pude comprobar que en aquellos siete meses la ruina había progresado. Muchas de las ventanas se habían convertido en agujeros negros desprovistos de cristal, y aquí y allá las tejas sobresalían del tejado, lo que hacía prever que las próximas tormentas acabarían derribándolo.

Busqué y no tardé en descubrir las tres lápidas en el declive que hay cerca del páramo. La del centro era gris y estaba medio cubierta de brezos. La de Edgar Linton era armoniosa gracias al césped y el musgo que trepaban por la base. La de Heathcliff seguía desnuda.

Me quedé un rato junto a ellas bajo aquel cielo benigno. Contemplé el revoloteo de las mariposas nocturnas por entre los brezos y las campánulas, escuché el suave soplo del viento sobre la hierba y me pregunté cómo podía ocurrírsele a nadie que los durmientes de aquella apacible tierra tuviesen sueños desapacibles.

Sobre esta serie

Penguin Clásicos presenta una serie de grandes clásicos en ediciones limitadas de tapa dura con acabados de lujo. Cada una de las cubiertas ha sido creada por la ilustradora y diseñadora de tipografías Martina Flor utilizando florituras que destacan las iniciales de sus autores, y tanto el formato grande como el lomo acanalado de los volúmenes contribuyen al placer de la lectura. Con un diseño cuidado y armónico, la colección ofrece a los lectores de todas las edades una presentación moderna de obras que desafían el paso del tiempo.

Títulos en esta serie

Mujercitas
Jane Eyre
Cumbres borrascosas
Madame Bovary
Los Pazos de Ulloa
Crimen y castigo